U0424179

本书获广东外语外贸大学外国文学文化研究中心立项经费资助
属“外国文学文化论丛”系列成果之一

外国文学文化论丛
主编 栾栋

Zhongri Aigan Wenxue Bijiao Yanjiu

中日哀感文学比较研究

雷晓敏/编著

·广州·

图书在版编目（CIP）数据

中日哀感文学比较研究/雷晓敏编著. —广州：中山大学出版社，2019. 11
（外国文学文化论丛）
ISBN 978 - 7 - 306 - 06700 - 5

Ⅰ. ①中… Ⅱ. ①雷… Ⅲ. ①比较文学—文学研究—中国、日本 Ⅳ. ①I206 ②I313. 06

中国版本图书馆 CIP 数据核字（2019）第 196329 号

出 版 人：王天琪
策划编辑：吕肖剑
责任编辑：靳晓虹 罗梓鸿
封面设计：林绵华
责任校对：王 璞
责任技编：何雅涛
出版发行：中山大学出版社
电 话：编辑部 020 - 84111996，84113349，84111997，84110779
发行部 020 - 84111998，84111981，84111160
地 址：广州市新港西路 135 号
邮 编：510275 传 真：020 - 84036565
网 址：http：//www. zsup. com. cn E-mail：zdcbs@ mail. sysu. edu. cn
印 刷 者：广州市友盛彩印有限公司
规 格：787mm × 1092mm 1/16 19. 25 印张 367 千字
版次印次：2019 年 11 月第 1 版 2019 年 11 月第 1 次印刷
定 价：48. 00 元

“外国文学文化论丛”序

广东外语外贸大学外国文学文化研究中心成立已有12个年头。作为广东省文科基地，该中心为广东外语外贸大学这所专业型和实用性特征突出的学校增添了几分人文气质，使广东省这个改革开放的“前沿码头”多了些了解他山之石的深度。今天，我们推出“外国文学文化论丛”，就是想对本中心研究的状况和相关成果做一个集结，也是为了把我们的工作向广东的父老乡亲做一个汇报。

“外国文学文化”是一个庞大的范围。任何一个同类研究机构，充其量只能箪食瓢饮，循序渐进。我们的做法是审时度势，不断进行学术聚焦，或曰战略整合。具体而言，面对“外国文学文化”这个极其宽泛的研究对象，我们用12年时间完成了内涵、外延、布局、人员、选题、服务学校和社会等方面的核心建构。

其一，12年的艰苦努力，基地真正地完成了对广东外语外贸大学重要外语种类文学文化研究实力的宏观联合。经过这些年的精心组织和努力集结，英、法、德、日、俄、泰、越等国别文学及其相关研究初具规模，跨文化的择要探索、次第展开，突破比较研究局限的熔铸性创制有序进行。从总体上看，虽然说各语种实力仍然参差不齐，但是几个重要的语种及其交叉研究，都有了可以独当一面的人才，有了相对紧凑的协作活动，优选组合的科研局面日臻成熟。

其二，基础研究和个案研究、单面进取与多向吸纳的交叉研究态势业已形成。长期以来，广东外语外贸大学的外语师资在科研方面比较分散，语各一种，人各一隅，教学与科研大都是单面作业，几十年一条“窄行道”，一辈子一个“小胡同”，邻窗书声相闻，多年不相往来。近几年，基地积极推荐选题，从战略上引导，在战术上指点，通过活动来整合资源，基础研究与个案研究的结合颇有成效，单向研究的局限有所突破，交叉研究的方法也有较大面积的推广。这个进步将会对学校的师资建设产生积极而深远的影响。

其三，领军人才和高端人才的培养在有重点地推进。在当今中国，高教发展迅速，不缺教书匠，缺少的是高水平的教师，尤其缺乏大气磅礴的将帅之才。自古以来，有些知识分子以灵气或知识自傲，文人相轻，是己非人，一偏之才易得，淹博之人寥寥，而可以贯通群科的品学兼优之才更是凤毛麟角。我们这些年在发掘和培养科研人才方面，花了不少心血。外国文学文化研究中心以人文学为集结号，在本校相关专业的教师当中培养了一批师资力量。让我们感到欣慰的是，最近几年基地持续多年的创新学术导向渐入佳境，熔铸性的科研蔚成风气，专兼职人员知识结构的改造成为本中心的自觉行动，科研人才的成长形势喜人。随着学校支持力度的加大，陆续有高端人才引进，他们的加盟对基地来讲，是具有战略意义的人才布局。

其四，科研有了质量兼美的提升。从 2011 年到 2013 年，“人文学丛书”第 3 辑 15 种著作全部付梓。截至目前，1、2、3 辑共 35 种著作，加上丛书外著作 5 种，总计达 40 种著述（不包括 2011 年之前基地已经出版的 10 多种“人文学丛书”外著作），成建制地推向学界，产生了积极的学术影响。在基地的专兼职研究人员中，有些学者善于争课题、做课题，有些学者精于求学问、搞创新。我们对这两种学者的特长都予以支持。相比较而言，前者之功，在于服务政策，应国家和社会所急需；后者之德，在于积学储宝，充实学林，厚道人文，是高校、民族和国家的基础建设。从学术史和高教发展史来看，两个方面都有其贡献，后者的建树尤为艰难。埋头治学者不易，因为必须淡泊名利，宁静致远。然而，不论是对于一所高校、一个民族、一个国家，还是对全人类，做厚重的学问是固本培元的事情。有鉴于此，基地正在物色人选，酝酿专题，力求打造拳头产品，做一些可以传之久远的著述。

其五，将战略性选题和焦点性课题统筹安排。诸如，以“人文学研究”（即克服中外高校学科变革难题）为龙头，以“文学通化研究”为核心，以“美学变革研究”为情致，以“外国文论翻译研究”为舟楫，以“人文思潮探讨”为抓手，以“重要人物研究”为棋子，推出了一系列比较厚重的研究成果，如人文学原理、文学通化、感性学、文学他化、存在主义、女性主义、后现代主义、新小说、副文学现象、日本汉诗、莫里哀、波德莱尔、艾略特、柏格森、阿多诺、海德格尔、勒维纳斯、海明威、萨特、古埃尼亚斯、本居宣长、厨川白村、川端康成、大江健三郎、村上春树、米兰・昆德拉、伊里加蕾、鲍德里亚、麦克・布克鲁、雅克・敦德、德尼斯・于斯曼、勒克莱齐奥、哈维等，一盘好棋渐入佳境。

其六，全力配合学校的总体规划。本基地为学校的传统特长——外国文学文化研究增砖添瓦，为学校学科建设的短板——文史哲学科弱项补偏救急，为学校“协同攻关”和“走出去”身先士卒。事实上，基地的上述工作，早就开始“协同攻关”。试想，把这么多语种的文学文化研究集于一体，冶为一炉，交叉之，契合之，熔铸之，应该说就是“协同攻关”。“人文学中心建设”

也是一种贯通群科的“协同攻关”。比较文化博士点的复合型人才培养，同样是一种“协同攻关”。我们做的是默默无闻的工作，基地的专兼职研究人员甘愿做深基础、内结构和不显山露水的长远性工作，我们为之感到高兴。笔者一贯用“静悄悄，沉甸甸，乐陶陶”勉励自己，也以之勉励各位同事。能够默默地奉献，那是一种福分。在“走出去”方面，我们也下了相当大的功夫，仅2013—2014年，基地就有5名教授分赴法、德、俄、美等国访问与讲学。这些活动的反响都很积极。对方国家的高层学者，直接把赞扬的评价反馈给我国教育部、汉办等领导部门。我们努力响应国家和学校的号召，认认真真地“走出去”，这在今后的工作中还会有进一步的体现。

以上几个方面的工作，在“外国文学文化论丛”中都有聚焦性的著作推出。还有一些方面，比如外国语言文学如何固本培元的问题、外国语言文学选择什么提升点的问题、“人文学”的后续发展问题，诸如此类，都是今后基地科研工作的关注点。这些方面也会在“外国文学文化论丛”中陆续有所体现。序，是个开端。此序，也是12年来基地工作的一个小结。

栾　栋
2015年4月19日
于白云山麓

目　录

Contents

前 言

《中日哀感文学比较研究》是一部专题研究著作。其缘起是在2011年立项、2014年完成的广东高校人文社会科学同名重大攻关项目——中日哀感文学比较研究。该课题以三部著作和课题组已发表的系列文章结项。而40多篇散收文章未能使用。项目主持人栾栋先生曾想修改、加工编排，将之整合成一部著作推出，但因身体欠佳，遂将这批文章整箱封存。2014年年底，我提交的“本居宣长‘物哀’论综合研究”获2015年度国家社科基金立项，栾栋先生建议我顺便把这批散存文本整合成一部著作。接受了这个任务后，我才知道这其实是一块不易啃的硬骨头，把切入角度、论述内容、表达风格甚至思想观点差异很大的几十个文本编辑成一本书，实在不是一蹴而就的事情。好在有栾栋先生的悉心指导，特别是有他的《文学通化论》做理论依据，散稿的汇集筛选、核心观点的提升和研究方法的创新等方面，有了定向的罗盘。经过两年多的梳理和加工，这部著作渐成规模。时至今日，整理和编辑工作终于画上了句号。在这里，我要对文稿的所有作者表达诚挚的感谢。没有他们齐心协力的劳作，本书难成今日的规模。每位作者的名字都在本书各章标题上特别注明。在本书即将付梓之时，有必要对编著这部书的理念和方法做一个简要的说明。

一、在常规研究方面的持中守正

恪守学术规范是我们很注重的一个研究原则。本书在中日哀感文学方面涉略广泛。中国文学方面，从古易到王国维，展示了振叶寻根的求索；日本文学方面，从《古事记》《源氏物语》到大江健三郎、村上春树，呈现了沿波讨源的论述。所做比较不是只把类似的作家作品放在一起比对，而是根据哀感的不同特点，进行有针对性的接驳。比如，中国悲感诗学与日本的物哀诗论，中国文学东渡与日本文学汉化，日本悲喜意识与中国苦乐精神，中国的诗骚悲情与日本的哀歌凄情，王国维的悲剧文学思想与川端康成的悲情文学创作及其理论，这样一些完全按照常规研究的布局，实际上是出于恪守学术规范的立意。

恪守学术规范也表现在史论结合处的通变。在20世纪百年当中，各学科和各种科研门类编史成风，编史泛滥成灾，以至于有旷世美学家“宁成碎片而不愿被收编”（阿多诺语），甚至有著名思想家（如德勒兹）历数编史者的不是。大思想家们的愤世嫉俗自有一定道理，但是做科研又不能没有历史意识和史学功底。如何处理史与论之间的关系，是本课题组颇为用心的一个方面。我们把这种复杂关系与中日两国的文学史、思想史、文化史、民族史和宗教史密切联系起来，换言之，是将史的意识实实在在地贯穿在整个研究的全过程。另一方面，本书的撰写虽然与中日两国文论史盘根错节，但是撰稿者也没有把整个文本做成中日哀感文论演变史，而是将文论以及广义的诗学渗透到整部书稿的字里行间。立意命篇，章章有史，阐发陈述，节节申论。由史立论，以论统史，史与论交融，文与理相得，使整个书稿展现出文史合一的体势。文学纠正史学的局限，史学弥补文学的不足，文史结合的研究，给出了一个通变的答案。

恪守学术规范还表现在撰写者在华实奇正方面的矜持态度。参加本书撰写的15位学者中，有9位正高职称者，其中3位是资深教授，其他6位也都是副高职称者或年轻的博士。学术顾问栾栋先生和本书主编雷晓敏教授要求大家沉潜心气，收敛才气，求实创新，努力做到“玩华而不堕其实，酌奇而不失其贞”（刘勰语）。倾心中国文学文化的成员，不要因偏爱而行文，也不要为文而造情；乐观日本文学文论的学者，不为喜好而溢美，也不为憎恶而失正。有一些涉及中日哀感文学的手稿，尽管结构严密，篇章华美，但是考虑到整体的风格要求，我们在整合书稿的过程中还是忍痛割爱。当某一学术问题需要严肃的伦理判识之时，撰写者也会客观而论，秉笔直书。严肃的科研态度和求实的人文理念，是本书撰写过程所坚守的另一个原则。

二、在核心研究方面的锲而不舍

中日哀感文学比较研究的学术核心在哪里？在两个民族两种文化人文交汇的聚集点，即悲情与物哀。在这个方面，团队中的几位学者下了相当深的功夫。对哀感文学中一些重要问题的认真研究，是本书的一个突出看点。就拿日本“物哀”和“知物哀”来说，栾栋、孟庆枢、韦立新、马歌东、刘金举等教授，作为中外文学文化比较领域的专业学者，为之投入了很多时间，耗费了不少心血。其他参与该向度攻坚战的教授和副教授，也是在这个方面研习多年的专才。仅“悲感”“物哀”“幽玄”的专题研究，就用了10章的篇幅。个案研究和症候群比较也有10章。从渊源到沿革，从背景到术语，从正题到合题，从作品到理论，展示给读者的是一个完整而动态的学理有机体。有些论述相当深入，诸如“感物”言说和“物哀”源流，本书的成果不但在史料收集方面取胜，而且在理论创见方面为日本文论研究增色。用一句简单的话来概括，就是举一反三，立体成像。

本研究的核心价值是什么？是要中日哀感文学造福于中日两国人民在内的全人类。这就要求每位撰写者在探讨中日哀感文学的成败利钝之时，或者说在发掘中日哀感文学资源的过程中，提取有利于中日文学交流和发展的积极因素，当然也包括消除弊端和弘扬精华的若干方面。本书在这个聚焦点上投入的精力也相当大的。拿“物哀”来说，其积极价值是在史论与诗学的结合、个案与大体的契合、正解与反批等多个层面有所阐发，与之同时，对于该学说的弊端也有审慎剖判。说好易，数弊难。中国“物感”思想为什么道德压力过重？日本“物哀”中为什么伦理缺失？拿出让中日两国学界信服的论述仍然颇有难度。怎样才能让我们的观点言之有理，持之有故，这是紧扣本题核心价值的关键。撰写组成员为之多次讨论，反复斟酌，最终勘定重审文学本质，深究文学是非，在“文学须知非文学”和“入哀感有待化哀感”等方面，找到了相应的突破口。这也为解析和克制中日哀感文学中的弊病，提供了剀切而审慎的建设性见解。

核心问题的突破还有一个要点是研究方法的选择。对科研工作者而言，这个问题可谓举足轻重。本书没有就方法问题做专门论述，但是撰写者在这个方面认真地借鉴了栾栋先生化感通变的比较研究思想。[①] 归纳起来有以下三点：一是熔铸创新，别开生面。大家把史思与文论交织、物感与物哀契合、玄言与幽玄比对之时，大幅度浓缩了资料罗列与现象描述，而对融为一体和冶为一炉的工作则尽量加强。书中的新观点都是以熔铸后的形质展示出来的。熔铸，既不是法国式比较研究（影响研究）的方法，也非美国式比较研究（平行研究）的套路，而是包容和开放，是删汰和提炼，是改造与制作的结晶。二是循环往复，净化澄澈。中日两国文学是最早进入国别文学交流的人文现象，这是很值得比较文学关注的文学场的流演。两国文学在循环往复地流通互动，也在持续不断地净化澄澈。包括我们对本书的撰写过程，其实也是循环往复、净化澄澈的事业。没有循环往复，文学交流会成为死水；失去净化澄澈，文学的毒素也会危及各个方面。三是避俗避熟，戛戛独造。避俗避熟相当重要，因为落了俗套，成为熟路，任何研究已无必要。吃别人嚼过的馍还有什么味道呢？我们在恪守规范的同时，努力闯难关，勤谨开新路，这就是西方人所说的“陌生化”，也是栾栋先生所说的“辟文辟学辟思”和“文学非文学”。“文学非文

---

① 参阅栾栋：《文学通化论》，商务印书馆 2017 年版，第 1—4 页。

学”貌似悖论，其实是揭示文学本质的深刻命题。它使文学单一性定义和封闭性研究有了四面洞开的新景观。

三、在深度创新方面的大胆推进

就这个向度而言，本书稿主要侧重于以下三个看点。

其一是关于哀感文学定位的创新。我们对哀感文学做了这样三种规范。第一是狭义理解，主要针对悲剧性文学，即作为美学中悲剧意义上的哀感文学，如屈原、嵇康等悲剧诗人，樋口一叶、太宰治、深泽七郎、谷崎润一郎、川端康成、大江健三郎等作家及其作品。第二是一般意义上的哀感作家作品，即广义哀感，如涉及哀伤、悲戚、忧虑、凄怆、苦闷、阴翳等情感的理论趋向和文学创作。第三是天地精神上的哀感理解，中国的归藏文学从人文大端给了我们这样一种出神入化的大臧思想。其中，归潜归化的宇宙意识和升善化美的大臧精神，给了前两种哀感以突破性的提高。狭义哀感和一般哀感，只能对中日哀感文学做常规比较，类如法国式比较或美国式比较。而在常规中讨生活，是无法对中日两国文学找出不同于西式比较的突破口的。我们对哀感三层次的探讨，拓宽了研究的格局，丰富了课题的内涵，增强了创新的质量。

其二是归藏思想的开掘。[①] 这是上述三层次中的一个重要方面。藏（zàng），源于臧，臧通藏。臧的归潜归化精神，发端于古老的华夏智慧。中国五千多年前的《归藏》古易，上继《连山》艰苦奋斗的开拓精神，下启《周易》居安思危的忧患意识，以善待天地万物的大臧情怀启人神智。从归藏大端出发的比较，不仅是在沿波讨源，向上触及《归藏》古易的化悲超哀襟抱，而且是从顶层擘画，为中日两国文学展开了宇宙视野。在归藏孳乳下的悲悯思想，是人类对自身造化和生命极限的归化性理解。这种意识对后世中国文化的格局有巨大的开拓意义。哀感因而有了超出习见美学崇高和文艺悲戚意义上的圆观宏照。

其三是对哀感的通和致化。[②] 从归藏思想立论，我们可以说，哀莫大于物化，哀莫深于物寂，哀莫超于物感，哀莫通乎物臧。归藏思想赋予我们超乎善胜乎美的人文精神。道以哀入乎自然，儒以哀化感天地，墨以哀运乎齐同，佛以哀超度众生。可以说中国从先秦到中古、近古的文化中，不绝如缕地传达着这种思想。哀不仅为悲，而且为化，尤其为超。怆感为悲，通感为化，咸感为

---

① 参见栾栋：《文学通化论》，商务印书馆2017年版，第十三章、第十四章和第十五章。

② 参见栾栋：《文学通化论》，商务印书馆2017年版，第七章、第八章和第九章。

超。这种意义上的哀感，是突破了快乐、化解了悲戚，将人类与生俱来而且人人难免的局限与无奈带入瞬间永恒的超然情理。此情理是目击道存，是感觉直接变成理论家的飞跃。

在中国五千年的文学文化天地，有狭义的哀感文学，有一般的哀情文学，也有为人们所忽略但又潜移默化的大道之哀文，即入乎自然而又超乎自然的归藏文学。日本有哀伤文学，也有“物语”“物纷”“物哀”，然而诸如此类的“物”标签，其实无物，遗失了物，而且将物与哀的情趣，都导入激赏各类男女私情乃至各种乱伦的文学品种。这种有情事而缺伦理、讲“物哀”却漏哀感的理论，在日本“国学家”如本居宣长那里，成为反复申述的理论奇谈。更为奇特的是中日两国学界对此美言如潮，尊崇有加，而对其学说的缺憾与弊病却讳莫如深。此类思想是需要深入解读的，如果按常规思路去鉴赏，那只能就悲伤而论哀感，只能提交流水账式的中日哀感文学比较清单，只能重复既让日本同行乏味，也让国内学界无趣的现象罗列。我们从归藏思想开辟的化感通变研究，推进的是通和致化的创新效果。诚如栾栋先生所说，正是在这个制高点上，中日两国文学文化的异同比较，有了得以在浸乎大臧之大哀中所得出的那样一种脱俗的超拔。在大臧境地，文学这个“多面神”才会克己而守谦，文学这个“九头怪”才会去己而通和，文学这个“星云曲”才会非己而成化。①

雷晓敏

① 参见栾栋：《文学通化论》，商务印书馆2017年版，第96—98页。

第一章 《诗经》中的哀情愁绪[1]

---

① 本章作者是广东工业大学通识教育中心陈可唯讲师。

《诗经》是中国诗歌的源头，呈现的是华夏先民生活的精神风貌。其中，以抒发哀情愁绪的篇章居多，有男女离合的愁楚之情，有徭役远征的怀乡思归，有忧虑民生的怨刺讽喻。《诗经》的哀情愁绪充分彰显了中国古典诗歌的哀感美学；悲情纵横绵延，对中国文学产生了深远影响，为华夏哀辞创造了诸多母题，也开辟了“以诗讽谏”的怨刺传统。这种风范远播东瀛，成为日本和歌“吟悲”的源流之一。《诗经》以“天地元声”的质朴情感，吟诵出一个哀而不伤、笃厚雅正的“诗经中国”。与之同时，绵长而清厚的诗情乐歌也在亚洲汉文化圈特别是在日本汉诗中流衍。在这里，笔者主要对《诗经》的悲情做一梳理，笔触聚焦其中的哀情愁绪。

一、《诗经》悲情之题材指向

《诗经》就像是华夏先民生活的一个情感截面，呈现出华夏文化的精神风貌。自汉代以来，《诗经》学者已注意到其中的诗学特质，即先民“有所怨恨，相从而歌，饥者歌其食，劳者歌其事”，吟唱感同身受的社会生活与生命体验，逐渐形成对“家国天下”的认知与感悟，也开始体会到生命哲学意义上的天地悲情。《诗经》弥漫着挥之不去的悲情愁绪，从真切无邪的“情”之愁楚，到百转千回的“家”之哀思，至忧愤难抑的“国”之怨刺，或牵挂儿女情长，或守望家园思归，或感念苍生疾苦，从个体际遇的悲情愁绪，到生命本质的哀感底色，三千多年前的人间悲情，回响至今，依然深沉隽永。《诗经》哀感既有中原先民吟咏性情的率真纯粹，又有周礼浸润下的守中致和，这份高远广袤的悲情，浇灌了华夏古朴的思想原野，让中国诗歌从源流处就呈现出深邃的气韵与笃厚的品质。

1. 情之愁楚

婚恋诗是《诗经》的重要题材，尤以“十五国风”情诗最多。《国风》开篇便以《关雎》为始，君子淑女，琴瑟和鸣。《诗经》情诗本色天然，先民率真无邪，在“男女大防”之戒律尚未森严的时空里，男女相遇、相从、相约、相思、相恋、相怨、相守、相弃，皆源自内心，情动而歌，其念至真，其意至切，好色而不淫[1]，清丽而不香软，开中国婚恋诗雅正典范。诗学家胡应麟认为，“周之《国风》，汉之乐府，皆天地元声”[2]，既放纵恣肆，又清新无邪，毫无绣帐罗帷的柔靡。《诗经》中的婚恋诗尤以愁楚之声深入人心，求之不得

---

① 刘安为《离骚》作传时所评，参见黄灵庚：《楚辞章句疏证》，中华书局2007年版，第185页。

② 〔明〕胡应麟：《诗薮》，中华书局1958年版，第122页。

之哀，生离死别之伤，始乱终弃之愤，相思之苦，弃妇之痛，儿女情长，始终剪不断，理还乱。

《周南·汉广》展示了一个可思不可得的求爱心理。作者咏叹的是一种爱而无果的情思，与《关雎》对天作之合、和谐美满的诗歌情景适成鲜明对照：

> 南有乔木，不可休思。汉有游女，不可求思。
> 汉之广矣，不可泳思。江之永矣，不可方思。
> 翘翘错薪，言刈其楚。之子于归，言秣其马。
> 汉之广矣，不可泳思。江之永矣，不可方思。
> 翘翘错薪，言刈其蒌。之子于归，言秣其驹。
> 汉之广矣，不可泳思。江之永矣，不可方思。

男子倾慕一位南方女子，却是八个“不可”的自我止步。他爱慕的应是一位楚荆之地的女子。他们之间有千里川江的距离和民族文化的隔阂。他只能满怀惆怅地看着女子远走，而心中却放不下思念，比“求而不得”更忧伤的是“不可求之”。

《诗经》有大量诗篇诉说相思别离之苦，相思诗（思妇诗）蔚为大观。有“青青子衿，悠悠我心。纵我不往，子宁不嗣音”（《郑风·子衿》）的嗔责挂念；有“我姑酌彼兕觥，维以不永伤”（《周南·卷耳》）的思念如山；有“一日不见，如三月兮”“一日不见，如三秋兮”“一日不见，如三岁兮”（《王风·采葛》）的相思绵绵；有“绿兮丝兮，女所治兮。我思古人，俾无訧兮”（《邶风·绿衣》）的睹物思人；有“何斯违斯，莫敢或遑？振振君子，归哉归哉”（《召南·殷其雷》）的呼唤归来；有妻子对征夫日复一日的翘首盼望，“鸡栖于埘，日之夕矣，羊牛下来”，以至于“不知其期”“不日不月”的无尽等待（《王风·君子于役》）；还有深明大义的妇人——“伯兮朅兮，邦之桀兮。伯也执殳，为王前驱”（《卫风·伯兮》），以家夫出征为豪，而“自伯之东”之后的“首如飞蓬”，终究是“岂无膏沐，谁适为容”的哀寂。华夏初民的相思之苦，洒落在山林原野，萦绕于河畔江汜，情诗绵延千古，源头处即是《诗经》的长吁短叹，其声息凝作远古离歌。

《诗经》中的“弃妇诗”则是“情之愁楚”的另一番景象。比起相思之苦与离别之痛，“弃妇诗”则多是血泪交加的悲愤难当。周礼尚“男尊女卑”，《春秋谷梁传·隐公二年》有云：“礼，妇人谓嫁曰归，反曰来归，从人者也。

妇人在家制于父，既嫁制于夫，夫死从长子。妇人不专行，必有从也。”①《说文解字》亦解：“妇，服也。”②在缺乏独立基础的大环境下，妇人遭弃的悲剧就难以避免。《诗经》中的弃妇诗，或呜呼自伤，或声泪俱下，或愤懑啸歌，每个篇章背后都有一个悲情哀戚的妇人与一段无力挽回的离弃。《召南·江有汜》里遭弃的女子面对一江逝水长啸而歌；《邶风·谷风》通篇比体，泣诉从“贫贱相守”到“富贵易妻”的创痛；《卫风·氓》也是层层铺叙的婚变悲剧，又比《谷风》孤愤决绝。另有《王风·中谷有蓷》《郑风·遵大路》《小雅·我行其野》《小雅·小弁》《小雅·谷风》等，都有声声泪、字字血的哀戚。与此同时，《诗经》弃妇诗亦留下诸多公案与谜团，不少弃妇诗被解为怨刺诗，以“托言弃妇”之名，抒“遭际沦落”之叹，如《小雅·谷风》就有“刺幽王”之引类譬喻，《邶风·柏舟》也有解为“仁而不遇”之说。正是在《诗经》之后，中国诗歌里的“弃妇”与“逐臣”，一直互通置换，构成了一个丰富多元的诗歌象征体系，一方面延伸了“弃妇诗”的指称范畴，另一方面深化了“逐臣诗”的叙事内涵。

《诗经》中被千古传唱的篇章，以情诗居多，渗透着人类少年时期对生命哀感本色的感知，“情”与“礼”的难以调和，“小团圆”与“大抱负”的终难两全，誓言与约定在时空变迁中的无法持守，性别与身份在宗族社会中的永恒宿命。《诗经》反复吟咏的“情之愁楚”，从个体体验与生命本真出发，最终又超越了小男小女、小悲小戚的格局，升华到广阔的生命认知维度。

2. 家之忧思

在整个《诗经》时代，徭役远征是青壮男丁无可回避的选择，而对家族血缘的重视又是“周礼”至高的人伦理想，一面要实现对父母尽孝、对家室尽心的责任，一面又要履行为国尽忠、服兵役劳役的义务，这种不可不“守家”的理想与不得不“离家”的现实形成难以两全的宿命。因此，征人盼归、遥望家园、念家思亲，成为回响在《诗经》上空的长久叹息。

“父母之邦”是注重宗族血缘的先民永恒的守望，《诗经》中感念父母之辞可谓悲切隽永。《小雅·蓼莪》是欲报养育之德的哀伤深情：“无父何怙？无母何恃？出则衔恤，入则靡至。父兮生我，母兮鞠我。抚我畜我，长我育我，顾我复我，出入腹我。欲报之德。昊天罔极！”而《唐风·鸨羽》则是徭役征人因无法赡养父母而发出的呼天喊地的悲音：“肃肃鸨羽，集于苞栩。王事靡盬，不能蓺稷黍。父母何怙？悠悠苍天！曷其有所？”更有敢怒敢言的

① 〔清〕廖平：《谷梁古义疏》，中华书局2012年版，第21页。

② 〔东汉〕许慎撰，〔清〕段玉裁注：《说文解字》，上海书店1992年版，第614页。

《小雅·祈父》直斥上司让他无法归家侍奉老母的满腔怨愤："祈父，亶不聪。胡转予于恤？有母之尸饔。"在诸多思归"父母之邦"的《诗经》篇章中，有"千古羁旅行役之祖"之称的《魏风·陟岵》，开创了怀乡盼归诗独特的悲音模式：

> 陟彼岵兮，瞻望父兮。父曰：嗟！予子行役，夙夜无已。上慎旃哉，犹来无止！
>
> 陟彼屺兮，瞻望母兮。母曰：嗟！予季行役，夙夜无寐。上慎旃哉，犹来无弃！
>
> 陟彼冈兮，瞻望兄兮。兄曰：嗟！予弟行役，夙夜必偕。上慎旃哉，犹来无死！

人子行役，登高望乡，远望父母兄长，想象家中亲人此刻亦登高远望，耳边响起声声关切，父亲是"犹来无止"的嘱托爱怜，母亲是"犹来无弃"的难以割舍，兄长是"犹来无死"的祈愿情深。声画与感念融会，幻境与怀忆交织，《毛传》评曰"父尚义""母尚恩""兄尚亲"。《诗经》作为诗来读，得其神情要妙；《诗经》作为经来读，得其质理肌骨。

思归诗大多是行役出征者的望乡悲歌。在《诗经》所处的西周至春秋的时空里，正是兵戎相见征战不断的时代，《诗经》中少有直面描绘战场的征战诗，沙场征战的惊心动魄被守望家园的哀怨怅然替代。《小雅·采薇》就是千古传唱的征战诗经典：

> 采薇采薇，薇亦作止。曰归曰归，岁亦莫止。
> 靡室靡家，猃狁之故。不遑启居，猃狁之故。
> 采薇采薇，薇亦柔止。曰归曰归，心亦忧止。
> 忧心烈烈，载饥载渴。我戍未定，靡使归聘。
> 采薇采薇，薇亦刚止。曰归曰归，岁亦阳止。
> 王事靡盬，不遑启处。忧心孔疚，我行不来！
> 彼尔维何？维常之华。彼路斯何？君子之车。
> 戎车既驾，四牡业业。岂敢定居？一月三捷。
> 驾彼四牡，四牡骙骙。君子所依，小人所腓。
> 四牡翼翼，象弭鱼服。岂不日戒？猃狁孔棘！
> 昔我往矣，杨柳依依。今我来思，雨雪霏霏。
> 行道迟迟，载渴载饥。我心伤悲，莫知我哀！

《采薇》中对战争的描绘属旁敲侧击的笔法，“岂敢定居，一月三捷”的战争密度，“驾彼四牡，四牡骙骙。君子所依，小人所腓。四牡翼翼，象弭鱼服”的森严装备，“岂不日戒？猃狁孔棘”的紧张戒备，无不传递这场战争的激烈和险恶，然而该诗对战争艰险的描述并不着力，可谓点到即止，而全诗笔墨最重的，是征人无法归家的感伤。诗歌最终在“昔我往矣，杨柳依依。今我来思，雨雪霏霏”的时空怅惘中落幕。其实开笔就道出了原委——“靡室靡家，猃狁之故。不遑启居，猃狁之故”，外敌入侵是导致家园失落的原因。这首征战诗真正想表现的不是战争的残酷，而是抒发家族人伦理想无法实现的落寞怅然。

不言而喻，《诗经》“千古思归”的背后，是家园守望的夙愿失落，是有家难归的思亲悲情。“家”的内涵之于中国先民是一种人伦理想的寄托，这种忧思深深影响了后世羁旅行役之辞的创作，也一直萦绕在中国人的灵魂深处，至今仍有万千游子在承受这份百转千回的“家之忧思”。

3. 国之怨刺

周朝推行“家国同构”的宗法制度，“家庭—家族—国家”拾级而上，家国一体，先民以家及国，有朴素的家国情怀和天下关注。《小雅·北山》就有“溥天之下，莫非王土。率土之滨，莫非王臣”的认知。《诗经》中有大量抒发民生怨诽的诗作，有讽喻时局黑暗的诗作，有直刺时政弊端的歌讴，也有哀叹王朝更迭的诗篇，这些作品开中国文学“怨刺”之风，形成《诗经》中在“情”与“家”之上的“国”之怨刺。《文心雕龙·情采》有云：“盖风雅之兴，志思蓄愤，而吟咏情性，以讽其上，此为情而造文也。”① 在刘勰看来，《诗经》就是“为情而造文”之典范。

《诗经》中的“怨”诗多积郁重重，即所谓情深恨苦。先民日出而作日入而息，勤劳并不能摆脱困苦，毋宁说每日面临着无边的生之忧患——有“今也每食无余”“今也每食不饱”之饥馑匮乏的惶恐（《秦风·权舆》）；有“鸿雁于飞，集于中泽。之子于垣，百堵皆作。虽则劬劳，其究安宅”（《小雅·鸿雁》）之劳苦终日的忧戚；有“旱既大甚，则不可沮。赫赫炎炎，云我无所。大命近止，靡瞻靡顾”（《大雅·云汉》）之天灾荒年的忧愁。民之怨，大抵忧劳忧贫伤别离，百姓尚能承受劳作之苦与生计之艰，却难以排解离散之苦与生死一线，而“国之大事，在祀在戎”，为国出征恰是先民的责任与荣誉。徘徊于“守家”与“报国”之间难以取舍的隐痛，以《邶风·击鼓》一篇甚是深沉隽永：

---

① 周振甫：《文心雕龙今译》，中华书局1986年版，第287页。

击鼓其镗，踊跃用兵。土国城漕，我独南行。
从孙子仲，平陈与宋。不我以归，忧心有忡。
爰居爰处？爰丧其马？于以求之？于林之下。
死生契阔，与子成说。执子之手，与子偕老。
于嗟阔兮，不我活兮。于嗟洵兮，不我信兮。

《击鼓》一诗常被后人断章取义解为“情”诗，实为“怨”诗。有史以来，人类战争皆以牺牲个体幸福与家室团圆为代价，诗中毫不隐晦厌战情绪，有先民真实而质朴的对个体生命的尊重，《击鼓》可谓《诗经》中极富人性高度的一篇。如果说《击鼓》中的离散之怨还有“与子偕老”的期盼，而《黍离》中“国破家亡”的流离失所，就是“怨诗”中痛彻心扉的哀恸之至——“彼黍离离，彼稷之苗。行迈靡靡，中心摇摇。知我者，谓我心忧，不知我者，谓我何求?”西周覆亡，物是人非，有亡国之痛锥心刺骨，哀情至最深处，只化作一声叹息，大有不足为外人道的苦衷。

《诗经》中的“刺”诗多针砭时弊，激愤辛辣。东周初期，平王东迁，戎族侵扰，诸侯兼并，国土日削，社会动荡，真可谓天怒人怨。当权者亲小人，远贤良，居下位者的感受可用切肤之痛形容，此类诗作的效果，可用产生自下而上的反弹来表述。“刺”诗大体有三悲：一为“仕不遇”之哀，二为“政无德”之愤，三为“世不平”之怨。

“仕不遇”之哀，如《小雅·小明》。小吏长期奔波，久不得归，发出“曷云其还”的怨嗟，悔仕乱世，又劝诫诸君“嗟尔君子，无恒安处。靖共尔位，正直是与”。这首诗可以作为周朝的“小公务员悲歌”。又如《邶风·北门》，也是一个“终窭且贫，莫知我艰”的小官吏在诉说，一边是“王事适我，政事一埤益我”的公务繁重艰辛，一边又是“我入自外，室人交遍谪我”的尴尬，于是只能发出“天实为之，谓之何哉”的仰天长叹。

“政无德”之愤，如《小雅·十月之交》，怒斥王父所用非人，不顾社稷安危，以至“日月告凶”，而身为周大夫却还是有“民莫不逸，我独不敢休。天命不彻，我不敢效我友自逸”的担当；又如《大雅·节南山》斥责当权者行暴政、任小人、祸百姓，以诗为檄，“以究王讻”，为“式讹尔心，以畜万邦”。

“世不平”之怨，如《魏风·伐檀》，贬讽“不稼不穑”之人却能“取禾三百廛”，“庭有县貆”，发出“彼君子兮，不素飧兮”的愤懑之音；又如《魏风·硕鼠》以“硕鼠”讽“重敛”，刺苛政之横征暴敛，亦有“逝将去女，适彼乐土”的反抗与遥想。

《诗经》中，“怨”至深、“刺”至愤的诗篇，还有哀祭良臣的悼词，以痛惜“三良殉葬”的《秦风·黄鸟》为典范，清人陈继揆将此篇誉为“恻怆悲号，哀辞之祖”[①]。

交交黄鸟，止于棘。谁从穆公？子车奄息。
维此奄息，百夫之特。临其穴，惴惴其栗。
彼苍者天，歼我良人！如可赎兮，人百其身！

《黄鸟》一篇有史信可证。《左传·文公六年》：“秦伯任好卒，以子车氏之三子奄息、仲行、针虎为殉，皆秦之良也。国人哀之，为之赋《黄鸟》。”[②]中国自商周有活人殉葬的恶俗，相沿成风，不以为非，《墨子·节葬下》即云：“天子杀殉，众者数百，寡者数十；将军大夫杀殉，众者数十，寡者数人。”[③] 秦穆公当时用殉177人，其中三位良臣之子的殉葬，引发众人哀愤，遂咏悼词《黄鸟》。诗歌以黄鸟悲啼起兴，眼见“百夫之特”的良臣勇士，被推向死亡时“惴惴其栗”的恐惧与凄厉，唯有向苍天发出“歼我良人”的呼号与质问。全篇三章回环，分别悼奄息、悼仲行、悼针虎，重章叠句，哀恸往复。方玉润评此诗时说：“苛政恶俗，天子不能黜，国人不敢违。哀哉良善，其何以堪！”[④]《黄鸟》向当时以为习俗的殉葬制度发出控诉，正面质疑殉葬所代表的“忠、信、义”的正统价值观，在当时的历史时空里颇有离经叛道的抗争勇气。

《诗经》以怨愤哀愁最动情，以忧虑性情最感人，其志甚深皆从心灵喷发，其情至真无如肺腑回声，“怨”之切肤可感，“刺”之勇敢鲜活，民生、国家、制度的顽症恶结一件件被揭露出来。尤为纠结的是字里行间的无奈，在哀怨、讥讽、激愤之中，又兼有不舍、不弃、不离之情，复杂的情志交织成生命终极的哀感底色。

二、《诗经》悲情之美学品质

《诗经》在中国古典诗歌的源头上呈现了华夏哀感美学的风骨气格，不同于西方古典悲剧的崇高美学，《诗经》大多来自下层民间，故而有质朴率真的

---

① 严明：《〈诗经〉精读》，上海古籍出版社2012年版，第115页。
② 〔春秋〕左丘明撰，〔西晋〕杜预集解：《左传（春秋经传集解）》，上海古籍出版社1997年版，第446页。
③ 〔清〕毕沅校注，吴旭民校点：《墨子》，上海古籍出版社2014年版，第95页。
④ 严明：《〈诗经〉精读》，上海古籍出版社2012年版，第114页。

原始童心，抒发了真挚无邪的生命哀情。这种歌讴，经文人编纂修缮，在章句修辞上变得婉转中和，悲情愁绪收集和折叠于辞章内里。从审美意蕴上说，那是含英咀华；在诗学修辞上讲，那是间清间柔；于人文伦理上看，那是崇礼尚和。《文心雕龙·明诗》有言："大舜云：'诗言志，歌永言。'圣谟所析，义已明矣。是以'在心为志，发言为诗'，舒文载实，其在兹乎？诗者，持也，持人情性；三百之蔽，义归'无邪'，持之为训，有符焉尔。"[①] 《诗经》之"持"，有深沉内敛、坚忍柔韧、守中致和的品性，上古先民体察到生命本质的苍凉，用哀而不伤的清刚正气应对无从逃避的生之隐痛。

1. 含英咀华

《诗经》哀感不只局限于人间悲情，而是直指生命深处的隐痛，遣词用句朴质清朗，章法修辞含蓄内敛，寓哀情于草木英华，托比兴以引譬连类。《诗经》以"比兴"之妙，将满腹惆怅寓于自然万物，以"回环内化"将深情苦恨凝成浅唱低吟，以"一咏三叹"将声泪俱下化为优柔哀婉。

寓哀情于草木英华，是《诗经》将悲情愁绪化为诗性隐喻的独特创制，对中国后世文学影响深刻。潘富俊先生"左手文学，右手科学"，在熔铸植物学与古典文学的著作《草木缘情》中，特别关注了《诗经》中的草木情缘。在《诗经》的305首诗中，有153篇出现植物，占50.2%，即超过一半的《诗经》篇章内容提到或描述植物。[②]草木在《诗经》中多有隐喻，比如"棘"在《诗经》中通常成为恶兆的象征，如"肃肃鸨翼，集于苞棘"（《唐风·鸨羽》），"墓门有棘，斧以斯之"（《陈风·墓门》），"交交黄鸟，止于棘"（《秦风·黄鸟》）等。古人以为读《诗经》大可"兴观群怨"，次则"多识草木鸟兽之名"[③]，道出《诗经》在"格物"与"言情"上的双重造诣，草木缘情，含英咀华。

此外，《诗经》在形式上基本保留了上古时期的祝祭文辞的结构，以反复回环与圆转重叠为经典句式，让悲情在一唱三叹中徐缓下来，交错出笃厚的美感。以《小雅·鸿雁》为例：

鸿雁于飞，肃肃其羽。之子于征，劬劳于野。爰及矜人，哀此鳏寡。
鸿雁于飞，集于中泽。之子于垣，百堵皆作。虽则劬劳，其究安宅？
鸿雁于飞，哀鸣嗷嗷。维此哲人，谓我劬劳。维彼愚人，谓我宣骄。

---

① 周振甫：《文心雕龙今译》，中华书局1986年版，第55页。
② 潘富俊：《草木缘情——中国古典文学中的植物世界》，商务印书馆2016年版，第44页。
③ 〔明〕胡应麟：《诗薮》，中华书局1958年版，第4页。

全诗三章都以“鸿雁”起兴，兴中有比，比兴交融，吟咏背井离乡、无枝可依之痛。鸿雁一生迁徙，啼鸣凄厉，与地上的流民颠沛四方的境况两相应和。先民用他们可触可感的自然万物比喻起兴，以可亲可近的草木鸟兽托物言志，“比兴”之妙，本属修辞又超越章法，开创了独特的华夏美学意趣。《小雅·鸿雁》之后，“鸿鸟”“哀鸿”几乎成为中国文学游离之痛的代名词。全诗重章叠唱的圆转回环，形成一咏三叹的节律，层层演进的内在结构，构成清疏畅达的文脉肌理，一腔忧愤化为深沉咏叹，心有怨怒依旧内敛，强烈的悲哀郁闷绝不肆意宣泄，用温柔敦厚写怨气，抑情节忧却让哀情更加浓郁。

《诗经》的“含隐”手笔，将志意隐藏于文字之下，在某种程度上成就了“诗无达诂”的内在张力。从诗学的语用方面来说，《诗经》的文辞表达似简实繁，往往给丰富的意蕴包上诸多“谜面”，由此引发不少解析意图方面的论辩。以《邶风·柏舟》为例：

泛彼柏舟，亦泛其流。耿耿不寐，如有隐忧。
微我无酒，以敖以游。我心匪鉴，不可以茹。
亦有兄弟，不可以据。薄言往诉，逢彼之怒。
我心匪石，不可转也。我心匪席，不可卷也。
威仪棣棣，不可选也。忧心悄悄，愠于群小。
觏闵既多，受侮不少。静言思之，寤辟有摽。
日居月诸，胡迭而微？心之忧矣，如匪浣衣。
静言思之，不能奋飞。

全篇以“隐忧”为诗眼，忧抑至深，无以排遣，环环相扣，娓娓道来。《柏舟》的译注古今争辩不断，仅就作者性别与诗篇立意的考据就各执一词——《鲁诗》主张此诗为卫宣夫人之作；《毛诗序》云“《柏舟》言仁而不遇也，卫顷公之时，仁人不遇，小人在侧”①，认定以此诗为男子不遇于君而作；朱熹又力主《柏舟》为妇人之诗②；高亨《诗经今注》③、陈子展《诗经直解》④ 均以为男子作；而袁梅《诗经译注》⑤、程俊英《诗经译注》⑥ 又认为

---

① 周振甫：《诗经译注》，中华书局 2013 年版，第 37 页。
② 〔宋〕朱熹：《诗集传》，中华书局 2011 年版，第 21 页。
③ 高亨：《诗经今注》，上海古籍出版社 1980 年版，第 35 页。
④ 陈子展：《诗经直解》，复旦大学出版社 1983 年版，第 79 页。
⑤ 袁梅：《诗经译注》，齐鲁书社 1985 年版，第 125 页。
⑥ 程俊英：《诗经译注》，上海古籍出版社 2014 年版，第 33 页。

是出于女子手笔。其实《诗经》的考据既“不可或缺”，亦“不宜较劲”。《柏舟》通篇取喻起兴之妙，兼刚柔并济之风，哀情幽抑，忧思委婉，解为“士人忠愤”是为怨刺上品，解为“妇人忧恨”是为情诗佳作，都是人类永恒的生命隐痛和认知尴尬。

质言之，《诗经》作为“古歌谣”之集大成，蕴藏着彼时社会的诸多矛盾和先秦生民的苦难世事。可以说，《诗经》是用节制的笔法，借形象投射心志，用比兴守礼达意，把满腹惆怅寓于自然万物，让草木英华承载深情苦恨。

2. 间清间柔

《诗经》中透显着哀感，或为诗化的审美情景。除上述含蓄幽远的意境之外，词句清丽柔韧也是特长。用诗学的词汇表达，即有其间清间柔之美。《诗经》不仅长于隐喻比兴，也善于铺陈直叙，不少篇章明白如话。傅斯年先生就有这样的评价：“《诗三百》中一切美辞之美，及其超越楚辞和其他修文处，在乎直陈其事，而风采情趣声光自见，不流曲折以成诡词，不加刻饰以成蔓骈，俗言即是实言，白话乃是真话，直说乃是信说。《诗经》之最大艺术，在其不用艺术处。”[①]《诗经》之悲情愁绪从不失柔韧温厚，哀辞怨语也总是清丽婉转。不同于西方个体悲剧英雄的抗争模式，《诗经》之哀感悲情多来源于世俗民生，侧重表达人情伦理，并不刻意营造崇高感与神秘感，而是让生活中的沮丧、忧伤、悲苦、愁楚，缓缓流出，娓娓道来，既显其清婉和缓，又始终质骨柔韧。

《诗经》以“比兴”成其蕴藉典雅，以“铺陈”成其气骨清新，以赋吟悲，陈述的是并无大起大落的小生活，初读辄感平和温润，细品则感受到其中承载着延绵万古千秋的大哀寂。用栾栋先生的话说，剥开诗言志的外表，可以领悟出“诗归藏”的深旨。[②]《豳风·七月》是“敷陈其事”的典范，一年四季，衣食住行，按农事顺序逐一展现，春耕、秋收、冬藏、采桑、染绩、缝衣、狩猎、筑屋、酿酒、劳役、宴飨，如卷轴一般徐徐展开周朝生活情态的集体记忆，摒弃工巧华章的铺陈，却有日常生活的唱叹，苦乐自知的顿挫：

> 七月流火，九月授衣。一之日觱发，二之日栗烈。无衣无褐，何以卒岁。三之日于耜，四之日举趾。同我妇子，馌彼南亩，田畯至喜。
>
> 七月流火，九月授衣。春日载阳，有鸣仓庚。女执懿筐，遵彼微行，

① 傅斯年：《诗无邪》，中国华侨出版社2013年版，第117页。

② 参见栾栋：《文学通化论》，商务印书馆2017年版，第211—274页。

爰求柔桑。春日迟迟，采蘩祁祁。女心伤悲，殆及公子同归。

……

作为《国风》中最长的一首诗，《七月》之中有岁月艰难与农耕辛劳，有天伦之乐与丰收之喜，有谐和自然与顺应天时，有“田畯至喜”与“女心伤悲”。生命的哀感与喜悦都渗入生活的细处，不加繁饰的吟咏，沉淀为诗化的历史记忆，诚如栾栋先生所言：“中国传统文化中的诗歌近史学，文史诗意化，史通诗心，诗可证史。”①

中国自古以“柔”为德，《诗经》颂“柔”的章句众多——“仲山甫之德，柔嘉维则”（《大雅·烝民》）；“申伯之德，柔惠且直”（《大雅·崧高》）；“兕觥其觩，旨酒思柔”（《小雅·桑扈之什》）；“采薇采薇，薇亦柔止”（《小雅·采薇》）；“荏染柔木，言缗之丝。温温恭人，维德之基”（《大雅·抑》）。周礼“尚柔”的品性直接影响到儒家精神，《说文解字》释：“儒，柔也，术士之称。”段玉裁注：“儒之言优也，柔也，能安人，能服人。又儒者，濡也，以先王之道能濡其身。”②“温柔敦厚”既成为诗教，也成为文人儒士的品性，以“柔”为体，以“韧”为质。

先贤喜以“水”喻道，上善若水，太一生水，水为柔物，无形无态。《诗经》中就有大量以“水”为意象的诗篇，先民的生命哀情寄寓于江河湖海，如水绵延。《周南·关雎》《秦风·蒹葭》是水上情诗，求之不得之愁；《召南·江有汜》《邶风·柏舟》是望水兴叹，抒发遭弃飘零之痛；《邶风·泉水》《卫风·河广》《王风·扬之水》是借水起兴，倾诉别离思乡之苦；《唐风·扬之水》《曹风·下泉》《小雅·沔水》是以水喻世，申述安民思国之忧。

《诗经》哀情是中原先民的天地元声，却并无呼天抢地的哀号，而是用辞清字柔的节制将苦痛愁楚折叠起来，不让悲情肆意宣泄，也不让愤怒像火山爆发式地喷射，大多数篇章是以言志却又隐蔚的诗思，既写悲情，也蓄归心。生命的无常，人间的隐痛，自然的节律，都经由原诗汩汩流出。

3. 尚礼尚和

《诗经》成书于春秋中期，时空跨度一千余年，在《诗经》时代，“礼乐”传统从登峰造极到逐渐瓦解。《诗经》本身也是适应周礼传播的需要编纂而成的一部礼乐文化的范本。“诗”“礼”“乐”相辅相依。“不学《诗》，无以言。”“不学礼，无以立。”（《论语·季氏》）子曰：“兴于《诗经》，立于礼，

---

① 栾栋：《文史哲学阙略管见》，《哲学研究》2005 年第 12 期。

② 〔东汉〕许慎撰，〔清〕段玉裁注：《说文解字》，上海书店 1992 年版，第 366 页。

成于乐。”（《论语·泰伯》）诗、礼、乐是君子之道不可分割、一脉相承的有机整体。《诗经》既呈现先民的生活与情感，也肩负施于礼乐、告神教化的使命，在初民社会的婚嫁丧葬、祭神飨祖、农事生活、出征献捷等仪式中吟诵流传，以诗明礼，诗礼相依。

《诗经》中处处有人类童年的率真性情，又有不越礼义的持守，“发乎情”与“止乎礼”之间的平衡，形成理智与情感的平衡，原欲的“逾礼”本能与道德的“持礼”追求，构成《诗经》悲情的深层模式。以《郑风·将仲子》为例：

> 将仲子兮，无逾我里，无折我树杞。岂敢爱之？
> 畏我父母。仲可怀也，父母之言，亦可畏也。
> 将仲子兮，无逾我墙，无折我树桑。岂敢爱之？
> 畏我诸兄。仲可怀也，诸兄之言，亦可畏也。
> 将仲子兮，无逾我园，无折我树檀。岂敢爱之？
> 畏人之多言。仲可怀也，人之多言，亦可畏也。

《将仲子》通篇都在“以礼节情”，女子面对试图翻墙逾园步步逼近的仲子的热烈追求，充满惊惧的求告，“无逾我里”“无逾我墙”“无逾我园”的回环递进，“畏我父母”“畏我诸兄”“畏人之多言”的众口嚣嚣。“逾里”“逾墙”“逾园”是“逾礼”的生命本能，而“父母”“诸兄”“人言”是“持礼”的人伦秩序，诗篇主旨最终倾向于“不背礼义”的舍爱求孝，“将仲子”模式的爱情悲剧可谓中国古典爱情悲剧的经典结构，本质上是尚礼护礼的精神旨趣。

《诗大序》曰：“至于王道衰，礼义废，政教失，国异政，家殊俗，而变风、变雅作矣。国史明乎得失之迹，伤人伦之废，哀刑政之苛，吟咏情性，以风其上，达于事变，而怀其旧俗者也。故变风、发乎情，止乎礼义。”[①]《诗经》中有不少诗篇是在周礼传统产生激烈震荡的时期创作的，一面是尚礼持礼的追求，一面是礼崩乐坏的现实，构成一个矛盾尴尬的哀感时空，这也是《诗经》中“变风”“变雅”篇章的来源，或伤人伦之变，或哀政局之弊，或抒怀古之情，或愤当世之俗，是《诗经》中具有批判意识的篇章，究其主旨，不背礼义。

《诗经》哀情遵循“守中致和”的传统，不同于西方悲剧“抗争毁灭”的

---

① 阮元刻《十三经注疏》本《毛诗正义》卷一。

模式，悲情的展开不以“斗争”与“胜败”模式终结，而以“和合”与“内化”的中庸模式进行平衡。西方悲剧的呈现通常是直线式的由低到高、从美好到毁灭的大悲大恸，而以《诗经》为代表的中国古典哀感文学则多是“平和—悲恸—平和”的“和合”结构。“黍离”之悲回环在“知我者，谓我心忧；不知我者，谓我何求”的怆然隐涕中；“硕鼠”之愤收尾在“乐土”“乐国”“乐郊”的乌托邦遥想中；“蒹葭”之怅融化在“宛在水中央”“宛在水中坻”“宛在水中沚”的远近中和处。

《诗经》中的悲歌兼具情感的纯真与理性的持守，情与理的冲突和合为动态的平衡，既不让礼义过分沉重，压迫性情的抒发，也不让情感过于恣肆，超出理性的控制，形成守中致和的哀感审美。

三、《诗经》悲情之纵横绵延

《诗经》是中国哀辞的发端，先民触摸到生命的深刻悲情，以哀而不伤、怨而不怒的抒情诗的方式吟诵流传，并被奉为儒家经典，成为千古中国文人立言之本。《诗经》质朴温厚的悲情愁绪，持续回响在后世文学的演进中，对后来的诗歌、辞赋、戏曲都产生了深远影响，在华夏哀辞的广袤时空里，《诗经》的脉搏一直在生生不息地跳动。同时，《诗经》的哀感美学也绵延至周边列国，尤以日本受其影响至深，直接催生了东瀛和歌的“吟悲”传统，成为日本哀诗的源流。

1. 华夏哀辞之祖

《诗经》既是中国诗歌的源头，也是华夏哀辞之祖。《诗经》建立的悲诗体例——风、雅、颂，赋、比、兴，彰显了中国诗歌亦正亦葩的情采风貌；《诗经》开创的悲诗题材——怀人、闺怨、边塞、送别、行役、思归、怨刺，都凝练成中国哀诗的经典范式；《诗经》创造的哀情审美——隐抑、深沉、柔韧、中和、敦厚，长久沉潜于中国文学与文化的静水深流处。

汉代乐府诗与《诗经》有类似的诗歌来源，乐府诗“观风俗，知薄厚”的民间采诗方式，与《诗经》的诗歌来源颇具相似性。乐府诗《孔雀东南飞》和《上山采蘼芜》，都能见出与《卫风·氓》一脉相承的悲情特征。《诗经》的这股“氓风”对后世影响深远，凄婉和凄绝的哀情诗此起彼伏，绵延不断，不仅苦吟低唱在民间，而且回响缭绕在宫廷。汉乐府民歌《上邪》“上邪！我欲与君相知，长命无绝衰。山无陵，江水为竭，冬雷震震，夏雨雪，天地合，乃敢与君绝”，明显继承了《诗经》情诗的哀诉手法。《陌上桑》所述罗敷故事，也能回溯到《卫风·硕人》的情采。汉乐府诗歌的题材也大多涉及战争、徭役、爱情，既承袭了《诗经》真挚恳切的悲情，也强化了《诗经》述说“缘事而发”的特质。这种哀情愁绪，如江河行地，飘风时来，一直在中国诗歌中流传。我们从后世的《孔雀东南飞》《长恨歌》《琵琶行》《莺莺传》和《双鸩篇》等诗作中，都可见源源不断的哀风哀情。而今传世的《兰花花》《走西口》《九月九》等耳熟能详的现当代民歌和流行乐曲，再次说明哀辞哀诗是社会的脉搏，是生民的新声。

哀情不止于爱情。感伤坎坷，忍气无奈，书写慷慨，无不有哀情佳篇。身处乱世的建安文人，对《诗经》的愁绪有不俗的抽绎。其中曹氏父子的诗作将《诗经》哀感笔法化用至出神入化。曹操的《短歌行》极尽《诗经》化用之妙，“青青子衿，悠悠我心。但为君故，沉吟至今。呦呦鹿鸣，食野之苹。我有嘉宾，鼓瑟吹笙”，将原本温润清柔的《郑风·子衿》与《小雅·鹿鸣》改造成求才若渴的壮志雄心；《龟虽寿》感喟“老骥伏枥，志在千里。烈士暮年，壮心不已”，款款壮志，饱含生之忧思。曹丕诗作时常直接引用《诗经》中的原句（如《短歌行》《秋胡行三首》），或取词入诗（如《悼夭赋》《善哉行》《登城赋》），亦有诸多意象、主旨入诗入文。曹植更以《诗经》为案头经典，著文作诗皆得风雅要妙，诗句与篇名随处可见对《诗经》的化用，在其《求通亲亲表》中即有言：“远慕《鹿鸣》君臣之宴，中咏《棠棣》匪他之诫，下思《伐木》友生之义，终怀《蓼莪》罔极之哀。”①曹氏父子对《诗经》的沿袭深得哀感大旨，一面是天赋英才建功立业的宏图伟愿，一面是人生苦短乱世飘零的生命感伤，慷慨悲歌时，随处可以聆听到《诗经》与“三曹”诗歌的隔世交响。

谈论《诗经》之哀情，还应看到这部典籍为诗学长河贡献的许多哀辞母题，如弃妇怨妇之痛，羁旅行役之苦，黍离时世之悲……《古诗十九首》之别离苦旅，曹植《七哀》的思妇之沉郁，王昌龄《长信秋词》不披君恩的凄清，都可寻得《诗经》的遗痕。王朝更迭交替之时，风雨如晦之夜，悲思最撼人心扉。从《王风·黍离》的亡国悲音顺流而下，历代回声不绝。向秀赋《思旧》，左思唱《咏史》，刘禹锡吟《乌衣巷》，杜甫讴《春望》，无不是这一脉的杰作。辛弃疾《定风波》豪放，姜夔《扬州慢》声动，“船山词”怆怀未平，吴梅村《秣陵春》又起。“在中国诗歌发展史上，风花雪月卿卿我我的软艳香浓文学固然不少，然而真情动人风骨感人的作品，毕竟以豪爽之哀情歌讴让人难忘，以通和致化的大气作品学究天人。”②

---

① 赵幼文：《曹植集校注》，人民文学出版社 1998 年版，第 436 页。

② 参见栾栋：《诗学讲义 2》（未发表书稿，第二章）。

《诗经》的哀感美学也在很大程度上影响了中国悲剧的整体基调，沉郁怅然，守中致和，悲怆中有“团圆”，不违风俗伦理，不越王道纲常。韩愈《进学解》评介上古诸文：“《春秋》谨严，《左氏》浮夸，《易》奇而法，《诗》正而葩。”[①]《诗经》之妙在其“正亦葩”，拥有纵横绵延的柔性张力。《诗经》对华夏文化的影响其实已远远超出了“诗”的领域，延展到历史学、社会学、民俗学、人类学等诸多视野，这些都是当代《诗经》研究的新方向。

2．诗骚怨刺之始

“风骚”二脉是中国诗歌直至整个中国文学的精神源头，而“楚骚”的悲愤控诉就直接受到《诗经》怨刺诗的影响，又汲取楚地风流自创一格。诚如鲁迅先生所言：“楚虽蛮夷，久为大国，春秋之世，已能赋诗，风雅之教，宁所未习，幸其固有文化，尚未沦亡，交错为文，遂生壮采。”[②]“诗”与“骚”既内有承袭又互不淹没，各成中国哀感文学的上游经典。汉代刘安在其《离骚传》中称：“《国风》好色而不淫，《小雅》怨诽而不乱，若《离骚》者，可谓兼之。”[③] 称道“风”之鲜美蕴藉与“雅”之怨刺中正，淮南王以“风雅”并列赞美《离骚》，可谓一语点破“诗”与“骚”的内在承接脉理。南朝刘勰《文心雕龙·辨骚》开篇，就指出“诗骚”的承续以及异同关系。他认为，“自风雅寝声，莫或抽绪，奇文郁起，其《离骚》哉”[④]，又说“固知《楚辞》者，体《慢》于三代，而风《雅》于战国，乃《雅》《颂》之博徒，而词赋之英杰也”[⑤]。刘勰概括说，楚骚“虽取熔经意，亦自铸伟辞”[⑥]，因而成就了文学典范，对诗骚承传递进的内在脉络阐述得颇为清楚。鲁迅认为《离骚》对后世的影响力或高于《诗经》：“较之于《诗》，则其言甚长，其思甚幻，其文甚丽，其旨甚明，凭心而言，不遵矩度。故后儒之服膺诗教者，或訾而绌之，然其影响于后来之文章，乃甚或在三百篇以上。”[⑦] 概言之，《诗经》的哀感抒情对《楚辞》的忧思怨愤产生了影响，楚骚又大胆熔铸创新，“气往轹古，辞来切今”[⑧]，终与《诗经》并驾齐驱而各表风流。诚可谓双峰并峙。

---

① 〔唐〕韩愈：《进学解》，见《韩愈散文选集》，百花文艺出版社2009年版，第159页。
② 鲁迅：《汉文学史纲要》，见《鲁迅全集》第10卷，人民文学出版社1973年版，第543页。
③ 周振甫：《文心雕龙今译》，中华书局1986年版，第40—41页。
④ 周振甫：《文心雕龙今译》，中华书局1986年版，第40页。
⑤ 周振甫：《文心雕龙今译》，中华书局1986年版，第44页。
⑥ 周振甫：《文心雕龙今译》，中华书局1986年版，第44—45页。
⑦ 鲁迅：《汉文学史纲要》，见《鲁迅全集》第10卷，人民文学出版社1973年版，第543页。
⑧ 周振甫：《文心雕龙今译》，中华书局1986年版，第45页。

《楚辞》对《诗经》的承袭主要体现在针砭时政的“怨刺”精神与爱国伤世的忧患意识上。郑玄在《六义论》中道：“诗者，弦歌讽谕之声也。……作诗者以诵其美而讥其过。”[①]“美刺”成为《诗经》作为经学存在的政治使命。《诗经》中的怨刺诗主要创作于西周厉王、幽王时期和东周初年，正是周王室衰微之时，如《大雅》中的《民劳》《桑柔》《瞻卬》《板》《荡》，以及《小雅》中的《十月之交》《节南山》《雨无正》《正月》《小明》等，“忧”“戚”“悲”“哀”“苦”“惨”的凄苦幽怨俯拾皆是。几百年后楚人屈原所处的怀、顷襄二王的时代，王道衰微、国势渐弱、昏君佞臣的境遇有过之无不及，屈子之恸，不吐不快。“诗骚”奠定了中国诗人强烈的入世精神，也在很大程度上决定了中国怨刺诗独特的情感和艺术基调。同时，《诗经》的素朴质实，《骚》之秾华绮丽，让中国诗歌有了文质并茂的景象。

在古代中国的历史环境中，“为君谏言”既是士人的责任，也会带来危殆，刘向有“五谏”之说——“一曰正谏，二曰降谏，三曰忠谏，四曰戆谏，五曰讽谏”[②]，更坦言“不谏则危君，固谏则危身”，士人如何保持气骨担当又保全性命安康，“讽谏”成为“上不敢危君，下不以危身”的中和选择。“以诗讽谏”成为中国士人在“怨与不怨、谏与不谏”之间选择的第三条道路。这个源头即可追溯到《诗经》中的怨刺诗，时逢政乱风衰，抒怀自伤伤时，冀君重振朝纲，其言温雅平和，其怨锋芒内敛，其情深婉隽永。后世士人以此为志，怨刺诗得以绵延，最有代表性的是诗歌盛世的唐代文人，陈子昂倡导“风雅”“兴寄”，李太白感叹“大雅久不作”，杜工部崇尚“别裁伪体亲风雅”，韩昌黎推举“周诗三百篇，雅丽理训诰”，白居易意欲“惟歌生民病，愿得天子知”，无不以《诗经》之怨刺精神为终极旨归，不仅真情放达，诗采风流，更无时无刻不以家国天下为己任。《诗经》随着中国科举制度渗入儒士的精神深处，影响着世代读书人的价值体系，士人又通过自身“以诗讽谏”的创作巩固了《诗经》不可动摇的经典地位，这种影响、接受、创新、反哺的循环往复，汇成中国哀感文学的“怨刺”支流，让中国古诗的悲情不寓于“个体生活”空间里的感物伤怀，而具有一以贯之“为君为民”的天下关怀。

3. 东瀛和歌之源

《诗经》的悲情愁绪不仅在华夏历史上沿承回响，也扩散到周边列国，影响最直接的当属日本。至少自唐代，《诗经》就作为“五经”之首传入日本，以“经学”与“文学”的双重经典广为流传。《诗经》的清刚雅趣与礼乐精神

---

① 〔唐〕孔颖达：《毛诗正义》，北京大学出版社 1999 年版，前言第 5 页。

② 〔西汉〕刘向撰，程翔译注：《说苑译注》，北京大学出版社 2009 年版，第 224 页。

迅速感化了东瀛士人。《诗经》与“诗教”旋即融入日本贵族教育体系，被列为古代日本知识分子的必读书，也成为世家子弟明经习文的教材。《诗经》本身具有复杂而丰富的信息体系，对日本文化的影响并不仅止于文学。时至今日，《诗经》的题旨和名句如种源一样，在日本的文学、艺术、民俗等领域扩散、生根、开花、结果。甚至很多古迹和建筑的命名都可寻觅出《诗经》的踪迹。

日本最早的和歌集《万叶集》被誉为“日本的《诗经》”，无论是博取民间的采诗方式，还是现实画卷的真切描摹，或是感同身受的生之悲情，直至下层人士的不平则鸣，都颇得《诗经》旨趣。《万叶集》中大量的词汇直接来源于《诗经》，作诗手法也习得“比兴”之妙。自唐代起，《诗经》以及大量中国诗歌传入日本，与日本本土的民歌相结合。日本士人加以融合揉化，汉为和用，开启了和文学的哀感悲吟。紫式部《源氏物语》的“物哀”观念和本居宣长著作中的“物哀”理论，都可以从中国《诗经》的哀情愁绪中察见底蕴，从《楚辞》的孤寂幽愤中见出端倪，从陆机《文赋》、刘勰《文心雕龙》的“物感”“物色”中寻到文辞和思绪的借鉴。

发展到平安时期的《古今和歌集》，这种源于《诗经》的哀感传统，一面继续沿袭，一面又悄然变奏。日本和歌理论体系是在《诗经》的诗论体系上搭建起来的，受《诗大序》与《毛诗正义》的影响极深，和歌最具风骨的“吟悲”之美，直接源于《诗经》浓墨重彩的投影。《古今和歌集》的汉文序中这样阐述和歌：“夫和歌者，托其根于心地，发其花于词林者也。人之在世，不能无为。思虑易迁，哀乐相变。感生于志，咏形于言，是以逸者其声乐，怨者其吟悲。可以抒怀，可以发愤。动天地，感鬼神，化人伦，和夫妇，莫宜于和歌。”①

这段序言对《诗大序》与《毛诗正义》的套用一目了然，但又有气骨品格上的美学差异：首先，和歌的生发“托其根于心地，发其花于词林者也”，明显化用了《毛诗序》之“在心为志，发言为诗”，但和歌不重“言志”，偏重“述怀”；其次，《毛诗序》对诗有“正得失，动天地，感鬼神”的追求，而和歌序删减了“正得失”一说，弱化道德规约而强化情感舒张；最后，将《毛诗序》“经夫妇，成孝敬，厚人伦，美教化，移风俗”的《诗经》旨趣，仅留存对“夫妇”与“人伦”的功用，且“经夫妇”改为“和夫妇”，“厚人伦”改为“化人伦”，和歌重主观的“情”之和谐远甚于“礼”之训导。《古今和歌集》汉文序对和歌起源功用的阐释，承袭了《诗经》的主旋律，而每

① 王晓平：《日本诗经学史》，学苑出版社 2009 年版，第 163 页。

一个细处的增减改动，又显现出东瀛和歌哀感审美的变奏——轻“言志”而重“缘情”。

再观《古今和歌集》日文序，这种哀感的内在差异就更为鲜明：“和歌以人心为本，发之则为各种文采，世间人事，百端繁复，心有所思，托于耳闻目睹而形之于言。若闻花间鸣莺，水中蛙声，一切生物，何不可歌？不用力而动天地，未过目而感鬼神，和合男女之情，慰藉武夫之心者，和歌也。”①

在日文序的表述中，和歌的功用在于“和合男女之情，慰藉武夫之心”。和歌的题材指向“花间鸣莺，水中蛙声”，所谓“动天地，感鬼神”，也多寓于风花雪月、男欢女爱的个体生命与主观情感中。作为平安时期日本文学代表作的《古今和歌集》，其中恋歌就占三分之一。日本和歌承袭了《诗经》“吟悲”的气质，却逐渐舍弃了内里“言志”的情怀，无意于怨刺讽谏，不立足天下苍生，与政治伦理与社会现实保持某种程度的疏离。从奈良平安时代的诗作，到中世《闲吟集》里吟诵性情的“小歌”，以及熟读汉诗的“五山诗僧”的禅诗，直至江户时代儒士町人拥习《国风》，纵观各个时期的《诗经》接受史，都有亦近亦疏的承袭与变奏，大体还是重“诗情”而轻“诗志”。日本诗歌始终贯穿“和魂”之哀情，具有愁楚感伤之美，却也一直局限于“小文”“小我”的主观悲情。在这个层面上，日本文学的哀感始终缺乏“文学非文学”的他化精神②，也因此乏善天地大哀的非凡气宇。

《诗经》之悲情愁绪抒发了中国先民的生存艰辛，也触到了人类永恒的生命隐痛，在“二雅”与“十五国风”中，愁楚悲吟远多于旷达欢歌。台湾裴普贤先生对《诗经》中的重章叠句进行过专门的统计，发现使用最多的重复短语是“心之忧矣”（共11篇，出现26次）。③孔子有言“诗亡隐志”，华夏先民从个体的天性与际遇出发，吟咏相思别离，叹息远征思归，怨刺世道民生，在浩浩氤氲之气中抒怀悲歌，一派天地元声。更值得称道的是，《诗经》哀感并不受困于人间悲情，不沉沦于世道艰辛，不局限于个体家园，这腔悲音有笃厚柔韧的持礼节制，有含英咀华的内化隐抑，有守中致和的温雅中正，有家国天下的广阔关怀。《诗经》用哀而不伤的悲歌吟咏出一个清刚雅正的“诗经中国”，让中国哀辞从源头处呈显出了高远气象与温厚品格，与天地精神往来，与大道根源俱化。唯其率真，愁楚亦有大美；唯其温厚，哀情通和致化。

---

① 王晓平：《日本诗经学史》，学苑出版社2009年版，第164页。

② 栾栋：《辟文学别裁》，《文学评论》2010年第4期。亦可参见栾栋：《文学通化论》，商务印书馆2017年版，第95页。

③ 转引自郑毓瑜：《引譬连类：文学研究的关键词》，联经出版事业股份有限公司2012年版，第148页。

第二章 楚骚悲情与日本物哀[1]

① 本章作者为广东外语外贸大学王焱教授。

楚人多情，楚辞多哀。楚声楚调，动人心魄。当然，楚辞不限于悲哀一色，本章以悲哀为要论，是想就楚辞最突出的特点谈一点看法，而在与日本物哀文学的比较中，楚骚的悲情尤其让人难以忘怀。

一、楚骚悲情

“楚辞”体是公元前4世纪战国时代的伟大诗人屈原创建的一种诗体。西汉末，刘向把屈原的作品及宋玉、东方朔、庄忌、淮南小山、王褒等人“承袭屈赋”的作品编辑成集，加上自拟《九章》而写的《九叹》合为一集，名为《楚辞》。从此，“楚辞”便成为一本诗歌专集的名称。楚辞作家中，屈原是核心人物，宋玉次之。之所以称为“楚辞”，不仅因为它的创建者屈原是楚国人，更是因为楚辞（尤其是屈原、宋玉的作品）表现了强烈的南楚地域性。宋代黄伯思在《翼骚序》中指出：“盖屈宋诸骚，皆书楚语，作楚声，记楚地，名楚物，故可谓之‘楚辞’。”（《宋文鉴》卷九十二）楚辞运用楚地（今两湖一带）的文学样式、方言声韵，叙写楚地的山川人物、历史风情，具有浓厚的地方特色。

屈原的《离骚》是《楚辞》的代表作，后人以偏概全便将楚辞体作品通称为“骚体”，或简称为“骚”，并与《诗经》并称“诗骚”。刘勰的《文心雕龙·辨骚》就有以“骚”作为整个楚辞作品之代称的倾向。

悲情是楚骚的一种典型情绪，屈原、宋玉等诗人常在作品中抒发其仕途失意之愤懑，时世艰危之感喟，羁旅漂泊之哀愁，生命憔悴之怅惘，万物凋零之伤情。下面，笔者将对《楚辞》中具有悲情基调的重要篇章加以介绍。

《离骚》是屈原根据楚国的政治现实和自己的不平遭遇，“发愤以抒情”而创作的一首政治抒情长诗。《离骚》的题意，主要有两种解释。第一种是王逸《楚辞章句》，解释为离别之愁：“离，别也；骚，愁也。言已放逐离别，中心愁思，犹依道径以讽谏君也。”第二种是遭遇忧患。班固《离骚赞序》：“离，犹遭也。骚，忧也。明已遭忧作辞也。”在先秦典籍中，“离”多与“罹”字通。显然，这两种解释都将悲情视为屈原抒情的基调。

司马迁在《史记·太史公自序》中说：“屈原放逐，乃赋《离骚》。”据姜亮夫先生考证，“《离骚》的开始写作当在怀王十六年屈原被上官大夫所谗而见疏之时”[①]。在《史记·屈原列传》中，司马迁引刘安《离骚传》说：“屈平疾王听之不聪也，谗谄之蔽明也，邪曲之害公也，方正之不容也，故忧愁幽

① 姜亮夫、姜昆武：《屈原与楚辞》，安徽教育出版社1996年版，第30页。

思而作《离骚》。离骚者，犹离忧也。”又说：“屈平正道直行，竭忠尽智以事其君，谗人间之，可谓穷矣。信而见疑，忠而被谤，能无怨乎？屈平之作《离骚》，盖自怨生也。”可见，《离骚》是屈原满怀“信而见疑，忠而被谤”的委屈、“忧愁幽思”的怨愤，感慨于笔端而成。

《离骚》全诗以叙事为脉络，可分为五大部分。第一部分从家世和出生写起，诗人回顾了自己的奋斗历程及不幸遭遇，满腔悲愤地表述了矢志不渝的精神和九死未悔的态度。第二部分诗人面对自己的失败，进行了一番深刻的反思，并由此坚定了信念。第三部分诗人重新求索，然无结果。第四部分诗人又陷入苦闷与徘徊之中。第五部分诗人虽然在通过审慎思虑后决定离去，但最终还是因为“眷顾楚国”而决然放弃，愿效法彭咸“以死殉国”。全诗流露出诗人无比的忧愤和难以压抑的激情，如大河之奔流，浩浩荡荡，不见端绪。

《九章》与《离骚》的情调风格极为相近，记录了屈原大半生的追求、探索和不幸的遭遇，是一组充满政论色彩的抒情诗，是屈原悲剧身世的缩影。依王逸《楚辞章句》的次序，《九章》包括《惜诵》《涉江》《哀郢》《抽思》《怀沙》《思美人》《惜往日》《橘颂》《悲回风》。《九章》中绝大部分的篇章都带有浓浓的悲郁色彩。其中，《惜诵》表现了诗人在政治上遭受打击后的愤懑心情，内容略与《离骚》前半篇相似。《涉江》似是自述放逐江南的行迹，反映了诗人高洁的情操与黑暗混浊的现实生活的矛盾。《哀郢》抒写了诗人对破国亡家的哀思及对人民苦难的同情。《抽思》大概作于屈原被疏于汉北之时，抒发了诗人见疏于怀王之后的忧郁幽怨之情。《怀沙》为屈原自沉之前不久所作，着重叙写了诗人不与世浮沉的节操以及准备以死殉道的决心。《思美人》反映了诗人思念其君而不被理解，但又不愿变节从俗的忠贞之情。《惜往日》被认为是屈原投江之前的绝命词，痛心疾首地概述了诗人一生的政治遭遇，以及对小人当道、国君昏庸的沉痛心情。《悲回风》流露出一种低回缠绵的忧苦之情。

《九歌》以楚国宗祖功德、英雄业绩、山川神祇、自然风物、神话故事和历史传说为诗，抒发了诗人晚年放逐南楚沅湘之间忠君爱国、忧世伤时的愁苦心情，呈现出深邃、幽隐、曲折、婉丽的情调。《九歌》包括《东皇太一》《云中君》《湘君》《湘夫人》《大司命》《少司命》《东君》《河伯》《山鬼》《国殇》《礼魂》。其中，《国殇》一篇悼念和颂赞了为楚国而战死的将士，有热烈的礼赞，也有慷慨悲歌。其他多数篇章，则皆描写神灵间的眷恋，表现出深切思念或所求未遂的忧伤。如《湘君》表达了湘夫人因湘君未能如约前来而产生的失望、怀疑、哀伤、怨恨之情。《湘夫人》以湘君思念湘夫人的语调而写，描绘了湘君驰神遥望、祈之不来、盼而不见的惆怅心情。两篇作品内容相近，情意缠绵，男女情痴，哀艳动人，抒发了死生契阔、会合无缘的绵绵凄怨之情，隐约间寄托了作者的无限忧思。王逸认为《九歌》是屈原放逐江南时所作，当时屈原“怀忧若苦，愁思沸郁”，故通过制作祭神乐歌，以寄托哀情。

屈原之后的宋玉亦承袭了这一悲情基调，以《九辩》开创了“悲秋”这一中国士大夫文人的审美传统与文化主流。《九辩》是宋玉进入老境后写成的，他所处的时代比起屈原的时代更为日暮途穷，昏君佞臣败坏纲纪，贤人才士斥弃在野。西风残照般的现实对每一个具有民族意识的楚国人来说，都是可悲而触目惊心的，对于心系故国、怀才不遇的宋玉来说更是如此。于是，《九辩》首章便以“悲哉！秋之为气也”发端，肃杀凄凉的深秋景象象征着楚国满目疮痍的现实，同时也勾起了宋玉那种“秋光易老，好景不再”的无边悲凉之情。

诗人一边看那紫燕辞归，鸿雁南游，一边嗟叹“时亹亹而过中兮，蹇淹留而无成”。赤心不变，忠贞报国，可惜“君不知兮其奈何”，孤独漂泊的诗人于是彻夜难眠，苦痛何有终极！连大自然的萧条秋景都与自我的身世一同悲凉，更加强烈地摧折着诗人的肝肠：

> 皇天平分四时，窃独悲此凛秋。白露既下百草兮，奄离披此梧楸。去白日之昭昭兮，袭长夜之悠悠。离芳蔼之方壮兮，余萎约而悲愁。①

身世之飘零与深秋之感遇，给他心灵重重蒙上愁云惨雾，不免郁结于胸，难以平复，遂有“岁忽忽而遒尽兮，恐余寿之弗将”的生不逢时与无可奈何；再想到那君主的疏离，小人的当道，一时思接千载之上，倾吐了与屈原同根同源的心情，诗人怒斥奸佞小人，“何时俗之工巧兮，背绳墨而改错”。然而，他一面洁身自好，独善其身，一面又意志消沉，自怜自叹，与这“悲秋”之情融而为一，自感时运不济，命途多舛，与秋之惨败、凋零、肃杀相映对照，几乎绝命般吟出“恐溘死而不得见阳春乎”的无力回天之悲。这是他作茧自缚的一面，亦是其无法做到像屈原般“沧浪之水清兮，可以濯我缨。沧浪之水浊兮，可以濯我足”，“虽九死其犹未悔”的原因。所以屈原爱国骂君，宋玉怨君却又爱君：

> 今修饰而窥镜兮，后尚可以窜藏。愿寄言夫流星兮，羌倏忽而难当。

---

① 袁梅：《屈原宋玉辞赋译注》，齐鲁书社2008年版，第24页。

> 卒壅蔽此浮云兮，下暗漠而无光。[1] ……
>
> 愿赐不肖之躯而别离兮，放游志乎云中。……计专专之不可化兮，愿遂推而为臧。赖皇天之厚德兮，还及君之无恙。[2]

痛斥着谗人蔽君、颠倒黑白、败坏国事的诗人，本准备乘车远行，诀别君王的诗人，到最后仍念念不忘剖白心迹，呼告皇天，匡正君王，保佑君王。这种“怨而不怒”的态度表现了诗人万念俱灰但又反复留恋之间的莫大反差与悲痛。宋玉在《九辩》中的“悲身世”与“悲秋”之悲情表达，延续了屈原《离骚》以降的悲情基调，对后世文学影响深远。

二、日本物哀

“物哀”是贯穿在日本传统文化和审美意识中的一个重要观念。“物哀”一词，日语写作“物の哀れ”（もののあわれ）。据日本史书《古语拾遗》考证，“哀れ”（あはれ）原本是感叹词，可用于表达一切情感，如同汉语中的“呜呼”“啊”“唉”一样。

“物哀论”由日本江户时代国学家本居宣长（1730—1801）最早提出。他在《〈源氏物语〉玉小栉》中，把日本平安时代的美学理论概括为“物哀”，认为“世上万事万物，形形色色，不论是目之所及，抑或耳之所闻，抑或身之所触，都收纳于心，加以体味，加以理解，这就是感知‘事之心’、感知‘物之心’，也就是‘知物哀’。……对于不同类型的‘物’与‘事’的感知，就是‘物哀’”[3]。比如看到樱花之美，从而心生感动，这就是物哀。而又比如在体味别人的悲伤心情时自己心中也不由得有悲伤之感，这也是物哀。“物哀”之“物”乃是感物、感事，“物哀”之“哀”除悲哀之外，还包括怜悯、同情、共鸣、爱怜、赞赏、感动等情绪。二者调和为一、达到“物心合一”时所产生的和谐美感，就是日本文学中的物哀。

本居宣长的“物哀论”是从日本平安文学的代表作《源氏物语》一书中提炼出来的。《源氏物语》问世于11世纪初，该书自始至终都贯穿着“物哀”的创作方法与感情主调，即行文之间充满了含蓄幽怨、感伤纤细、清雅哀婉的情调。据日本学者上村菊子等统计，该书中共出现1044次“哀”和13次

---

① 袁梅：《屈原宋玉辞赋译注》，齐鲁书社2008年版，第43页。

② 袁梅：《屈原宋玉辞赋译注》，齐鲁书社2008年版，第46页。

③ ［日］本居宣长：《日本物哀》，王向远译，吉林出版集团有限责任公司2010年版，第66页。

“物哀”，而同期并存的文学理念“をかし”（喜类型）只出现680次。本居宣长指出，从作者的创作目的来看，《源氏物语》就是要表现“物哀”，而从读者的接受角度看，就是要“知物哀”，并明确指出《源氏物语》的写作宗旨就是“知物哀”。随后在《石上私淑言》篇再次提出“和歌是由‘知物哀’而产生的”①。同时也进一步阐释了“知物哀”的原因——“因为世间一切众生都有‘情’。有‘情’，则触物必有思”，而因为“诸事繁杂，每每有所经历，则情有所动。情有所动，或欢乐或悲哀，或气恼或喜悦，或轻松愉快，或恐惧担忧，或爱或恨，或喜或憎，体验各有不同”。②

总而言之，“物哀”以对客体抱有一种深厚的感情作为基础，在含蓄优美、细腻淡雅、淳朴静寂以及哀婉感伤的格调中，渲染内心的悲哀、怜悯、同情、共鸣、爱怜、赞赏、感动等情绪。日本文学受“物哀”理念的影响，善于表现内心深处的细微情感，追求纤细柔美的感触以及对事物最原始的感动，这种感动包括悲哀的情调及优雅、含蓄、沉静的情绪。从8世纪时的和歌总集《万叶集》，直至现当代川端康成的作品，无不都带有一种优柔感伤、哀婉纤丽的格调。

叶渭渠认为，“物哀”的思想结构是重层的，可以分为三个层次：第一个层次是对人的感动，以男女恋情的哀感最为突出；第二个层次是对世相的感动，贯穿在对人情世态包括“天下大事”的咏叹上；第三个层次是对自然物的感动，尤其是对季节带来的无常感的感动，即对自然美的动心。③ 这个归纳很有见地。这三个层次的“物哀”在《源氏物语》中有集中体现。

本居宣长本人多次强调“要‘知物哀’，莫如读《源氏物语》”，因此，下面主要以《源氏物语》为例，同时结合《伊势物语》等几部日本古代文学作品，来分析“物哀”之义。

首先是对人的感动，尤以男女感情的哀感最为突出。正如本居宣长所言，“无论是在哪部物语中，都多写男女恋情，无论在哪部和歌集中，恋歌都是最多的。没有比男女恋情更关涉人情的幽微之处了”④。《源氏物语》主要以光源氏为中心展开了源氏几代人的爱恨情感史，上半部写了源氏公子与众妃、侍女的种种或凄婉或美好的爱情生活，后半部以源氏公子之子熏君为主人公，铺陈了复杂纷繁的男女爱情纠葛事件。《万叶集》也为人的恋爱唱起了“情歌”：“汝在自家中，妹子手中抱。旅途卧草枕，游子实可怜。”歌者只身出游，对

---

① ［日］本居宣长：《日本物哀》，王向远译，吉林出版集团有限责任公司2010年版，第144页。
② ［日］本居宣长：《日本物哀》，王向远译，吉林出版集团有限责任公司2010年版，第145页。
③ 叶渭渠：《日本古代思想史》，中国社会科学出版社1996年版，第143页。
④ ［日］本居宣长：《日本物哀》，王向远译，吉林出版集团有限责任公司2010年版，第19页。

家中妻子想念万分，表现了歌者对爱妻的眷恋之哀。《伊势物语》更是以男女之间的爱情故事为主题，前七十六段几乎不离这个主题，并且相恋的爱情故事虽多，亦不乏男负女或女负男之憾事，不局限于感天动地的爱情，而将多种爱情样态收录其中，因为爱情变化多端，其间自有反复无常，与现实生活紧密关联而庸俗无奈者。

其次是对世相的感动。《源氏物语》中的《槿姬》卷，写源氏遇到一个自己父皇相恋过的而今已变成老婆婆的女子时，"不禁感到世事不定，便露出了物哀之情"即为此类。又如光源氏流放须磨一章，众人想起源氏公子身份之高贵与身世之飘零，无不伤心落泪，连"知识浅陋的青年侍女也都痛感人生之无常，个个泪盈于睫"[①]，源氏自己也不免触景生情吟诗道："屈原名字留千古，逐客去向叹渺茫。"[②] 真是听者落泪，闻者悲伤，无不心酸。第三十九回《法事》中紫姬面对"百鸟千种鸣啭"却是"哀乐之情，于此为极"，"诸人都从身上脱下衣袍，赏赐舞人、乐人，彩色缤纷，在此时看来更饶佳趣。诸亲王及公侯中长于音乐、舞蹈者，尽量施展技能。在座诸人，不问身份高下，无不兴致勃发"，然而，观此情景，紫姬"自念余命无多，不禁悲从中来，但觉万事都可使她伤心"。[③] 这种哀叹年华，哀悼自身的"物哀"，在《伊势物语》及古代和歌中也多有体现。如《古今和歌集》里的"呜呼荒芜旧宅院，几代住此间，如今断人烟"[④]，亦是对人情世态的感慨哀叹。

最后是对自然物的感动。人可以在一年四季中的风景、脆弱无依的草木鸟兽中"知物哀"，尤其是季节带来的无常感，即对自然美的动心，如《源氏物语》中《铜壶》卷写道："寒风略面，顿感凄凉；草虫乱鸣，催人堕泪。"《夕颜》卷言："不理解情趣的山农野老，休息时也要选择美丽的花木荫下。"《红叶贺》卷云："无知无识的平民，也都聚集在树旁、岩下，夹杂在山木的落叶之中，观赏舞乐；其中略解情趣的人，也都感动落泪。"《紫儿》卷说："山鸟野禽，到处乱鸣。不知名的草木花卉，五彩斑斓，形如铺锦。麋鹿出游，或行或立。源氏公子看了这般景色，颇感新奇，浑忘了心中烦恼。"又如《夕颜》一卷，也写到源氏被自然环境带动着，产生"可怜"之情的情景：

> 此时暮色沉沉，夜天澄碧。阶前秋草，焜黄欲萎。四壁虫声，哀音似诉。……竹林中有几只鸽子，鸣声粗鲁刺耳。源氏公子听了，回想起那天

---

① ［日］紫式部：《源氏物语（上）》，丰子恺译，人民文学出版社1980年版，第218页。
② ［日］紫式部：《源氏物语（上）》，丰子恺译，人民文学出版社1980年版，第227页。
③ ［日］紫式部：《源氏物语（中）》，丰子恺译，人民文学出版社1980年版，第714页。
④ ［日］紫式部：《源氏物语（上）》，丰子恺译，人民文学出版社1980年版，第150页。

和夕颜在某院泊宿时，夕颜听到这种鸟声非常恐怖的样子，觉得很可怜。①

再有《总角》一卷写道：

朝雾逐渐消散，两岸景色更加显得荒凉满目。匂亲王说：“这种地方，如何可以长年久居！”说罢流下泪来。②

还有《松风》卷写道：

此刻适逢秋天，人心正多哀怨。出发那天早晨，秋风萧瑟，虫声烦乱，明石姬向海那边望去，只见明石道人比照例的后夜颂经时刻起得还早，于暗夜起身，啜着鼻子，诵经拜佛。③

这一段以草木凋谢的深秋来衬托明石姬的“心境万端物哀”，用“物哀”来表现明石姬别父赴京前的复杂心境，流露出一种多愁无常的哀怨感。这种对自然物的感动，正是源于日本风土自然对日本民族集体无意识的影响。自然物、花木虫兽、四季变化、春夏秋冬等都是日本民族动情感触的易发点。

以上三个主题，便是以《源氏物语》为代表的物哀文学中反复出现的主题。《源氏物语》所追求的“物哀”风格代表着整个平安时代的文学基调，而且贯穿了比前代文学作品所表现的“哀”更为广泛、更为复杂和更为深刻的内容，它对后世日本文学的发展起到了不可估量的作用。

楚骚悲情与日本物哀作为中日两国的不同文化传统的源头，对中日两国后世的文化产生了巨大的影响。楚辞之“悲”，尤其以其“悲秋”思想为核心，成为中国文人自我意识形成后一种掌握现实的特殊审美方式与咏叹内容；而《源氏物语》的“物哀”，构成了日本的美学传统，影响乃至支配了后来800年间的日本文学。那么，这两种文化和审美传统有哪些共通之处？同时又在哪些方面彰显着各自的特色？下面将做一番比较。

---

① ［日］紫式部：《源氏物语（上）》，丰子恺译，人民文学出版社1980年版，第75页。
② ［日］紫式部：《源氏物语（下）》，丰子恺译，人民文学出版社1980年版，第839页。
③ ［日］紫式部：《源氏物语（下）》，丰子恺译，人民文学出版社1980年版，第383页。

三、二者比较

（一）相同点

1. 悲伤的基调

楚骚悲情离不开一个“悲”字，日本物哀也离不开一个“哀”字。《离骚》前半部分诗人“悲”楚王妄信谗言、痛斥党人群小邪曲害公；后半部分“悲”“我”欲寻求正道、探索美政却天门不纳，四方受阻。诗人既怀故国，又身罹忧患，“信而见疑”，“忠而被谤”，于是运用“离骚”这种楚曲形式，宣泄勃郁不平之气与壮志难酬的慨叹。从“长太息以掩涕兮，哀民生之多艰”，到“既莫足与为美政兮，吾将从彭咸之所居”，诗人由挣扎转而到舍生取义，满腔郁结与悲愤之情随之达到最高潮。《九辩》中的诗人更是由自然时序之秋，联想到国运衰微之秋与人生悲凉之秋，感遇、思君正是由“悲秋”起始的。诗人“倚结軨兮长太息，涕潺湲兮下沾轼”，满腔悲愁在篇中如缕如诉，不可断绝。

此种悲伤基调不仅植根于楚骚当中，也充斥于《源氏物语》当中。以《源氏物语》为代表的日本物哀文学，同样流露着一种悲哀、空寂的情调，从中可看到伴随着平安时代文化全盛下的空虚，也可看到佛教无常观和厌世观的影响。尤其以其对恋情的描写及对人物的塑造为最。《源氏物语》是一部以光源氏为中心的源氏几代人爱恨情感史，从前四十四回的主人公源氏公子，到后十回的主人公薰君，讲述了他们的生活以及他们和众多女性之间的暧昧关系，以恋情来触发读者的“物哀”之情。一如本居宣长多次强调的，“知物哀”与恋情紧密相连，《源氏物语》中的每段恋爱故事几乎都以“悲”作结。如源氏的父皇桐壶帝玩弄了更衣女御，由于她出身寒微，在宫中备受冷落，最后屈死于权力斗争之中，只留下“面临大限悲长别，留恋残生叹命穷”的悲吟。到了源氏一代，更是与众多女性发生不伦、淫乱关系，致使有夫之妇被玷污，出身低微的女子抑郁而死，更与继母藤壶女御通奸乱伦产子，连一向疼爱有加的紫姬也心力交瘁，病卧在床，徒留源氏哀悼，“当年窥面影，忆此恋秋宵。今日瞻遗体，迷离晓梦遥”①，最后了断尘缘，隐遁出家。又如源氏之子夕雾与表姐云居雁青梅竹马，两情相悦，但云居雁之父葵姬之兄嫌弃夕雾官位不高，又一心想送女儿入宫，处处阻挠两人的恋情。而在众多恋爱故事中，最为感人

---

① ［日］紫式部：《源氏物语（中）》，丰子恺译，人民文学出版社1980年版，第720页。

的大概要数卫门督柏木与三公主的恋情。柏木暗恋三公主，后与其偷情，生下熏君，最后却因惧怕流言忧惧而亡。死前作歌曰："身经火化烟长在，心被情迷爱永存。"① 三公主复信曰："君身经火化，我苦似熬煎。两烟成一气，消入暮云天。"② 两人都将"灰烟"作为生死之恋的象征，悲伤之情直令读者落泪。

此外，《源氏物语》在塑造人物方面都以"悲"为基调，如被糟蹋而不幸暴亡的夕颜，与源氏乱伦后不甘受冷落，从而多次寄身灵魂于他人，致使他人受诅咒而亡的六条妃子。又如同时被匂皇子与熏君玩弄最后跳水自尽的浮舟，连深受人们爱戴的光源氏也是悲剧的一生，历经不伦恋、乱伦产子、周旋于诸多女性中、被流放须磨、挚爱暴亡等痛苦，最终失去精神支柱。可以说，书中人物无不是在苦闷、忧愁、悲哀中苦苦追求与挣扎的。

2. 对客体怀有深情

楚骚悲情是中国文学"感物而哀"的表现，正因为对作为客体的"物"怀有深情，才能引发诗人所思所感。屈原写《离骚》也正是因为他对国家、对人民怀有深切的关怀，所以即使在穷困潦倒中，在被小人谗言又被国君罢黜的情况下，依旧不离不弃去追寻心中的美政理想。正因为深情不被理解，才发出"日月忽其不淹兮，春与秋其代序。惟草木之零落兮，恐美人之迟暮"③ 这种时不我待、何以具表深情的感慨。也因此，诗人一再坦诚自我心迹，"民生各有所乐兮，余独好修以为常"④，并一再以夏启、后羿、过浇、夏桀之教训来警诫国君，深情吟出"岂余身之惮殃兮，恐皇舆之败绩"⑤。同时更以夸张、拟人等手法上天入地，为求美政之实现而遨游四方，给出"路曼曼其修远兮，吾将上下而求索"⑥ 的深情承诺。而宋玉在《九辩》中对"萧瑟兮，草木摇落而变衰"的深秋之景同样满怀深情。他由人生偃蹇而忧悒悲愁，但把满怀愁绪投射在秋色秋声中。开篇即被秋景感染，随之见那"燕翩翩其辞归兮，蝉寂漠而无声。雁廱廱而南游兮，鹍鸡啁哳而悲鸣"⑦，勾起自我漂泊无依的无端心绪。在第三章更用整整一章来描绘秋色秋声，从白露到枝柯再到蟋蟀鸣声，诗人无不寄予深情描绘。

而在《源氏物语》中，一如上述分析到的各种情节，其"物哀"以对客

---

① ［日］紫式部：《源氏物语（中）》，丰子恺译，人民文学出版社1980年版，第640页。
② ［日］紫式部：《源氏物语（中）》，丰子恺译，人民文学出版社1980年版，第641页。
③ 袁梅：《屈原宋玉辞赋译注》，齐鲁书社2008年版，第96页。
④ 袁梅：《屈原宋玉辞赋译注》，齐鲁书社2008年版，第111页。
⑤ 袁梅：《屈原宋玉辞赋译注》，齐鲁书社2008年版，第98页。
⑥ 袁梅：《屈原宋玉辞赋译注》，齐鲁书社2008年版，第119页。
⑦ 袁梅：《屈原宋玉辞赋译注》，齐鲁书社2008年版，第21页。

体抱有一种深厚的感情作为基础，在含蓄优美、细腻淡雅、淳朴静寂以及哀婉感伤的格调中，渲染内心的悲哀、怜悯、同情、共鸣、爱怜、赞赏、感动等情绪。日本文学受“物哀”理念的影响，善于表现内心深处的细微情感，追求纤细柔美的感触以及对事物最原始的感动，这种感动包括悲哀的情调及优雅、含蓄、沉静的情绪。它在对人的感动、对世相的感动以及对自然物的感动这三个层次中，无不是因对客体怀有深情而触发内心的感动，从而达到“物哀”的效果。如恋情中的“物哀”正是由于男女主人公彼此心有所动、做出种种情深意切的行动而产生。上文提到过的柏木与三公主之间正是如此。源氏虽一生周旋于不同女子当中，致使这些女子遭受这样或那样的不幸，但他对每个女子倾注的都是真情实意的爱。他是“风流好色”，但并非轻薄，即使是对末摘花那样容貌不美、心性愚钝的女人都怀有同情爱怜之心。而对自然物的深情可以从细节中看出。第十五回《蓬生》中源氏眼见庭中松树日渐高大，即痛感年月之流逝，慨叹此身沉浮若梦，从而口占诗句：“藤花密密留人住，松树青青待我来。”① 第十七回《赛画》中众人看到源氏的画卷，“但觉孤栖独处之状，伤心落魄之情，历历如在目前，比当年遥念他流放须磨之苦楚，为他怜惜悲伤时感动更深”②，如此饱含兴味，正是对自然物满怀深情的表现。而对人情世态的描写更是一往情深，无论悼亡、流放，抑或离别追忆，都包含主人公的深切情意，如源氏追忆葵姬怜惜夕雾一段，用枯草下的抚子花来比喻失去母亲的儿子，用已逝的秋天来比喻病逝的妻子，其中深情，读来令人感伤落泪。

可见，无论是楚骚悲情还是物哀文学，在表现“悲”与“哀”之际，先决条件都是对客体怀有深情。

（二）不同点

1. “物”的内涵与外延不同

楚骚悲情是中国文论中“感物兴哀”的一种表现形式。但日本“物哀”中的“物”与中国文论中“感物论”的“物”的内涵、外延都有所不同。中国的“物”除自然景物（如《九辩》）外，也像日本的“物哀”之“物”一样包含着“事”（如《离骚》），所谓“感于哀乐、缘事而发”。但日本物哀之“物”与“事”，指的是与个人情感有关的事物，而中国的“物”更多侧重社会政治与伦理教化的内容。

从《伊势物语》到《源氏物语》，物哀文学表现的多是以恋爱为题材的故

---

① ［日］紫式部：《源氏物语（上）》，丰子恺译，人民文学出版社1980年版，第298页。

② ［日］紫式部：《源氏物语（上）》，丰子恺译，人民文学出版社1980年版，第312页。

事，因为恋情最接近人性人情，更能表达个人强烈的情感。如《伊势物语》记叙的男女之事，将多种爱情样态收录其中，唯其如此，人心人情历千载而殊少改变，爱情之欢愁或无奈，亦因此能异时异地引起共鸣。并且男女之爱，不论是男负女或女负男，是单相思抑或暗恋之苦，更勿论男女互相怨斥之事，物语文学都将此情此感一一描述，不加以批判指责，不加以道德衡量，只将最真实的个人情感写出。这正如本居宣长在研究《源氏物语》时多次提到的，此书并非劝善惩恶之作，不可以平常的善恶观去理解《源氏物语》中的人与事，物语文学注重的是“通人情”，即“将人情如实地描写出来，让读者更深刻地认识和理解人情，这就是让读者‘知物哀’。像这样呈现人情、理解人情，就是‘善’，也就是‘知物哀’”[①]。如源氏这样的人物，其一生作为，淫乱行径不可尽数，但作者却把这样一个人作为“好人”的典型来写，正因为源氏同情怜惜他人，“知物哀”。除此之外，《伊势物语》中写友朋之爱、君臣之爱、游园之乐，《源氏物语》写四季风景、众女性情等，都是完全与个人情感有关的事物，无关理论教化。即使是写到源氏流放须磨的“物哀”之情，也只注重过程中个人的心理反应和情绪状态，对“被流放”这一本来含有政治意义的事实轻轻带过，转而从审美角度去描写个人的心灵冲击，政治意味被冲得淡乎其淡。又如冷泉帝意欲让位给源氏，并非因为源氏能更好地管理国家，而是因为冷泉帝深感“使生父屈臣之下位”实在是岂有此理，对不住桐壶院的在天之灵。这些都是从自我情感出发，没有牵涉社会政治的一面。也就是说，“物哀”之“物”是把政治、道德、说教等内容排斥在外的，“知物哀”乃是以人性、人情为特殊对象的一种无功利性和纯粹性的审美活动。

相对而言，从《离骚》到《九辩》，屈原宋玉所表达出来的思想情感都与家国命运、政治抱负、自身经历等主题息息相关。如果说日本物哀文学是一种感性文化的体现，那么楚骚则是一种理性文化的体现。诗人热切饱满的深情，个人情感的巨大喷发都源于政治上的坎坷经历以及对国家命运前途的关怀。无论屈原还是宋玉，都在诗中痛斥小人当道，败坏朝纲，吟唱着“固时俗之工巧兮，偭规矩而改错。背绳墨以追曲兮，竞周容以为度”[②] 的愤怒；都以形象比喻叙说古代圣贤如何广纳贤才，共议国事，以古喻今，从而寄厚望于楚君；都一再坦诚自己的忠心，如何忍辱负重，忧虑重重。这些“悲情”围绕着正道正义、政治伦理展开，除了以审美角度，更以政治角度去书写心中的悲愤。像《九辩》这样难得的悲秋之作，也并非纯粹为了悲秋而悲，而是以自然时

---

① ［日］本居宣长：《日本物哀》，王向远译，吉林出版集团有限责任公司2010年版，第44页。
② 袁梅：《屈原宋玉辞赋译注》，齐鲁书社2008年版，第106页。

序之秋联系国家衰亡之秋，意有所指地一诉悲情。简而言之，悲秋在表，悲国悲己在里。

这两种不同的“物”的形成，与两国的历史文化、自然风土以及各民族的集体无意识有关，不能说孰高孰低，应当分开来客观看待。日本物哀注重个人情感，体现其民族精神世界的一种缩小与深入意识，对当下心情的关注以及对个人琐碎事物的关注。中国楚骚对政治伦理的关怀，体现的是中华民族精神世界的开阔思维，体现中国文人士大夫自我意识的觉醒，用马斯洛理论来理解，则是中国文人更偏向于追求自我实现的需要。

2. “哀”的内涵与外延不同

日本的“物哀”与楚骚的“感物而哀”不仅在“物”的内涵与外延上有所区别，在“哀”的内涵与外延上同样有所区别。

首先表现在日本物哀之“哀”的定义比楚骚的感物而哀之“哀”更为宽广。叶渭渠曾在《东方美的现代探索者——川端康成评传》中对物哀做了一番解释：“悲哀只是‘哀’中的一种情绪，它不仅限于悲哀的精神”，“凡高兴、有趣、愉快、可笑等这一切都可以称为‘哀’”。[①] 另外，日本学者久松潜一将“物哀”的性质分为感动、调和、优美、情趣和哀愁等五大类，他认为其中最突出的是哀愁。[②] 而在本居宣长的《日本物哀》中也有这样一段话：

> 两者合起来说就是“物哀”，“懂情趣”也属于“知物哀”。分而言之，“物哀”主要指忧郁哀怨的一面，“情趣”主要是指有趣而喜悦的一面。《源氏物语》有时将两者分开说，但大多合为一谈。合为一谈的时候，有趣的事、高兴的事，都称做“哀”[③]。

这就与上文分析日本物哀文学时提到的“‘物哀’之‘哀’除悲哀之外，还包括怜悯、同情、共鸣、爱怜、赞赏、感动等情绪”契合起来。如《源氏物语》里山民看到美丽的山山水水会感动得落泪，紫姬等人看到六条院的花木之景会相互赠诗作乐，雨天品评一章里提到若女人过于端严庄重，似乎难于亲近，会使人感到遗憾，诸如此类，此欢乐、感动、遗憾等情绪都是物哀之“哀”的体现。因此，“物哀”的“哀”并非单纯的悲哀含义，而是指因感动而产生的喜怒哀乐诸相，即人生中多样化的普遍的情感体验。物哀可能是悲哀

---

① 叶渭渠：《东方美的现代探索者——川端康成评传》，中国社会科学出版社 1989 年版，第 213 页。

② 叶渭渠：《日本古代思想史》，中国社会科学出版社 1996 年版，第 137 页。

③ ［日］本居宣长：《日本物哀》，王向远译，吉林出版集团有限责任公司 2010 年版，第 53 页。

的消解、超越或深化。

其次表现在物哀比悲情恬淡。《离骚》中屈原的悲愤与《九辩》中宋玉的哀怜都充满了力度，让读者强烈感受到“宁溘死以流亡兮，余不忍为此态也”的幽愤与“世雷同而炫耀兮，何毁誉之昧昧”的痛诉，情感激昂而深切。

但物哀并非如此激烈，有时候甚至恬淡到“静寂”“闲寂”甚至“空寂”的地步。叶渭渠指出：“‘物哀’作为日本美的先驱，在其发展过程中，自然地形成‘哀’中所蕴含的静寂美的特殊性格，成为‘空寂’和‘闲寂’的美的底流。”[①] 如《伊势物语》写男女之事就并非感天动地般轰轰烈烈的爱，更多的是与现实生活紧密联系而庸俗无奈者，并且在一个故事写完一首和歌之后就结束了，没有然后，没有结果。即使是互相怨骂的男女，在和歌结束之后他们的故事也结束了，还没来得及热烈起来的物哀之情便慢慢淡化下去，只留下淡淡的哀愁。川端康成写《伊豆的舞女》，其中大学生“我”与舞女邂逅之后，自始至终谁也没有向对方倾吐一句爱慕的话，而彼此对对方的感情又都处于似觉察又非觉察之间。正如叶渭渠指出的，“作者有意识地将似爱情又非爱情的情感色调淡化、‘物哀’化”[②]。本居宣长有个观点正好印证了物哀比悲情恬淡这一点。他认为，读者要“知物哀”，但不要过度“知物哀”。也就是说，“物哀”要有一个度，不可过分，否则就显轻浮与夸张。

然而，在楚骚当中，诗人的情感可以说是喷薄而出，一发不可收，并且越往后感情越激烈。这大概与物哀文学与楚骚文学表现的内容不同相关。物哀文学中的故事，如《伊势物语》和《源氏物语》，多属虚构，目的在于让读者感受人性、人情中最真最直接的一面，只要情感触及了读者心灵，能使人“知物哀”就可以了，无须进一步夸张渲染。而楚骚诗文中表达的内容却是与诗人自身经历紧密相连的，是实写诗人之悲，而非虚构情节，因此每一笔每一字都触发诗人的身世之感，更何况现实的郁结难以排遣，更唯有以诗文来表达诗人压抑良久的悲痛，读来的悲凉之情使千百年后的读者都深深动容。当然，物哀这种“恬淡”的特性也跟日本的地理环境有关。日本频繁的地震使人们形成天然的无常观，感觉凡事都不必太过执着，因此“物哀”也不必太过“哀情”。物哀的表现形式若十分强烈，那它就是“悲哀”而不是“物哀”了。

再次表现在物哀比悲情柔弱。总的来说，物哀在兼具多样性与丰富性的同时，突出悲哀，其中更以恋情、哀思见长，情感表达更为单纯、细腻和委婉，特别是在表现女性的柔和、柔弱等特质时更为突出。本居宣长在《日本物哀》

---

① 叶渭渠、唐月梅：《物哀与幽玄——日本人的美意识》，广西师范大学出版社 2002 年版，第 87 页。
② 叶渭渠、唐月梅：《物哀与幽玄——日本人的美意识》，广西师范大学出版社 2002 年版，第 195 页。

一书中指出："一般而论，真实的人情就是像女童那样幼稚和愚懦。坚强而自信不是人情的本质，常常是表面上有意假装出来的。如果深入其内心世界，就会发现无论怎样的强人，内心深处都与女童无异……日本人写的和歌、物语，只是如实表现人的内心世界，表现'物哀'……它对人情描写的真实细腻，宛如明镜照影，无所遁形。正因为如此，所表现的人情仿佛女童，本色天然，无所依傍。"① 人情中脆弱、幼稚、愚懦的一面正是日本物哀文学主要表现的一面。如《源氏物语》中，柏木一方面与三公主偷情，另一方面又因害怕暧昧之关系被揭发忧惧而死，表现其脆弱的一面。不仅柏木，源氏、夕雾与熏君等男性也表现得如同女童般兼怀女性的柔弱与多愁善感，遇事更喜欢自叹自怜，缺乏男性的阳刚之力与自信、坚强，他们沉溺于与情人的相爱游戏中，更因此产生怨恨、嫉妒之心，但更多的是同情、怜悯之心。而其中的女性则无一不是被男性玩弄的牺牲品，不论身份高贵还是身份低贱，处境都一样。也就是说，在情感表达上，日本物哀文学更倾向于柔弱与感性。

品味楚骚悲情，处处可以体会到"感物而哀"所具有的那种更广阔多样的内容和色调，因为它有更深厚的历史文化和意识积淀作为背景，中国"士"阶层的崛起使众多文士要求"平治天下"，从而形成知君见遇的时代氛围，因此它在情感表达上会更多地与哲理思考、理性意识相关联，注重情理的统一。如《离骚》中屈原利用丰富的想象和自由奔放的幻想将自己在长期政治斗争中对社会现实的认识和态度加以升华，进行高度的集中概括和大胆的艺术夸张。这些想象植根于现实，又超越现实，诗人在此想象中纵横捭阖，高谈阔论，有理有据地评判是非，如何在现实与理想中寻求一条自赎之道，诗人始终保持沉郁顿挫而又不屈不挠的气概。

最后还表现在日本物哀之"哀"的瞬间性与楚骚悲情之持久性的对照。日本不具备大陆式的沉稳，相反显得非常活跃和敏感。正是这种活跃和敏感，使得人们在心理上容易产生疲劳，缺乏持久性。而这种疲劳不可能依靠无刺激的修养来治愈，只能借助新的刺激、情绪的转换等情感变化来达到治愈效果。于是，物哀的一大特点便是"稍纵即逝"，当下的情感很快就被接下来的情感取代。如《源氏物语》中写源氏被流放须磨，一想起与紫姬分离便觉痛心，但这种离别之"哀"很快被新事物取代。他到须磨不久恋上了明石姬，从而展开一段新恋情。就在这段恋情开花结果的时候，源氏又得到朱雀帝的号召归京，便又与明石姬分离。如此反复。在写源氏的爱情时更是如此，源氏到处留情，体现了精神上的"中空"，需要不断寻找新事物，因此他先后恋上藤壶女

---

① ［日］本居宣长：《日本物哀》，王向远译，吉林出版集团有限责任公司2010年版，第106—107页。

御、夕颜、空蝉等，向空蝉求爱不成后，向比他大七岁的婶母六条妃子求欢，并同时辗转在花散里、末摘花等众女子之间。而写夕颜之死、六条妃子之死、紫姬之死，甚至是源氏之死，都只留了短暂的“物哀”空间，在接下去的一章，便又开始了新的故事。这一点在《伊势物语》中表现得尤为明显，每个故事以“从前，有一个男子”开头，然后作一首和歌，再然后，就没有然后了。

反观屈原的《离骚》与宋玉的《九辩》，诗人忧国忧民的情怀，感叹报国无门的幽愤以及追求美政的理想可以说是贯穿始终，诗人之悲更是从头到尾不曾断绝。《离骚》中插入诗人乘龙御凤、周流上下、浮游求女的幻想，企图聊以自慰，似乎一时解脱了无限痛苦，但只消回望故乡一眼，诗人又从美好的幻想跌落到无情的现实当中，悲哀之情持续侵袭着诗人，最后只能决心以死殉志。《九辩》中诗人插入大量描写秋景的篇章，在情景交融之下更把悲哀之情一步步推向高潮，使诗人之悲如同肃杀的秋风般绵绵不断。

3. 主客体之间的关系

楚辞的“感物而哀”，重点在“哀”，“物”只是主体哀情外化的催化剂；日本物哀则“物”与“哀”处于平等位置，“哀”与“物”相辅相成，都是主体，从而形成整体的物哀氛围，让读者“知物哀”。也就是说，楚辞更注重主客体之间的关系，注重由情生境，然后再回到情；而日本物哀不分主客体，更注重读者的接受效果，读者是否能够“知物哀”。

屈原感叹“惟草木之零落兮，恐美人之迟暮”并非因为一时的草木零落而引发迟暮之感，而是因为有了前面“汨余若将不及兮，恐年岁之不吾与”[①] 的“恐时不待我”之情，从而寻找外在之物来寄托心中之情，因零落之草木正好能给人美人迟暮之感，恰到好处地抒发作为主体的“我”的那种悲哀焦虑之情，因此主体选择了零落之草木这一客体。宋玉开篇就吟叹“悲哉！秋之为气也”，也是先有“悲”之情，尔后才有“秋”之景。只不过，这主体之悲一时万感萦怀，难以言说，面对着这西风落叶，主体之情便全部投放在这秋声、秋色、秋意中，于是，这落叶、衰草、寒蝉、秋虫，全都宛如诗人自己的化身，好像种种自然物色都是“悲秋”的，都是为了“摇落”而太息涕泣的。而这悲秋之境反过来又刺激到诗人的感官，折磨着诗人的心志，于是，由开头的情生境再一次到境催情，坦白道出诗人悲秋之由乃因“悲忧穷戚兮独处廓，有美一人兮心不绎。去乡离家兮徕远客，超逍遥兮今焉薄”[②]，一种漂泊无依之感作祟，从而实现了

① 袁梅：《屈原宋玉辞赋译注》，齐鲁书社 2008 年版，第 95 页。
② 袁梅：《屈原宋玉辞赋译注》，齐鲁书社 2008 年版，第 22 页。

借景抒情，情景相生。这就是楚辞“感物而哀”的特点：主体预先有一种内在心志和情感倾向，然后去自然界找一种事物来表达这种情感。

此外，楚辞的“移情于景”更突出表现在文章的比喻、比拟和象征手法中。诗人巧妙运用各种艺术表现手法，目的只有一个，即更好、更形象地说明道理，表达思想情感。而外在之物通过比喻、比拟和象征等手法被同质化为一种“意象”，即表意之象，其重点最后同样也是落在一个“情”字。屈宋之文可以说非常具有代表性。如《离骚》“朝饮木兰之坠露兮，夕餐秋菊之落英”[①]以饮坠露、餐落英来比喻自己洁身自好，不随流俗；“兰芷变而不芳兮，荃蕙化而为茅”[②]，以兰、芷、荃、蕙比喻贤士而以茅比喻恶人，从而表明在所有贤士都变成坏人的情景下，诗人持守不易之情；“何昔日之芳草兮，今直为此萧艾也”[③]，同样以萧艾比喻小人，抒发诗人痛恨现状之情；而如“制芰荷以为衣兮，集芙蓉以为裳”[④]“高余冠之岌岌兮，长余佩之陆离”[⑤]，则象征诗人志行的高洁、坚贞。《九辩》中，“谓骐骥兮安归？谓凤皇兮安栖”[⑥]，用骐骥、凤凰比喻贤士良才；“农夫辍耕而容与兮，恐田野之芜秽”[⑦]，则以农夫辍耕、田野荒秽来象征政事荒废。凡此种种，无不以主体选择之意象来强调突出主体之情，从而达到抒情的最终效果。

以此对照日本物哀文学，便可发现，对于日本人来说，“物哀”并不是一种人为的哀伤，而是事情的真相，万物的常态。《源氏物语》中的恋情多体现这种特征。源氏与众多女性之间的纠葛并非为了说明一个道理，或者表达一种立场，抑或为了达到“劝诫好色”的目的而去刻意营造空蝉、葵姬、夕颜、三公主、柏木、浮舟等的悲剧结局。它要表达的仅仅是一种常态：万事万物都充满了“物哀”，尤以恋情最能表现人情细微之处，最真的人情都是一种“物哀”在主宰人心。所以写六条妃子多次故技重施，其鬼魂诅咒源氏的情人葵姬、夕颜、紫姬等，使其受惊惧而死，这样的内容并非为了从主观上去谴责六条妃子的嫉妒心理与恶行；写柏木暗恋三公主并使尽方法与其偷情最终致死，也并非为了从主观上去表明偷情者没有好下场，而是在客观地描述事情的真相，表现恋情中种种难以抑制的物哀之情，从而令读者能好好加以体味，达到

① 袁梅：《屈原宋玉辞赋译注》，齐鲁书社 2008 年版，第 103 页。
② 袁梅：《屈原宋玉辞赋译注》，齐鲁书社 2008 年版，第 135 页。
③ 袁梅：《屈原宋玉辞赋译注》，齐鲁书社 2008 年版，第 135 页。
④ 袁梅：《屈原宋玉辞赋译注》，齐鲁书社 2008 年版，第 109 页。
⑤ 袁梅：《屈原宋玉辞赋译注》，齐鲁书社 2008 年版，第 110 页。
⑥ 袁梅：《屈原宋玉辞赋译注》，齐鲁书社 2008 年版，第 32 页。
⑦ 袁梅：《屈原宋玉辞赋译注》，齐鲁书社 2008 年版，第 42 页。

“知物哀”的效果。

与此同时，最能表现出日本物哀文学与楚辞文学在对待主客体关系方面的不同的是，日本人不像中国文人那样先有内心的情感然后去自然界找寻替代物来寄情于景，而是一种极其偶然的出发，在瞬间达到一种身与物化的哀寂。如《源氏物语》中《松风》卷写尼姑因偶然看到了指导工人疏导泉水的源氏公子的优美姿态，不禁欢喜赞叹；《梅枝》卷写源氏太政大臣与萤兵部卿亲王把盏对酌，共话往事，因梅花之香与熏香相交混，合成一种不可名状的气味，充满殿前，使人心情异常幽雅，萤兵部卿亲王不禁敬酒献诗道“饱餐花香心已醉，忽闻莺啭意如迷”[1]，完全进入了身与物化的迷离当中；《新菜》卷写“樱花像雪一般飘下来”，落在夕雾身上，他只“仰望樱花，把枯枝略微折断些，便坐在台阶中央休息”，柏木此时看到此景，说道“这花零落得好厉害啊！但愿春风‘回避樱花枝’才好”。[2] 这些都是人物看到此前景色才有了此前此刻的心情，大大区别于楚辞文学中先有情后选景的主客体关系。《伊势物语》在这方面表现得尤为明显，如《嫩草》中男子见其妹长得十分娇美可爱，遂咏“嫩草兮其根美，恨不共寝伴随眠，忍教他人兮契娶尔”[3]；《忘草》一节因男子收到妇人的小草而有所咏；《龙田河》因男子参加游乐到河畔咏成；《遗留物》因女子见到多情男子所遗留之物而睹物思人；《梅壶殿》因男子见有人自梅壶殿濡湿了全身退出而咏……几乎所用咏歌都是于偶然的触发，然后瞬间达到身与物化的物哀之际。

由此可见，日本物哀文学中“物”与“哀”之间的关系并非中国楚辞中的一种主客体关系，而是一种平等相成的关系。

4. 对季节变化的敏感性

楚辞是中华民族悲秋文学的开端，反映了中华民族集体的忧患意识，皆因秋景之衰败总与诗人心境、精神形态异常契合，从而引发诗人对秋天这一季节的敏感性。如《离骚》中就有“日月忽其不淹兮，春与秋其代序。惟草木之零落兮，恐美人之迟暮”这样具有悲秋意识的句子，在《湘夫人》当中亦有“袅袅兮秋风，洞庭波兮木叶下”的悲秋基调。到了宋玉则以“悲哉！秋之为气也。萧瑟兮，草木摇落而变衰”一句开篇成为中国文人悲秋始祖。可以说，楚骚悲情中，悲秋尤为突出，秋天令人悲，又令人思，最能得到诗人的关注和留意。与之相对的，我们却很少从楚辞当中找出诗人悲春、悲夏或者悲冬的诗

---

① ［日］紫式部：《源氏物语（中）》，丰子恺译，人民文学出版社 1980 年版，第 517 页。
② ［日］紫式部：《源氏物语（中）》，丰子恺译，人民文学出版社 1980 年版，第 584 页。
③ ［日］佚名：《伊势物语》，林文月译，译林出版社 2011 年版，第 92 页。

句。也就是说，楚辞之悲集中于悲秋，诗人对秋天这一季节最为敏感。

然而，在日本物哀文学中，不仅仅有哀秋，更有哀春、哀夏、哀冬的描写。如伤春和歌“雨濡身兮不为恤，勉强将此折取来，惆怅今春兮余几日”①，清明时节雨纷纷的三月末，主人公在这衰败之屋亦有物哀之感。又如《源氏物语》中“烟霞之间露出种种花木，生趣蓬勃”② 的繁华春景前，紫夫人却“自念余命无多，不禁悲从中来，但觉万事都可使她伤心”③。第三十二回《梅枝》中内大臣更言：“春日之花，不拘梅杏桃李，开出之时，各有香色，无不令人惊叹。然而为时皆甚短暂，一转瞬间，即抛却了赏花人而纷纷散落。”④可见其哀春之情。至于夏季也可随时触发人物“物哀之情”，第十三回《明石》一章，写夏季风雨不止，雷电不息，而“忧愁之事，不可胜数”，也因此乌云密布的天空更触发源氏的悲伤。同时《源氏物语》中的悲秋情怀亦随处可见，第十回《杨桐》中有一段：“源氏大将进入广漠的旷野，但见景象异常萧条。秋花尽已枯萎。蔓草中的虫声与凄厉的松风声，合成一种不可名状的音调。”⑤ 与源氏分别的六条妃子依依不舍道“寻常秋别愁无限，添得虫声愁更浓”⑥。此外，哀冬之情也有具体表现，如第十五回《蓬生》在雨雪纷飞的冬季，末摘花“只得凝望着雪景，枯坐沉思……一到晚上，她只有钻进灰尘堆积的寝台里，备尝孤眠滋味，独自悲伤而已”⑦；第十九回《薄云》写道“严冬腊月，霰雪纷飞。明石姬更觉孤寂”，且吟诗道“深山雪满无晴日，鱼雁盼随足迹来”⑧。

可见，日本物哀文学对四季的敏感性更甚于楚辞对四季的敏感性，前者哀四季，后者悲秋。从中我们更可以看出日本气候对日本物哀文学产生了怎样深远的影响。日本从南部的亚热带景观，到北部的亚寒带风土特征，四季变化非常明显，这样日本国民对春夏秋冬四季自然变化也非常敏感，可以马上由人生想到自然，或从自然联想到人生，因此，也形成了物哀文学不同于楚骚悲情诗文的一个特点。

---

① ［日］佚名：《伊势物语》，林文月译，译林出版社 2011 年版，第 153 页。
② ［日］紫式部：《源氏物语（中）》，丰子恺译，人民文学出版社 1980 年版，第 714 页。
③ ［日］紫式部：《源氏物语（中）》，丰子恺译，人民文学出版社 1980 年版，第 715 页。
④ ［日］紫式部：《源氏物语（中）》，丰子恺译，人民文学出版社 1980 年版，第 527 页。
⑤ ［日］紫式部：《源氏物语（上）》，丰子恺译，人民文学出版社 1980 年版，第 183—184 页。
⑥ ［日］紫式部：《源氏物语（上）》，丰子恺译，人民文学出版社 1980 年版，第 187 页。
⑦ ［日］紫式部：《源氏物语（上）》，丰子恺译，人民文学出版社 1980 年版，第 294 页。
⑧ ［日］紫式部：《源氏物语（上）》，丰子恺译，人民文学出版社 1980 年版，第 331 页。

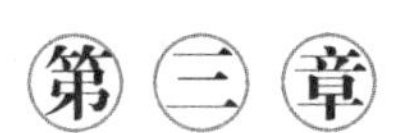

魏晋南北朝诗人的“悲情”与日本歌人的“物哀”[①]

① 本章作者为广东外语外贸大学何光顺教授。

在东方思想的世界，空间和时间并非一个形而上的哲学问题，而是一个具有切身体验的实践问题。缘此，东方诗学并不致力于思考空间和时间的本质，而更多着力于领悟其生命存在的空间与时间形式。而这种属己的空间形式和时间形式又具有大不相同的意味和意义。空间形式具有变化中的整一性，而时间形式却具有连续中的差异性。本章不拟对这二者做过于详尽的哲学分析，而是借此说明，中国的文学和诗学从先秦或更早远的上古时代，所着力体验变中之不变的稳靠的“空间生命结构”，在不断的演进中，逐渐呈现出一种无法把握变化、差异、瞬间的生命的惶惑，从而进入易碎的“时间生命结构”。[①] 中国文学的这种“时间意识”，最早是在上古以“空间思维”写作为主的神话中萌芽，在西周春秋的礼乐文化和宗法结构中得到政治性的表达，在战国以屈原辞赋和庄子文章为代表的南方文学中得到书写。在秦汉的大一统时代，注重“空间结构”的汉大赋代替了楚辞的“内化时间”；当汉末乱世，一种哀叹生命朝不保夕的“时间意识”再度复兴；随后，在长达近四百年的魏晋南北朝，这种伴随着时间意识觉醒的“有限性”的强烈生命体验和死亡体验遂成为缠绕在文学中挥之不去的情愫，而这就生成了一种我们尤当注意的“悲情”诗学。

无独有偶，在中国的近邻日本的思想和文学中，也同样有着一种关于生命存在的空间形式和时间形式的切己体验，也经历了一种从稳靠的空间生命结构向易碎的时间生命结构的转化。在以《古事记》为代表的上古神代纪中，日本民族生活在一个“神—人”“物—我”尚未特别区分的“非时间化”[②] 的混沌空间中，而其具有“时间意识”的历史记述则主要是在中国文化的影响下形成的。这种中国影响经历了本土化的过滤，即最初使用汉字的日本男性多致力于儒家伦理化历史写作和外在化的功业建树。与这种外在写作形成对照，是在9世纪后期发展成熟的以假名文字进行内在化写作的女性的文学。

---

① 中国思想和诗学所蕴含的这种从“空间生命结构”向“时间生命结构”的变迁，并最后形成“空间—时间”交织的“共同体生命”，而始终以空间体验优先。该观点可备一说，或可为中国上古神话和高古以来的文学演变问题，提供一种解析的视角。

② 东方民族的上古神话的时间意识都相对薄弱，时间意识的引入，则为文化带来一种历史性的秩序，混沌的本质是缺乏时间性的区分，从而呈现出空间性的一体化状态。

这种女性写作虽有模仿“汉文公家式日记”[①]，但因当时流行“访妻婚”形式[②]及其特定的“非汉语化”写作，便造成了女性写作因缺乏空间的广度，而遂只能以较为狭窄的男女恋情为题材来表达一种“悲恋”情愫，而这就是“物哀”的文学，就是“表现恋爱的惆怅、羁旅的愁苦、所恋男子仕途的失意，并与大自然融为一种空蒙的意境”的“悲美”的文学。

一、“悲感”体验：“有限性”的焦虑

感物兴情，是中国文学和日本文学共有的向度。感物文学最根本性的是时间意识的自觉，是一种发现生命“有限性”的强烈的悲感体验。这种感发生命有限的时间意识的内化就是时间性[③]，就是人之此在领悟其存在的基本视域。海德格尔指出，此在的“生存论结构的根据乃是时间性”[④]，是“存在‘在时间中的’”[⑤]。在某种程度上说，时间性构成了魏晋诗人的“悲情”和日本歌人的“物哀”的历史维度与存在基础。

一般认为，中国的“感物兴情”（“物感”）较多关注喜怒哀乐的平衡，日本的“感物兴情”（“物哀”）虽同样有喜怒哀乐等各种感情，却更重视一种“悲美”意识。然而，在笔者看来，我们谈这种差异还须具体看待，比如在魏晋南北朝，中国诗学感物兴情思想中的“悲情”意识就获得了空前发展，这和日本和歌与物语的“物哀”所蕴含的“悲美”意识在中世以后获得充分发展是一致的。实际上，魏晋南北朝“感物”思想中的“悲情”意识与日本“物哀”的“悲美”意识都有着一种“悲感”生命“有限性”的焦虑，都体现了对生命的时间性和历史性维度的思考，而这也是中国中古或日本中世以后

---

① 日本贵族男子研习汉文多为了从仕，使用汉字作汉文诗、写日记、使用汉历，被认为是有学识教养的表现。这种日记始于奈良时代中期，多用变体汉字书写，以记录宫廷例行活动为中心，实质是官场上的公务纪实、在职掌故，在表达个人情感方面，这些日记几乎不带个人情感，故被称为“汉文公家式日记”。

② 中日古典文学较西方古典文学而言，似乎都更凸显了自然和人情的相互激发、召唤和应答维度，其中不乏“神”“道”的超越维度，如本章第四部分所论，但毕竟未如西人文学的宗教性意味强烈。

③ 海德格尔在《存在与时间》中区分了“时间”与“时间性”，人们日常生活中的“时间”观念往往是物理的运动的度量计算，而“时间性”却是作为有死的人对此在在此存在的有限性的领悟，中国和日本文学中都不乏对时间性的深刻体察，但从思想史和文学批评角度看，时间性问题却并未得到真正重视。

④ ［德］海德格尔：《存在与时间》（修订译本），陈嘉映、王庆节译，生活·读书·新知三联书店2006年版，第270页。

⑤ ［德］海德格尔：《存在与时间》（修订译本），陈嘉映、王庆节译，生活·读书·新知三联书店2006年版，第21页。

的生命自觉和艺术自觉的根源所在。

在中国诗学中，感物思想明确的理论阐发最早大约是在《乐记·乐本》中："凡音之起，由人心生也。人心之动，物使之然也。感于物而动，故形于声。""乐者，音之所由生也。其本在人心之感于物也。""非性也，感于物而后动。"《礼记·乐记》也载："人生而静，天之性也；感于物而动，性之欲也。"在战国末期的《荀子·正名》中也对感物思想做了论述："性者，天之就也；情者，性之质也；欲者，情之应也。以所欲为可得而求之，情之所必不免也"，"感而自然，不待事而后生之者也"。这些早期文献中所提到的"感物而动"都指的是人的本性，指人因外物而感应的各种情绪，其情感是均衡的，还没有特别的倾向性。

魏晋时期，感物思想在"悲情"的向度上得到极大拓展，从而打破了原有的平衡。如陆机《文赋》："遵四时以叹逝，瞻万物而思纷；悲落叶于劲秋，喜柔条于芳春。心懔懔以怀霜，志眇眇而临云。"这里虽"悲""喜"并提，但显然"喜"是以"悲"为底色的，因为"叹逝"就已蕴含了对生命"有限性"及其快速"消逝"的无奈感伤，"思纷"也是围绕"万物"的"有限性"和"瞬间美"的感发，随后的"悲落叶"就已是对生命因有限而零落的悲伤，是领悟"有限性"而对新生的柔嫩生命抑制不住的爱恋，这种爱恋就是希望在"有限性"中把握生命以期求安慰的焦灼感的体现。故《佩文韵府》载"悲情以物感，沉思郁缠绵"（陆机诗）[①] 就以"悲情"释"物感"。

南北朝时期，文学批评家钟嵘《诗品序》对诗人感物兴情中蕴含的"悲情"和"悲美"意识有着更为深入的阐述："气之动物，物之感人，故摇荡性情，形诸舞咏。……若乃春风春鸟，秋月秋蝉，夏云暑雨，冬月祁寒，斯四候之感诸诗者也。嘉会寄诗以亲，离群托诗以怨。至于楚臣去境，汉妾辞宫；或骨横朔野，魂逐飞蓬；或负戈外戍，杀气雄边；寒客衣单，孀闺泪尽；或士有解佩出朝，一去忘返；女有扬蛾入宠，再盼倾国：凡斯种种，感荡心灵，非陈诗何以展其义？非长歌何以骋其情？"[②] 在谈"物感"发生时，《诗品序》和《乐记》《礼记》是一致的，即都主张诗是性情受外物影响而发为吟咏，但在谈"物感"的具体情境时，便染上了浓重的"悲情"意识乃至"悲剧"情怀，所谓"楚臣去境""汉妾辞宫""骨横朔野""魂逐飞蓬""负戈外戍""杀气雄边"……无不是"悲情"的渲染，是对生命有限，欢会无多，而死亡却处处笼罩的无尽感伤。

---

① 〔清〕张玉书：《佩文韵府》（卷五十七），上海书店1983年版，第2221页。

② 周振甫：《诗品译注》，中华书局1998年版，第15页。

“悲情”意识在魏晋南北朝的诗文中得到充分发展，其中的一个重要体现是爱情与怨情结合。如汉末建安到三国时期，有曹丕《燕歌行》、曹植《七哀》等模拟女子思夫，“悲叹有余哀”①；秦嘉、徐淑夫妻互赠之诗，是“夫妻事既可伤，文亦凄怨”②。南朝齐梁年间，因为洞见生命易逝的有限性，爱情渐转为一种非伦理化的享乐主义的艳情，如萧纲为《诗经》中的“郑卫”诗辩护，对新渝侯诗中所表现的女子形体、情态之美给予高度评价，赞之“风云吐于行间，珠玉生于字里”③。此类以“闺思”“宫怨”爱情题材为重心强调“缘情绮靡”的宫体诗冲破了儒家“文以载道”的道德论和功利论，走向了“为艺术而艺术”的“唯美”之路。清代学者朱彝尊对此进行严厉批评：“魏、晋而下，指诗为缘情之作，专以绮靡为事，一出乎闺房儿女之思，而无恭俭好礼廉静疏达之遗，恶在其为诗也?”④ 这种批评用心虽善，却未领会南朝人为何耽于“悲情”以及沉迷“女色”的根源，即由那种生命有限性的体认所唤起的对生命本身的珍惜。

总体说来，魏晋南北朝的“悲情”文学大约都笼罩在深重的时代感伤和命运嗟叹之中，都体现了一种源于生命有限性体验的悲情意识。陈良运认为魏晋诗“给人以‘悲凉之雾，遍布华林’之感，从曹操开始，‘人生几何’‘人生若朝露’‘时哉不我与’之类的悲慨，几乎充满了各种诗篇”⑤。钱钟书论钟嵘诗评时也说：“钟嵘不讲‘兴’和‘观’，虽讲起‘群’，而所举压倒多数的事例是‘怨’。……《序》的结尾又举了一连串的范作，除掉失传的篇章和泛指的题材，过半数都可说是怨诗。”⑥ 钟嵘《诗品》评点了诸多“怨诗”，如认为曹植“情兼雅怨”，王粲“发愀怆之词”，阮籍“颇多慷慨之词”，左思是“文典以怨”，秦嘉是“凄怨”，沈约是“清怨”。从《诗经》三百首到《古诗十九首》，虽不乏“意悲而远”和“怨深文绮”的作品，但整体上看却是相对平和的，然而，魏晋南北朝时期，一种浓重的感伤却成为笼罩在士人心底的普遍性焦虑，而这便形成魏晋“悲情化”的时代特色。

“物哀”是日本文学中的重要审美范畴，日语原文为“物の哀”（もののあわれ）。“もののあは”（物哀）一词最早出现在纪贯之所著的《土佐日记》12月27日条：“楫取り、もののあわれも知らで、おのれ酒お蔵ひれば……”后

---

① 参见逯钦立：《先秦汉魏晋南北朝诗》，中华书局1988年版，第458页。
② 参见逯钦立：《先秦汉魏晋南北朝诗》，中华书局1988年版，第65页。
③ 参见逯钦立：《先秦汉魏晋南北朝诗》，中华书局1988年版，第3010页。
④ 王运熙：《清代文论选》，人民文学出版社1999年版，第283页。
⑤ 陈良运：《中国诗学体系论》，中国社会科学出版社1992年版，第156—158页。
⑥ 钱钟书：《诗可以怨》，《文学评论》1981年第1期。

在紫式部《源氏物语》中得到全面阐释，18 世纪，文论家本居宣长又对其进行系统论述，形成所谓的“物哀论”。学界一般认为，日本“物哀”主要有两种含义：“第一种含义，指日本始自平安贵族的生活情趣，是一种‘もの’（物）与‘あはれ’（感情）相一致而产生的和谐的情趣以及优美、细腻、沉静的审美观。第二种含义，是指进入近世后由国学家本居宣长提出的以《源氏物语》为代表的王朝文学的理念，与‘もののあはれ’的用例之间并没有必然的联系。”① 具体而言，“物哀”又可以展开为几个层面：对人之情抱有同情和充分理解，体会人情的细微；因事物而触发的沉思、回顾、感慨；因时令而生的情致；多愁善感之情，解风雅，有情趣，极富情感修养；让人感到悲哀和同情的惹人爱怜。②

有关“物哀”的汉译，据学者统计大约有“人世的哀愁”“物哀怜”“幽情”“物之哀”“愍物宗情”“感物兴叹”“物感”“物我交融”等。③ 其中，“人世的哀愁”“物哀怜”“幽情”等译法较注重“物哀”的情感维度，“愍物宗情”“感物兴叹”“物感”“物我交融”等则受到中国“物感”说启发，强调因外物引发的内心感动。“物哀”论的提出颠覆了长期统治日本学界“劝善惩恶”的儒家道德论，形成了日本文学唯情主义和唯美主义的民族文学特征，并在一定程度上标志着日本文学的独立。

作为审美意识，“物哀”“起源于对自然美的感悟”④，调和优雅，富有情趣，倾向于一种纤细的哀愁；从本质上说，“物哀”是“愁诉‘物’的无常性和失落感的‘愁怨’美学”⑤，“展现的是一种哀惋凄清的美感世界”⑥；从效果上说，“物哀”注重作者和读者的情感分享，实现心理与情感的满足，“没有教诲、教训读者等任何功利的目的”⑦。“物哀”以心为本，内容上的“主情”和情感上的“偏哀”是其文学特色，如：“不见未尝恋，/一见阿妹，/相思苦难堪。”（《大伴宿祢稻公赠田村大娘歌》）⑧“想到，今后与阿妹，/再也不相见；/心中悒郁寡欢。”（《大伴宿祢家持和歌二首》其一）⑨“君纵不思

① 北京日本学研究中心文学研究室：《日本古典文学大辞典》，人民文学出版社 2005 年版，第 943 页。
② 日本大辞典刊行会：《日本国语大辞典》，小学馆 1993 年版，第 55 页。
③ 姜文清：《东方古典美——中日传统审美意识比较》，中国社会科学出版社 2002 年版，第 93—94 页。
④ 邱紫华、王文戈：《日本美学范畴的文化阐释》，《华中师范大学学报》2001 年第 1 期。
⑤ ［日］西田正好：《日本的美——其本质和展开》，创元社 1970 年版，第 272 页。
⑥ 杨薇：《日本文化模式与社会变迁》，济南出版社 2001 年版，第 103 页。
⑦ ［日］本居宣长：《日本物哀》，王向远译，吉林出版集团有限责任公司 2010 年版，第 9 页。
⑧ ［日］佚名：《万叶集》，赵乐甡译，译林出版社 2002 年版，第 154 页。
⑨ ［日］佚名：《万叶集》，赵乐甡译，译林出版社 2002 年版，第 157 页。

我；/但求睡梦临，/见君枕。”（《山口女王赠大伴宿祢家持歌五首》其三）[①]情人间的恋、思，及其不能实现的苦、梦，就是日本和歌文学最普遍的主题，折射出歌人对生命有限性的急切捕捉。

在物哀文学中，生命的绽放、繁华和凋零，都触动着诗人那易感的心弦，“悲愁、忧郁、恋情”就成为日本物哀文学书写的主题和深沉的情愫。这正如叶渭渠所指出的：“‘物哀’作为日本美的先驱，在其发展过程中，自然地形成‘哀’中所蕴含的静寂美的特殊性格，成为‘空寂’和‘闲寂’的美的底流。”[②]他们爱残月、初绽的蓓蕾和散落的花瓣儿，如：“愿卿是枝瞿麦花，/朝朝手中拿；/无时无刻，不在恋它。”（《大伴宿祢家持赠同坂上家之大娘歌》）[③]“世间本无常；/且看当空月，/才满又缺。”（《悲伤膳部王歌》）[④]“屡见屡想；/君竟如，红叶落，/令人悲伤。”（《天平三年辛未秋七月，大纳言大伴卿薨之时歌六首》其六）[⑤]“春雨频降；/梅尚未绽放，/含苞待成长。”（《大伴宿祢家持报赠藤原朝臣久须麻吕歌三首》）[⑥]瞿麦花、世间无常、月的圆缺、红叶落、梅的含苞，都蕴藏着时间性的信息，即那种对生命的过程化和有限化的体认，并因此而闪烁出的植根于有限性的诗之光芒。于是，一种无常的哀感和美感，就构成了日本“物哀”精神的内在意蕴。

二、死亡意识：“终结性”的思考

海德格尔认为，人是向死而生的。列维纳斯则把死亡定义为“对时间的忍耐”，死亡意味着对任何东西的希望、意志和欲望之可能性的消失。时间的篡夺和希望的破灭构成了死亡自身的过程。作为“未来”的“终结性”的“死亡”，以其“确定性”的“必死”和“不确定性”的不知“何时死”的危险逼迫着在此存在的人，他知道这确定而又不确定性的死亡以其恍惚性既远又近的闪烁，他却不能逃脱，他被存在之绳索牢牢地系缚，他的去存在呈现着一种矛盾，害怕这完成又不得不赶着在时间性的限度内完成。如何对待这死亡完成之终结，便决定了不同的人在这世界的不同姿态。常人因畏惧这“完成”，

---

① ［日］佚名：《万叶集》，赵乐甡译，译林出版社2002年版，第157页。
② 叶渭渠、唐月梅：《物哀与幽玄——日本人的美意识》，广西师范大学出版社2002年版，第87页。
③ ［日］佚名：《万叶集》，赵乐甡译，译林出版社2002年版，第110页。
④ ［日］佚名：《万叶集》，赵乐甡译，译林出版社2002年版，第119页。
⑤ ［日］佚名：《万叶集》，赵乐甡译，译林出版社2002年版，第122页。
⑥ ［日］佚名：《万叶集》，赵乐甡译，译林出版社2002年版，第185页。

他们“操劳着把这样一种畏倒转成在一种来临的事件之前怕”①，从而以日常的平均化和庸俗化状态抹平和搁置这“牵挂”，他们追逐财富、权力、名誉、享乐，以让自己麻木地活着，他们在这幻象的欺骗式的生活中自以为赢得了永恒，逃脱了命运之绳索，然而，一旦陷入死亡之痛苦或死亡突然降临时，他们便彻底崩溃和绝望，他们未曾真正思考过生命之价值和意义。诗人却不同，诗人把时间视为对存在的一切领会及解释的视野，从而不同于传统的时间概念与流俗的时间领会，他们虽同样惧怕这“终结性”的“死亡”，却勇敢地朝向这未来性，以死亡的逼迫和死亡划定的界限唤醒盲目狂妄的人，让生活在幻象中的人时刻警醒现世之物的不可靠，以让我们的心灵在必死的命运面前学会谦卑。因此，诗人就是要让人在绝望中重新寻找希望，这希望并不确定能找到，却让人有了摆脱麻木生活而心怀敬畏朝向神圣的可能。

我们以此来看魏晋南北朝诗人的“悲情”和日本歌人的“物哀”，便会突然获得一种启示：他们的悲哀和忧愁是生命觉醒而朝着未来的牵挂和仰望，是对意义之钥匙的寻求。我们先看魏晋南北朝诗人的诗歌。曹操《短歌行》：“对酒当歌，人生几何。譬如朝露，去日苦多。慨当以慷，忧思难忘。何以解忧，唯有杜康。……”曹操的诗被前人评为“如幽燕老将，气韵沉雄”，犹有“汉音”，而渐启“魏响”，这“汉音”当然是那个时代的境界的雄阔，这“魏响”却是开启四百年逐渐弥漫开来的生命之悲凉情愫，作为重要的政治家和争霸中原的雄豪，那一切外在的功业都未能成为有限生命的真正依靠，从外到内的转向，就让政治家转而成为真正的诗人，就是唱叹那作为“终结”的“尚未”，就是在“死亡”之阴影的逼迫中的“时间性”的吟唱。这正如海德格尔所指出的：“只要此在存在，它就始终已经是它的尚未，同样，它也总已经是它的终结。死所意指的结束意味着的不是此在的存在到头，而是这一存在者的一种向终结存在。”② 勇毅地承担起去存在的死亡之命运，遂成就了伟大的诗人，在最高处，诗人的情怀和政治家的情怀便合而为一，于是才有了“白骨露于野，千里无鸡鸣。生民百遗一，念之断人肠”（《蒿里行》）的无限悲悯和感伤。从这个角度说，曹操胜过后世那些写了很多打油诗的帝王或所谓伟人几多，因为这些所谓的帝王或伟人，只有那睥睨天下的外在功业的雄豪，却未有因死亡之唤醒的敬畏和谦卑，也当然无有那源自死亡的悲悯和同情。

---

① ［德］海德格尔：《存在与时间》（修订译本），陈嘉映、王庆节译，生活·读书·新知三联书店2006年版，第292页。

② ［德］海德格尔：《存在与时间》（修订译本），陈嘉映、王庆节译，生活·读书·新知三联书店2006年版，第282页。

汉末边缘化的古诗作者、犹承汉音而启魏响的曹操所展开的“死亡”主题遂成为此后四百年间从帝王到士大夫再到普通诗人的书写重心。曹植贵为王侯，而其《七步诗》“煮豆持作羹，漉豉以为汁。萁在釜下燃，豆在釜中泣。本是同根生，相煎何太急！”却写出了死亡之逼迫的无奈和感伤，写出了权力势位争夺相对于必死之命运的微不足道。徐干《于清河见挽船士新婚与妻别诗》：“枯枝时飞扬，身体忽迁移。不悲身迁移，但惜岁月驰。”写出了生命的枯槁脆弱和易于凋零。何晏作为魏正始时期的重臣，在残酷的政治生态中，对生命之“未来性”的“必死”命运的忧虑仍旧让其时时有警惕之意，而无狂妄之心，如其《言志诗》所言“常恐夭网罗，忧祸一旦并”，便写出了那种死亡的忧患，正是这种对生存之命运和意义之钥匙的寻找，促使何晏和王弼共同成为魏晋玄学的开创者和魏晋风流的开启者，那因“死亡”之“终结性”和“未来性”的牵挂遂成就了魏晋人的生命自觉和艺术自觉。

继正始名士而完全转向文学和艺术的竹林诗人更多地吟唱“死亡”的“未来性”和“终结性”的牵挂，如嵇康遭吕安事而囚系狱中，作《幽愤诗》曰：“咨予不淑，婴累多虞。匪降自天，实由顽疏，理弊患结，卒致囹圄。……穷达有命，亦又何求？”阮籍因既无法摆脱残酷政治的逼迫，更不能无视生命无常和死亡之忧患，遂成为其时至为情深之诗人，如《魏氏春秋》载：“（阮籍）时率意独驾，不由径路，车迹所穷，辄痛哭而反。”（《三国志・魏书・王卫二刘傅传》王粲本传注）① 其诗作也尤其凄怨悲凉，如所作《咏怀诗》“嘉树下成蹊，东园桃与李。秋风吹飞藿，零落从此始”等，悲苦深远而难言，故钟嵘《诗品》评曰：“言在耳目之内，情寄八荒之表。……厥旨渊放，归趣难求。”西晋末，社会大乱，诗人们的感伤愈益沉重，如陆机《短歌行》：“置酒高堂，悲歌临觞。人寿几何，逝如朝霜。时无重至，华不再阳。苹以春晖，兰以秋芳。来日苦短，去日苦长。今我不乐，蟋蟀在房。”《长歌行》：“逝矣经天日，悲哉带地川。寸阴无停晷，尺波徒自旋。”刘琨《扶风歌》：“烈烈悲风起，泠泠涧水流。挥手长相谢，哽咽不能言。”谢灵运《庐陵王墓下作诗》：“理感心情恸，定非识所将。脆促良可哀，夭枉特兼常。一随往化灭，安用空名扬。举声泣已沥，长叹不成章。”这些诗歌都弥漫着魏晋南北朝诗人对生命有限性的感伤，对生命未来性和终结性的无法把握的惆怅。

我们读日本的和歌，那种对死亡的悲伤吟唱更是无处不在。现试举两首诗为例，一首是《古今集》诗：

---

① 〔西晋〕陈寿撰，〔南朝宋〕裴松之注：《三国志》，中华书局2006年版，第362页。

我身在何处，
世间总是空，
欢喜悲哀两相同。

另一首是《后撰集》诗：

莫言欢喜莫言愁，
犹如阴晴无所定，
生死只在一瞬中。[①]

在这两首诗中，诗人似乎理解了因为死亡先行于自身，却又是人自身难以理解和不可靠近的，这种对未来性的不可理解，便同样成为当下不可理解的根源，“我身在何处”，“阴晴无所定”，是指在“确定性”的“必死”和“不确定性”的“何时死”面前，无论何处何事，最终都只能是“空”，因而“欢喜”“悲哀”和“阴晴”等的差异也将随死亡的到来而消失。因此，当此在到达死亡时，他也就丧失了他的“何处”或说丧失了“在此”，而成为不再在此，因此，不管“何处”都终究是无意义的。死亡就是“不再在此”，而作为“此在”的人却无法真切体验，正是对这种无法体验的“不再在此”的哀伤，促使日本歌人沉醉于对死亡的吟唱。

从比较的角度看，日本歌人的“物哀”和中国魏晋南北朝诗人“悲情”所呈现的“死亡”意识有着极大差异。魏晋南北朝诗人或以玄学自然，或以佛教般若，或以道教信仰来化解死亡，但日本歌人却多以佛教的无常观和空观来强化死亡的悲剧意识。这种差异的原因主要在于，日本文明的发展大大晚于中国，当中国化佛教传入之际，其社会尚处在原始社会末期，民族宗教尚未确立，其信仰还是比较原始的自然崇拜、鬼魂崇拜和祖先崇拜，是自然的泛神式的虔诚和敬畏。[②] 当人文思想不发达时，较之儒学伦理，中国化的佛教和强调精神至上的道家思想，更适合其口味。同时魏晋玄学“用人格本体论来统括宇宙”[③]，不重外在目的，更重过程本身和情感满足等，也契合了日本社会由原始向文明过渡的时代特点，从而在此后的平安时代被发扬，最后经复古国学之手将其凝固、提升为日本文化的特质。[④]

---

① 参见［日］片桐洋一：《后撰和歌集》，岩波书店 1990 版。
② 汤其领：《汉魏两晋南北朝道教史研究》，河南大学出版社 1994 年版，第 17 页。
③ 许辉：《六朝文化》，江苏古籍出版社 2001 年版，第 39 页。
④ 赵国辉：《魏晋玄学与日本物哀文学思潮》，《日本学论坛》2004 年第 1 期。

因此，在日本的和歌中，关于死亡的吟唱就较少儒家伦理思想的束缚，而更多地受到道教、玄学尤其是佛家思想的影响。在和歌中，死亡的“终结性”牵挂中常常笼罩着一种“无常”观念和“悲美”意识，如《万叶集》所记奈良时代的歌人所唱的《悲世间无常歌》：

仿佛一阵风，
有目难睹去无踪；
仿佛水流逝，
滔滔滚滚难留止。
万物皆如斯，
观此无常起忧思。
君看庭中水，
分明尽是伤情泪，
滴滴不断人心碎。

生命就像一阵风，来去无踪，又仿佛流水，滔滔难止，万物无不如是，岂不让人神伤，让人心碎。日本歌人对于这种生命的无常与易碎，常以其最爱的樱花为喻。樱花的绽放凋零和生命的存在死亡有着强烈的相似之处，那就是繁华之美、飘零之美和刹那之美。这种樱花的绚美易逝和人生苦短无常的同构，极易引发诗人强烈的“孤独”“空寂”感伤，抑或“悲壮”“崇高”意蕴。于是，樱花美而易碎的生命意象就寄托着整个日本民族的性格象征：生如夏花般灿烂，死如秋叶般静美。追求“瞬间美”，以在美的瞬间“求得永恒的静寂”，就成为日本“物哀”美学的主要表现。他们似乎领会了“在此在身上存在着一种持续的‘不完整性’，这种‘不完整性’随着死亡告终”①，因此有了“将那‘瞬间美’的观念转变为视自杀为人生之极点的行为。他们的殉死，其意义也在于追求瞬间的生命的闪光，企图在死灭中求得永恒的静寂”。日本和歌诗人领悟了生命的瞬间美和死亡朝向“未来性”和“终结性”的聚集，在这个意义上，物哀精神有了一种激扬壮烈的发展方向，而这也就可以被诠释成樱花式的绚美和悲壮。

---

① ［德］海德格尔：《存在与时间》（修订译本），陈嘉映、王庆节译，生活·读书·新知三联书店2006年版，第279页。

三、“美感”体验：“形式美”的发现

当苏格拉底追寻“美是什么”时，他为此问题而着迷。然而，追问的结果，却得出“美是难的”[①] 这样一个不是结论的结论。当然，作为苏格拉底思想的继承者，柏拉图并没有在该问题上止步，而是沿着“学习就是回忆”，“灵魂是永恒的”，“如果在美自身之外还有美的事物，那么它之所以美的原因不是别的，就是因为它分有美自身”的道路继续思考，[②] 并在某种程度上得出一个确定性的结论，即“美自身”就是灵魂在天国中所本有的永恒的“相”或“型”，生命的意义在于分有和模仿这“相”或“型”，在于回忆起美自身。随之而来的以基督教为基础的宗教美学也在某种程度上渗透着这种柏拉图主义，即现世人间的一切都不值得留恋，都是带着原罪的，只有属于天国的灵性世界才值得向往，于是，鄙弃现世感官之美以追寻天国永恒之美，便成为整个欧洲中世纪的审美理想。

中国和日本的审美理想不同于西方的“永恒美”或“范式美”观念，而更重视在有限生命中体验一种“当下美”和“形式美”，即注重一种强烈的感官式的惊艳，如樱花的绚美；从这种“感官美”而有了制度和仪式之美，如“郁郁乎文哉，吾从周”；然后才有第三个层次的灵性境界美，如“万古长空，一朝风月”。显然，以魏晋南北朝诗人和日本歌人为代表的东方思想并不曾去寻找作为“美自身”的“范式”和“理念”，而是更重视万事万物的条件和因缘，注重一种具体的“当下”和“形式”。

这种“形式美”的思潮在魏晋得到充分发展的深层原因和理论支撑主要就来源于乱世诗人对生命“有限性”和“时间性”的敏锐洞见和以道家为主融合儒家后又融合佛家的玄学审美思潮的勃兴。玄学诗人们主张“以玄对山水”，“山水以形媚道”，就是自然之道的最好体现。在两晋流行的玄言诗就渐以山水来寄托体玄悟道的情怀，以山水物象来消融主体情感。[③] 魏晋有大量在山水的声色形式美中体验玄道的诗歌，如谢万《兰亭诗》：“肆眺崇阿，寓目高林。青萝翳岫，修竹冠岑。谷流清响，条鼓鸣音。玄崿吐润。霏雾成阴。”孙统《兰亭诗》：“地主观山水，仰寻幽人踪。回沼激中逵，疏竹间修桐。因流转轻觞，冷风飘落松。时禽吟长涧，万籁吹连峰。”山水的“声色”和“形

---

① 苗力田：《古希腊哲学》，中国人民大学出版社 1989 年版，第 193 页。
② 苗力田：《古希腊哲学》，中国人民大学出版社 1989 年版，第 265 页。
③ 何光顺：《玄响寻踪——魏晋玄言诗研究》，暨南大学出版社 2011 年版，第 152 页。

式”被细致地展现，“崇阿”“高林”“青萝”“修竹”“谷流”“条鼓”“霏雾”“回沼”“疏竹”“冷风”“落松”“长涧”“连峰”，清美的山水景物扑面而来，诗人所能做的就只能是“眺”“寓目”“观”“寻”，他完全为自然的声色和美景所陶醉，无暇顾及日常生活的得失荣辱。这种超脱利害的“当下性”的“形式美”的发现无疑来自对“有限性”生命的体认。

对于山水的“形式美”和“声色美”，晋宋之交的谢灵运在其诗中做了全面铺写。许学夷以为：“汉魏诗兴寄深远，渊明诗真率自然。至于山林丘壑、烟云泉石之趣，实自灵运发之，而玄晖殆为继响。”[①] 沈德潜《说诗晬语》卷上：“诗至于宋，性情渐隐，声色大开，诗运一转关也。”[②] 显然，谢灵运在开南朝崇尚声色描写方面有其重要影响，如《晚出西射堂诗》既表现出玄言诗的玄思情调，又体现出新山水诗写景绘形、崇尚声色的历史趋向：“步出西城门，遥望城西岑。连鄣叠巘崿，青翠杳深沉。晓霜枫叶丹，夕曛岚气阴。节往戚不浅，感来念已深。羁雌恋旧侣，迷鸟怀故林。含情尚劳爱，如何离赏心。抚镜华缁鬓，揽带缓促衿。安排徒空言，幽独赖鸣琴。”该诗在表层和深层都隐藏着“时间性”和“有限性”的维度：首先是整首诗篇流动的是时间，其次是生命在逼近“未来性”的“死亡”挤压中的时间。步出、遥望、晓霜、夕曛，这是景物转换的可计算时间。在这可计量时间的深处，则是秋景变化与朝夕对比中的具有瞬间性的生命时间。羁雌、迷鸟，喻指诗人唤醒生命中思乡的情愫，醒觉当下性生命的残缺，最后诗人领悟那种庄子似的与天道同一的境界不可能实现，遂借助琴弦谐奏出的悦耳乐音以暂解心中烦忧。[③] 无疑，这首诗的“悲情”已不如嵇康、阮籍和陆机那么浓重，然而仍旧有着挥之不去的感怀生命有限性的惆怅和孤独，故寄而为山水，然山水终不可安慰生命，故其生命和山水的两相对隔而非圆融便较为明显了。

南朝诗论家对山水的形式声色美有着更深层的理论自觉。如刘勰《文心雕龙·物色》篇：“春秋代序，阴阳惨舒，物色之动，心亦摇焉。盖阳气萌而玄驹步，阴律凝而丹鸟羞，微虫犹或入感，四时之动物深矣。”“山沓水匝，树杂云合。目既往还，心亦吐纳。春日迟迟，秋风飒飒。情往似赠，兴来如答。”萧统《昭明文选》卷十三系“物色”之赋，李善注“物色”云“四时所观之物色，而为之赋”，又云：“有物有文曰色。”对于刘勰和萧统所论“物色”的“形式美”问题，张晶在《中国古典美学中的“感物”说》中指出：

---

① 许学夷：《诗源辩体》，人民文学出版社 1987 年版，第 110 页。

② 〔清〕沈德潜：《沈德潜诗文集》，人民文学出版社 2011 年版，第 1929 页。

③ 因为侧重点略有不同，阐释的视角也有差异，此处重点突出了“时间性”的维度，对该诗的解读也可参见何光顺：《玄响寻踪——魏晋玄言诗研究》，暨南大学出版社 2011 年版，第 222 页。

“‘物色’不仅指自然事物本身，而且更重在自然事物的形式样态之美。”① 刘勰所云“感物”主要是指“物”的外在样态，即所谓“物色”。“色”借用了佛学的概念，指事物的现象，是说由于万物的“无自性”而产生的虚幻不实。如《般若波罗蜜心经》云：“色不异空，空不异色。色即是空，空即是色。”故南朝诗人和诗论家所谈“物色”已不仅是事物的自然形态，而更多地是指事物进入诗人视野的带有审美价值的形式之美。

日本歌人的“物哀”论同样具有一种对“当下性”的发现及对事物“形式美”的自觉，即美的形式色彩在诗人心灵中引发的短暂性和时效性的忧愁和焦虑。“月行空，夜色迷人；/顾我衣袖上，/露已湿润。”（《咏月十八首》其十三）②“三轮山，并峦/卷向山，/秀色可餐。”（《咏山七首》其二）③ 低回迷离的恋思，无法留驻的声色，深深笼罩着日本文学，并体现出“唯美主义”的寻求，哀怜、感伤、空寂、闲静、亲爱、忧切，汇成“物哀”，就像天地间难言的在孤寂处自行绽放的花蕾，让遇着的人泛起感动、惊喜、爱怜，又因其凋零、残损，随之而起多少悲愁、落寞和空幻的感伤，大和民族那颗善感的物哀之心，就得以借着外物的声色形式之美而得以溢满灵心地绽放。

“物哀”的审美理想是日本文学最深秘的灵魂，它始终追求的是纤细柔美的感触，表现的是一种内心深处的细腻。在日本古典艺术的世界，有许多倾情于大自然而绘景状物的和歌与俳句，它们无处不在地渗溢着大自然的风景里的灵姿天韵，如松尾芭蕉的名句“古池や蛙飛び込む水の音”，其汉译为：“古池塘，青蛙入水，水声响。”在不经意处，在自然闲淡处，轻灵地挥洒出那深远悠幽的意境：静谧、舒缓，描绘出一幅几近凝固静止的夏日午后的画面。或许，诗人在某个内心充满了不可名状的孤独时刻，却忽听这青蛙入水“扑通一声”，那沉浸于自我的世界和自然的外在世界突然契合了，这契合是源于灵心的呼唤和应和，于是，“天籁”的歌声，轻轻回荡，诗人不再孤单，世界瞬间洋溢着梦幻化的色彩。

对女性世界和情感世界的细微关注，是物语与和歌文学之长。然此种优点也成为日本文学的致命缺陷，即由男人成就的理想世界的超越、社会伦理的规制、生命世界的厚重与博大都被遮蔽了，而唯有自然的纯真与唯美得到了激活与挥洒。日本文学由此成为纤弱的文学。“物哀”文学的唯情和唯美也造成了日本民族在自省和慎独等伦理方面的缺失，造成了日本民族对任何情感形式及

---

① 张晶：《中国古典美学中的“感物”说》，《大连大学学报》1999年第1期。
② ［日］佚名：《万叶集》，赵乐甡译，译林出版社2002年版，第265页。
③ ［日］佚名：《万叶集》，赵乐甡译，译林出版社2002年版，第267页。

性欲行为的理解和原谅。从某种程度上说，日本人善于自我安慰和求得自我解脱，世界的一切都可以成为审美的形式，也都可以被美化。如《源氏物语·薄云》写光源氏的恋情：“这是不伦之恋，是罪孽深重的行为。要说以前的那些不伦行为，都是年轻时缺乏思虑，神佛也会原谅的。”“不伦之恋”是光源氏对秋好中宫的非分之想，“罪孽深重”是光源氏与继母藤壶的私通。在作者的笔下，这两种不合伦常的恋情是“神佛也会原谅的”。日本文学批评家本居宣长同样对这种不伦之恋予以辩护：“人到了老年，都对年轻人的好色风流加以告诫，但自己在年轻的时候，也同样不可遏制，而犯下错误。”[①] 在此种观念影响下，唯美主义的物哀文学就成为日本文学的主流。

从魏晋南北朝诗人的“悲情”和日本歌人的“物哀”的比较，我们可以看出，魏晋诗人、名士的反儒家伦理和《源氏物语》、本居宣长的反儒家伦理有着不一样的出发点和用心。魏晋反儒家伦理虽也有自然主义的色彩，但这自然主义的背后却有着“道”的支撑，形上之道构成了生命从物质感官自然解脱出来的超越之维，故有“山水以形媚道”，“以玄对山水”。日本歌人、紫氏部、本居宣长的反儒家伦理，其自然主义的诉求却是指向身体和欲望，这固然有求得生命和个性解放的直接效用，却缺少了面对天地自然和浩浩宇宙的阔大胸襟，人的生命活动由是而被限制在闺门之内，男欢女爱成为其单调而重复的主题。

四、“神道”信仰：“超越”的向往

人的生命是有限的，人对这种“有限性”的领悟就构成了生命存在的“时间性”之维，然而，尽管时间无法被超越，人的“未完成”状态只能在此在生命不再在此时方能实现其完整而得以超越，当“完整性”和“超越性”[②] 实现时，他已无法体验。即使如此，人仍不甘心他这种“完整性”和“超越性”的“被动实现”，而仍期望一种“主动为之”，即当其在此（此时此地）的束缚中，他期盼仰望神明，敬信他，而就此得到来自神灵的馈赠和恩典，于是，他的“超越性”的实现，就不再是那现世生命在死亡到来时刻的被动完成，而可能是因为他对那期待着的死亡而实为“复活”的纵情投入，于是，这种“完整性”和“超越性”因为或对身体的否定，而竟获得一种此世的心

---

① ［日］本居宣长：《日本物哀》，王向远译，吉林出版集团有限责任公司2010年版，第80—81页。

② 笔者此处提出的“完整性”和“超越性”具有互为阐释的相通性，即人因其时间的有限性、碎片性的焦虑与自觉，而渴求一种非时间的永恒性和完整性的超越。因此，人对完整性的向往就是一种超越性的向往。

灵的“完满实现”，抑或将“身体”化为“神”或“道”的体现，也竟获得一种“身心一如”的“圆融”。当然，这种“一如”或“圆融”只能是想象的“神化”或“道化”的存在。而这种“神道”[①] 的意识，又几乎是所有民族或个人都可能会有的追求“超越性”的方式。

那么，这种“主动为之”的“超越性”追寻又如何展开？如果我们要划分生命的层次，大约是这样的：艺术的感性之维、伦理的理性之维和信仰的灵性之维。如果到达了这灵性之维，生命“主动为之”的圆满即可视为实现。这三个阶段的上升和圆满完成就是克尔凯郭尔所讲的生活的否定式辩证法：首先是生活辩证法开始于感性阶段，代表人物是唐璜，这时的生活为感官所决定，没有自身意义，生命被一种绝望感笼罩，渴望做有道德的人。而后进入伦理阶段的诉求，代表人物是苏格拉底，这时的生活为道德准则所支配，以“善”为目标，因为“善”不能到达，而有一种罪感和愧疚，于是渴望向宗教飞跃。最后人需要在死亡和苦难中进入宗教阶段，代表人物是《旧约》中的亚伯拉罕，这时的人不是追求普遍的道德律，而是听从上帝的声音，这种信仰的伦理就是绝对的伦理，甚至是和亲情伦理、日常伦理相违背的，如亚伯拉罕用儿子以撒为上帝献祭，然而，正是这种荒谬感成为检验信仰强弱的尺度。

魏晋南北朝诗人对生命“超越性”的“神道”把握，主要有宗教的和非宗教的两种方式。从宗教上说，主要是采取道教的服食求仙和佛教的修炼成佛。如《魏氏春秋》载嵇康访道求仙：“初，康采药于汲郡共北山中，见隐者孙登。康欲与之言，登默然不对。逾时将去，康曰：‘先生竟无言乎？’登乃曰：‘子才多识寡，难乎免于今之世。’”[②] 这里说的“识”很大程度上就是证道成仙的智慧，已超越了现世中作为工具之用的“才”，只有智慧才是圆融的，才能成就生命的圆满，而才学却始终是有所偏失的，难免乎祸患。这也是嵇康避祸求仙失败的原因。魏晋南北朝诗人对生命“完整性”的向往又常常求助于死后救赎的期待，而这是和乱世人们不再寻求外在功业创建，而渴望以道教和佛教解决人生困境的现实原因造成的。我们可以说，魏晋南北朝就是中国历史中最富宗教趣味的时代。佛教和道教的有关生命圆满的期待和超越都为魏晋南北朝诗人提供了安顿生命的选择。

从非宗教的角度看，魏晋南北朝诗人追寻生命境界的圆融，又是和当时世族阶层的崛起、玄学虚君主义盛行而玄学名士获得空前自由独立的历史背景有

---

① 此处的“神道”非特指日本大和民族的“神道教”的“神道”，而是指一切民族都可能具有的形而上的神性之道的超越维度。

② 〔西晋〕陈寿撰，〔南朝宋〕裴松之注：《三国志》，中华书局2006年版，第363页。

着密切联系。笔者在拙著《玄响寻踪——魏晋玄言诗研究》中提出魏晋具有一种不同于秦汉两极文化结构（皇权政治文化与平民政治文化联盟）的三极文化结构（皇权政治文化、世族政治文化、平民政治文化三足鼎立）。[①] 在三极文化结构下，魏晋名士开始寻求独立于专制皇权的内在精神的自由，一方面，他们从理论上虚化君主权力，如提倡“君道无为，臣道有为”，或调和儒道，为世族与皇权的分治奠定了理论基础；另一方面，他们高举“道”的旗帜，以希望在体悟玄道中获得生命的自足、完整与圆满。这正如笔者所言：“魏晋诗人又非完全凌空蹈虚的，以儒家的‘仁’缔造‘此岸’的伦理，以道家的‘道’缔造‘彼岸’的伦理，就构成了魏晋文学中伦理精神的双重维度。我始终认为：人性只有指向神性，世俗的爱只有指向神圣的爱，才可能实现这个社会的伦理奠基。‘道’就是爱的象征性起点，从而也是伦理生活的起点，人只有在回溯‘道’的故乡中发现自己的位置，从而确定走向神圣的路。”[②] 因为神秘玄奥的“道”的信仰，魏晋诗人在普遍性的生命自觉和审美自觉中遂融入了宇宙的苍茫、太初的混沌、终极的永恒，从而淡化了情感的哀伤，消释了绚美的浓度，弱化了死亡的伤痛。

因此，魏晋诗人虽然无法完全消解生命之悲，然而却对这“悲情”做了符合“圣人之道”与“自然之道”的诠释，从而体现出在有限性中实现一种生命完整性的可能。这个问题在理论上的解决，首先是在正始名士王弼那里实现的。《三国志·魏书》载：“时裴徽为吏部郎，弼未弱冠，往造焉。徽一见而异之，问弼曰：‘夫无者诚万物之所资也，然圣人莫肯致言，而老子申之无已者何？’弼曰：‘圣人体无，无又不可训，故不说也。老子是有者也，故恒言其所不足。’”（《三国志·魏书·王毋丘诸葛邓钟传》钟会本传注）[③] 又“何晏以为圣人无喜怒哀乐，其论甚精，钟会等述之。弼与不同，以为圣人茂于人者神明也，同于人者五情也，神明茂故能体冲和以通无，五情同故不能无哀乐以应物，然则圣人之情，应物而无累于物者也。今以其无累，便谓不复应物，失之多矣”（《三国志·魏书·王毋丘诸葛邓钟传》钟会本传注）[④]。在这个意义上，圣人既然有情，那么“情”既可以是“悲情”，也可以是“乐情”，只是圣人不同于常人处在于“发而皆中节”，能做到合适和谐。然而，魏晋诗人名士的“悲情”终因对生命有限性的痛惜，而难免过度悲伤，但他们仍旧要为这极度悲伤的情寻找能顺应道之圆融的解释，而这在竹林名士那里就已经

---

① 何光顺：《玄响寻踪——魏晋玄言诗研究》，暨南大学出版社 2011 年版，第 72—82 页。

② 参见何光顺：《玄响寻踪——魏晋玄言诗研究》，暨南大学出版社 2011 年版，自序。

③ 〔西晋〕陈寿撰，〔南朝宋〕裴松之注：《三国志》，中华书局 2006 年版，第 474 页。

④ 〔西晋〕陈寿撰，〔南朝宋〕裴松之注：《三国志》，中华书局 2006 年版，第 474 页。

有自觉的体现。如《世说新语·伤逝》载："王戎丧儿万子，山简往省之，王悲不自胜。简曰：'孩抱中物，何至于此？'王曰：'圣人忘情，最下不及情。情之所钟，正在我辈。'简服其言，更为之恸。"① 这里似乎昭示了名士和诗人的向度，他们既自知难以达到圣人的"忘情"，也难以如愚人为物欲所累而"情薄"，故而在有限生命中自觉追寻一种自适其适的现世的完整性。

日本的物哀文学，不同于魏晋诗人的以理释情，而是既保留着承继原始信仰的感性特质，又有着受佛教影响更趋灵性化的维度，如本居宣长在解释日本"物哀"的"神道"信仰时说道："日本从神代以来就有各种各样不可思议的灵异之事"②，"所幸我国天皇完全不为那种大道理所束缚，并不自命圣贤对人加以训诫，一切都以神之御心为准则，以此统治万姓黎民。天下黎民也将天皇御心作为自心，靡然从之，这就叫做'神道'。所以，'歌道'也必须抛弃中国书籍中所讲的那些大道理，以'神道'为宗旨来思考问题。"③ 本居宣长说的"歌道"就是"物哀"之道，就是"神道"，就是在神秘化信仰中对生命完整性的追寻，就是在平安女性文学基础上产生，基于原始神道的"真"，带着佛家无常虚幻的悲世观，通过悲伤的恋情写人情的细微，揭示真实人性，以向佛教寻求苦痛的解脱。

本居宣长在另一段设问中对日本的歌道中的"物哀"所隐藏的"非伦理"维度也大加阐发："或问：如上所说，物语中的善恶观念与其他书籍中的善恶观念有所不同，那么为什么会有这种不同呢？答曰：儒佛之教本来是顺应人情而设定的，在道理上讲它们在任何方面都不会违背人情。可是人情当中有善恶，于是就有了弃恶扬善的教诫。对恶严加惩戒，就难免违拗人情。……譬如，一个男子对人家的女子想入非非，这个男人思恋难耐，命悬一线，而那女子得知此情，也体会到那男子的深情，于是瞒着父母与他幽会。说起来，爱恋彼此的容貌，男欢女爱，就是感知'物之心''物之哀'。为什么呢？看到对方的美丽而动心，就是感知'物之心'，而女方能够体会男方的心情，就是感知'物之哀'。"④

当然，本居宣长对伦理的理解是比较肤浅的，他完全从"惩戒"角度出发进行单向度的伦理解读，而不了解伦理的最大动力是来自人的社会价值和意义的实现，是个人内心的圆满和情感的升华，当然也不理解孔子说的"道之以政，齐之以刑，民免而无耻；道之以德，齐之以礼，有耻且格"（《论语·

① 余嘉锡：《世说新语笺疏》，中华书局1983年版，第638页。
② ［日］本居宣长：《日本物哀》，王向远译，吉林出版集团有限责任公司2010年版，第243页。
③ ［日］本居宣长：《日本物哀》，王向远译，吉林出版集团有限责任公司2010年版，第244页。
④ ［日］本居宣长：《日本物哀》，王向远译，吉林出版集团有限责任公司2010年版，第45—46页。

为政》)，不知道法律和伦理在古代社会虽易在执行层面混淆，但根本落脚点却有不同，即法律重维护社会秩序的惩戒，而伦理重实现个人心灵的圆满。然而，本居宣长以“物哀”和“知物哀”来诠释生命的“完整性”却无疑体现着其时日本歌人和批评家所具有的对生命理解的深度，那就是生命不应被伦理遮蔽。

因此，中国魏晋南北朝诗人“物感”论中的“悲情”与日本“物哀”说中的“悲美”便指向不同的生命维度，这正如叶渭渠指出的：“物哀的感情是一种超越理性的纯粹精神性的感情”，是以艺术的唯美来求得生命“完整性”的实现解脱的艺术，“‘物哀美’是一种感觉式的美，它不是凭理智、理性来判断，而是靠直觉、靠心来感受，即只有用心才能感受到的美”。[①] 魏晋南北朝诗人感物兴叹的“物感”的感情“是一种具有深刻的政治伦理社会意义的真实情感。它首先必须真实，唯其真实，才能感人；它又同时必须正直，唯其正直，才能化人”[②]。这样的“情”既“真”且“善”，既有真实性，又有伦理价值，“使读者产生一种一心向善的情感感动”[③]。

魏晋南北朝感物诗学中笼罩着浓烈感伤的“悲情”意识和日本中世物哀诗学中所具有的强烈的“悲美”意识，分别代表着中国中古诗人和日本中古诗人对自我生命和世界的发现，这种发现突破了传统的或由政治的大一统的稳靠的空间生命结构带来的安定感，或者突破了由原始神学宗教的混沌空间意识带来的整体感。一种体验到世事变幻与生命无常的时间生命意识的勃兴，就是这种空间生命结构破碎以后的最深切的体验，就是两个民族文学中具有代表性的艺术的自觉。当然，这种中日文学家和诗人所表达的痛感，在两个民族中各有不同的表现形式，中国魏晋南北朝诗人更多地表现在宇宙的浩瀚、历史的沧桑和社会的复杂中所带来的个体生命的有限性，而日本中世纪诗人却侧重于表达在狭小的宫闱闺阁之内的男欢女爱的恋情及其消逝所带来的无常的悲美。中国魏晋南北朝诗人表现的离别的伤痛属于更广泛的社会和哲学层面，比如亲人和友人的离别，当然也包括部分的恋人间的离别，而日本文学则集中于表达恋人间的离别。在死亡意识方面，中国魏晋南北朝文学更集中于那种死亡体验的震痛和剧烈，有一种壮阔感，而日本文学却更多地侧重于死亡体验中的瞬间性和唯美性。可以说，这种具有独特民族性的诗学共同促进了东方文学的多元化发展。

---

① 叶渭渠、唐月梅：《物哀与幽玄——日本人的美意识》，广西师范大学出版社 2002 年版，第 83 页。

② 易中天：《〈文心雕龙〉美学思想论稿》，上海文艺出版社 1988 年版，第 123 页。

③ 易中天：《〈文心雕龙〉美学思想论稿》，上海文艺出版社 1988 年版，第 123 页。

第四章　中日古代哀感文学缘源[1]

① 本章作者为广东外语外贸大学陈多友教授、王兰讲师。

哀感文学由来已久，深深扎根于中日文学土壤之中，成为两国文学中长盛不衰的审美元素。“哀感”一词，义域宽广。中国古人很早就使用了这样的词汇。三国魏繁钦《与魏文帝笺》：“咏北狄之遐征，奏胡马之长思，凄入肝脾，哀感顽艳。”晋张华《元皇后哀策文》：“孰云不怀，哀感万夫。”《南史·刘杳传》：“（刘杳）十三丁父忧，每哭，哀感行路。”北齐颜之推《颜氏家训·风操》：“丧家朔望，哀感弥深。”唐韩愈《宪宗崩慰诸道疏》：“伏惟攀慕永痛，哀感难胜。”近人亦频频有所指涉。叶圣陶《潘先生在难中》这样表述：“生离死别的哀感涌上心头。”从古到今，举凡悲伤的感情或动人的哀怆事件，均属哀感范畴。

在日本的主情文化传统中，源头就受到中国文化的影响。及至近世，国学家本居宣长扮演了日本哀感美学之集大成者的角色。他在深度解读平安时代（794—1192）初期紫式部的长篇言情小说《源氏物语》之后，指出该作品的本质是“物之哀”，他还系统探究了日本传统美学流变史，认为日本文学艺术的本质也在于“物之哀”。[①] 日本古代与近世文学是否真如本居宣长的物哀概括，这是一个很值得探究的问题。

一、物哀的情文内涵

在本居宣长看来，以“物之哀”这一理念为代表的哀感美学，其内涵与外延并非完全透明，毋宁说就其概念、范畴自身而言，是颇富歧义性、多义性、再构性的。按照本居宣长的理解，“物之哀”之“物”是接头词，并无实际意义，当泛指某些人、事、物时，日本人习惯使用这个接头词，例如“物语”“物言う”“物詣で”。所谓哀，是指对所见所闻所触心有感怀时发出的叹息声。原本是泛泛表达欣喜、有趣、愉悦、惊奇等一般意义上的感动情绪的，但是，在人类诸多情感之中，欣喜、有趣等愉悦情绪并不能感人至深，毋宁说悲哀、惆怅、思恋等诉说人生落寞不得志情绪的情事更能够触动人的灵魂深处，如此深层次的感动就是“哀”。他认为《源氏物语》就是淋漓尽致地刻画了人类哀感之极致的优秀作品。懂得它的就是善人，反之就是恶人。然而，其善恶评判不同于儒教、佛教等宗教所指的善恶。

本居宣长对哀感的独特见解摆脱了中世以来司空见惯的佛教、儒教言说的羁绊，将《源氏物语》从宗教、道德的捆绑中解放了出来，使得日本人的美

---

① ［日］阿部正路、神作光一、上坂信男、寺本直彦：《日本文学概论》，右文书院 1982 年版，第 217 页。

学理念化为生命个体的切实感受，从而有了更多的人性关怀。

但是，本居宣长的非功利主义哀感学说实际上是日本国学派褊狭的民族主义意识驱使之下的自说自话，其旨归在于通过臆造所谓日本本生文化的传统，以摆脱汉学（朱子学、阳明学等宋明理学）、佛学等外来文化的宰制，因此，他最终陷入难以自洽的历史虚无主义是不难想象的。

其实，按照历史唯物主义的观点重新审视以“物之哀”为代表的日本哀感美学的流变史，我们可以发现：首先，“物之哀”之“物”并非本居宣长所说的那样单单属于接头词，它是独立的名词，是“哀”的对象，是触发“哀”的契机。其次，因“物”而被触发的“哀”属于主体性感情，而本居宣长将欣喜、快乐、有趣、惊奇等一股脑地当作“呜呼”“哀也”之类的一般感情加以处理，后世学者对此颇为诟病。例如，冈崎义惠认为：“哀”是感情的某种状态，无论你如何借题发挥，也难以将它延宕为一般感情的意味。[①] 久松潜一主张：甫至中古，与其说“哀”乃一般感动，毋宁说它表达的是一种特殊的感动，与其说是强烈的感动，无如说属于一种调和的感动。[②]

此说若是成立的话，那么我们又得追问，那种携带某种感情的状态，也即所谓特殊的感动究竟是什么样的东西呢？“哀”在和语语境中，除了做感叹词、名词等品词之外，还与其他接词组合在一起，扮演形容词、动词等角色，其语义甚广，可以表达感慨、赞赏、爱情、爱怜、同感、同情、怜悯、情趣等含义。它有两个向量语义轴：积极方向轴与消极方向轴。前者导向“赏”“哀”“优”等字眼，后者则位移于“怜”“伤”“哀”“悯”等文字。

久松潜一提出新的学说，它将“哀”的审美属性归纳为感动美、调和美、悲哀美以及优美四个范畴。[③] 清少纳言《枕草子》中列举的“あわれなるもの”（直译为“悲之物”）就义项繁多。首先，在人事侧面，它指的是孝子贤孙、身着黑色丧服的年轻漂亮的男女、真心相爱却又不能遂愿的情侣，以及身份高贵却清心寡欲，为了信仰毅然远离尘世潜心修炼的男子；其次，在自然维度上，它指的是深秋初冬似有若无的蟋蟀鸣叫声、深秋院落里茅草叶上驻留着的冰清玉洁的露水、黄昏或是拂晓兀自一人在清凉殿旁聆听到的微风吹过竹丛林的沙沙声响、山陵线与天际交汇处若隐若现的纤细如钩的月牙、荒郊野外破旧的旅店门板缝间泻入的月光、长满拉拉藤的院落洒满月色的景色，等等。所有这些人、事或者自然景物，都不是强劲的、激烈的、荒凉的，而是极柔和

① 参见［日］冈崎义惠：《“哀”的考察》，见《日本文艺学》，岩波书店，1941年。

② 参见［日］久松潜一：《日本文学史》总说，至文堂1981年版。

③ 参见［日］久松潜一：《日本文学史》总说，至文堂1981年版。

的、瞬息万变的、细微的，它们优美、纤细、楚楚可怜，富有情趣。一言以蔽之，所谓“哀”感，就是某种沁人心脾的内向的深切感情。我们只能应景应物、应时应地、应人应事地体验它，感悟它，描述它，咏唱它，却无法把它切实地抓在手心里，用理性衡量它，规定它。它似乎永远不在场，却又无处不在。

此外，“哀”或者说“物之哀”，本来可以表达悲喜哀乐等所有的感动的，然而，不知何时，它被专门用于表现“哀”的意味狭义化了。它日益倾斜于前述“怜”“伤”“哀”“悯”等消极选项，出现了逐渐接近“悲哀”一语的趋势。镰仓初期成书的文艺评论著作《无名草子》也认为《源氏物语》评价的基准是“哀”“艳”及“怜惜”等美学理念，例如，桐壶更衣之死与帝的哀叹，夕颜、葵上之玉殒与源氏的悲伤，藤壶的出家，源氏在须磨、明石等地颠沛流离的生活，回京之际与明石上的生离死别，柏木之悲恋及其死，紫上之死与源氏的悲愁、追忆，宇治十帖中大君之香销，等等。该书所评价的“哀”，基本上指的就是如此伴随着死亡、遁世、生离死别、流离失所、贬官左迁而产生的悲哀情趣。换言之，《无名草子》把人生不得志这种令人悲哀的事实作为问题的焦点，把因之产生的悲哀、忧愁感怀视为“哀”，并把它设定为《源氏物语》的评判基准。

可见，究其实质，所谓“物之哀”，原本属于审美对象引发的感动。在这里，客体对象与主体感情力图达到融合。然而，这种感情不是激情，而是一种纤细入微的、直抵心田的抒情性的情愫，大多场合皆染上悲哀色彩。

从中古时代起，日本文学之“物之哀”理念中就开始流溢出上述这种浓厚的细腻感怀的悲哀感。这是为什么呢？这里我们必须考虑这么一些要素：在华丽堂皇的宫廷文化、后宫文化以及贵族文化的内里，潜藏着诸多不安、矛盾，尤其是女性生活的动荡不安。在男性社会层面，菅原道真、西宫左大臣高明的左迁，藤原氏族内部兼通与兼家、道长与伊周、隆家等兄弟叔侄之间的内讧，各派势力之间激烈的权力斗争等，一波未平一波又起，败者为寇，失意落寞之中，唯有舞文弄墨抒发自己或利益集团的哀愁与伤悲。同时，由于一夫多妻是贵族社会的基本婚姻形态，唯男性马首是瞻的女性生活更加不安定，女性缺乏安全感。例如，中宫定子的命运多劫就是显例。其父道隆去世后，其兄伊周、隆家等也失势，没有了后台的支撑，定子便如同失水的鲜花，风采不再；《蜻蛉日记》的作者藤原道纲之母，因无法专享丈夫之爱，唯有满怀怨恨、唏嘘嗟叹。再看《源氏物语》中的女人们：桐壶更衣的悲运、末摘花的落魄、朱雀院出家后对女三宫的忧虑、宇治八宫弥留之际对姬君们的担心，等等，都是失怙女人的悲哀。紫上、云井燕、落叶宫等人的愁苦，终究也归结为一夫多妻习俗的罪恶。女性们多舛的命运、动荡不安的人生在文学世界里投下了一连串的阴影，最终反映在“物之哀”这一美学理念层面上。仅就《源氏物语》而言，作者通过对男女主人公之间爱恨情仇的描写，把佛教的无常观、宿世观演化成了“物之哀”美学中哀感向度的重要根源。此后，这种倾向性逐渐成为日本文学、美学的主流。应该说，这一点至少在中国东汉之后的文学中就得到了体现，在某种程度上构成了中日哀感文学的共性，为我们开展比较研究提供了事实材料关系等层面的历史维度。

及至有明一代，中国文学迎来体裁雅俗交替的时期，“这一交替必然地给人们的审美观念带来新的变化”[①]。与此同时，在哲学思想层面，明代也出现一个转机。学界一般认为，宋、元、明三代居于官方主流地位的意识形态是程朱理学。然而，自明代正德、嘉靖以后，理学的别支——心学却风靡于世。理学是我国封建专制社会后期兴起的新儒学，它援佛入儒，重义理而轻事功，带有内省的倾向性。正德年间，由于理学式微，不足以振奋人心，王守仁倡导“致良知”学说，认为“心即理”，“吾性自足，不假外求”，是为心学。心学之盛以及伴随着心学而再度兴起的禅宗与禅悦之风尚，标志着士大夫的价值追求由外部世界进一步转向内心世界。这一转变在文学上产生了深刻的影响。另外，几乎与如此转变同时发生的是明代中后期社会文化思潮的变革。一种有悖于理学的充分肯定自我、肯定人情物欲的观念如急风暴雨般兴起，弥漫于整个社会。这一观念变革与明代中后期城市经济的繁荣紧密相连，反映了新兴市民阶级的情趣意识和审美态度，故亦被称作市民思潮。该思潮的发轫与快速展开有力地促进了戏剧小说等通俗文学的发展，也给诗文创作带来了生气。其特征表现在以下几个方面：第一，受心学的影响，文学创作与研究也侧重于对人的内里的表达、塑造与探究。这不仅表现在心学一派的文学主张与实践上，也表现在其他派别或持不同见解的个人与团体的文学活动中，显示出其时代的共性。第二，出于对理学的批判，文学理论与实践领域出现了与重理相对立的尊情主张。同时，随着市民思潮的勃兴，尊情的主张也日益显露出与封建礼教相悖的异端色彩。第三，因为传统的诗文创作在明代已经日渐式微，因此出于指导创作实践的需要，诗文批评方面出现了浓烈的复古倾向。但是，吊诡的是貌古实新的变数，即在“复古”的旗号下，出现了越来越多的主情、尊情的文学创作。

如此美学理念与社会思潮的转变同样也发生在稍后的日本江户时代。为了强化德川家康幕府的中央集权统治，幕府大力提倡宋学（朱子学、阳明学

① 王运熙、顾易生：《中国文学批评通史（五）：明代卷》，上海古籍出版社 1996 年版，第 1 页。

等）。其原因主要有两个：第一，17世纪后半叶，天主教传入日本，并与反对新政权的势力结合起来，掀起“宗教暴动”，为了镇压这些反政府活动，必须启动强有力的思想武器；第二，宋学重大义名分，严格规定君臣关系和等级关系，其天地自然法则及万古不易的世界观，对于规范和稳定社会秩序都起到重要作用。硕儒藤原惺窝与其弟子林罗山，以及山崎暗斋、熊泽藩山、山鹿素行等人提出了许多重要的学说，对维护体制发挥了重要的作用。但是，日本儒学的发展有着以中国为他者的前提，日本学者、思想家在借鉴、传承前者之同时，也抱着一定的批判态度，致使后者不断地演化，出现了以伊藤仁斋、荻生徂来等人为代表的古义学派、古文辞派。他们自觉利用古代文献开展独具特色的理论研究，旨归在于排除儒学所采用的思维与研究方法，创造日本风格的新儒学。他们的观点也从抽象的“理”与“道”开始转向“人伦”。例如，伊藤在其主要著作《古学先生文集》及《童子问》中就曾指出，人之性存在“本性之性”（天理）和“气质之性”（人欲），人生在世，应该“居敬”“穷理”以求道。不过，他强调的“道”并不是朱子学的“天理”之道，而是“日用人伦”之道。“人伦之外无道，仁义之外无教”。他以“日用人伦”为切入点去探究“仁”的意义，并提出这样的观点：“慈爱之德，远近内外，充实通彻，无所不及，此为仁也。”（《童子问》）。他据此做出自己的解释，“仁者乃慈爱、情爱之意，将仁与爱画上了等号。从这里不难发现仁斋这一观点也融合了神道的人情的‘真实’（まこと）”[①]。

在新儒学得到传播之同时，町人文化蓬勃发展，町人（城市市民）成为江户文化的重要主体之一，因之，以町人为受容对象的心学开始登上历史舞台。其中石田梅岩就是其首倡者。他将神道教、儒教与佛教的教义与原理以通俗易懂的手法组合起来，把它当作町人日常必晓的市民道德加以说教，例如勤俭节约、隐忍以行、质朴坦诚，等等。在社会的某些方面，日本与中国极为相似，自古重农抑商，但是心学对町人的商业营利行为以及价值诉求破天荒地给予了肯定，因此深受町人欢迎，很快普及开来。这对町人产生文化自觉，积极开展城市文学艺术产生起到了积极的促进作用，这也在客观上重新点燃了日本主情、尊情文学的烈焰。

此外，就像中国在16世纪即明代中期就掀起了“拟古”运动一样，17世纪末以降，日本也开始酝酿起尊重古典的风潮，除了前述古义派、古文辞派之外，还出现了与宋明理学相背离的复古派，即所谓的“国学派”。契冲、贺茂真渊、荷田春满、本居宣长等是其重要代表。国学的兴起根植于日本古已有之

---

① 叶渭渠：《日本文化史》，北京理工大学出版社2010年版，第240页。

的“古道”，即朴素的神道宇宙观——“まこと”的基础上，强调“古道”的优越性，重“真情”，轻“理性”。“从批判儒教思想体系开始，重点批判儒学的‘人遵循理’和‘劝惩论’压抑和扭曲人的真情，企图将人的真实生活从它们的束缚下解放出来，由此阐明以主情主义、肯定本能为中核的人生的真实。”① 及至国学发展到峰值，其集大成者本居宣长以文学论、语学论、古道论建立起了其新的国学研究体系，通过对《源氏物语》的深入解析，发现了支撑日本文化、美学、文学以及哲学思想的基础——“物之哀”理念，从而重新开启了日本自《万叶集》以来的主情、尊情主义文化，尤其是哀感文学的大门。例如，滑稽本、人情本及读本小说、净琉璃戏剧、浮世草子文学的发达，就是这方面的重要表征。

二、中日古代哀感文学的流演

中日古典哀感文学并非自其出现就已定型，它经历了一个不断发展变化的过程，逐渐形成了几种较为固定的模式。在这一发展过程中，日本深受中国影响，因此，日本古典哀感文学作品上有着深深的中国烙印。但是，文学是一个民族、一个时代价值观的特殊载体，不同民族或者国家的文学自然会呈现不同的面貌，这一节笔者将首先对中日两国古代哀感文学发展脉络加以梳理。

1. 中国古代哀感文学发展

我国古典文学自《诗经》始，诗歌美学空前繁荣，抒情文体大放异彩，故而中国古代叙事文学相较西方发展迟滞，哀感文学一直以来并未形成气候。汉魏晋南北朝时期的哀感文学多篇章简短，只是粗陈梗概，或为史传中的片段，或为人神鬼怪相恋的志怪，得以流传下来。但是也有脍炙人口的典故，对后世影响甚深，诸如“金屋藏娇”“司马相如与卓文君”“董永与七仙女”等历史故事。

至唐代，出现了叙事体长诗《长恨歌》和传奇小说《莺莺传》，中国古代叙事文学才有了质的飞跃。唐传奇多为文人创作，如元稹、白行简等都是名动一时的大家，因而唐代哀感文学在艺术上日臻成熟。在哀感文学的题材类型上，唐传奇也较之前更为丰富，之后的中国古代哀感文学题材大致不出唐代已有的这些类型。其中第一类是继承魏晋传统的志怪哀感文学，如《游仙窟》《柳毅传》等，以男子与女神或女妖的相恋来表现对爱情的想象、憧憬。第二类是描写才子与佳人的爱情，其中既有未婚士子与闺秀相恋的小说，如《莺

① 叶渭渠：《日本文化史》，北京理工大学出版社2010年版，第247页。

莺传》；也有描写文人与妓女的情爱叙事，如《李娃传》《霍小玉传》等。唐传奇中比较特别的是《飞烟传》里描写的私通题材，唐代之后的文学作品中私通类的“情感”都不再被誉以美好的爱情，而是冠之负面的评价予以否定。第三类是借史言情，将爱情故事与真实历史相结合的情史类作品，如《长恨歌传》《柳氏传》等。这类作品以史家风格书写爱情故事，开启了中国情爱故事与史传相结合的先河。此外，唐传奇中还出现了不少侠客相助使有情人终成眷属的故事，如《虬髯客传》《昆仑奴传》等。唐传奇中有大量颂扬美好爱情之作，受其影响，唐代之后的叙事作品中，无论是在数量上还是在艺术成就上，哀感文学都较其他类别的作品更多。

宋元时期，随着古代城市经济的繁荣，市民文化逐渐发展起来，通俗白话言情创作成为哀感文学的主流。宋代之前的哀感文学有两大特点：其一是大都用文言写作，其二是非志怪类的言情作品多表现的是文人士子的恋爱。虽然唐代的话本、变文等通俗叙事文学中也不乏言情佳作，甚至文人创作的传奇如白行简的《李娃传》就直接取材于话本《一枝花话》，但总体而言不及宋代那样发达，且保留至今的底本不多。自宋代始，语言口语化、形式大众化的“话本”成为哀感文学的主流，哀感文学不仅局限于士子美人的模式，市民的爱情生活也成为哀感文学的题材。此外，宋代话本中出现了如《错斩崔宁》这一类言情公案话本小说，以情感故事引发的公案来批判社会现实的手法多为后世所仿效。

至明清，中国古代哀感文学创作进入鼎盛期，言情小说不仅数量众多，且出现了多部具有中国文学里程碑意义的佳作。明代的言情小说大体可以分为两类：一类是以《金瓶梅》《如意君传》为代表的艳情小说，这些小说不仅大胆写情，更因露骨的情欲描写成为极具争议甚至被禁毁的对象。另一类则是以《玉娇梨》《好逑传》为代表的不涉及半点情欲的才子佳人小说，这类作品逐渐形成了才子佳人“一见钟情—小人拨乱—终获团圆”的固定叙事套路，至清代涌现出大量类似的作品，成为中国哀感文学的代表。

清代，《红楼梦》被看作中国古典小说的最高峰。清后期的言情作品多为《红楼梦》的续作、仿作，或者是《红楼梦》遗风之作，中国古代传统哀感文学接近尾声。男女授受不亲，与良家女子谈情显然不合规矩，因而可供创作的素材乏善可陈，于是从古代言情小说发展出新的一支以倡优为题材的狎邪小说。这些小说多效法《红楼梦》笔意，写情手法细腻旖旎，作品人物纷繁复杂，所描绘的美人、才士多有超凡出尘之姿，过着吟诗赋词、联句行令的风雅生活。所叙情节有的如《花月痕》中的韦痴珠与刘秋痕般以悲剧性结局，模仿《红楼梦》让一切归于幻梦，风流云散；有的如《品花宝鉴》《绘芳录》

《泪珠缘》翻转《红楼梦》的悲剧性结局，使书中男女主人公终获较好或美满的归宿，皆大欢喜。这类狎邪小说的作家一方面想要通过狎妓的故事来宣泄人生失意的愁苦，展示才子风流气；另一方面又不忘道德救世、整饬风俗的责任，试图以小说来教化民众、劝诫世人。

2. 日本古代哀感文学衍生

上古的日本由于没有文字，神话传说都以口口相传的方式承继下来。至8世纪初叶，日本诞生了最早的叙事文学《古事记》。这部书中描写的如伊邪那歧命和伊邪那美命男女二神的结合，自由大胆，全无道德规范的限制，由此可见彼时日本文学中并无对“性”的禁忌。不过，这部书以记载日本开天辟地的古老神话传说和天皇的家谱历史为主，严格来说并不能算叙事文学。

日本真正的叙事文学开端，应追溯至9世纪下半叶出现的物语文学。所谓“物语”，即讲故事，文体上来说可与“说话”等量齐观。早期的物语文学大致可分为两类：一类是“传奇物语”，这类物语多为对民间故事的加工、创造，传奇色彩浓厚，其代表作是《竹取物语》；另一类是“和歌物语”，这类物语与中国的“本事诗”相近，是和歌与散文的结合，其代表作是《伊势物语》。这两类物语文学中都有大量的言情作品。传奇物语中的哀感文学多为民间故事，因而多为人神相恋的非现实情节。许多研究者注意到其代表作《竹取物语》与中国民间传说《斑竹姑娘》《月姬》等在情节模式上的相似性，但是并无明确的证据可以表明《竹取物语》受到中国传说的直接影响，不过从其文本中所使用的汉语词汇还是可见中国文学的印记。另一类和歌物语以叙述世情故事为主，内容多为现实生活中的男女情爱，充满浪漫的情调。比如《伊势物语》讲述的是歌人在原业平的风流故事，内容多为宫廷内外的男女恋情。其中既有男女纯洁的恋情，也有偷情、见异思迁等不伦之恋，以及因身份等级差异而造成的爱情悲歌。《伊势物语》中描写的男女情爱题材，以及风雅好色的审美情趣，对日本后世的物语文学有着非常直接的影响。之后，物语文学逐渐从短篇说话向长篇化发展，内容上也从神话、传说转向现实世间的人和事，形成了创作物语。

《源氏物语》代表着日本创作物语的最高水平。《源氏物语》深受中国古代典籍的影响，特别是白居易的《长恨歌》对《源氏物语》的影响尤为明显。但是在叙事题材、审美意识、伦理价值判断上，《源氏物语》却与中国文学表现出较大的差异。《源氏物语》以光源氏与众多女性的情爱纠缠为核心，在光源氏爱恋的女性中，包括他的继母、义女和堂妹。中国的道德伦理规范对于乱伦禁忌尤为严苛，因此，中国古代哀感文学中鲜有这样乱伦主题的叙事，即便如《灯草和尚传》《痴婆子传》这样有乱伦情节的艳情小说，对于乱伦也是持明确的否定和批判态度的。然而，《源氏物语》对于光源氏并没有从情感道德上加以否定。“好色”的光源氏多情却又深情，紫式部将“好色”作为一种正面的价值加以肯定，这与将“好色”与“好德”相对立的儒家思想可谓大相径庭。但是，《源氏物语》也并非全然没有受到儒家文化的影响，与日本早期率直表现情欲的和歌相比，在情感表现上，《源氏物语》有节制地将情欲加以诗化。自《源氏物语》始，日本哀感文学逐渐形成了自己特有的“好色”“风雅”“物哀”的美学理念。

物语文学流行的同时，日本出现了一种新的叙事文体——日记。日记多为散文与和歌的集合，其中不乏以实录的形式记录自己爱情生活之作。不论是物语文学，抑或日记文学，日本古代哀感文学中女性作家的创作分外耀眼，这也是日本古代哀感文学的一大特点。

在镰仓幕府时代（1185—1333），日本哀感文学跌入低潮。这一时期战火纷飞，中世文学的代表是武士文学，其中重要的文学题材是军记物语。比如这类物语中的代表作《平家物语》，其中虽有高仓天皇与阿葵和小督缠绵的爱情，以及小宰相在丈夫通盛阵亡后投水这样表现夫妻之爱的故事，可是《平家物语》整体是以记叙历史为经纬，以表现战争的场面和政权的更迭为主线的，爱情的描写不过是其中作为调剂的小点缀而已。因此，哀感文学不是这一时期叙事文学的主流。

江户时代，日本哀感文学创作逐渐进入黄金期。随着城市的扩大、商业的发展，城市市民、商人文学空前繁荣。这一时期“假名草子”文学是重要的叙事文学形式之一。所谓假名草子，即以假名写成的内容浅显、通俗易懂的读物。假名草子的读者多为妇女、儿童，因而，其中不乏寓教于乐的恋爱故事。继假名草子之后，以井原西鹤为代表的“浮世草子”作家登上文坛。他们的作品中充满对情爱的追求和享受，井原西鹤的《好色一代男》更被看作日本好色文化的代表作品。而戏剧方面，以近松门左卫门的剧本为首，表现殉情的社会剧代表了此时净琉璃和歌舞伎的最高水平。继浮世草子后，出现了带有插图的通俗读物“江户草子”，这些读物最初是以识字和娱乐为主要目的的，文学价值不高。之后，其受众逐渐扩大到男性成年读者，其内容也逐渐多转向青楼的男欢女爱，形成了类似中国艳书的“洒落本”。除“洒落本”外，江户时期的通俗文学先后产生了“读本”“人情本”等不同类型。读本大多是从中国白话小说脱胎而来，其中的哀感文学多改编自“三言”“二拍”。江户后期，流行的哀感文学是以为永春水为代表的“人情本”。为永春水的代表作《春色梅儿誉美》描写了吉原青楼的男主人丹次郎与米八、阿辰、仇吉三个美女缠绵悱恻的恋情。整篇小说凄切哀艳，吸引了包括女性在内的广大读者，成为

“江户人情本始祖”。之后为永春水又写作《春色梅儿誉美三四编——春色辰巳园》(1833)、《春色惠之花》(1836)、《春色英对暖语》(1838)、《春色美梅妇祢》(1841) 等多部人情本，从不同视角描写了一男与两三女之间的痴情三角恋，其流布延伸至明治维新。明治元年 (1868)，有影响力的小说《厚妆万年岛田》《薄绿娘白浪》《春色玉带》等都是类似为永春水的“春色系列”的人情小说。这些作品以一男与几女、丈夫与妻妾的婚恋故事为主题，其主调是渲染男子的多情与女子的痴情。

3. 中日古代哀感文学发展的转折点

中日古代哀感文学经历了非常相似的一个发展过程，这个过程中有两个至关重要的转折点：一个是贵族、上层文化精英参与哀感文学的艺术创作，一个是哀感文学的通俗商业化写作。

中日哀感文学的最初形态都是神话、志怪言情小说，这与叙事文学“神话—史诗—史传—小说”的发展源流是一致的。这之后中日哀感文学得到发展都有一个关键的因素，即有才学的士人或贵族参与哀感文学的创作。中国自唐代始，小说成为文人有意识的创作活动，正如鲁迅所言，“小说亦如诗，至唐代而一变，虽尚不离于搜奇记逸，然叙述宛转，文辞华艳，与六朝之粗陈梗概者较，演进之迹甚明，而尤显者乃在是时则始有意为小说”[①]。唐代，进士科取士有“行卷”“温卷”之风气，其中不乏有人以“传奇”来展现自己的才学。此外受唐诗以及古文运动的影响，“传奇”这一叙事文体得以蓬勃发展起来。上层文化精英参与哀感文学创作不但增加了叙事文体的文学魅力，更重要的是，他们的文学观念、生活模式和价值观念深刻影响了哀感文学模式的形成与发展。

中国哀感文学得以从历史叙事中独立出来的关键人物是白居易和陈鸿。白居易和陈鸿分别在创作《长恨歌》与《长恨歌传》时，自觉区别于《玄宗本纪》之类的历史叙事，将叙事的视角从对史实本身的关注转向对唐玄宗与杨贵妃的爱情故事之上，对二人的感情发展极尽铺陈，将一段恋情描写得缠绵悱恻、波澜曲折。言情从而不再依附于言史，具有了自己独立的价值。而中国“才子佳人”叙事模式的形成则得益于元稹的《莺莺传》。《莺莺传》中文采出众的才子与容貌端丽的多情佳人的人物设定，及其完整描写恋爱的情绪及全过程，满足了文人对爱情的憧憬和想象，深得士人之心，因而才子佳人的恋爱成为一个基本套路被固定下来。另一类才子与妓女的恋爱故事，可以说也是才子佳人言情模式的变形。唐代之前的叙事文学中并无才子与妓女相恋的题材，唐

---

① 鲁迅：《中国小说史略》，百花文艺出版社2002年版，第46页。

代的《霍小玉传》《李娃传》等是这一题材的滥觞。这种文学题材的出现与唐代青楼文化的形成不无关联。唐代的“青楼”被文人以审美的眼光加以诗化，在青楼，文人欣赏的不仅是“色”，更重要的是“艺”。这种青楼文化背景下，哀感文学中青楼女子得以被看作“佳人”，成为理想的爱恋对象。

与唐传奇类似，物语文学的出现，是日本叙事文学发展史上具有划时代意义的大事。从《宇津保物语》到《落洼物语》，物语文学已不单是神话传说或是历史轶事的记载，开始进入文人有意识的文学创作，但是真正将物语文学推向高峰的是紫式部的《源氏物语》。紫式部出身书香门第世家，对日本的和歌和中国古典文学都颇有造诣。在这部书中她大量运用和歌、典故，大大增强了物语的文学色彩，提高了物语的艺术价值。受紫式部的影响，许多颇具文采的日本贵族女性开始尝试物语或日记的写作，这使得物语等叙事文学与汉诗、和歌比肩，保持了较高的艺术水平。与中国不同的是，平安朝时代日本文学还未脱离汉文学风格的影响，形成自己独特的文学特色，男性贵族大都致力于汉文的写作，而像物语这样的假名文学还未得到贵族男性的足够重视。贵族女性并不具备实际的政治势力，因而如同紫式部在《源氏物语》中表白的那样，“女流之辈，不敢奢谈天下大事”，这些贵族女性物语作家关注的焦点，往往是宫廷中的政治联姻、恋情的欢愉哀愁。因此，物语文学中，哀感文学占有举足轻重的地位。日本贵族女性受到中国儒家文化的影响，在情感表现上不似上古文学百无禁忌，而是呈现出中和、节制的倾向。而女性特有的敏感和女性恋爱的不幸现实，又使得这些女性在情感表现上更为纤细。日本物哀美学理念的形成固然与日本和歌传统的承继等相关联，但最直接影响这一美学理念发展的，是女性贵族作家在描摹贵族男女恋情时，以悲哀与同情为主调的感情下升华、沉淀而成的美感和艺术情趣。受贵族文学的影响，但是日本文学逐渐形成了自己独特的审美理念。与中国传奇中的哀感文学相比，日本物语哀感文学不太追求情节的曲折、故事的完整，更注重情绪的抒发和表现。因此，虽然深受中国古典文化、文学的影响，但是日本古典哀感文学还是呈现出与中国不同的形态、面貌。

上层文化精英中的士人与贵族参与哀感文学的创作，使得中日哀感文学作品文学性增强；同时，无论是在内容的表现上还是审美情趣上都具有了文人、贵族的精英色彩。但是中日古代主流文学观念仍以诗歌为正宗，中日的哀感文学主要还是朝着通俗文学的方向发展而来。白话小说的出现使得中国小说的读者受众进一步扩大，加之活字印刷技术的不断提高，小说不再只是作者的自娱自乐，而成为一种文化商品。明代才子佳人小说《玉娇梨》署名不详，而《平山冷燕》《好逑传》《铁花仙史》等小说均署以笔名，这类作品并不似

《金瓶梅》般会遭到道德非议，却并不署作者真实姓名，其可能性不外乎是作者自娱自乐随意的创作，或是受出版商委托创作的具有商业色彩的小说。这些作品中，像《玉娇梨》《平山冷燕》均有法文译本，《好逑传》则有法、德文译本，其行销之广可见一斑，因此，后者的可能性要大得多。白话小说的作者并非都是民间艺人，其中也不乏像李渔、冯梦龙等擅长诗文的文人，但是这些文人因为几乎没有进入仕途的可能性才转而从事白话小说的创作，可以看作当时的职业作家。白话小说作者已经罕有像唐传奇时士大夫的创作了。虽然清代曹雪芹等大家的文学创作使得白话小说具有了文人文学的色彩，但总体而言，白话小说还是向着世俗化、粗俗化发展。白话小说是市民的消遣读物，有意识的商业性言情小说创作，使得明清哀感文学作品的数量大幅增加，行销更广，受众也更多，小说由过去的文人趣味向一般市民的情趣靠拢。此外，商业写作必然要求小说的道德观念为主流社会所允许方能不被禁毁，同时也为一般大众所接受。而且，白话小说在愉悦人心的同时，还承担着让市民阶层汲取道德教训、了解世态人情的作用，可以说它同时是市民阶层的文化教科书。因此，明清才子佳人小说虽作品繁多，情节各异，但叙事模式化倾向严重，道德说教味浓重。

此外，随着通俗文学的兴盛，对情感、欲望的描写在小说、戏剧这种非正统的文学作品中屡见不鲜。明代以降的市民社会出现了如《金瓶梅》《肉蒲团》等数量众多的直接描写肉欲的艳情、色情之作。叙事者们将作品冠以笔名，并套之以劝诫的名义，在传统礼教、道德之外以“地下创作”的形式肆无忌惮地描写男女间性的放纵与享乐。从情的角度而言，对“人欲”的肯定是对性自由和平等的追求，可以说这类作品是对传统理性和传统道德对人的束缚的一种反抗。因此，许多学者认为，从晚明开始，中国的哀感文学已经开始发生转型。的确，明代尊情文学潮流，以及这些书写欲望之作可以看出旧的传统伦理道德已然受到挑战，个性解放的思想初露端倪，但是尊情文学潮流也好，情欲的书写也好，它们对“情”的理解还没有形成自由、平等的观念。特别是像在《金瓶梅》《肉蒲团》一类的作品中，性的放纵虽突破了欲望的禁锢，但这种以“欲”抗“理”的手法，并没有赋予“情”以新的内容。而且，这类通俗作品更是遭到正统士大夫的严厉抨击，成为被压制和毁禁的对象。这类作品本身其欲望的抒发，常常借着劝诫之名，终又回归旧的伦理道德之路。像汤显祖般对个体“情”的表现之作，在古代仍是凤毛麟角。因此，只能说随着近古中国资本主义的萌芽，市民阶层的形成，中国社会、文化逐渐具有了转型的可能性。

中国的这类书写世情作品中的“色情”之作，不遗余力描写房中细节，打探房中术、性爱技巧，并没有像日本的浮世草子一样沿着情色风流一线形成自己独特的美学。清末的狎邪小说，逐渐将笔墨从青楼内男女的肉欲描写，转向揭露妓女的恶行、青楼的恶状。晚清政府日益腐败，社会矛盾加剧，一些有良知的文人借小说来揭时弊、斥贪官、叹民生、疗社会，此时文坛盛行的是以四大谴责小说为首的关注社会、历史的谴责小说。受这种社会思潮和主流文学的影响，狎邪小说逐渐也从“溢美”转向“溢恶”，以谴责小说的笔法，揭露妓女、嫖客、老鸨的种种丑态恶行。这类狎邪小说的作者一方面想要通过狎妓来宣泄人生失意的愁苦，展现才子风流气；另一方面又不忘道德救世、整饬风俗的责任。

日本江户时代的哀感文学也以通俗写作为主。江户时期的读本、洒落本、黄表纸、人情本等通俗小说被统称为“戏作”。所谓戏作，就是游戏之作。这类作品体现的是町人阶层[①]的审美情趣，其表现的内容是滑稽逗趣或风流快活。古代贵族的情爱在江户町人社会不再具有生命力，江户的哀感文学表现的是町人的情爱追求，特别是青楼里的情色悲欢。这些通俗哀感文学作品中很难见到日本古典文学的优雅与内敛。与中国明清的通俗小说相比，戏作中有一部分作品纯粹只是表现戏谑或情欲，没有任何的现实批判色彩可言，而中国文人因深受儒家传统观念影响，即便是通俗小说也会追求更深层次的道德诉求。因此，周作人才会评价戏作“全没有受着西洋的影响，中国又并无这种东西，所以那无妨说是日本人自身创作的玩意儿”[②]。不过，江户时期的日本通俗文学并非没有受到中国的影响，江户时代，中国的白话小说如“三言”“二拍”等流传到日本，李渔、冯梦龙等人的小说观念为日本通俗小说作家所接受。中国的白话小说不仅为日本通俗小说作家竞相阅读，也为日本正统知识分子所接受。中国小说中的伦理观念和劝恶扬善的叙事意图为日本文学所吸收。在这种思维下，日本哀感文学分化为以单纯的戏谑、风流为主旨和以劝善惩恶为主旨两类。

中日的古代哀感文学发展至末期日趋模式化，且有的作品格调不高，故而近代中日对传统哀感文学的批评，往往将矛头指向“陈陈相因”和“诲淫”这两点。传统哀感文学中虽然萌生出新的文化因子，对传统题材有所突破，但是它们仍未能从根本上改变原有的哀感文学格局。这些哀感文学作品中所表现出的个性觉醒，最后往往流向性欲的放纵，这种“欲”对“理”的畸形对抗，过于强调人的自然性而忽视人的社会性，因此并没能形成为人所信服的主流

---

① 町人是日本江户时代对工商业者的称呼。

② 周作人：《瓜豆集》，河北教育出版社2002年版，第126页。

观念。

三、纯情与纵情，哀情与团圆

在中日哀感文学的研究中，有一个问题值得特别关照，那就是——中日古代哀感文学的伦理叙事与审美倾向。如果说近代哀感文学转型的关键词是由英文“love”翻译而来的“恋爱”，中日古代哀感文学的关键词就应是“情”“恋”“色”“欲”。中国古代哀感文学在内容上大抵不出两类：一类是只谈情不言性的“纯情”之作，一类是言及床笫之欢的“纵情”之作。在中国，这两类作品有着明确的界限，“情”已是被怀疑的对象，“欲”就更加是洪水猛兽了。而在日本，原始的对性的自然态度，使得情与色的界限并不像中国一般分明。日本还因此逐渐形成了自己独特的“好色”美学。“情”“恋”与“色”“欲”，这两组词既可以代表中日古代哀感文学的内容，又可以用于概括中日哀感文学中不同的文学观念。

1. 情与欲的价值判断与中国古典哀感文学

中国古代对于男女相悦，用的是“情”一词，诗歌是最早描绘情感的文学体裁。翻阅中国最早的诗歌总集《诗经》，周初，礼教初设，古风犹存，青年男女恋爱禁忌尚少，情感的表达相对来说还是比较自由的。《诗经》中收录多首爱情诗歌，与祭礼的歌谣等作品一道被大量记载，可见吟咏爱情为当时人们所认同。诗，本是既可言志亦可言情的。中国古代诗歌理论“诗言志”“诗缘情”中的“志”和“情”，本意都是指人的主观方面的思想感情，这里的“志”并不单指志向，这里的“情”也并非专指儿女私情。后世随着儒家道德规范的强化，“情”与“志”逐渐演变成对立的存在，“志”中所包含的感情部分被泯灭，“志”被歪曲为合乎礼教规范的思想，而情被狭义化为“私情”，“发乎情，止乎礼义”，文学只能用于表达合乎儒家礼教的思想了。

从汉代儒生逐渐将“性”与“情”对立起来开始，“情”的消极内涵不断增加，甚至成为被否定的对象。自汉武帝“罢黜百家，独尊儒术”，受儒家礼法的约束，如《诗经》中描写的桑间濮上的男女之爱就少见于文学作品之中了。至朱熹，他将性、情、欲的关系以流水作比，“性”与“理”一样是绝对的善，而“情”与“欲”存在善恶二元对立，是有可能与“理”相对的。因此“诗本性情，有邪有正，其为言既易知，而吟咏之间，抑扬反复，其感人又易入。故学者之初，所以兴起其好善恶恶之心，而不能自已者，必于此而得之”。在理学家那里“天理”与“人欲”的对抗被强化，“情”应当被规范，而“欲”更加要严加防范。宋明理学发展至极致，“存天理，灭人欲”成为中国普遍的道德规范被根植于士人乃至普通民众的思想观念当中。从文学史的发展来看，文学作品中的情感表现被禁锢于一定的范围之内，失去了上古文学的活泼色彩，只有像唐代因“唐源流出于夷狄，故闺门失礼之事不以为异”[①]，儒家礼教辖制略微松动，才使哀感文学获得发展空间，产生出言情题材多姿多彩的唐传奇。

不过，中国古典文学在漫长的发展过程中也并非一直沿着经学的道路在前行。在文学理论上，李贽倡导的“童心说”，公安三袁提倡的“性灵说”都以推崇“情”“性情”来反抗“理”的压迫。自明代中期始，随着市民阶层的扩大以及科举失意文人的增加，出现了汤显祖、屠隆、冯梦龙等小说、戏剧作家尊崇于情，书写了大量表现性情的作品。可是，明代虽然出现了“情”对社会秩序的挑战，可更多的士人要么固守宋明理学的情理观，要么如冯梦龙在使情合理化的过程中又对情加以遏制，充满了情、理的矛盾。在正统文化思想所允许的范围内得到广泛传播的，是如《玉娇梨》《好逑传》等为代表的所谓“才子佳人小说”。这类作品力图调和情、理之间的矛盾，企图表现合乎礼的人情、情理相谐。但是在礼的束缚下，男女并无“言情”的空间，因此这类故事往往流于固定的套路。而那些涉及情色的小说，大都以一种警世劝善的态度在最后突出教化的功能。

2. 恋、好色与日本哀感文学

日本文学中恋爱主题所占比重之大，是在世界其他国家的文学中都不多见的。如同日本学者丸谷才一的名著《恋爱和女性的日本文学》[②]的题名一样，恋爱和女性是日本文学的核心要素，甚至可以说是日本文学的主流。日本最早的诗歌集《万叶集》“相闻”类中大多是恋人、朋友、亲人之间感情上相互闻问的诗歌。与“国风”相比，相闻的情感关键词可以说一目了然。与《诗经》采用赋比兴的手法，不著一字尽得风流不同，《万叶集》中光是出现“恋”一词的诗歌就多达百首，可以说，直白地表达痴情和相思是日本和歌的一大特点。究其原因，这与日本上古时代的特殊婚姻形态恐怕不无关联。日本社会人类学家高群逸枝在《日本婚姻史》一书中指出[③]，日本从远古时代的族内婚、族外婚至大和时代逐渐演变为访妻婚（日语为“妻問婚”），这种婚姻形态下夫妻双方并不拥有共同的家，而是各居各处。因此，男女并没有形成紧密的婚姻关系，两性关系是较为松散的，丈夫不再来访，婚姻关系即告结束。但也因

① 陈寅恪：《唐代政治史述论稿》，上海古籍出版社 1997 年版，第 1 页。

② 参见［日］丸谷才一：《恋爱和女性的日本文学》，讲谈社 1996 年版。

③ 参见［日］高群逸枝：《日本婚姻史》，至文堂 1990 年版。

此造成男女仅仅在夜晚才有相聚的可能，几次欢愉之后，也许就是无尽的等待。访妻婚在相当长的时期里女性也拥有择夫的权利，因此，拥有孤悲情绪的不只是女性，男性为获得女性的青睐，也常常以歌来诉相思之苦。因此，“思”也成为日本古代言情文学重要的关键词。《万叶集》中多孤悲之情歌的缘由从此可见端倪。有很多学者在研究中日文学关系史时特别指出《诗经》对《万叶集》的影响，当然，在修辞手法、题材上，《万叶集》的确深受《诗经》的影响，同样表现初民质朴的人情美，两国情歌的特质却不同，审美情趣也相异，而这种审美差异也深刻地影响到后世的中日叙事文学。自《万叶集》始，悲情与失恋后的爱情体验成就了日本古典文学独特的审美意识。

日本古代群婚和访妻婚的时代，多夫多妻普遍，性没有受到道德的束缚，因此，并无像中国一样的贞操观和对情欲的禁忌，古代日本初民对性保有原始明朗的、健康的感觉。汉唐以来，儒家思想输入日本之后，日本人才逐渐形成男女大防的道德观念。但是，儒家对情色的观念并没有很快根植于日本人的灵魂。平安时代的和歌创作仍是重视抒情，并无过多道德意识和伦理观念的限制；叙事文学中，表现恋爱情趣，探求人情、世情是文学的重要价值。以《源氏物语》为例，“好色”变成一种恋爱情趣、审美理念，好色才可能达到“知物哀”的美学高度。所谓“知物哀”，即要“解风情”，本居宣长释义为“对那些事物的情致、体性有所感知，值得高兴的事情则高兴，可笑的事则觉得可笑，可悲的事觉得悲哀，可怀恋的觉得怀恋，这种种的情感活动就是‘知物哀’。而对此无动于衷、心如死灰，就是‘不知物哀’”①。也就是说，“好色”是一种对美的欣赏，是人的自然情欲的体现。

中世纪以来，受佛教戒律中不淫戒的影响，以及男权社会下父权家长制的确立固化，为维护统治阶层的权力体制，对于恋爱这样可能破坏体制的行为，幕府政权采取了否定的姿态。因此，曾经盛行的言情物语一度消沉。随着儒家伦理道德对日本的影响，日本哀感文学所变现的伦理观念、意识形态开始与中国趋同。江户时代，日本社会阶层固化，上层文学与下层文学形成泾渭分明的界限。在广受市民阶层欢迎的俗世物语中言情又成为重要的主题，町人文学中常见的是反抗家族、金钱、世俗压力下的恋情故事。此外，受町人享乐之风的影响，表现情色的文学作品风靡一时，对色道的追求成为风头无两的主题，俗文学中兴起了风流、情色美学。以井原西鹤的小说和近松门左卫门的净琉璃、歌舞伎等为代表的町人文学将“好色”的美学理念归纳为“粹”（或译为“风流”）。它是从青楼或艺伎身处环境下的男女情事中发展出的美学。与中国的

---

① ［日］本居宣长：《日本物哀》，王向远译，吉林出版集团有限责任公司2010年版，第160页。

艳情小说相比，日本的“好色物”中较少对性行为本身的描写，而是侧重于展现男女交往的仪式、过程，对艺伎或妓女的才艺或身体本身的欣赏。色道“作为一种‘美道’”，是建立在“游里”“游廓”（即日本的烟花巷）这一特殊审美场域的“作为一种身体审美或身体美学的形态”①。江户时代的日本社会，受儒家伦理道德、家庭观念的影响，色欲的对象只能是青楼女子。青楼除了满足性欲的释放，同时也成为爱情的实验基地。在这一点上，中日是相同的。普通男女的相恋被认为会影响到传统封建社会秩序的稳定，因此，妓女成为伦理道德外的独特存在，娼妓业在排解性欲的功能外，衍生出各种青楼文化。江户时代，烟花巷被限定在独立的区域，妓女生活的“游廓”与现实社会被截然分割开来，“色道”就是在这样一个封闭空间内产生的独特文化。佐伯顺子将“色道”的美学归结为想要穿越青楼与现世之间的“越境”，虽然这种壁垒不可能穿越，但穿越的努力下所带来的快乐却能够长久维持下去。② 因此可以说，这种美学的根本就是追求快乐。有日本文学评论家们对江户时代的文艺作品中过多的娼妓形象加以指摘，如阿部次郎认为井原西鹤所描写的“恋爱”缺少伦理的要素，缺乏恋爱与人生和文化的联系，因而作品显露出低俗的格调。但是，也正是因为俗文学中较少伦理羁绊，且对性保持开放态度，日本古代文学中才有了如此丰富的哀感文学作品。

3. “大团圆”与“悲情”——中日古典文学的不同审美倾向与叙事模式

中日古典哀感文学作品在审美倾向和叙事模式上也有很大不同。从最早的和歌集《万叶集》开始，日本文学作品中体现的恋情就往往带有孤独和悲戚之情。《万叶集》中“恋”除以万叶假名“古比”“古非”来表记外，以“孤悲”来标记的就有 30 多处。汉字“孤悲”既可表音，亦可表意。“孤悲”汉字的本意就是孤独悲伤，这种情感恰恰是日本古语中“恋”的精髓。《万叶集》中的“恋”往往表达的是不得相见的相思苦楚。如卷十七第 3980 首“奴婆多麻乃/伊米尔波母等奈/安比見礼騰/多太尔安良祢婆/孤悲夜麻受家里”（中译：频频会梦里，相遇知几时。幽幽相思意，绵绵无绝期）。频频在梦中相会，实际生活中却不得相见，在这种难了的相思之情的煎熬下，诗人写下了这首和歌。《万叶集》4500 多首和歌中约有 1000 首是在表现等待情人的心焦、孤寂之情，相思之苦成为贯穿日本和歌的审美体验。

而描写贵族恋情为主线的《伊势物语》《源氏物语》等哀感文学继承了这

---

① 王向远：《日本之文与日本之美》，新星出版社 2013 年版，第 189 页。

② ［日］佐伯顺子：《“恋爱”中的他者问题——以明治小说为中心》，见《日本文学中的他者》，新曜社 1994 年版，第 128 页。

一感伤基调，并将同情、悲哀的情调推向了一个更具深度的美学层次上，形成了“物哀”的美学概念。本居宣长认为物语就应该“详细描写恋人的种种心理与种种表现，以便使读者感知‘物哀’”①。“知物哀”不同于中国儒教、佛教的道德训诫教化，它反对对自然的人情加以抑制和压迫，因此，在《源氏物语》中绝少从伦理道德上对情感的审判，在情感中沉浮的女性虽或郁郁而死，或出家为尼，其悲剧的结局不是为了劝诫，而是让人在窥探贵族生活的同时不禁感慨世事的无常。

到了江户时期，“哀”的文学传统被俗文学继承，这一时期町人的世俗爱情悲剧登上了文学舞台。其中自 1683 年第一部殉情题材的歌舞伎剧作在大阪上演，爱情的极致——殉情成为日本文学的重要题材。不仅文学中随处可见情死的情节，由于殉情剧《情死曾根崎》的轰动效应，民间甚至将男女主人公的情死视为“恋爱的典范”。因为影响过大，所以幕府下令禁止上演殉情剧。可以说在艺术上，日本人更愿意欣赏非圆满过程或非圆满结局的爱情。

与日本以悲为美的审美倾向不同，中国人更为欣赏的是圆满之美。在《诗经》中，伤感的文字并不多，倒是有不少如《郑风·溱洧》般少男少女结伴春游，呢喃私语、互赠信物这类反映愉悦的、琴瑟和鸣的爱情诗歌。子曰：“《诗》三百，一言以蔽之，曰：‘思无邪。’”这里的“无邪”，程伊川说：“思无邪者，诚也。”也就是说要“修辞立其诚”，要求表现真性情。在内容上要表现真性情，但是在审美的角度上，“无邪”即要“乐而不淫，哀而不伤，怨而不怒”。孔子以仁为最高道德标准，认为君子应秉承中庸之道，以达到仁的境界。不偏之谓中，不易之谓庸，在文学上即表现为过犹不及，中和之美。

大团圆的戏剧、小说是中国传统哀感文学的主体。但是中国传统文学中并不是没有悲情，从《诗经》中的《氓》到唐传奇中的《莺莺传》、宋话本的《碾玉观音》、清小说《花月痕》等古典的爱情叙事中都不乏催人泪下的故事。可是如王国维在《〈红楼梦〉评论》中说：“吾国人之精神，世间的也，乐天的也。故代表其精神之戏曲小说，无往而不著此乐天之色彩，始于悲者终于欢，始于离者终于合，始于困者终于亨。”《西厢记》的蓝本《莺莺传》中张生始乱终弃又文过饰非，到《西厢记诸宫调》就被修改成始终如一，一往情深了，结局也从劳燕分飞变为“洞房花烛夜，金榜题名时”，《西厢记》中王实甫更是进一步许下“愿天下有情人终成眷属”的美好愿望，成就了古典爱情的经典。中国儒家讲求中和之美，过分的悲伤被认为“过犹不及”。中国人虽然明知人生现实的缺陷，但不愿意说出来。因而凡是历史上不团圆的，在小

---

① ［日］本居宣长：《日本物哀》，王向远译，吉林出版集团有限责任公司 2010 年版，第 73 页。

说里往往给他团圆；没有报应的，给他报应。中国古典爱情叙事是如何将现实的缺陷进行修饰的呢？最常见的就是如才子佳人小说《平山冷燕》奉旨完婚，《玉燕姻缘全传》《锦香亭》父兄成全，或是如《静氏》父母官平定风波，以社会、家庭权威来成人之美；也有如《柳氏传》《吴江雪》侠客、良友扶危济困，以民间力量战胜不仁不义。才子佳人斗智斗勇，机缘巧合下，终获圆满结局才是众望所归，而甚少有悲剧的结局。即使是已然发生的悲剧，也可以凭借超自然的力量给人以略微的心理安慰。比如《孔雀东南飞》中刘兰芝“举身赴清池”，焦仲卿“自挂东南枝”，双双殉情，凄凉的殉情故事并未到此而止，诗的最后“两家求合葬，合葬华山傍。东西植松柏，左右种梧桐。枝枝相覆盖，叶叶相交通。中有双飞鸟，自名为鸳鸯。仰头相向鸣，夜夜达五更”。在现实中没有实现团圆的，以文学的形式赋予了他们团圆的结局。这种以抚慰人心的方式结尾的故事，在中国口传文学、戏剧中表现尤为明显，牛郎织女的民间故事和《倩女离魂》《牡丹亭》无不是以超现实的结局来使不圆满的故事得以不过分悲凉。清中后期出现了《红楼梦》《花月痕》等具有真正悲剧性的小说创作。这类作品虽风靡一时，但毕竟是凤毛麟角。而且即便如《红楼梦》《花月痕》这样的悲剧，《红楼梦》中的黛玉也因其绛珠仙草的身份重回了太虚幻境，而《花月痕》其初稿本是以秋痕与痴珠的死亡为高潮的，可是魏子安新添数回，硬是增加了甚至破坏原稿连贯性的韩荷生与杜采秋的圆满故事。

为什么中国会形成这样的叙事模式呢？我们来看《孔雀东南飞》中最后两句，“多谢后世人，戒之慎勿忘”，殉情并不符合中国传统伦理价值，死亡的悲剧是为了告诫世人。因此，男女主人公的殉情悲剧被赋予了化为双飞鸟的美好意象，使男女双方的情感得以永恒，中国的哀感文学本身就是为了“导愚适俗”“触性形通，导情情出”，显然，过分的悲凉是不符合这一要求的。中国文学政教伦理型的文化特质，使得中国与日本在哀感文学的模式上和审美倾向上表现出不同特色。

从中日传统文学中的哀感文学流变过程可以看出，两国的叙事模式、审美情趣等，既有众多共通之处，也有各自鲜明的特点和相对独立的演变轨迹。总体上来看，中国的哀感文学是以本土文化为基础，沿着统一的精神资源、美学观念和审美情趣发展而来的。由于社会结构和文化结构并未发生根本性改变，中国古代哀感文学在发展过程中并未发生本质性的变化。而日本文学在诞生之初尚未建立起自己完善的书写系统，只能借用中国的汉字、文言来进行写作。不仅是汉字、汉文，在商工技艺、律令制度到儒学佛教方面，从器物、制度到思想层面，中国文化对日本文化的影响长期且深远。特别是儒家文化，渗入日本政治制度、道德意识、社会生活各个领域，成为日本文化资源的一部分。但是，对于日本而言，儒家文化毕竟是异质性的文化，支撑日本文学的文化资源，其主体并非单一的儒家文化，而是本土的神道教思想与中国儒家思想、佛教思想等相结合下的古典文化。日本对儒家文化的学习、借鉴是有选择性的。比如，宋明理学的禁欲主义，日本就没有完全接受。日本固有文化当中较之理性，更注重内心情感，且日本原始的性观念十分开放，较少禁忌，日本的神道教并无禁欲的观念，甚至还有许多纵欲的仪式，因此，日本的哀感文学在对待情欲上，相较中国文学要自由、开放得多。而且中国文化在日本是绝对的精英文化，下层民众因无法阅读汉籍，故而受中国文化的影响有限。在日本通俗文学中不乏表现对性爱快乐的赤裸裸的追求之作，这些作品并不会像中国的言情小说那样受到过多的道德指摘。相较中国，日本的哀感文学多了一点自由表现的空间。但是，同中国一样，幕府时代的日本社会婚姻并不自由，男女两性不平等，并不提倡、尊重个性独立，因此，古代哀感文学中表现的爱情与现代不可同日而语。

中日近代转型前的哀感文学是传统文化、文学因袭下的产物，其自身并没有产生质变的力量。在遭遇西方异质文明的冲击后，中日传统文化对西方文化进行选择性吸收，中日文化、文学开始发生质的转变。全面梳理两国转型前的哀感文学，可以帮助我们更深刻、更准确地理解两国面对西方文化时的不同反应，以及最终产生不同转型结果的原因所在。

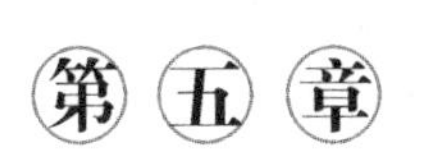

第五章 中日悲乐文化刍议[1]

① 本章作者为广东外语外贸大学韦立新教授。

众所周知，中日两国文化有着千丝万缕的渊源关系，从源远流长的文化交流史上看，尽管有过貌似断绝、分离的时期，但文化上的相互影响、渗透和交融的部分实在令人难以截然分割开来。处于这样一种特殊文化关系当中的中日两国，对悲和乐（或称苦和乐）究竟是有着相同或类似的认识和理解呢？抑或分别有各自不同的感受？中日悲乐思想、悲乐文化的比较研究，的确是个颇有意义的课题。

由于思想和文化的研究，即便仅就苦乐思想、悲乐文化而言，所涉及的问题和范围也过于宽泛，以笔者目前有限的时间和能力，实在难以驾驭。故在此仅聚焦于几个侧重点来试做浅议，不敢求以一斑而窥全貌，但求能在对中日两国苦乐思想、悲乐文化的思考和认识方面提供些许参考，以期抛砖引玉。

一、“唐物趣味”与日本人的“道乐”

在中日文化交流史上，有两个值得关注的重要时期：一是隋唐文化流入日本的7世纪至8世纪，二是宋元明文化流入日本的中世时期（13世纪至15世纪）。在第一个时期，由于日本处在权力高度集中于少数统治阶级手里的状态下，故两国文化交流虽然频繁而活跃，中国文化向日本的流入似乎也汹涌澎湃，但实际上在日本影响的范围却相对有限，基本上局限于宫廷贵族文化以及尚未普及的佛教文化层面。到了宋元时期，随着日本新兴武士阶级的崛起，掌握了政治权力和经济实力的幕府统治阶级出于自身文化上的需求，积极引入中国禅宗文化并给予强有力的庇护和扶持，其结果不仅使日本禅宗得以迅猛发展壮大，客观上还推动了日本文化对伴随着禅宗传入的中国宋元士大夫文化的吸收。[①] 在这期间，尽管曾有过一段随着“国风文化”的逐渐兴盛，日本废除遣唐使，断绝与中国的往来交流的时期，但在多数日本人心目中，中国文化依然俨如屹立不倒的“精神高峰”，始终难以逾越，以至在中日文化交流史上演绎出不少饶有兴趣的“故事”来。

其中，与本研究有着密切关系，值得引起我们关注的，就是日本上流阶级的“唐物情结”（又称“唐物趣味”）以及曾一度盛行于上流阶层的“崇尚唐物风潮”。

有研究结果表明，在宋元明文化大量流入日本的中世时期，随着中日禅僧的频繁往来，大量的中国古董、文物及书画作品流入日本，成为当时盛行于禅寺和上流社会茶会的茶亭、茶室等室内摆设和装饰的珍品，并影响（或培育）

---

① 参见韦立新：《宋元时期中日佛教文化关系》，开益出版社2003年版。

了日本中世时期人们的文化“品位”和审美情趣。[①]

我们从《光严天皇宸记》和《太平记》等的有关记载可知，在宫廷以及上流武士的会所里，都曾经盛行享乐式的带有娱乐、赌博性质的“斗茶”（又称“茶寄合”“唐式茶会”）。而根据《吃茶往来》《禅林小歌》记载，茶亭、茶室内摆放的多是来自中国的古董，壁上张挂的多为宋元名家书画，以营造出正统的“中国趣味”和“禅”的氛围为至上。

另外，从《御物御画目录》《君台观左右帐记》《室町殿行幸御饰记》等文献资料可知，室町幕府历代将军都有浓厚的“唐物情结”，家里雇有专事文物鉴定和管理的“同朋众”[②]，收藏和把玩中国古董、书画简直到了如痴如醉之地步。

日本中世时期上流武士们这种追捧中国宋元文化、崇尚“唐物”的倾向“蔚然成风”，随着禅僧们弘禅活动的展开和延伸，其影响从中央地带波及地方，从上流社会波及一般武士阶层乃至普通民众。

显然，在上流阶层盛行的这种崇尚“唐物”和“禅”的风潮影响下，日本人不仅在文化“品位”、审美情趣上受到宋元士大夫文化的熏陶，在“玩乐”方面也潜移默化地受到了影响，这一点是不言而喻的。

从《群书类从》[③] 有关“吃喝玩乐”的部分可看出：日本这些与生命的享乐、“生”（或生理）的享乐有关的“吃喝玩乐”，追根溯源，多数源自中国，但随着时代的变迁都有不同程度的发展，呈现出不同程度的“日本化”现象和倾向。

归纳起来看，最主要的倾向就是“道乐”化。

日语所谓“道乐”，本意为“深谙其中之道，耽于其中而自得其乐”，主要指对自己本职、本分以外的趣味、嗜好等，既深谙其道又沉湎其中难以自拔。从“吃喝玩乐”文化上看，无论相扑也好，和服也好，茶道、花道、书道、围棋也罢，到了日本人手里，基本上都从日常世俗中“脱胎换骨”“出神入化”，被赋予了某种精神，变得“神圣”起来。

诚然，“玩乐”并不完全等同于“乐”，也不能仅借此思考和阐发所谓“乐”的思想和“乐”文化，但既然形成了一种“享乐文化”，其折射出来的东西，无疑有助于我们加深对“乐”的思想和文化的认识和理解。

一句话，仅从吃喝玩乐这种“享乐文化”上看，本来中日似乎不应该有

---

① 参见［日］木宫泰彦：《日中文化交流史》，商务印书馆1980年版。

② 又称“童坊”，擅长某种手艺、技能，在幕府将军左右专门从事专业性要求较高的工作的人。

③ 参见［日］塙保己一：《群书类从》第19辑（管弦·蹴鞠·鹰·游戏·饮食部），续群书类从完成会，1959年7月—1960年9月。

太大的差异，但由于日本民族具有一种凡事追求精益求精，使其出神入化而达至“道”之境界的精神，最终孕育出其特有的“乐”思想和“乐”文化来。至于日本民族这种凡事追求精益求的精神究竟源自何处，就跟以下将谈及的日本民族根深蒂固的无常观有关了。

二、对“悲、哀”情有独钟的日本民族

翱翔于日本文学世界，尤其是在纵观日本中世文学之后，我们不难得知：日本民族似乎是一个以“苦悲”和“哀感”为美的民族，从古至今，他们似乎已经对以“苦悲”“哀感”为主题的诗歌和故事习以为常，不仅乐于并善于穷尽所能去表现世间人、景、物的“悲”和“哀”，还每每耳濡目染于斯，独自津津乐道于享受和欣赏由此产生的独特之“美”。有人因此认为日本民族具有一种“悲伤”情结。而对于一般人而言，如此感情，如斯情愫，本应尽可能远远逃而避之，岂有积极趋而追求之理？由此亦可见，日本民族自有其超乎寻常的、独特的世界观、审美情趣和伦理感觉。对于“苦”和“乐”，自有其独到的理解和感受。

那么，导致日本民族被视为“悲观民族”[①] 的这种悲观思想从何而来呢？

有学者认为，上述悲观思想的产生乃始于受佛教无常观影响较大的镰仓时代。是佛教思想的影响，形成了悲观思想产生的时代。[②] 其实，佛教之传入日本既远远早于该时期，日本民族那种认为“事无恒常，转瞬即逝”的无常观[③]亦自古有之，早已根深蒂固，绝非肇于镰仓时代。只不过，因在跨度150年左右的镰仓时代里战事不断，仅著名的战事就有“寿永之乱”（1180—1185）、“承久之乱”（1221），还有分别被称为“文永之役”（1274）和“弘安之役”（1281）的两次蒙古入侵，堪称日本史上“战乱频仍的动荡时代”，自然让人备感世事之变幻无常、人生之短暂无奈。既难再有如前期平安时代的那种安逸、从容，亦难再奢求享受到贵族文化、“国风文化”的那种华美和风雅。于是，出现了以“祇园精舍的钟声”开始的《平家物语》、以“流淌的河水源源不息，却绝非原来之水”开头的《方丈记》，以及被视为日本三大随笔之一的《徒然草》为代表，以反映“世事无常、人生短暂”为主要基调的日本中世文学。因感悟到世事之变幻无常，自然难免产生悲哀情绪。由此也给人一种错

① 参见［日］佐藤正：《日本人论12·日本民族性概论》，大空社1996年版，第148页。

② 参见［日］佐藤正：《日本人论12·日本民族性概论》，大空社1996年版，第148页。

③ 学界有把日本民族由来已久的固有观念和认识称为“无常感”以区别于佛教无常观的说法，但笔者仍倾向于称之为无常观。

觉：日本民族不尚“永久、恒常”，而追求“瞬间之美”，追求一种因世间万象“变幻无常、转瞬即逝”给人带来的紧迫感，并继而引发人们来自心灵的战栗和感动之美，如此有感而发（或喜或怒，或哀或乐）的“物哀”情趣，如此以“悲、哀”为美的审美意识，是在进入平安时代后的中世时期，在深受佛教无常观的影响下才培养起来的。

其实，我们从《万叶集》里就可以看到，著名的和歌诗人山上忆良、大伴旅人、大伴家持等，都留下了不少咏叹世间无常、人生无奈的“悲哀”之歌。如：

世间无奈事，岁月逝匆匆，花不常开无常世，生命苦短亦足惜，无奈求从容。[①]

（卷五之八〇四，山上忆良）

世间借栖身，短暂如霜露，现世转瞬逝无踪，束手无奈处。

（卷三之四六六，大伴家持）

可见，至少在《万叶集》所收录诗歌的那个年代（4 世纪至 8 世纪中叶）开始，日本民族就已悲于世间变幻无常，哀于人生短暂无奈。

著名学者竹内整一曾经指出：无常观可以说是日本人与生俱来（遗传）的东西。[②] 他在自己的书里谈及“3・11”大地震后日本人何以能如此淡定和从容时，引用了物理学者寺田寅彦的说法：“这样的灾难，作为承袭自远古祖先的记忆，早已深深渗透于每个日本人的五脏六腑之中。”对于类似自然灾害的降临，日本人绝不会因没有任何思想准备，没有一点心理承受能力而导致惊慌失措、哭天喊地。日本人这种令世界为之动容的从容表现，其实是深深植根于日本人“五脏六腑”之中的无常思想的自然体现。[③]

日本人从远古时代开始就生活在狭长的日本列岛上，无时无刻不与难以预测的地震、台风、山崩海啸等自然灾害相伴，既无处可遁，又无力抗拒，不得不在其威胁和肆虐中力求生存，对世事之无常、人生之短暂早已习以为常。也唯其如此，日本在民族性格上形成了危机意识强、遇事悲观等特点，同时也因痛感“事无恒常，转瞬即逝”而变得格外珍爱短暂的生命，格外珍惜人与人之间难得的相遇缘分，对大自然变化的感受敏锐而细腻。

---

① 所引和歌为作者试译。以下同。

② 参见［日］竹内整一：《“悲伤”的哲学——探求日本精神史之源》，日本放送出版协会2009 年版。

③ 参见［日］竹内整一：《花瓣凋谢花不谢：无常的日本思想》，角川学艺 2011 年版。

值得注意的是，日本民族在面对“世事无常、人生短暂”感到无奈，悲从中来的同时，却并没有因彻底绝望而走向极端的虚无主义。他们在如此变幻无常、令人悲观无奈的生存状态中逐渐孕育出一种精神，并获得了一种特有的智慧，那就是，既然自己无处可遁，无计可施，那就坦然地接受这一现实，积极地在令人悲观的生存环境中去追求美、发现美，去寻求生命的喜悦、生活的乐趣、生存的意义和价值。于是乎，一个并没有因此而陷入虚无主义的似乎对“悲、哀”情有独钟的日本民族就这样出现了。

三、潜心研究“悲、哀”哲学的日本人

如前文所述，日本民族既然被置于变幻无常、令人悲观无奈的生存环境当中，既无处可遁，又无力抗拒，自然不得不去面对和顺应。而如何在如此环境中生存下去？如何在令人悲观的生存状态下去发现美？如何去寻求人生乐趣和生活的意义？这些问题自然就成了日本民族最大的人生课题。

于是，日本文化史上涌现出不少潜心于研究“悲、哀”哲学的哲人。

熟悉和关注日本文学和日本文化的人，估计对提出“物哀”这一美学理念的日本江户时代著名国学者本居宣长都不陌生，尤其是在《日本物哀》[①] 问世以来，国人不仅熟悉了这个名字，对日本物哀更是有了进一步的更清晰的理解和感受。这不仅有助于我们加深对日本文学和日本文化的认识和理解，还有助于我们准确把握日本民族的情感特征、国民性特征和伦理道德观念。

我们知道，相比包括儒、佛教在内的各种宗教和礼仪规范下的伦理道德观念“条条框框”来说，日本人更多强调的是对发自人之本性的真情实感的维护和尊重。而本居宣长在《日本物哀》里围绕传统和歌及物语文学，针对“物哀”这一概念所做的循循善诱的诠释，无疑让读者茅塞顿开，对日本国民性及日本文化的精髓有“顿悟”之感。

然而，我们还应该关注的是，本居宣长除了强调应时、应情、应景，有感而发，直抒胸臆之重要性之外，还是一位对“悲、哀”哲学颇有研究的哲人。

在谈及人们应如何排解难以忍受的“悲伤”时，他认为，只是喃喃自语是无法排解的，应该情不自禁地放声长叹：“呜呼，悲哉！痛哉！”如此难以自禁的真实情感的自然表露，让神、人听了亦不禁被其真情打动，并深怀同

---

① ［日］本居宣长：《日本物哀》，王向远译，吉林出版集团有限责任公司2010年版。

感，此即为“歌”也[1]。换句话来说，本居宣长认为，无须加以任何理性的判断和选择，亦无须顾忌周围的其他任何感受，只要将心中的“悲哀”顺其自然地咏叹、喷发而出，则“悲伤”有望得以自然化解。

如果仅让内心的悲伤感受自然流露，却仍然无法排解的话，那又该如何呢？关于这一点，本居宣长在其《石上私淑言》中进一步表达了以下见解：假如只是自言自语地表露仍难以化解的话，就应该主动向人倾诉。一旦有人倾听自己的倾诉，心中的悲伤会更容易化解。如果倾听者能对自己表达的悲伤感受深表同感，则效果更佳，那简直就等于是获得了拯救。[2] 有学者将本居宣长的这种见解称为“同悲”论。[3]

另一位对“悲、哀”哲学颇有研究的哲人，当数近代著名哲学者九鬼周造（1888—1941）。他认为世界上所有事物都是有限的，万物乃由有限的自己和有限的他者组成。所谓“物哀”，其实正是由于世间万物皆有其局限性，并因此自然而然地生发出来的“哀调”—— 一种令人感到无奈的“悲伤”的调子。对有限的自己发出“啊”的感叹，同时对他者的有限性也不由得同情地发出“真可怜呀！”的叹息。同样地，人在哀叹自己生命的无常、有限的同时，也会获得来自深有同感的他者的同情和怜悯。自己的“悲哀”，实际上总是与对他者的同情和怜悯产生着相互的联动和制约。人的存在，人与人的相遇，以及此时此刻大家正一起享受着活着的乐趣，这一切其实都不是必然的、绝对的，而是具有相当大的偶然性，其实仅仅不过是各种各样可能性的其中之一而已，所以应该好好加以珍惜。他在自己的著作《偶然性的问题》的最后，以这样一句话结尾：“既相遇则不应该擦肩而过！”[4]

日本近代思想家纲岛梁川在其《病期录》中这样写道：“悲哀，其本身就是一半拯救。……神，首先就是以悲哀的姿态向我们走来的。……我们有了悲哀，并通过悲哀而获得超越悲哀之上的某种东西。”[5]

此外，还有现代剧作家、小说家山田太一（著作《生存的悲哀》，筑摩书

---

① 参见［日］本居宣长：《石上私淑言卷三》，见《本居宣长全集（第二卷）》，筑摩书房 1968 年版，第 171—174 页。

② 参见［日］本居宣长：《石上私淑言卷三》，见《本居宣长全集（第二卷）》，筑摩书房 1968 年版，第 171—174 页。

③ ［日］竹内整一：《“悲伤”的哲学—探求日本精神史之源》，日本放送出版协会 2009 年版，第 74 页。

④ 参见［日］九鬼周造：《偶然性的问题》（改订版），岩波文库 2012 年版。

⑤ 转引自［日］竹内整一：《“悲伤”的哲学——探求日本精神史之源》，日本放送出版协会 2009 年版，第 14 页。

房1995年版），还有呼吁“悲的复权”[①]，提出“悲情和眼泪，是耕耘人们的心田、加深对他者的理解，从而更神清气爽地迈向明天的动力源泉”这一著名论调的评论家柳田邦男，以及提出“哲学的最基本动机是‘悲哀’”[②] 这一论调的近代著名哲学者西田几多郎等。

由上述可知，从古至今，之所以有如此众多的文化人、哲人关注“悲、哀”，并热衷于潜心去研究、诠释“悲、哀”，这事情本身就说明日本民族虽然不一定是个悲观的民族，但的确是个对“悲、哀”情有独钟的民族。当然，正如前面所提到的，这主要是由他们所处的悲观无奈的生存环境所决定的。

四、日本文人的“悲中求美”与中国文人的消极遁世

（一）悲中求美以慰藉哀伤的心灵

众所周知，日本文学和日本文化中所强调的“物哀”之美，作为日本平安文学的主要艺术理念和美的理念之一，尽管也有理解为追求“悲哀”之美的解释，但实际上呢，根据倡导者本居宣长的阐释，所强调的应该是有感于所见所闻所触及的世间一切事和物，不由得情不自禁地生发出来自心灵的震撼和感叹。而对于何为“知物哀”，他解释为：对所见所闻之一切事物均有所感触，心有所动，此即为“知物哀”。[③] 可见，其原本并无只强调“悲哀”之意。

前面曾经提及，既然从远古时代起，日本民族的祖先就无可奈何地被置于这自然灾害多发、世事变幻无常的生存环境当中，岂能因为富士山、阿苏山等活火山难以预测何时喷发而惶惶不可终日？这不得不面对的现实，自然促使日本民族培育出一种顺应自然，积极在令人悲观、无可奈何的生存状态中力求生存的进取精神。这就需要人们积极地去寻求并发现美，积极地去寻求并找到人生的乐趣和生活的意义。因此，他们在面对富士山时，尽管也感叹人生的无常和不可知所带来的悲凉，但仍然能从中发现其独有的“美”，让哀伤和寂寥的心灵得以聊慰。

剧作家山崎正和就曾指出：日本民族的祖先具备了一种敏感的秩序感觉，他们一边感叹人生的无常，一边还从瞬间变化的“无常节奏”当中找到了相

① 参见［日］柳田邦男：《“悲”的复权》“卷首语”，PHP研究所1978年版。

② 参见西田几多郎：《场所作为自己限定的意识作用》，见《西田几多郎全集（第6卷）》，岩波書店1965年版，第116页。

③ 参见［日］本居宣长：《石上私淑言》卷一，见《本居宣长全集（第二卷）》，筑摩书房1968年版，第99—109页。

当安稳的“自然的节奏”①。

也就是说，他们在坦然接受所面对的现实，坦然面对这种变幻无常的前提下，变得主动积极地从无可奈何的“悲、哀”中求美，并获得了相应的智慧，具备了相应的“天性”，否则，生活还有何意义？人生的乐趣又何在？

积极求“悲”，“悲”中求美的日本文人就是这样应运而生的。

（二）肆意酣畅难掩心中的无奈和悲哀

下面让我们来看看中国文人的悲和乐吧。

谈及中国文人的“乐”，恐怕首先不难想起魏晋时期“常集于竹林之下，肆意酣畅”的“竹林七贤”嵇康、阮籍、山涛、向秀、刘伶、王戎及阮咸吧。

据《晋书·嵇康传》记载，嵇康居山阳，“所与神交者惟陈留阮籍、河内山涛，豫其流者河内向秀、沛国刘伶、籍兄子咸、琅邪王戎，遂为竹林之游，世所谓‘竹林七贤’也”。南朝宋刘义庆《世说新语·任诞》里有如是记述：“七人常集于竹林之下，肆意酣畅，故世谓竹林七贤。”

尽管七位名士的思想倾向和生活态度不尽相同，但大都“非汤武而薄周孔，越名教而任自然”，“弃经典而尚老庄，蔑礼法而崇放达”，以否定或消极对抗倡导“修身、齐家、治国、平天下”，勉励人们刻苦用功，成为对社会、对政治有所作为的儒家“勤勉”思想的主要特征。他们标榜和崇尚道家以追求“无为自然”为宗旨的“懒汉思想”，生活上不拘礼法，常聚集在竹林之下喝酒、纵歌，刻意追求精神上的快乐、“生”之快乐。有日本学者将其所标榜和追求的这种“乐”称为“中国式大快乐主义”②。

有研究认为，七贤中的山涛，尽管年轻时因尚老庄而加入七贤之列，但从其性格上看，其本质上并非真正能够逍遥于世外桃源之人，而是一个拘守世俗礼法的彬彬君子。虽然暂时跟其他六贤一起遁身世外，但入世求仕博取功名之心始终未泯。另有研究认为，东晋末年被视为中国第一田园诗人的陶渊明，从官场退下后隐居田园，纵情享受饮酒、读书、干农活的“人生乐趣”，被视为不愿意为功名利禄而随波逐流的代表。还有唐代的白居易，为人处事以知足保和、乐天安命为座右铭，尽可能远离权力争斗而追求“闲适”，乃是与世无争而只图享受人生之乐的逍遥者。他们似乎都可视为真正崇尚老庄，追求“生”之快乐的典范。可实际上呢，他们的“乐”，归根结底仍然不外乎一种消极的

---

① 参见［日］竹内整一：《“悲伤”的哲学——探求日本精神史之源》，日本放送出版协会2009年版，第123页。

② 参见［日］井波律子：《中国式大快乐主义》，作品社1998年版。

逃避而已。通过逍遥于远离政治的现实之外，以酒、歌、“五石散”为媒介，在一种若虚若幻的境界里寻求“无上的喜悦和快乐”，似如此消极遁世的“乐”，实际上不过是另外一种更大的、更难排解的“人生悲哀”而已。

在中国文学研究界，也有关注中国文人的“悲”，并提出所谓“悲秋”文学、悲情文学等概念的诸多研究。我们仔细考察不难发现：其中大部分的“悲”，均源自中国文人这种欲求取功名却遭遇挫折时的感伤。

正如刘禹锡《秋词》“自古逢秋悲寂寥”所言，“悲秋”是中国古典文学的一大主题。而在讨论“悲秋”文学和中国文人的“悲秋”情结时，从《离骚》中“惟草木之零落兮，恐美人之迟暮”之吟可联想得到，如此遇秋而生的悲情，乃源自中国文人自古已有的“人生一世，草木一秋”这种对人生短暂无常的生命觉悟。只不过深受儒家思想影响的中国文人们首先想到的是让有限的生命有所作为，建功立业，光宗耀祖，一旦理想实现受挫，则是人生最大的“悲哀”。可以说，中国古代文人如此以家国观念为重的生存价值和生命意识，是日本文人所没有的。

关于这一点，有学者指出：“古代文人群体多思存高远，志向宏大，他们视达政济世为正途。追求‘立德、立功、立言’，以实现‘安社稷’‘安黎民’为理想。但事实上，他们命运多阻，人生艰难。由‘家’到‘国’不仅存在自然距离，而制度距离往往是最难跨越的。再加上人生选择的单一化，从一开始就决定了古代文人选择‘仕途’的悲剧性。怀才不遇，壮心未酬，再加上天涯沦落，世态炎凉，岁月蹉跎等种种人生苦涩汇集成一种感伤情结，使文士不遇成为古典诗词中常见的悲情动机。”①

还有学者把中国悲情文学之“悲”归纳为四种：第一，可望而不可即之悲（包括怀才不遇、报国无门、集体情感与个体生命的冲突等）；第二，伤春与悲秋之悲；第三，夕阳天，明月夜之悲；第四，游子思乡之悲。在第一种“悲”里有“怀才不遇、报国无门”自不必再强调。在“伤春与悲秋之悲”部分，说的是“一个个失意的诗人，把这种愁与恨或托于物，或寓于景，锻造出了一个个令人感动、感伤的意象”②。在“夕阳天，明月夜”部分，“夕阳天”举的是辛弃疾、周邦彦、柳永、马致远等借夕阳残照抒发自己悲悼往事残迹、自写人生失意情怀的事例。而“明月夜”则引苏轼一生抗争、退隐、归田，徘徊在仕途的边缘，以诗文感叹人生如梦，以明月喻示其凄凉、孤独之哀情为例。最后，在“游子思乡之悲”部分里，以马致远的《天净沙·秋思》

---

① 参见［日］井波律子：《中国式大快乐主义》，作品社 1998 年版。

② 甘文泉：《试论中国古诗词中的悲剧悲情心态》，《群文天地》2011 年第 20 期。

为例，指出其描写了一幅暮秋游子思乡图画，衬托了“游子”对家的眷恋和回想，但更深处却蕴含着“所有不得志的知识分子对‘穷’的一种超凡脱俗的渴望，企盼的一份宁静、安详，一种世外桃源的归宿”①。

由上述可知，这“悲”那“悲”，多与功名不成、壮志难酬有关。或悲或乐，也都与官场上是否春风得意，是否能扬名立身于世难脱干系。中国文人的悲和乐，由古至今，究其根本而言，都是如此。当仕途坎坷、落魄失意、壮志难酬时，最是令人悲愤难抑。尽管人生还有许多的悲哀，如贫困潦倒、怀古伤今、时光流逝、生离死别、漂泊思乡等，仅就失意而言，也还有情场失意、欢场失意等，可这一切的一切，相比之下似乎都不在话下了。

中国悲秋文学的“情感主题是光阴虚掷、岁月蹉跎、老而无成的感慨”②。这种“老而无成的感慨”，无疑是中国文人最大、最痛切的悲哀。

以上从几个不同的侧面，笔者对中日的悲乐文化进行了粗浅的探讨和议论。可以说，在对悲和乐的感受和理解上，中日两国的确凸显出思想上和文化上的较大差异。在同样感受到人生短暂无奈、时光流逝无情时，日本人更多强调的是“一期一会”（珍惜人与人之间当下的相知相遇），竭尽精力去追求“转瞬即逝”的“悲感”之美。而大多数中国人呢，不管有意识还是无意识，往往都会在潜移默化中受到以儒家思想为主的各种礼教、思想的熏陶和影响，或身怀“修身、齐家、治国、平天下”之远大抱负，或暗下成家立业、尽忠尽孝之决心，正所谓“穷则独善其身，达则兼济天下”，精神枷锁和思想负担往往都过于沉重。如本来“独善其身”强调的是道家的豁达态度与出世境界，但有时候为了判断和选择该“独善其身”还是该“兼济天下”，也得再三思量、瞻前顾后、患得患失。背负如此重大的精神负担，如何能达到日本人“一生悬命”（竭尽全身心）地去追求美和人生之“乐”的境地？

笔者以为，中日两国悲乐思想和文化的差异，最根本的原因不外于此。

---

① 甘文泉：《试论中国古诗词中的悲剧悲情心态》，《群文天地》2011 年第 20 期。

② 胡菲雯：《悲秋探源——中国古典诗歌的悲秋情结》，《教学文摘》2011 年第 11 期。

中国《源氏物语》研究概观[1]

① 本章作者为广东外语外贸大学刘金举教授。

自20世纪20年代汉译以来，《源氏物语》在相当长时期内只为少数知识分子所了解和欣赏。但是进入20世纪70年代，随着中日邦交正常化以及此后经济、文化交流的频繁和加深，《源氏物语》在中国掀起前所未有的阅读高潮，这与20世纪60年代日本经济高速增长后所兴起的日本文化热潮有关。受该高潮的影响，在中国，《源氏物语》也开始被尊为日本的经典，该书所集大成的“物哀”，被视为日本最具代表性的文艺理念。

在日本对《源氏物语》和“物哀”评价的影响，在今天的中国已经形成一种思维定式：紫式部的《源氏物语》被公认为“世界上最古老的长篇巨著，也是最优秀的小说之一”①；由紫式部借助《源氏物语》的创作来实践和完善，并由本居宣长系统整理而得以完成的“物哀”，被认为是贯穿日本古今文艺的“情操”性质的文艺理念和审美观念。② 关于该书和“物哀”的研究汗牛充栋。但是综观这些研究成果，要么是站在中国文化的角度来观照日本，要么是未能摆脱20世纪60年代上述日本学界以文化作为国家表象的新思潮的影响。由于未能客观审视该书如何从面向妇女儿童的娱乐读物被抬升至代表日本文学的经典这一过程，这些研究尚不够客观和全面。

一、《源氏物语》的译介与传统视阈下的研究

在甲午战争，尤其是戊戌变法失败之后，随着大国心态破灭、大批中国留学生东渡日本寻求救国之道，以日本为中介学习西方，或者已经日本化的西方先进技术。在此社会背景下，日本文艺作品也开始渐渐被译介到中国。最早把《源氏物语》介绍到中国的是谢六逸，他于1918—1922年留学日本，就读于早稻田大学，并于1921年加入中国最早的文学团体——由周作人、郑振铎、沈雁冰等发起的“文学研究会”，积极投身于中国的新文学运动。20世纪20年代，他在《日本文学》（1927）、《日本文学史》（1929）、《水沫集》（1929）等著作中详细介绍了紫式部以及《源氏物语》的成书背景，并介绍了每一帖（回）的故事梗概。新中国成立后，出现最早的汉译本是1957年钱稻孙在《译文》杂志上发表的前几回。台湾较早出版了左秀灵改写本（台北名山出版社，1973）、林文月全译本（中外文学月刊社，1974—1978），而在中国内地和香港，则是在中日邦交正常化后，适应日本对华投资的增加，日本幻象不断

---

① 中美联合编审委员会：《简明不列颠百科全书9》，中国大百科全书出版社1986年版，第272页。

② 参见［日］小野村洋子：『「あはれ」の構造についての試論』，共立女子大學文學藝術研究所1987年版。

膨胀，日语学习者增多，日本文学作品在中国的读者群不断扩大的趋势，对其介绍才逐渐增多，并涌现了众多版本。据统计，进入20世纪80年代，《外国文学简编》（中国人民大学出版社，1983）、《东方文学简编》（山东教育出版社，1985）等外国文学教材都为《源氏物语》简列了一章。目前中国内地和香港所能看到的中译本计有丰子恺全译本（人民文学出版社，1980—1983）、温祖荫改写本（香港学林书店，1990）、殷志俊全译本（远方出版社，1996）、梁春插图本（云南人民出版社，2002）、夏元清译本（吉林摄影出版社，2002）、叶渭渠《源氏物语图典》（上海三联书店，2005）、姚继中版本（深圳报业集团出版社，2006）、郑民钦译本（北京燕山出版社，2006）、彭飞等《新源氏物语》（上海译文出版社，2008）、王烜新版本（华侨出版社，2010）、姚继中译本（江苏人民出版社，2011）。其中，学界公认丰子恺的译本价值最高。

时至今日，关于《源氏物语》，不但读者群扩大，研究者也日益增多，近30年（1979年至2013年4月）来成果频出，仅从采用“关键词”检索方式、在中国知网（CNKI）所检索到的不完全的统计数据，就能看出其丰硕程度：用“物哀”检索到2733篇，用“源氏物语”作为关键词检索到522篇文章，而用“物哀”和“源氏物语”两个关键词检索到35篇，[①] 此外尚有为数众多的文章在行文中涉及“物哀”或者《源氏物语》。

就30年来中国对《源氏物语》的研究成果，有各种各样的分类方法，如李光泽从主题思想角度出发按照历史画卷论、恋情画卷论、物哀精神论、生活画卷论[②]，按照对作品本身的研究、比较文学研究、影响研究[③]，以及之后按照“社会学—政治学”（按：中国马克思主义文学批评理论）范式时期（1980—1995）与多元化范式时期（1995—2011）[④]，陈柯言从主题思想角度出

---

① 李光泽《论〈源氏物语〉中写实的“真实”文学思潮》（《内蒙古民族大学学报》2007年第3期）、《〈源氏物语〉在中国的译介、研究现状》（《内蒙古民族大学学报》2008年第2期）、《〈源氏物语〉在中国的研究综述》（《内蒙古民族大学学报》2009年第3期）、《论“物哀”在中国的译介与传播》（《哈尔滨师范大学社会科学学报》2011年第4期）、《论平安才女紫式部》（《内蒙民族大学学报》2011年第4期）、《〈源氏物语〉主题新论：关于学术方法的演变及启示》（《求索》2012年第1期）、《〈源氏物语〉研究范式的演变及启示》（《郑州大学学报》2012第2期）、《论〈源氏物语〉的叙事手法》（《学理论》2011年第31期）系列文章，以及陈柯言《三十年来国内关于《源氏物语》的主题分析综述》（《文学研究》2011年第4期），概括了《源氏物语》在中国的译介、研究状况。

② 李光泽：《〈源氏物语〉主题新论：关于学术方法的演变及启示》，《求索》2012年第1期。

③ 李光泽：《〈源氏物语〉在中国的研究综述》，《内蒙古民族大学学报》2009年第3期。

④ 详见李光泽：《〈源氏物语〉主题新论：关于学术方法的演变及启示》（《求索》2012年第1期）、《〈源氏物语〉研究范式的演变及启示》（《郑州大学学报》2012年第2期）。

发按照批判揭露说、贵族恋情说、物哀精神说和三者兼有说①，张龙妹按照主题论、比较研究、文艺理论、人物论②所进行的分类等。但上述各种分类，尚未能全面概括各类别文章。本稿拟按照以下标准进行分类。

1. 主题论

“我国学界对《源氏物语》的研究已经整整走过了30个年头。其间各种角度的研究异彩纷呈，但笔者认为，‘主题思想’始终都是备受青睐的话题。”③ 众所周知，“社会政治价值取向是中国20世纪文学理论批评主流价值取向，它强调文学与社会政治的联系，突出文学的社会政治功利作用，主张文学为社会政治服务”④。由于20世纪30年代开始形成的阶级斗争论和直观反映论的线性思维惯性的延续，以及国际、国内政治形势、意识形态等的影响，“社会学—政治学”成为中国文学研究和评论界的集体无意识行为范式，对《源氏物语》的认识也不例外，“历史画卷”（批判揭露）说曾经一度占据文坛主流。1980年，丰子恺译《源氏物语》正式出版。在《源氏物语·前言》中，叶渭渠对其主题思想总结如下：“作者在书中表白：‘作者女流之辈，不敢侈谈天下大事。’所以作品对政治斗争的反映，多采用侧写的手法，少有具体深入的描写，然而，我们仍能清晰地看出上层贵族之间的互相倾轧、权力之争是贯穿全书的一条主线，主人公的荣辱沉浮都与之密不可分。总之，《源氏物语》隐蔽式地折射了这个阶级走向灭亡的必然趋势，可以堪称一幅历史画卷。……通过源氏的恋爱、婚姻，揭示一夫多妻制下妇女的悲惨命运。……在这里，读者通过这些故事，可以看出这种乱伦关系和堕落生活是政治腐败的一种反映，和他们政治上的没落与衰亡有着因果关系。”⑤ 他试图证明《源氏物语》真实地反映了当时的社会政治面貌，是一部批判现实主义的作品。叶氏执笔《中国大百科全书》（中国大百科全书出版社，1982）外国文学卷该条目时，依然延续了该观点。这种看法引导了中国文坛对《源氏物语》主题认识的主流，如《源氏物语》真实地反映了平安时期贵族阶级生活的堕落与精神的空虚，作者运用了现实主义的艺术力量，塑造了备遭苦难的众多贵族妇女的形象，使读者得以透过这些妇女的形象，清楚地认识到平安贵族阶级的腐朽、

---

① 陈柯言：《三十年来国内关于《源氏物语》的主题分析综述》，《文学研究》2011年第4期。

② 详见张龙妹：《中国的〈源氏物语〉研究》，见《世界语境中的〈源氏物语〉》，人民文学出版社2004年版，第128—134页。

③ 李光泽：《〈源氏物语〉主题新论：关于学术方法的演变及启示》，《求索》2012年第1期。

④ 伍世昭：《中国20世纪文学理论批评价值取向研究》，人民文学出版社2009年版，第16页。

⑤ ［日］紫式部：《源氏物语》，丰子恺译，人民文学出版社1980年版，前言第2—4页。

丑恶的本质。[1] 又如“《源氏物语》存在两大主题，其一是贵族争权夺势，其二是男尊女卑、一夫多妻制下的妇女悲剧”，而“妇女悲剧的根源来源于社会制度，它是一部现实主义作品”[2]，具有“借情言政的特点”[3] 等。

之后，随着时代的发展，以及西方文学理论的传入和影响的扩大，中国的主题论研究也逐步向多元范式转换。如一直坚持马克思主义社会学批判立场的叶渭渠先生，也开始逐步深入文本内部进行客观的分析，意识形态式的教条主义分析色彩逐渐淡薄。如通过对比，他认为，“《长恨歌》的讽喻意义表现在，它开首就道明‘汉皇重色思倾国’，并对唐明皇的荒淫以及与其密切相关的种种弊政进行揭露，以预示唐朝盛极而衰的历史发展趋势。《源氏物语》也与这一思想相呼应，通过源氏上下三代人的荒淫生活，及贵族统治层的权势之争，来揭示贵族社会崩溃的历史必然性”[4]，即已不再单纯以阶级性去探讨《源氏物语》的反封建主题，而是把重心转移到人物、审美、艺术特色等方面。

综上所介绍，尽管论述角度和研究方法有所差异，但直到20世纪90年代中期，该时期关于《源氏物语》主题思想研究，基本上都是在马克思主义社会学批判理论指导下完成的，或多或少都带有阶级分析的痕迹。不过，虽然“社会学—政治学”研究范式仍然占据统治地位，但也出现了一些试图摆脱其影响的新视点、新尝试，最具代表性的，就是“贵族恋情”（“恋情画卷”）说、“物哀精神”说。

首先是贵族恋情说。李芒援引日本“源学泰斗”池田龟鉴先生的“三部构成说”，试图通过解析《源氏物语》复杂的结构性来说明其主题的复杂性，其结果却仅停留在介绍前十二回中主人公源氏与众多女性的交往，认为“《源氏物语》的主题并非在于描写平安朝宫廷政治势力的斗争，而是刻画宫廷贵族的恋情”。“《源氏物语》以当时的宫廷生活为舞台，试图描写贵族生活的各种情况，而且获得成功。”“然而，这部作品的最大兴趣，可以认为，在于以光源氏为中心，分别刻画了种种恋爱活动”，描绘了一幅“平安朝宫廷贵族的恋情画卷”[5]。

其次是物哀精神说。王向远认为，我国对《源氏物语》的研究“大多只从作品的认识价值出发，认为《源氏物语》是平安王朝贵族生活的历史画卷，

---

① 刘振瀛：《〈源氏物语〉中的妇女形象》，《国外文学》1981年第1期。

② 王长新：《论〈源氏物语〉的主题》，见《日本文学》，吉林人民出版社1983年版，第97页。

③ 郭存爱：《〈源氏物语〉与〈红楼梦〉比较研究》，《辽宁大学学报》1992年第2期。

④ 叶渭渠、唐月梅：《中国文学与〈源氏物语〉——以白氏及其〈长恨歌〉的影响为中心》，《中国比较文学》1997年第3期。

⑤ 李芒：《平安朝宫廷贵族的恋情画卷——〈源氏物语〉初探》，《日语学习与研究》1985年第3期。

反映了宫廷政治斗争和贵族阶级腐朽没落的历史趋势，由于忽视了作品所产生的特定文化背景，其中不免片面和臆断；有的文章认为《源氏物语》是专写贵族恋情的作品，其立论虽更接近作品的实际，但未能进一步上升到美学高度去认识"①。在对"历史画卷"提出质疑的同时，肯定李芒的"贵族恋情"说的积极意义，并在此基础上，从日本传统美学入手，引用本居宣长的既成理论，认为"《源氏物语》是以'物哀'为宗旨的"，指出作家描写贵族恋情的意义和目的在于"借这个题材使人兴叹，使人感动，使人悲哀，即表现出'物哀'，让内心的情感超越这污浊的男女恋情而得到美的升华，也即把人间情欲升华为审美的对象"②，体现"使人感喟，使人动情，使人悲凄"的"物哀"审美理念，因而不能以善恶的道德标准去理解以"知物哀"为目的的《源氏物语》，从而引导了国内运用日本美学标准评价《源氏物语》的潮流。

姚继中也对"批判揭露"说提出质疑："《源氏物语》中虽然有一些宫廷内部争权夺利的描写，但根本看不出谁在维护人民的利益，即没有鲜明的阶级性。……《源氏物语》反映宫廷内部的政治倾轧只是为了给光源氏搭建一个生活的舞台罢了。"③ 他同样认为"《源氏物语》不是以道德的眼光来看待和描写男女主人公的恋情行为，而是为了借这个题材使人兴叹，使人感动，使人悲哀，即表现出'物哀'，让内心的情感超越这污浊的男女恋情而得到美的升华，也即把人间情欲升华为审美的对象"④。之后，他发展了自己的观点：紫式部借"于破灭中寻觅自我"⑤ 的系列形象来寻觅自我、表现自我、完善自我。

针对上述观点，张龙妹认为，《源氏物语》并非原原本本反映平安时代历史的镜子，历史画卷说过分重视《源氏物语》中的事实而轻视虚构部分，有导致片面理解作品之虞；恋情画卷说由于脱离了文化背景，未能认识到日本传统的"贵种流离谈""神婚""好色"文化等对光源氏的两性关系描写中所起的重要作用，一味按照中国传统道德和文艺观去分析和理解，有歪曲作者创作意图的可能性；针对物哀精神说，作者引用日本学者小野村洋子对平安朝的"哀"所做的分析，认为"物哀"与其说是一种"审美理想"，倒不如说是平安朝人对人生、社会的一种共同认识和理解。换言之，历史画卷说、贵族恋情说以及物哀精神说所描述的分别只是当时贵族社会某些侧面，或者生活在该时

---

① 王向远：《"物哀"与〈源氏物语〉的审美理想》，《日语学习与研究》1990 年第 1 期。
② 王向远：《"物哀"与〈源氏物语〉的审美理想》，《日语学习与研究》1990 年第 1 期。
③ 姚继中：《〈源氏物语〉研究在中国——研究状况与方法论》，《四川外语学院学报》2002 年第 3 期。
④ 姚继中：《〈源氏物语〉研究在中国——研究状况与方法论》，《四川外语学院学报》2002 年第 3 期。
⑤ 姚继中：《于破灭中寻觅自我——〈源氏物语〉主题思想论》，《外国文学评论》2000 年第 1 期。

代的人们的人生价值的一部分。作者通过对光源氏以及平安朝贵族社会进行人物、环境的典型描写，力求从总体上再现贵族社会的生活，对人生的价值做出总体评价，是“生活画卷”[①]。

与日本的“源学”相比，一直到《世界语境中的〈源氏物语〉》编撰为止，“在日本，已很难见到以主题论为题的文章，而在我国，主题论依旧是个热门的话题。这跟我国的教学制度以及中国式的思维方式有关”[②]，自然也与我国对《源氏物语》和“物哀”研究的尚不深入、全面有关。这种局面一直到后现代理论广泛影响我国才有改观。

2. 比较研究

1988 年 3 月 20 日，中日比较文学研究会在长春成立，中日比较文学研究开始视角多元化、活跃化[③]，对《源氏物语》的研究主要集中在影响研究和跨文化的平行研究方面。

首先在影响研究方面，主要集中在《史记》《白氏文集》《游仙窟》等中国文学对《源氏物语》的影响，《源氏物语》与《镜花缘》、《红楼梦》、《三国演义》、张爱玲小说的关系，《源氏物语》对日本民族文学和文化如对川端康成创作的影响等，其中，《白氏文集》对《源氏物语》的影响、《红楼梦》与《源氏物语》的比较最为普遍。但在《白氏文集》对《源氏物语》的影响方面，“从研究成果来看，大多偏重于宏观性，缺乏微观细致的研究，而且所依据文本几乎都是中译本，很少有依靠原文本进行的研究……姚继中在《〈源氏物语〉悲剧意识论》一文中，就曾形象地把《源氏物语》比作‘日本平安时代的《长恨歌》’，‘日本式的《长恨歌》’，表明了《长恨歌》对《源氏物语》的悲剧意识形成和创作产生了深刻影响”[④]，而且所研究的问题，几乎没有跳出丸山清子所著《〈源氏物语〉与〈白氏文集〉》的范围。

其次在平行研究方面，虽然也有将《源氏物语》与《三国演义》进行比较的研究，但主要还是集中在《红楼梦》与《源氏物语》的比较方面。这里存在着两个热点，一是探究二者的悲剧性主题和儒佛思想对两部作品的影响（在《〈源氏物语〉中的佛教影响》中我们将做详细分析），一是基于根深蒂固的社会学批判理论影响下的关于其主题思想的探讨。该时期许多研究者从政治、阶级、历史、文化的角度出发，认为两位作家都是通过对贵族阶级荒淫腐

---

① 张龙妹：《试论〈源氏物语〉的主题》，《日语学习与研究》1993 年第 2 期。

② 张龙妹：《中国的〈源氏物语〉研究》，见《世界语境中的〈源氏物语〉》，人民文学出版社 2004 年版，第 128 页。

③ 饶芃子、王琢：《中日比较文学研究资料汇编》，中国美术学院出版社 2002 年版，第 393 页。

④ 李光泽：《〈源氏物语〉在中国的研究综述》，《内蒙古民族大学学报》2009 年第 3 期。

朽的生活的描写，来揭露一夫多妻制下妇女的悲惨命运，解释盛极必衰的道理，饱含了作者对“末世”的哀叹之情。如叶渭渠认为《红楼梦》和《源氏物语》都是通过妇女问题反映各自王朝历史命运的必然，其艺术表现手法也相似，均无正面或者直接描述当时的“朝政”，而是通过侧面描写男女情爱纠葛而将政治矛盾和斗争的“真事”隐晦曲折地表现出来。所不同的是，《红楼梦》是透过封建贵族叛逆者的抗争行为，而《源氏物语》则是通过贵族生活的“烂熟”来预示贵族社会必然走向衰亡这一命运①，或者围绕主人公光源氏和贾宝玉的特征进行比较，如光源氏的“泛爱”，与封建等级制度密切相连，贾宝玉的“泛爱”，则与新兴的民主要求息息相关②等。但观其结果，基本上停留在对主题思想、人物形象、创作手法、审美倾向等方面做常规的、浮于表面的比较，而且多数论文往往站在中国文化本位主义的立场上，立足于《红楼梦》，以中国文化的视觉，陷入着意寻找两个人物之间的共性和差异性，牵强地去拼凑两部作品的相同点的陷阱，可以说，虽然论文数量最多，但缺乏新意和更深入的切入点。当然，在比较文学研究方面，所存在的最大问题还是“国内学者通过跨文化的平行研究方法，将中日两国相近的两部名著进行比较，处处突出强调《红楼梦》在各方面优于《源氏物语》，目的是为了彰显《红楼梦》在世界文学史上的重要地位”，如中国源学界习惯上将《源氏物语》称为“日本的《红楼梦》”等。这种“从中国文学研究的立场出发，其研究带有一定的功利性，不利于读者深入了解异国文化。会产生先入为主的观念”，不利于真正研究和了解《源氏物语》，自然更无法理解作为其“审美理想的核心”的“物哀”了。③

最后是关于文学理念的比较。虽然同属于“大陆文化圈”，且古代日本深受中国文化影响，但由于种种原因，中日两国的传统文学观还是有所不同。比较中国文论与“物哀”的关系一度成为学界的研究热点，如“物感”以及魏晋玄学对“物哀”的影响等，尤其是由于在各自艺术理论中所处的重要地位，“物感”与“物哀”成为中日比较文学研究者经常并举的一对概念，如“‘物感说’对日本的‘物哀’思潮有直接影响，两者内在的联系也是不可否定的”④。但“物哀”与“物感”最大的共同点是事物形象与内在感情的交融，物象触发情感，情感移注于物象，达乎情景交融的审美体验；最大的差别是，

---

① 叶渭渠：《日本文学思潮史》，经济日报出版社1997年版，第170页。

② 陶陶在：《异曲同工的哀歌——论〈源氏物语〉与〈红楼梦〉主题的悲剧性》，《红楼梦学刊》1990年第4期。

③ 李光泽：《〈源氏物语〉研究范式的演变及启示》，《郑州大学学报》2012年第2期。

④ 邱紫华：《东方美学史》，商务印书馆2003年版，第1140页。

前者深受佛教悲世的无常观念的影响，有相当的宗教色彩，而后者基于朴素的宇宙哲理观，更具理性色彩。[①] 就“物感”与“物哀”之间的关系，我们将专题讨论。

3. 基于文艺理论的研究

随着西方文艺理论潮水般地涌入，文艺美学、符号学、叙事学、译介学、心理学、文化学、原型批评、宗教学等跨学科的理论和方法进入中国文学研究界，打破了“社会学—政治学”这一单一研究范式。

首先是文艺美学方面。随着以钱中文、童庆炳、李泽厚等人掀起的重视审美价值热潮[②]，许多学者开始立足文本解读，以美学标准审视紫式部以及其《源氏物语》的审美思想、审美特征、美学范畴、审美结构、自然美等相关问题，如赵连元比较《源氏物语》和《红楼梦》后认为“《源》以诗的意境见长，《红》以画的意境为上。《源》之基调清新恬淡，温柔哀婉，显示出柔婉之美；《红》之基调缠绵哀婉，悲慨苍凉，显示出悲怆之美”等。[③] 其中，“悲剧审美”占有重要地位。

很多研究者关注到其中的“悲剧性”或者“悲剧意识”。王向远从书中的人物命运沉浮出发，认为：“‘物哀’实质上是日本式悲剧的一种独特风格。它不像古希腊悲剧那样有重大的社会主题宏大的气魄、无限的力度和剧烈的矛盾冲突，它也不像中国悲剧那样充满浪漫的激情和深重的伦理意识，而是弥漫着一种均匀的、淡淡的哀愁，贯穿着缠绵悱恻的抒情基调，从而体现了人生中和日常生活中的悲剧性。”[④] 可以说，这一观点物化于本居宣长的“物哀”论，是作者对作品的较为大胆而独到的解读；在运用“艺术符号论”对主题进行探讨的同时，姚继中以“悲剧意识”论《源氏物语》，通过分析白居易的《长恨歌》以悲剧告终的爱情（紫式部的深刻影响）、作者紫式部的悲剧性的人生体验（对由幸福沦为不幸的惊愕）、怀疑与绝望以及平安时代的文化审美定式（“物哀”在浅表层上具有悲哀的意蕴，在深层次上与悲剧密切相关的影响），指出《源氏物语》可谓日本古典文学中绝无仅有的描写新事物的毁灭、美的毁灭、美的理想的毁灭的悲剧经典。[⑤] 张哲俊也认为《源氏物语》是悲剧，而

---

① 姜文清：《“物哀”与“物感”——中日文艺审美观念比较》，《日本研究》1997 年第 2 期。

② 伍世昭：《中国 20 世纪文学理论批评价值取向研究》，人民文学出版社 2009 年版，第 190 页。

③ 赵连元：《〈源氏物语〉与〈红楼梦〉美学比较再探》，《首都师范大学学报》1996 年第 5 期。

④ 王向远：《“物哀”与〈源氏物语〉的审美理想》，《日语学习与研究》1990 年第 1 期。

⑤ 姚继中：《〈源氏物语〉悲剧意识论——兼论〈桐壶〉卷的悲剧意识导向》，《四川外语学院学报》2001 年第 4 期。

且通过对日本谣曲以及中国元曲的考察，认为东亚自古也有悲剧。①

其次是艺术符号论和文艺美学方面。借助苏珊·朗格的“艺术符号论”，姚继中将主题论推向新的高度，认为《源氏物语》浅表层的主题是贯穿以光源氏为中心的源氏几代人的爱恨情史，贯穿其中的是为失去的爱而发出的悲叹②；中介层的主题是以“物哀”的笔调，把超越了政治、社会伦理道德的恋情升华为审美的对象，即《源氏物语》并非以道德的眼光来看待和描写男女主人公的恋情行为，而是以此为题材引发读者的感动、悲哀，使人产生“物哀”之情，让读者内心的情感超越这违背伦理道德的恋情而得到美的升华，将人世间的情欲升华为审美的对象。③ 这一结论就是本居宣长的“物哀论”；而其深层主题思想，则是以悲剧性的结局表现了作品人物寻觅自我、完善自我的过程。

最后是文化学与原型理论批判方面。许多学者曾探讨源氏的“恋母情结”，但多停留在分析源氏个人的一些“恋母”行为上。叶舒宪运用“神话—原型批评”方法，指出作为一个具象化的象征性形象，光源氏与太阳女神有着密切的关系，剖析了光源氏潜意识中的恋母情结④，并从人类文化学的角度，通过对《源氏物语》中的男性因恋母而产生的乱伦行为与俄狄浦斯杀父娶母的乱伦行为进行比较，认为俄狄浦斯的乱伦是在完全无意识的情况下进行，且当他明白了事实真相后，立即刺瞎双目做自我惩罚，而源氏中的人物是在有明确意识的情况下发展乱伦之恋，而且尽管他们也苦恼，却并未做出自我惩罚，从而得出结论：西方传统伦理对此类行为的严密监视和严重压抑同史前父权社会中的“乱伦禁忌”一脉相承，而日本的恋母情结背后潜伏着强大的文化恋母情结，即对残留在记忆中的母系文化的怀念和追求。⑤

4. 人物形象解析

“紫式部在《源氏物语》中凝练了所有的艺术技巧，在其塑造的各种不同的人物形象中，对物哀作了最出色的表现。”⑥ 20 世纪 90 年代以后，随着研究开始侧重于对文本的解读，人物论出现并逐渐增多，其中以光源氏论为多，极

---

① 张哲俊：《〈源氏物语〉的诗化悲剧体验》，《北京师范大学学报》1999 年第 3 期。

② 姚继中：《于破灭中寻觅自我——〈源氏物语〉主题思想论》，《外国文学评论》2000 年第 1 期。

③ 姚继中：《于破灭中寻觅自我——〈源氏物语〉主题思想论》，《外国文学评论》2000 年第 1 期。

④ 叶舒宪、李继凯：《太阳女神的沉浮——日本文学中的女性原型》，陕西人民出版社 2010 年版，第 54 页。

⑤ 叶舒宪、李继凯：《太阳女神的沉浮——日本文学中的女性原型》，陕西人民出版社 2010 年版，第 62—63 页。

⑥ 叶渭渠：《日本古代文学思潮史》，中国社会科学出版社 1996 年版，第 129 页。

大地推动了对《源氏物语》和“物哀”的研究。一般认为，“物哀”主要是通过源氏一生的痛苦和众女子不可逃避的命运之苦来体现的，贯穿源氏一生恋爱经历的有两条线：一条是明线，一条是暗线。明线链条上，他和世俗中形形色色、性格各异的女性谈情说爱，热闹非凡，暗线则深藏在其思维意识深处：与形似母亲的后母藤壶女御和形似藤壶女御的紫姬——位于其恋母情结延伸线上的女性——的爱，这是一幕幕悲剧的根本原因。因此，虽然一生看似光彩夺人，但实际上光源氏却深受四苦——身世之苦（贵为皇子，却因为母亲地位卑微而被贬为臣籍）、用世之苦（虽有济世之才且被委以重任却无心仕途）、玩世之苦（挚爱紫姬却又忍不住偷香窃玉）、出世之苦（正当壮年功成名就，却痛感报应来临而出家）——的煎熬，这巨大的反差隐透着作者对人生无常的无奈、对世事多变的感伤。在我们看来，光源氏是一个犯了通奸、强奸、乱伦等罪的道德上的罪人，但作者却对其倍加赞美，就是力图塑造“知物哀”的理想人物形象。①

此外，《源氏物语》刻画了一系列环绕光源氏父子的女性形象，性格鲜明者就达数十人，如气质优雅、艺压群芳的理想淑女紫姬，秀色怡人、性格刚强的空蝉，堪称绝色且贵为后妃的藤壶，貌不惊人且出身微贱的末摘花，生命短暂的夕颜，身世沉浮的浮舟，等等。她们如雨后夜樱一般，都将怒放到极致的美留到香消玉殒之时。生离死别的痛苦，对专一爱情的渴求，为情而死的忧伤等，交汇成一首名为“物哀”的咏叹调。正是由于选取日常男女私情而不是政治斗争来表现人物的命运，就使得作品能够从最细微处着手，详尽细腻地刻画他们的性格，尽现紫式部的“物哀”美学观。

5. 译介与传播

对《源氏物语》译介学方面的研究，主要集中在以下两个方面。

一方面是通过对各译本中“物哀”的不同译法的比较来探究“物哀”的含义。如有学者统计，《源氏物语》中共有 14 处“ものの哀れ”，丰子恺《源氏物语》译本根据不同的语境做了灵活的处理，其译法迥异，反而显得自然贴切，而叶渭渠译本则原封不动采用“物哀”一词，对于不懂日语的人而言，反倒显得难以理解。通过对二者的简单比较，即可明白其妙处。就此，我们将在“传统视阈下的‘物哀’译介”部分予以介绍。另一方面则集中在对译者的翻译风格、成败得失、译本的读者反应等层面的断片性议论，如对丰子恺译本的评价：“译文语言优美，传神达意，既保持了原著的古雅风格，又注意运

① 参见乔丽媛：《“物哀”与“物之感”探源》，《锦州师院学报》1994 年第 2 期。

用中国古典小说的传统笔法，译笔颇具特色。”① “译文儒雅流畅，具有音乐感，而且通俗易懂，是丰子恺译的《源氏物语》在语言上的基本特色。”②

但既然是译本，自然就存在误译或者误读的问题，如丰子恺对《柏木》卷中关于已经感到死期临近的柏木与女三公子的赠答歌尚欠准确的翻译等。因此，“如果通过译本，你对《源氏物语》产生了兴趣想要研究，那就去读原本，翻译只是起介绍的作用”③。

这方面的“大多数论文还存在着深度不够、理论性和学术性不强、重复现象较多、缺乏新意等缺陷”，“其研究成果大多缺乏理论依据和深度。而且对作品的评价，个人感情色彩较浓，多从中国的传统文化思想去理解作品。这不利于异国文化在中国的正确传播”。④ 该评论某种程度上概括了中国“源学”中所存在的问题。

二、传统视阈下的“物哀”译介

“物哀”一词应用于不同层面，而且使用范围非常广泛。日本学者认为：凝视无限定的对象而引起的某种感触，即为“物哀”，这里存在着日本人的文学精神。⑤ “物哀”这种感受，中国人并不理解，因为在中国文学作品中并不存在这一概念，所以也找不到关于这一概念的恰当的译词。我们认为，在具体语境下表达不同含义时，“物哀”一词的翻译并不存在很大问题，但作为文学和审美理念时，才真正难以找到完全与其匹配的汉语词。

1. 在具体语境下表达不同含义之外的名词

正如前文所述，虽然同为《源氏物语》的汉译本，但对其中的 14 处“もの哀れ”，丰译本根据不同的语境做了灵活的处理，虽然用词迥异，但更加自然贴切，而叶译本则原样采用“物哀”一词，以至阅读时需要根据上下语境进行思考和推测。

《源氏物语》第二回“帚木”中的物哀，丰译本为“闲情逸趣之事”，叶译本则为“物哀和无常的感情”。第十四回“航标”中，丰译本为“有意趣”，叶译本则为“让人深感物哀”，并将这里的“物哀”理解为“可爱”之意，亦

① 姚继中：《〈源氏物语〉与中国传统文化》，中央编译出版社 2004 年版，第 176 页。

② 王向远：《日本文学汉译史》，宁夏人民出版社 2007 年版，第 248 页。

③ 张龙妹：《中国的源氏物语研究》，人民文学出版社 2004 年，第 133 页。

④ 李光泽：《〈源氏物语〉在中国的研究综述》，《内蒙古民族大学学报》2009 年第 3 期。

⑤ ［日］铃木修次：《中国文学与日本文学》，吉林大学日本研究所文学研究室译，海峡文艺出版社 1989 年版，第 58—59 页。

即“让人觉得可爱”。第十八回“松风”，丰译本为“哀怨”，而叶译本则为“多愁多恨”之意。第二十回“槿姬”，丰译本为”感慨的神色”，叶译本则为“物哀之情”，乃是对世事不定与人世无常所表现出的无奈、悲戚且又寂寞的情怀。第二十四回“蝴蝶”，丰译本为“自以为知情识趣”，叶译本为“佯裝知物哀”。第三十四回（上）“新菜”，丰译本为“景色萧瑟”，叶译本为“景色令人感到物哀”，即有冷寂之意。第三十五回“柏木”，丰译本为“不懂得世俗怜爱”，叶译本为“不知物哀”，指“恋爱的情趣”。第三十七回“铃虫”，丰译本为“哀愁之情”，叶译本为“这般凄凉景色”，“真令人感到物哀”。第三十九回“法事”，丰译本为“哀乐之情，于此为极”，叶译本为“物哀之情于此达到了极致”。此处的“物之哀”表现为在主人公紫夫人的心目当中，尽管映现的是蓬勃的春景、鸣啭的美音、热闹的舞乐以及欢快的人们，都呈现出了不尽的哀愁情调，以至于万事万物都使她感到哀伤。第四十回“魔法使”，丰译本为“悲伤之情”，而叶译本为“物哀之情”，是对逝去的亲人及其生前姿色的消逝而感到悲伤；丰译本中的“深于情感”，叶译本则为“深知物哀”。第五十二回“蜉蝣”，丰译本为“不会不感动而流下同情之泪”，而叶译本为“不会不知物哀”，应理解为“同情”。第五十三回“习字”，丰译本为“情趣”，叶译本为“风雅之情趣”，指自然环境对人的影响。①

之后，罗明辉在《关于‘物之哀’的中国语翻译》一文中，反对后面即将谈到的李芒将“物哀”翻译为“感物兴叹”，并罗列了中外翻译的词例，如“风雅”“风情”“风韵”“风致”“幽雅”“触景生情”“感物兴叹”“多愁善感”“悯物从情”“伤感”“深于情感”“情感之发”“饶有风趣”“哀怨”“知情识趣”“满怀感慨”“世俗怜爱”“悲哀之情”“哀乐之情”“悲伤之情”“同情”以及“情趣”等，认定单个的中文词语很难概括这么多的语义，“感物兴叹”也只能对应其语义范围的一部分，不能与“物哀”相对应，具体含义只能根据前后文的具体情况来确定，因此其意可谓复杂多变、丰富多彩。

2. 作为表示文学理念和审美理念的专用术语

“罗氏错就错在将‘物之哀’这一日本古典文学思潮、文艺理念以及美学观点或美意识与具体作品中的语义理解搞混淆了。作为一种文艺理念或美意识，或许还是翻译成一个较为具体的概念词为好。”② 中国文学观重言志抒情，而日本的文学观则主要是抒情，因而在翻译作为文学理念、审美理念的“物哀”时，我们就会面临无法全息对译的问题。但在文化传播时，我们又不得

① 参见佟君：《日本古典文艺理论中的“物之哀”浅论》，《中山大学学报》1999 年第 6 期。
② 佟君：《日本古典文艺理论中的“物之哀”浅论》，《中山大学学报》1999 年第 6 期。

不对之做统括说明。鉴于该情况，在传统视阈下，中国学者对这一概念的译法做了大胆尝试。

李芒认为《文心雕龙·诠赋》中“原夫登高之旨，盖睹物兴情。情以物兴，故义必明雅；物以情观，故词必巧丽”的“睹物兴情”和《文心雕龙·物色》中“是以诗人感物，联类不穷；流连万象之际，沉吟视听之区”的“感物”，“均与‘物のあわれ’有着极其接近的关系”①，并引述周振甫对《文心雕龙·物色》的诠释作为翻译的依据：“物色是讲情景的关系，提出‘情以物迁，辞以情发’。外界景物影响人的感情，由感情发为文辞，说明外界景物对于创作的关系。情和景既是密切结合着，所以要‘既随物以婉转’，‘亦与心而徘徊’。一方面要贴切地描绘景物的形状，一方面也要表达出作者对景物的感情，是情景交融。用这段来对‘物のあわれ’的基本精神作一个中国式的更为完整的解释，应该说是很合适的。……于是，我又涌起将‘物のあわれ’译为‘感物兴叹’的设想。”② 他认同吉田精一关于日本文学特点的论述：“日本文学，特别是接触欧洲文学以前的文学理念，叫作‘感物兴叹’‘幽玄’和‘闲寂’，即以优美为主，外表即便单薄，余韵却是深幽的，并喜爱局部的充实。激烈的怒吼，……雄壮而崇高的风物和人事，殆无所见。”③ 这种基于“归化”思想的翻译，对“物哀”这一外来词汇做了中国式的阐释，拉开了关于该词语汉译之争的序幕。

李树果基本承继李芒的观点，但认为“感物兴叹”有近乎解释之感，既然是触物或触景生情发生感叹之意，则不如取其基本含义而缩译为“感物”或者“物感”，具体意义可用添加注释的方式加以说明④。王晓平将“物之哀”翻译成“触物感怀”，也是很贴近中国古典文论概念的一种译法⑤。但正如后文所分析，虽然“物哀”深受中国“物感”“感物”概念影响，二者有相近之处，但毕竟前者是日本传统文学、诗学、美学理论中的一个重要概念，而后者则是中国古代文论中的概念，二者之间存在着很大差异。如果把前者勉强译成后者，中国传统文化的意蕴便跃然纸上，这固然使读者易于接受，却失去了日文原有的意蕴，不利于对日本文化的理解。

针对李芒和李树果两位先生的“归化”译法，近年来有学者主张，当它

---

① 李芒：《“物のあわれ”汉译探索》，《日语学习与研究》1985年第6期。

② 李芒：《“物のあわれ”汉译探索》，《日语学习与研究》1985年第6期。

③ 宋再新：《和汉朗咏集文化论》，山东文艺出版社1996年版，序第4页。此处关于吉田精一的观点，乃李芒先生转引自日本《万有大百科事典》第1卷“文学·日本文学”，小学馆1977年版。

④ 李树果：《也谈“物のあわれ”的汉译》，《日语学习与研究》1986年第2期。

⑤ 曹顺庆：《东方文论选》，四川人民出版社1996年版，第773页。

作为一个固定的文学概念出现时，则可以考虑照搬原词直译的办法[1]，即采用“直译”—“异化”译法。尽管这种译法容易让首次读到该词的人误解为“悲哀”，“有引起误解之虞，但既然有注辅之，我想它终究也会像‘利比多’之类的外来语一样为人们所逐渐接受和理解。而且，更重要的是，这种译法忠实原义，有益于人们的学习或研究，从而达到对‘もののあわれ’的真正理解”[2]。而且“将‘物哀’翻译为‘感物兴叹’‘感物’‘物感’‘感物触怀’‘愍物崇情’乃至‘多愁善感’‘日本式的悲哀’等，都多少触及了‘物哀’的基本语义，但却很难表现出‘物哀’的微妙蕴涵”[3]。因此，王向远在《“物哀”与〈源氏物语〉的审美理想》等文章以及所翻译的《日本物哀》一书中，均直接采用“物哀”。佟君在《日本古典文艺理论中的“物之哀”浅论》中，尽管认为李芒主张的“感物兴叹”译为“感物兴情”更加合适，但正如题目所示，他所采用的是“物之哀”。“直译”法渐渐得到普遍认可。

3. 后现代视阈下的“物哀”再认识

随着后现代理论在世界各地的传播，文学和文化研究更加全面、深入，中国的“源学”研究也呈现出新局面，取得了可喜的成果。其中，孟庆枢就川端康成文学与川端对“物哀”推崇备至原因的探讨，徐静波对20世纪初期以来日本学者“回归古典”现象的分析，胡稹对“物哀”和“大和魂”等内涵变迁过程的追踪以及对本居宣长理论的考察，魏育邻对日本语言民族主义的探讨等，极大地推动了中国对《源氏物语》和“物哀”的研究。此外，王宗杰等对日本“平安女性日记”经典化的探讨、刘金举对“平安女性日记文学”与“私小说”发展流变关系的探讨等，也对促进学界对“物哀”以及《源氏物语》的再认识起到了一定作用。

众所周知，进入近世，经过本居宣长的整理加工而最终完成之后，一直到20世纪60年代日本经济取得高速发展，出于用文学表达国家的需要而被经典化之前，《源氏物语》以及作为文学理念的“物哀”并没有受到足够的重视。如在明治维新初期，原本作为妇女儿童读物、和歌创作指南的《源氏物语》，由于该书最初几回（如对醍醐天皇）的描写，适应了当时“大政奉还”（将统治权从幕府归还到天皇手中）这一政治形势之需——在书中，“天皇亲政”被视为最好的政治模式——而备受推崇，在证明天皇统治的正统性方面发挥了巨大作用，成为国民国家建设的文化装置，地位才开始上升。随着自由民权运动

---

① 罗明辉：《关于“もののあわれ”的汉译问题》，《日语学习与研究》2000年第1期。

② 赵青：《“もののあわれ”译法之我见》，《日语学习与研究》1989年第3期。

③ ［日］本居宣长：《日本物哀》，王向远译，吉林出版集团有限责任公司2010年版，代译序第5页。

的展开、近代文学观的确立，该书又开始被视为“写实小说”而受到重视。但是书中所描绘的“物哀”并没有今天那么高的地位。在第二次世界大战期间，本居宣长的国学被改造为宣传、建设“皇国主义”的理论工具，一跃而占据当时舆论的中心地位，但当时受到重视的是其中关于国体的阐释部分，而并非是“物哀”。战后三十年间，本居宣长的理论更是被视为禁区，这种局面在20世纪60年代获得改观。

随着经济高速发展，如何将从战后废墟中站立起来的日本形象完美地展现在世界面前，成为摆在日本人面前的重要课题，此时“物哀”成为绝佳的选择，标志性的事件就是1968年《本居宣长全集》（筑摩书房）的出版，以及同年12月10日川端康成获得诺贝尔文学奖。在授奖仪式上，川端发表的《美丽日本之我》，成功地将“物哀”作为日本文化的象征推向世界，扩大了日本的影响。在20世纪七八十年代，随着日本经济的飞速发展，日本幻象在世界范围内的扩张，“物哀”作为日本精神的表象而迅速传播。这里的“美丽”成为一个关键词，时至今日仍然被日本政治家和民族主义者积极倡导。如进入20世纪90年代，由于经历了经济高速发展所带来的极度膨胀以及与此形成鲜明对比的经济泡沫破裂所带来的极度失落这冰火二重天，日本经济低迷、政治动荡，民族自信心、自豪感、国家认同严重受挫，应运而生的日本新民族主义的“基本诉求就是重建日本人的民族国家认同，以恢复民族自信心，重新焕发日本民族的活力”。其主要方式是“重新回到民族的历史和传统文化价值中去，以建设‘强日本’为目标，挖掘民族历史中曾经有过的‘辉煌’和传统文化价值中日本独有的特性，以重建民族自信心和自豪感，同时为‘强日本’的国家目标寻找理论根据”①。进入21世纪以来喧嚣一时的以“美丽”为关键词的论调就是其典型体现，“物哀”也自然被重新强调。

孟庆枢在对川端研究的系列论文中，坚持不懈地明晰了川端之所以执着地深爱《源氏物语》的原因。川端对《源氏物语》的钟爱达到痴迷的程度，甚至在战争年代灯火管制命令下还偷偷打着手电耽读。实际上这种钟爱不仅仅是对古典美的执着，还有着更深层的内涵。“在战败的冲击下，受到甚于政治颓败的日本风土的荒芜的强烈震撼的川端康成，是不能无视饱受战争创伤的日本的，为此，对现实的一切采取一种否定的态度，只追随日本的传统美，便成为川端康成战后作品的最大关注，成为他作品的基础。”② 熟谙佛经的川端把佛

---

① 李寒梅：《日本新民族主义的基本形态及其成因》，《外交评论》2013年第1期。

② 参见［日］野寄勉：《川端康成的战争观》，见《川端文学的世界⑤》，勉诚社2000年版，第233—235页。

经中的“心无大小，‘相’亦无大小”作为一种寻找精神寄托的出路，如在《古都》中，他设定了一个在古丹波壶饲养铃虫的千重子。“千重子身上具有贵族生活习惯，从这个意味上说，是与《源氏物语》具有旧思想的大君相当，苗子具有反贵族生活的心，从这个意味上说与新的典型的女性浮舟相匹敌。”“同时，父女、母女，……特别是父女的心灵交往，可以联想起《源氏物语》中光源氏与玉曼之间的关系。”① 书中飘溢的情调就是日本王朝文学的精髓——物哀美。“千重子也知道，从前中国有个故事，叫作‘壶中别有天地’。说的是壶中有琼楼玉宇，到处是美酒和珍馐。壶中也就是脱离凡界的另一个世界的仙境。这是许多仙人传说中的一个故事。”“千重子饲养的铃虫，现在增加了许多，已经发展到两个古丹波壶了。每年照例从七月一日开始孵出动虫，约莫在八月中旬就会鸣叫。……它们是在又窄又暗的壶里出生、鸣叫、产卵，然后死去。尽管如此，它们还能传宗接代地生存下去。这比养在笼中只能活短暂的一代就绝种，不是好得多吗？这是不折不扣地在壶中度过的一生。可谓壶中别有天地啊！”千重子饲养铃虫，就是赋予他们“壶有天地”式的救赎。而川端执着地爱《源氏物语》，执着地推崇“物哀”，实际上是期望从古典中追求日本民族的救赎。“物哀”成为日本民族文化的表象。

很多学者注意到20世纪90年代后日本国内以“美”和传统文化为关键词的现象。《日本人的神髓——大和魂，向八位先贤学习》（2003）将志、理、情、无、道、和、诚、心作为“日本人的心髓”予以推崇；《国家的品格》（2005）将日本文明认定为世界上唯一的“情绪与形的文明”，将之作为日本的品格。但该品格在战后被忘却。为此，就必须重新强调作为价值体系的“武士道精神”，以及作为审美意识的“物哀”。只有大家发展到选择情绪而非逻辑、武士道精神而非民主主义时，才能重新恢复国家的“品格”。这些著作，以及《将日本建成一个可以在世界上夸耀的“美丽国家”》（2006）等文章，均是借助“筛选出值得记忆的事件，再统合时间性把这些事件持续不断地讲述给下一代的言语行为”②，要么着力强调日本传统文化的独特性，将之认定为可辐射世界的“软实力”，要么强调日本传统文化在构建国家认同方面强大的凝聚力。安倍晋三顺应了该形势，出版《迈向美丽国家》（2006），将对国家的认同诉诸日本人对民族历史和文化传统的情感（安倍称之为“乡土爱”）之中；2009年9月，又以建设“美丽国家”为竞选口号，在政权构想中

---

① ［日］上坂信男：《川端康成——〈源氏物语〉的体验》，见《川端文学的世界④》，勉诚社2000年版，第340页。

② 野家启一语，转引自孟庆枢主编：《中日文化文学比较研究》，吉林出版集团有限责任公司2013年版，第31页。

强调珍视文化、传统、自然和历史，顺利实现了首次组阁目标。在《迈向新国家》[①] 中，他更是加大了对传统文化的利用力度。上述举措，均与川端的“美丽日本”一脉相承，无非都是在运用传统资源，恢复民众对自身文化的信心，企图“通过恢复传统的日本人的精神来为全世界的人垂范”[②]。这些研究，侧面证实了20世纪90年代以来“物哀”地位持续上升的原因。

虽然并非直接探讨“物哀”或者“源氏物语”的问题，也有学者注意到本居宣长将“始原与反复”作为建设国学的手段这一问题，从语言层面追究源自本居宣长的“纯粹日本语”和“纯粹日本文化论”。魏育邻在《日本文化民族主义批判——从本居宣长到今日的“靖国辩解话语”》中注意到，日本文化民族主义可溯源至本居宣长。他的“真心之道”基于不辨是非、不分善恶的“主情主义”，他关于“神”的话语建立在对“理”和“善”的否定之上。这些都成为保守势力自我辩解、自我免罪的依据，并深深毒害日本民众，成为日本狭隘民族主义的精神养分，并一直延续至今日的“靖国辩解话语”[③]。在《日本语言民族主义剖析——从所谓“纯粹日语”到“言文一致”》中注意到，日本语言民族主义滥觞于17—18世纪的“国学”研究对所谓“纯粹日语”的追求与制作之中，而“纯粹日语”在后来的现代化过程中以“言文一致”的形式得以“实现”。其表现是存在着一种“自然的”“本真的”“日本语”的错觉被制造出来，并至今一直发挥着控制人们的思维、行为的潜作用；其实质是文化帝国主义的推行和狭隘民族主义的滋生、蔓延；其结果是对内最大限度地抹平一切差异，对外则是自我东方化和在此基础上的自我绝对化、优越化。因此可以说，语言民族主义构成了日本文化民族主义的一个重要部分。[④]

纵观中国学界对物哀的考察，胡稹认为，中国学界之所以将“もののあはれ”直译为“物哀”，“一是由于源语的内涵过于复杂，不得已而为之；二是囿于对日本民族性和文化的悲情性理解”[⑤]。而物哀的“内涵的过于复杂，其中最关键的是包含了日本平安朝贵族和江户时代国学家本居宣长因不同的时代语境对此做出的不同理解和解释（而今人就此往往不作区别，混为一

① 2013年1月，安倍晋三将2006年7月由文艺春秋社出版的《美しい国へ》修改后再版，并改名为《新しい国へ——美しい国へ完全版》。

② 徐静波：《〈国家的品格〉所论述的日本文化的实像和虚像》，《日本学刊》2006年第6期。

③ 魏育邻：《日本文化民族主义批判——从本居宣长到今日的“靖国辩解话语”》，《日本学刊》2006年第3期。

④ 魏育邻：《日本语言民族主义剖析——从所谓“纯粹日语”到“言文一致”》，《日本学刊》2008年第1期。

⑤ 胡稹：《关于もののあはれ汉译的几点思考》，《外国问题研究》2010年第2期。

谈）”[①]。具体而言，就是平安时代初期，“物哀”原本是一个很平凡的词语，起初仅指一种纷繁杂乱的贵族优雅情调或情绪，同属“深刻的情趣和哀愁”这一审美心理范畴。一直到平安时代中后期为止，由于掌握政权、衣食无忧，皇室贵族可以耽于精微，发掘内心情感世界的精微，建构美学观念，他们一方面采用汉语表达新概念，一方面通过添加新语义的方式来更新传统词汇，其结果是该时期成为日本学习中华文化、提升传统精神以适应“现代化”的历史过程，“もののあはれ”发展成为表示贵族纷繁杂乱的情趣、情感等语义的普通词汇，除特例外，“反映出的基本含义涵盖了人的自然情感（包括‘悲情’‘恋情’）和‘诗情、情趣、风雅’等与审美观念有关的人的社会性情绪两大部类，其最基本的含义概括之就是‘情趣或情感（包括喜怒哀乐或恋情）’”。[②] 在当时的语境下，“あはれ的感叹包括‘哀怨、欢悦、情趣’等几乎大部分的人类情感。将あはれ理解并译作‘情趣情感’，并称其文学为‘情趣情感文学’，庶几可代表它的特殊概念”[③]。但更重要的是，宣长通过其晚年的研究著作《〈源氏物語〉玉の小櫛》等将《源氏物语》和古和歌等古代文献的文学精神和美学观点归结定性为もののあはれ，使其成为一个专门词汇和学术用语，实际上是出自批判儒学泛道德化的需要，“将平安朝纷繁杂乱的物哀情调或情绪提炼为一种思想，赋予其新的视角和特别的含义，使之成为能与其他民族文学及心性区别开来的特征及标志性概念”，即“宣长物哀思想的部分指向是日本朱子学”，宣长的物哀已然不再是平安时代“深刻的情趣和哀愁”，与他的“人情”和“大和心”一样，也不仅是一个文学概念，而是一个政治概念，体现出宣长的日本主义精神。[④]

与此相关的，还有王宗杰、孟庆枢在《日本“女性日记文学”经典化试析——自产生至二战前》中注意到，诞生之初未被纳入批评视野的“平安假名日记”，经过“国学”“国文学”运动的推升，作为“国语”的基础——“和文”，以及描写了所谓的日本的“国民性”而受到高度评价，最终成为作为“制度”而被创造出来的“国文学”的一部分，被经典化为“平安女性日记文学”；刘金举《“私小说”与“平安女性日记文学”的发展流变——从国民国家的角度出发》探讨了由于其“女性柔弱气质”，诞生之日长期内并不受文坛重视的“平安假名日记”，进入近代以后，适应国民国家建设的需要被经

---

① 胡稹：《关于もののあはれ汉译的几点思考》，《外国问题研究》2010年第2期。

② 胡稹：《关于もののあはれ汉译的几点思考》，《外国问题研究》2010年第2期。

③ 胡稹：《关于もののあはれ汉译的几点思考》，《外国问题研究》2010年第2期。

④ 胡稹：《一位“煽情家”的求“真”呼叹：本居宣长“物哀”思想新探》，《外国文学评论》2009年第3期。

典化为“平安女性日记文学”。近代所出现的“私小说”之所以发展成为日本文坛的主流，很大程度上也与国民国家建设密切相关。二者互为促进，推动了彼此的发展。这些探讨“国风”背景下所产生的女性日记文学，之所以被“国学”家们奉为“大和魂”，并在后来的“国文学”热潮中被上升为经典，就是因为适应了建设国民国家的需求，其中也涉猎物语文学的文艺地位上升与经典化问题，客观上促进了对《源氏物语》和“物哀”的研究。

结　语

中国的《源氏物语》与“物哀研究”，一直到20世纪90年代，要么深受马克思主义文学观的影响，拘泥于阶级观念，要么深受20世纪60年代以来日本所形成的，将物哀视为从战后废墟上重新站立起来的日本的文化表象符号性质的研究的影响，要么深受中国文化、文学本位主义影响。近年来，随着西方文论的传入和影响的扩大，以及我国学者研究的加深，尤其是经典研究基础之上的系列研究的深入，我国已经认识到作为日本传统文化符号和建设国民身份认同工具的“物哀”的作用，这同时也极大地推动了我们对《源氏物语》研究的发展。

第七章 从比较诗学的视角看本居宣长的“物哀论”[1]

① 本章作者为广东外语外贸大学刘金举教授。

本居宣长认为，日本文学的创作宗旨就是“物哀”，作者只是将自己的观察、感受与感动如实表现出来，并与读者分享，以寻求审美共鸣及心理满足，此外并没有教诲、教训读者等其他功利目的，而读者的阅读目的也是“知物哀”。“知物哀”就是知人性、重人情、解人意，富有风流雅趣。“物哀论”彻底颠覆了日本文学评论史上长期流行的，建立在中国儒家道德学说基础上的“劝善惩恶”论，既是对日本文学民族特色的概括与总结，也是日本文学发展到一定阶段后，试图摆脱对中国文学的依附与依赖，确证其独特性、寻求其独立性的集中体现，标志着日本文学观念的一个重大转折。同时，“物哀论”涉及文学价值论、审美判断论、创作心理与接受心理论、中日文学与文化比较论等，从世界文论史上、比较诗学史上看，也具有普遍的理论价值。

一、关于“物哀”一词的汉译

日本古代文论与日本古代一样，有着悠久的传统和丰厚的积淀。一方面，日本文论家常常大量援引中国文学的概念和标准来诠释日本文学，例如奈良时代旨在为和歌确定标准范式的所谓“歌式”类文章，平安时代最早的文学理论文献《古今和歌集序》，都大量援引中国古代文论的概念范畴，特别是《毛诗序》中的概念与观点，并直接套用于和歌评论。另一方面，在独具日本民族特色的文学创作实践的基础上，也逐渐形成了一系列独特的文论概念与审美范畴，如文、道、心、气、诚、秀、体/姿 、雅、艳、寂、花/实 、幽玄、余情、好色、粹（粋）、物哀，等等，这些概念与范畴大都取自中国，或多或少地受到了中国哲学、美学、文学与文论的影响，但经过日本人的改造变形，都确立了不同于中国的特殊内涵与外延，并且在理论上自成体系。其中，产生于日本近世（17 世纪后的江户时代）的相关概念，极少受到中国影响，属于日本本土性的文论范畴，“物哀”便是如此。

“物哀”① 是日本传统文学、诗学、美学理论中的一个重要概念。可以说，不了解“物哀”就不能把握日本古典文论的精髓，就难以正确深入地理解以《源氏物语》、和歌、能乐等为代表的日本传统文学，就无法认识日本文学的民族特色，也很难全面地进行日本文论及东西方诗学的比较研究。中国的一些日本文学翻译与研究者，较早就意识到了“物哀”及其承载的日本传统文学、文论观念的重要性。早在 20 世纪 80 年代初，我国的日本文学翻译与研究界就

① 日文写作“物の哀”“物のあわれ”或“物のあはれ”，读作“mononoaware”，全用假名书写则为“もののあわれ”。

对"物哀"这个概念如何翻译、如何以中文来表达展开过研究与讨论。意见大体上可以分为两种。一种意见是认为"物哀"是一个日语词，要让中国人理解，就需要翻译成中文，如李芒先生在《"物のあわれ"汉译探索》[①]一文中就主张将"物のあわれ"译为"感物兴叹"；李树果先生在随后发表的《也谈"物のあはれ"的汉译》[②]一文中表示赞同李芒先生的翻译，但又认为可以翻译得更为简练，应译为"感物"或"物感"。后来，佟君先生也在基本同意李芒译法的基础上，主张将"感物兴叹"译为"感物兴情"[③]等。有些学者没有直接参与"物哀"翻译的讨论，但在自己的相关文章或著作中，也对"物哀"做出了解释性的翻译。例如20世纪20年代谢六逸先生在其《日本文学史》一书中将"物哀"译为"人世的哀愁"；80年代刘振瀛（佩珊）等先生翻译的西乡信纲的《日本文学史》则将"物哀"译为"幽情"；吕元明在《日本文学史》一书中则译为"物哀怜"；赵乐甡在翻译铃木修次的《中国文学与日本文学》一书时，将"物哀"翻译为"愍物宗情"；等等。另有一些学者不主张将"物哀"翻译为中文，而是直接按日文表述为"物之哀"或"物哀"。例如，陈泓先生认为，"物哀"是一个专门名词，还是直译为"物之哀"为好。赵青也认为，中文最好直接写作"物哀"，然后再加一个注释。笔者发现1990年的一篇文章《"物哀"与〈源氏物语〉的审美理想》[④]及其他相关著作中，也不加翻译直接使用了"物哀"。

从中国翻译史与中外语言词汇交流史上看，引进日本词汇与引进西语词汇，其途径与方法颇有不同。引进西语的时候，无论是音译还是意译，都必须加以翻译，都须将拼音文字转换为汉字，而日本的名词概念绝大多数是用汉字标记的。就日本古代文论而言，相关的重要概念，如"幽玄""好色""风流""雅""艳"等，都是直接使用汉字标记，对此我们不必翻译，而且如果勉强去"翻译"，那实际上也不是真正的"翻译"，而是"解释"。解释虽有助于理解，但往往会使词义增值或改变。清末民国时期我国从日本引进的上千个所谓"新名词"，实际上都不是"翻译"过来的，而是直接按日本汉字词汇引进来的，如"干部""个人""人类""抽象""场合""经济""哲学""美学""取缔"，等等，刚刚引进时也使一些人看起来不顺眼、不习惯，但汉字所具有的会意的特点，也使得每一个识字的人都能大体上直观地理解其语义，故能很快融入汉语的词汇系统中。具体到"物哀"也是如此。将"物哀"翻译为

---

① 李芒：《"物のあわれ"汉译探索》，《日语学习与研究》1985年第6期。

② 李树果：《也谈"物のあはれ"的汉译》，《日语学习与研究》1986年第2期。

③ 佟君：《日本古典文艺理论中的"物之哀"浅论》，《中山大学学报》1999年第6期。

④ 王向远：《"物哀"与〈源氏物语〉的审美理想》，《日语学习与研究》1990年第1期。

“感物兴叹”“感物”“物感”“感物触怀”“愍物宗情”乃至“多愁善感”“日本式的悲哀”之类，都多少触及了“物哀”的基本语义，却很难表现出“物哀”的微妙蕴意。

要具体全面了解“物哀”究竟是什么，就必须系统研读18世纪的日本著名学者、“国学”泰斗本居宣长（1730—1801）的相关著作。

二、本居宣长对“物哀”的阐发

本居宣长在对日本传统的物语文学、和歌所做的研究与诠释中，首次对“物哀”这个概念做了系统深入的发掘、考辨、诠释与研究。

在研究和歌的专著《石上私淑言》[①]（1763）一书中，本居宣长认为，和歌的宗旨是表现“物哀”，为此，他从辞源学角度对“哀”（あはれ）、“物哀”（もののあはれ）进行了追根溯源的研究。他认为，在日本古代，“あはれ”（aware）是一个感叹词，用以表达高兴、兴奋、激动、气恼、哀愁、悲伤、惊异等多种复杂的情绪与情感。由于日本古代只有言语没有文字，后来汉字输入后，人们便拿汉字的“哀”字来书写“あはれ”。但由于“哀”字是后来的借来之物，“哀”字本来的意思（悲哀）与日语的“あはれ”并不十分吻合。“物の哀”则是后来在使用的过程中逐渐形成的一个固定词组，使“あはれ”这个叹词或形容词实现了名词化。本居宣长对“あはれ”及“物の哀”的词源学、语义学的研究与阐释，以及从和歌作品中所进行的大量的例句分析，呈现出了“物哀”一词从形成、演变，到固定的轨迹，使“物哀”由一个古代的感叹词、名词、形容词，而转换为一个重要概念，并使之范畴化、概念化了。

几乎与此同时，本居宣长在研究《源氏物语》的专著《紫文要领》[②]（1763）一书中，以“物哀”的概念对《源氏物语》做了前所未有的解释。他认为，长期以来，人们一直站在儒学、佛学的道德主义立场上，将《源氏物语》视为“劝善惩恶”的道德教诫之书，而实际上，以《源氏物语》为代表的日本古代物语文学的写作宗旨是“物哀”和“知物哀”，而绝不是道德劝惩。从作者的创作目的来看，《源氏物语》就是表现“物哀”；从读者的接受角度看，就是要“知物哀”（“物の哀を知る”）。本居宣长指出：“每当有所

---

① 《石上私淑言》已由王向远全文译出，见［日］本居宣长：《日本物哀》，王向远译，吉林出版集团有限责任公司2010年版。

② 《紫文要领》已由王向远全文译出，见［日］本居宣长：《日本物哀》，王向远译，吉林出版集团有限责任公司2010年版。

见所闻，心即有所动。看到、听到那些稀罕的事物、奇怪的事物、有趣的事物、可怕的事物、悲痛的事物、可哀的事物，不只是心有所动，还想与别人交流与共享。或者说出来，或者写出来，都是同样。对所见所闻，感慨之，悲叹之，就是心有所动。而心有所动，就是‘知物哀’。”本居宣长进而将“物哀”及“知物哀”分为两个方面，一是感知“物之心”，二是感知“事之心”。所谓“物之心”，主要是指人心对客观外物（如四季自然景物）的感受；所谓“事之心”，主要是指通达人际与人情，“物之心”与“事之心”合起来就是感知“物心人情”。例如，他举例说，看见异常美丽的樱花开放，觉得美丽可爱，这就是知“物之心”；见樱花之美，从而心生感动，就是“知物哀”。反过来说，看到樱花无动于衷，就是不知“物之心”，不知“物哀”。再如，能够体察他人的悲伤，就是能够察知“事之心”，而体味别人的悲伤心情，自己心中也不由得有悲伤之感，就是“知物哀”。对这一切无动于衷，看到他人痛不欲生却毫不动情的人，就是不知物哀者，即不通人情的人。他指出：“世上万事万物，形形色色，不论是目之所及，抑或耳之所闻，抑或身之所触，都收纳于心，加以体味，加以理解，这就是知物哀。”综合本居宣长的论述，可以看出本居宣长提出的“物哀”及“知物哀”，就是由外在事物的触发引起的种种感情的自然流露，就是对自然人性的广泛的包容、同情与理解，其中没有任何功利目的。

在《紫文要领》中，本居宣长进而认为，在所有的人情中，最令人刻骨铭心的就是男女恋情。而在恋情中，最能使人“物哀”和“知物哀”的，则是背德的不伦之恋，亦即“好色”。本居宣长认为：“最能体现人情的，莫过于‘好色’。因而‘好色’者最感人心，也最知‘物哀’。”《源氏物语》中绝大多数的主要人物都是“好色”者，都有不伦之恋，包括乱伦、诱奸、通奸、强奸、多情泛爱等，由此而引起的期盼、思念、兴奋、焦虑、自责、担忧、悲伤、痛苦等，都是可贵的人情。只要是出自真情，都无可厚非，都属于“物哀”，都能使读者“知物哀”。由此，《源氏物语》表达了与儒教佛教完全不同的善恶观，即以“知物哀”为善，以“不知物哀”者为恶。看上去《源氏物语》对背德之恋似乎津津乐道，但那不是对背德的欣赏或推崇，而是为了表现“物哀”。本居宣长举例说，将污泥浊水蓄积起来，并不是要欣赏这些污泥浊水，而是为了栽种莲花。如要欣赏莲花的美丽，就不能没有污泥浊水。写背德的不伦之恋正如蓄积污泥浊水，是为了得到美丽的“物哀之花”。因此，在《源氏物语》中，那些道德上有缺陷、有罪过的离经叛道的“好色”者，都是“知物哀”的好人。例如源氏一生风流好色成性，屡屡离经叛道，却一生荣华富贵，并获得了“太上天皇”的尊号。相反，那些道德上的卫道士却被写成了“不知物哀”的恶人。所谓劝善惩恶，就是写善有善报，恶有恶惩，使读者生警诫之心。而《源氏物语》决不可能成为好色的劝诫。假如以劝诫之心来阅读《源氏物语》，对“物哀”的感受就会受到遮蔽，因而教诫之论是理解《源氏物语》的“魔障”。

就这样，本居宣长在《源氏物语》的重新阐释中完成了“物哀论”的建构，并从“物哀论”的角度，彻底颠覆了日本的《源氏物语》评论与研究史上流行的、建立在中国儒家学说基础上的“劝善惩恶”论及“好色之劝诫”论。他强调，《源氏物语》乃至日本传统文学的创作宗旨、目的就是“物哀”，即把作者的感受与感动如实表现出来与读者分享，以寻求他人的共感，并由此实现审美意义上的心理与情感的满足，此外没有教诲、教训读者等任何功用或实利的目的。读者的审美宗旨就是“知物哀”，只为消愁解闷、寻求慰藉而读，此外也没有任何其他的功用或实利的目的。在本居宣长看来，“物哀”与“知物哀”就是感物而哀，就是从自然的人性与人情出发，不受伦理道德观念束缚，对万事万物包容、理解、同情与共鸣，尤其是对思恋、哀怨、寂寞、忧愁、悲伤等使人挥之不去、刻骨铭心的心理情绪有充分的共感力。“物哀”与“知物哀”就是既要保持自然的人性，又要有良好的情感教养，要有贵族般的超然与优雅，女性般的柔软、柔弱、细腻之心，要知人性、重人情、可人心、解人意，富有风流雅趣。用现代术语来说，就是要有很高的“情商”。这既是一种文学审美论，也是一种人生修养论。本居宣长在《初山踏》中说：“凡是人，都应该理解风雅之趣。不解情趣，就是不知物哀，就是不通人情。”在他看来，“知物哀”是一种高于仁义道德的人格修养，特别是情感修养，是比道德劝诫、伦理说教更根本、更重要的功能，也是日本文学有别于中国文学的道德主义、合理主义倾向的独特价值之所在。

“物哀论”的提出有着深刻的历史文化背景。它既是对日本文学民族特色的概括与总结，也是日本文学发展到一定阶段后，试图摆脱对中国文学的依附与依赖，确证其独特性、寻求其独立性的集中体现，标志着日本文学观念的一个重大转折。

历史上，由于感受到中国的强大存在并接受中国文化的巨大影响，日本人较早形成了国际感觉与国际意识，并由此形成了朴素的比较文学与比较文化观念。日本的文人学者谈论文学与文化上的任何问题，都要拿中国做比较，或者援引中国为例来证明日本某事物的合法性，或者拿中国做基准来对日本的某事物做出比较与判断。一直到16世纪后期的丰臣秀吉时代之前，日本人基本上是将中国文化与中国文学作为价值尺度、楷模与榜样，并以此与日本自身做比较的。但丰臣秀吉时代之后，由于中国明朝后期国力衰微并最终为清朝所取代，中国文化出现严重的禁锢与僵化现象，而江户时代日本社会经济繁荣及日本武士集团日益强悍，日本人心目中的中国偶像破碎了。他们虽然对中国古代文化（特别是汉唐文化及宋文化）仍然尊崇，江户时代幕府政权甚至将来自中国的儒学作为官方意识形态，使儒学及汉学出现了前所未有的繁荣；但同时又普遍对现实中的中国（明、清两代）逐渐产生了蔑视心理。在政治上，幕府疏远了中国，还怂恿民间势力集结，以武装贸易的方式屡屡骚扰进犯中国东南沿海地区。在这种情况下，不少学者——包括一部分研究中国的儒学者和研究日本之学的全部“国学”者——把来自中国的“中华意识”与“华夷观念”加以颠倒和反转，彻底否定了中华中心论，将中国作为“夷”或“外朝”，而称日本为“中国”“中华”“神州”，并从各个方面论证日本文化如何优越于汉文化。特别是江户时代兴起的日本“国学”家，从契冲、荷田春满、贺茂真渊、本居宣长，再到平田笃胤，其学术活动的根本宗旨，就是《万叶集》《古事记》《日本书纪》《源氏物语》等日本古典的注释与研究中极力摆脱“汉意”，寻求和论证日本文学与文化的独特性，强调日本文学与文化的优越性，从而催生了一股强大的复古主义和文化民族主义思潮。这股思潮将矛头直指中国文化与中国文学，直指中国文化与文学的载体——汉学，直指汉学中所体现的所谓“汉意”即中国文化观念。而“物哀论”正是在日本本土文学观念意欲与“汉意”相抗衡的背景下提出来的。

三、本居宣长凸显“物哀”的途径

正因为“物哀论”的提出与中日文学文化的关系、与日中文学文化之间的角力有着密切的关联，所以，只有对日本与中国的文学、文化加以比较，只有对中国文学观念加以否定与批判，只有对日本文学与日本文化的优越性加以突显与张扬，“物哀论”才能成立。从这一角度看，本居宣长的“物哀论”，很大程度上就是他的日中比较文学和比较文化论。

在本居宣长看来，日本文学中的“物哀”是对万事万物的一种敏锐的包容、体察、体会、感觉、感动与感受，这是一种美的情绪，美的感觉、感动与感受，这一点与中国文学中的理性文化、理智文化、说教色彩、伪饰倾向都迥然不同。

在《石上私淑言》第六十三至六十六节中，本居宣长将中国的“诗”与日本的“歌”做了比较评论，认为诗与歌二者迥异其趣。中国之“诗”在《诗经》时代尚有淳朴之风，多有感物兴叹之篇，但中国人天生喜欢“自命圣贤”，再加上儒教经学在中国无孔不入，区区小事也要谈善论恶，辨别是非。

随着岁月推移，此种风气越演越烈，诗也堕入生硬说教，虽有风雅，但常常装腔作势。虽感物兴叹之趣，但往往刻意而为，看似堂而皇之，却不能表现真情实感。本居宣长接着谈到了中国诗歌何以如此的原因，他认为这是中国的社会政治使然："中国不是日本这样的神国，从远古时代始，坏人较多，暴虐无道之事不绝如缕，动辄祸国殃民，世道多有不稳。为了治国安邦，他们绞尽脑汁、想尽了千方百计，试图寻找良策，于是催生出一批批谋略之士，上行下效，以至无论何事，都是一本正经、深谋远虑之状，费尽心机，杜撰玄虚理论，对区区小事，也论其善恶好坏。流风所及，使该国上下人人自命圣贤，而将内心软弱无靠的真情实感，深藏不露，以流露儿女情长之心为耻，更何况赋诗作文，只写堂而皇之的一面，使他人完全不见其内心本有的软弱无助之感。这是治国安邦之道所致，乃虚伪矫饰之情，而非真情实感。"在该书第七十四节中，本居宣长指出，"与中国的诗不同，日本的和歌只是'物哀'之物，无论好事坏事，都将内心所想和盘托出，至于这是坏事、那是坏事之类，都不会事先加以选择判断……和歌与这种道德训诫毫无关系，它只以'物哀'为宗旨，而与道德无关，所以和歌对道德上的善恶不加甄别，也不做任何判断。当然，这也并不是视恶为善、颠倒是非，而只是以吟咏出'物哀'之歌为至善"。

在《紫文要领》中，本居宣长又从物语文学的角度，比较了日本文学与中国文学对人的真实感情的不同表现。他认为真实的人情，其实就像女童那样幼稚、愚懦和无助，坚强而自信不是人情的本质，而常常是表面上有意假装出来的。如果深入其内心世界，就会发现无论怎样的强人，内心深处都与女童无异，对此不可引以为耻，加以隐瞒。日本文学中的"物哀"就是一种弱女子般的感情表现，《源氏物语》正是在这一点上对人性做了真实的深刻的描写，作者只是如实表现人物脆弱无助的内心世界，让读者感知"物哀"。而中国人写的书仿佛是照着镜子涂脂抹粉、刻意打扮，看上去冠冕堂皇，慷慨激昂，一味表现其如何为君效命、为国捐躯的英雄壮举，但实际上是装腔作势、有所掩饰，无法表现人情的真实。进而，本居宣长将日本作家"物哀"的低调与谦逊，与中国书籍中的好为人师、冠冕堂皇的高调说教加以比较，凸显日本文学的主情主义与中国文学的教训主义之间的差异。在《紫文要领》中，本居宣长认为，将《源氏物语》与《紫式部日记》联系起来看，可知紫式部博学多识，但她的为人、为文都相当低调，讨厌卖弄学识，炫耀自己，讨厌对他人指手画脚地说教，讨厌讲大道理，认为一旦炫耀自己，一旦刻意装作"知物哀"，就很"不知物哀"了。因此，《源氏物语》通篇没有教训读者的意图，也没有讲大道理的痕迹，唯有以情动人而已。

在《石上私淑言》第八十五节中，本居宣长还从文学的差异论述日本与中国的宗教信仰、思维方式、民族性格差异。他认为，中国人喜欢“讲大道理”，以一己之心来推测世间万物，认为天地之间、万事万物都应符合自己设定的道理，而对于一些与道理稍有不合的事物便加以怀疑，认为它不应存在。在本居宣长看来，中国人的这种思维方式是很不可靠的，因为天地之理绝不是人的浅心所能囊括，有很多事情都是那些大道理所不能涵盖的。他认为日本从神代以来，就有各种各样的不可思议的灵异之事，中国的书籍难以解释，后世也有人试图按中国的观念加以合理解释，结果更令人莫名其妙，也从根本上背离了神道。他认为这就是中国的“圣人之道”与日本的“神道”的区别。他说：“日本的神不同于外国的佛和圣人，不能拿世间常理对日本之神加以臆测，不能拿常人之心来窥测神之御心，并加以善恶判断。天下所有事物都出自神之御心，出自神的创造，因而必然与人的想法有所不同，也与中国书籍中所讲的大道理多有不合。所幸我国天皇完全不为那种大道理所束缚，并不自命圣贤对人加以训诫，一切都以神之御心为准则，以此统治万姓黎民。而天下黎民也将天皇御心作为自心，靡然而从之，这就叫作‘神道’。所以，‘歌道’也必须抛弃中国书籍中讲的那些大道理，并以‘神道’为宗旨来思考问题。”在本居宣长看来，日本的“神道”是一种感情的依赖、崇拜与信仰，是神意与人心的相通，神道不靠理智的说教，而靠感情与“心”的融通，而依凭于神道的“歌道”也不做议论与说教，只是真诚情感的表达。

由上可见，本居宣长的“物哀”论及其立论过程中的日中文化与文学比较论，大体抓住并突显日本文学与中国文学的某些显著的不同特点，特别是指出了对中国文学中无处不在的泛道德主义，日本文学中的以“物哀”为审美取向的情绪性、感受性的高度发达，是十分具有启发性的概括，但他的日中比较是为价值判断的需要而进行的，刻意凸显两者差异的反比性的比较，而不是建立在严谨的实证与逻辑分析基础之上的科学比较，因而带有强烈的主观性，有些结论颇有片面偏激之处，例如他断言中国诗歌喜欢议论说教、慷慨激昂、冠冕堂皇，虽不无道理，但也难免以偏概全。中国文学博大精深，风格样式复杂多样，很难一言以蔽之，如以抒写儿女情长为主的婉约派的宋词显然就不能如此概括。从根本上看，本居宣长是在“皇国优越”论的预设前提下进行日中比较的。他在《玉胜间》[①] 第三七三篇中声称：“我们皇国比许多国家都要优秀。越是了解了许多国家，越是有助于感受皇国的优越。”他的日中比较要

---

① 《玉胜间》已由王向远摘要译出，见［日］本居宣长：《日本物哀》，王向远译，吉林出版集团有限责任公司2010年版。

导出的正是这样一个结论。

四、本居宣长的“去汉化”意图

本居宣长要证明日本的优越性，就要贬低中国；为了说明日本与中国如何不同，证明日本的独特，就要切割日本与中国文化上的渊源关系。从本居宣长的“物哀论”的立论过程及日中文学与文化的对比来看，明显体现了这样一个根本意图，那就是彻底清除日本文化中的中国影响即所谓的“汉意”，以日本的“物哀”对抗“汉意”，从确认日本民族的独特精神世界开始，确立日本民族的根本精神，即寄托于所谓“古道”中的“大和魂”。

在学术随笔集《玉胜间》中，本居宣长对“汉意”对日本人的渗透程度做了一个判断，他认为：“所谓汉意，并不是只就喜欢中国、尊崇中国的风俗人情而言。而是指世人万事都以善恶论、都要讲一通大道理，都受汉籍思想的影响。这种倾向，不仅是读汉籍的人才有，即便一册汉籍都没有读过的人也同样具有。照理说不读汉籍的人就不该有这样的倾向，但万事都以中国为优，并极力学习之，这一习惯已经持续了千年之久，汉意也自然弥漫于世，深入人心，以致成为一种日常的下意识。即便自以为‘我没有汉意’，或者说‘这不是汉意，而是当然之理’，实际上也仍然没有摆脱汉意。”他举例说，在中国，无论是人生的祸福、国家的治乱，世间万事都以所谓“天道”“天命”“天理”加以解释，这是因为中国眼里没有“神”，真正的“神道”湮灭不传，《古事记》所记载的神创造了天地、国土与万物，神统治着世间的一切，对此中国人完全不能理解。而长期以来，在对日本最古老的典籍《古事记》《日本书纪》的研究中，许多日本学者一直拿中国人杜撰的“太极”“无极”“阴阳”“乾坤”“八卦”“五行”等一大套烦琐抽象的概念理论加以牵强附会的解释，从而对《古事记》神话的真实性产生了怀疑。在本居宣长看来，对神的作为理解不了，便认为是不合道理，这就是“汉意”在作怪。

正是意识到了“汉意”在日本渗透的严重性与普遍性，本居宣长便将清除“汉意”作为文学研究与学术著述的基本目的之一，一方面在日中文学的比较中论证“汉意”的种种弊端，另一方面则努力论证以“物哀”为表征的“大和魂”，与作为“大和魂”之皈依的日本“古道”的优越性。换言之，对本居宣长来说，对“物哀”精神的弘扬是为了清除“汉意”，清除“汉意”是为了凸显“大和魂”，凸显“大和魂”是为了皈依“古道”。而学问研究的目的正是为了弘扬“古道”。所谓“古道”，就是“神典”（《古事记》《日本书纪》）所记载的未受中国文化影响的诸神的世界，也就是与中国“圣人之道”

完全不同的“神之道”，亦即神道教的传统。在本居宣长看来，日本不同于中国的独特的审美文化与精神世界，是在物语、和歌中所表现出的“物哀”。“物哀”是“大和魂”的文学表征，而“大和魂”的源头与依托则是所谓“古道”。因此，本居宣长的“物哀”论又与他的“古道”论密不可分。

在《初山踏》[1]中，本居宣长认为，都是“汉意”遮蔽了日本的“古道”，因此他强调：“要正确地理解日本之‘道’，首先就需要将汉意彻底加以清除。如果不彻底加以清除，则难以理解‘道’。初学者首先要从心中彻底清除汉意，而牢牢确立大和魂。就如武士奔赴战场前，首先要抖擞精神、全副武装一样。如果没有确立这样坚定的大和魂，那么读《古事记》《日本书纪》时，就如临阵而不戴盔甲，仓促应战，必为敌人所伤，必定堕入汉意。”在《玉胜间》第二十三篇中他又说：“做学问，是为了探究我国古来之‘道’，所以首先要从心中祛除‘汉意’。倘若不把‘汉意’从心中彻底干净地除去，无论读古书、怎样思考，也难以理解日本古代精神。不理解古代之心，则难以理解古代之‘道’。”不过，本居宣长也意识到，要清除“汉意”，必得了解“汉意”。在本居宣长那里，“汉意”与“大和魂”是一对矛盾范畴，没有“汉意”的比照，也就没有“大和魂”的凸显。所以，本居宣长虽然厌恶“汉意”，但在《初山踏》中也主张做学问的人要阅读汉籍。但他又强调：一些人心中并未牢固确立大和魂，读汉文则被其文章之美吸引，从而削弱了大和魂。如果能够确立“大和魂”不动摇，不管读多少汉籍，也不必担心被其迷惑。在《玉胜间》第二十二篇中，本居宣长认为，有闲暇应该读些汉籍。而读汉籍，可以反衬出日本文化的优越，不读汉籍，就无从得知“汉意”有多坏，知道“汉意”有多坏，也是坚固“大和魂”的一种途径。

本居宣长反复强调“汉意”对日本广泛而深刻的渗透，就是承认了“汉意”对日本广泛而深刻的影响，但另一方面又千方百计否定中国文学对日本文学的影响。

在《石上私淑言》等著作中，本居宣长认为，在日本古老的“神代”，各地文化大致相同，有着自己独特的言语文化，与中国文化判然有别，并未受中国影响。奈良时代后，虽然中国书籍及汉字流传到日本，但文字是为使用的方便而借来的东西，先有言语（语音），后有文字书写（记号），语音是主，文字是仆，日语独特的语音中包含着“神代”所形成的日本人之“心”。即使后世许多日本人盲目学习中国，但日本与中国的不同之处也很多。在该书第六十

---

① 《初山踏》已由王向远摘要译出，见［日］本居宣长：《日本物哀》，王向远译，吉林出版集团有限责任公司2010年版。

八节中，本居宣长强调，和歌作为纯粹日本的诗歌样式，是在“神代”自然产生的独特的语言艺术，不夹杂任何外来的东西，丝毫未受中国自命圣贤、老道圆滑、故作高深之风的污染，一直保持着神代日本人之“心”，保持神代的“意”与“词”。和歌心地率直，词正语雅，即便少量夹杂有汉字汉音，也并不妨碍听觉之美。而模仿唐诗而写诗的日本人同时也作和歌，和歌与汉诗两不相扰，和歌并未受汉诗影响而改变其“心”，也未受世风影响而改变其本。在《紫文要领》中，本居宣长认为，“物语”也是日本文学中的一种特殊的文学样式，没有受到中国文化的污染与影响，与来自中国的儒教佛教之书大异其趣。此前一些学者认为《源氏物语》“学习《春秋》褒贬笔法”，或者说《源氏物语》“总体上是以庄子寓言为本”，也有人认为《源氏物语》的文体“仿效《史记》笔法”，甚至有人臆断《源氏物语》“学习司马光的用词，对各种事物的褒贬与《资治通鉴》的文势相同”，如此之类，都是拿中国的书对《源氏物语》加以比附，是张冠李戴、强词夺理的附会之说。诚然，如本居宣长所言，像此前的一些日本学者那样，以中国影响来解释所有的日本文学现象，是牵强的、不科学的。然而，本居宣长却矫枉过正，走向了另一个极端，一概否定中国影响。现代的学术研究已经证明，《古事记》及所记载的日本“神代”的文化本身，就不纯粹是日本固有的东西，而是有着大量的中国文化影响印记，而在和歌、物语等日本文学的独特样式中，也包含了大量的中国文学的因子。抱着这种与中国断然切割的态度，本居宣长不仅否定日本古代文学所受的中国影响，而且对自己学术所受的中国影响也矢口否认。例如，当时一些评论者就指出，本居宣长的“古道”论依据的是中国老子的学说，但本居宣长却在《玉胜间》第四一〇篇中辩解说：中国的老子对“皇国之道”一无所知，自己的“道”与老子没有关系，那两者仅仅是看上去“不谋而合”罢了。然而平心而论，日本古代语言中原本就没有“道”（どう）这个字，连“道”字这个概念都来自中国，怎能说对日本之“道”没有影响？本居宣长与老子相隔数千年，如何“不谋而合”呢？

无论如何，中国文学对日本文学，包括日本的物语与和歌的广泛而深刻的影响是不可否认的事实。本居宣长对中国影响的否定，不是科学的学术判断，而是出于自己的民族主义、复古主义思想主张的需要。正因为如此，“物哀”论的确立，对本居宣长而言不仅解决了《源氏物语》乃至日本古典文学研究诠释中的自主性问题，更反映了本居宣长及18世纪的日本学者力图摆脱“汉意”，即中国影响，从而确立日本民族独立自主意识的明确意图。“物哀论”的确立，就是日本文学独立性、独特性的确立，也是日本文化独立性、独特性的确立的重要步骤，它为日本文学摆脱汉文学的价值体系与审美观念准备了逻辑的和美学的前提。

五、本居宣长“物哀”论的理论意义

从世界文学史、文学理论史上看，“物哀论”既是日本文学特色论，也具有普遍的理论价值。

从理论特色上看，民族从世界各国古典文论及其相关概念范畴中，论述文学与人的感情的理论与概念不知凡几，但与“物哀”在意义上大体一致的概念范畴似乎没有。

例如，古希腊柏拉图的“灵感说”与“迷狂说”和“物哀”一样，讲的都是作家创作的驱动力与感情状态，但“灵感说”与“迷狂说”解释的是诗人创作的奥秘，而“物哀”强调的则是对外物的感情与感受。“物哀”源自个人的内心，“灵感说”与“迷狂说”来自神灵的附体，“灵感说”是神秘主义的，“物哀说”是情感至上主义的。古希腊的亚里士多德的“卡塔西斯”讲的是戏剧文学对人的感情的净化与陶冶，“卡塔西斯”追求的结果是使人获得道德上的陶冶与感情上的平衡与适度，而“物哀”强调的是不受道德束缚的自然感情，决不要求情感上的适度中庸，而且理解并容许、容忍情感、情欲上的自然的失控，如果这样的情感能够引起“物哀”并使读者“知物哀”的话。

印度古代文学中的“情味”概念，也把传达并激发人的各种感情作为文学创作的宗旨，但印度的“情味”是要求文学特别是戏剧文学将观众或读者的艳情、悲悯、恐惧等感情，通过文学形象塑造的手段激发出来，从而获得满足与美感，这与日本的“物哀论”使人感物兴叹、触物生情从而获得满足与美感，讲的都是作品与接受者的审美关系，在功能上是大体一致的，但印度的“情味”论带有强烈的印度教的宗教性质，人的“情味”是受神所支配的，文学作品中男女人物的关系及其感情与情欲，往往也不是常人的感情与情欲，而是“神人交合”“神人合一”的象征与隐喻。而日本的“物哀论”虽然与日本古道、与神道教有密切的关系，但“物哀论”本身实际上几乎不带宗教色彩，本居宣长推崇的“神代”的男女关系，是不受后世伦理道德束缚的自然的男女关系与人伦情感，“物哀论”不是“神人合一”而是“物我合一”。另外，印度的“情味”论，强调文学作品的程式化与模式化特征，将“情”与“味”做了种类上的烦琐而又僵硬的划分，这与强调个人化的、情感与感受之灵动性的“物哀”论，也颇有差异。

中国古代文论中的“物感”“感物”“感兴”等，与本居宣长的“物哀论”在表述上有更多的相通之处，指的都是诗人作家对外物的感受与感动。

“感物”说起于秦汉，贯穿整个中国古代文论史，在理论上相当系统化和成熟化，而日本的“物哀论”作为一种理论范畴的提出则晚在18世纪。虽然本居宣长一再强调“物哀”的独特性，但也很难说没有受到中国文论的影响。“物哀论”与刘勰《文心雕龙》中的“人禀七情，应物斯感，感物咏志，莫非自然”，与钟嵘《诗品序》中的“气之动物、物之感人，故摇荡性情，形诸歌咏”，尤其是与陆机《赠弟士龙诗序》中所说的“感物兴哀”，在含义和表述上都非常接近。但日本“物哀”中的“物”与中国文论中的“感物”论中的“物”在内涵和外延上还是有所不同。中国的“物”除自然景物外，也像日本的“物哀”之“物”一样包含着“事”，所谓“感于哀乐，缘事而发”（《汉书·艺文志》），但日本的“物哀”中的“物”与“事”，指的完全是与个人情感有关的事物，而中国的“感物”之“物”（或“事”）则更多侧重社会政治与伦理教化的内容。中国的“感物”论强调感物而生“情”，这种“情”是基于社会理性化的“志”基础上的“情”，与社会化、伦理化的情志合一、情理合一。但日本“物哀论”中的“情”及“人情”主要是指人的与理性、道德观念相对立的自然感情，即私情。中国的“感物”的情感表现是“发乎情，止乎礼仪”，“乐而不淫，哀而不伤”，而日本的“物哀”的情感表现则是发乎情、止乎情，乐而淫、哀而伤。此外，日本“物哀论”与中国明清诗论中的“情景交融”或“情景混融”论也有相通之处，但“情景交融”论属于中国独特的“意境”论的范畴，讲的是审美主体与审美客体的关系，主体使客体诗意化、审美化，从而实现主客体的契合与统一，达成中和之美。而“物哀论”的重点则不是主体与客体、“情”与“境”的关系，而是侧重于作家作品对人性与人情的深度理解与表达，并且特别注重读者的接受效果，也就是让读者“知物哀”，在人所难免的行为失控、情感失衡的体验中，加深对真实的人性与人情的理解，实现作家作品与读者之间的心灵共感。

中国明代思想家李贽的“童心说”，在许多方面与本居宣长的“物哀论”相同。“童心说”反对的是儒学，特别是程朱理学，这与本居宣长的“物哀论”对儒学及朱子学的反对是完全一致的。“童心说”所说的“童心”，又称“真心”，与本居宣长的“物哀论”所说的“心”及“诚之心”意思相同，都是指未受伦理教条污染的本色的人性与人情。“童心说”认为“童心”的丧失是由于“道理闻见”，是“读书识义理”的结果，读了儒家之书，丧失了童心，人就成了“假人”，言就成了“假言”，事就成了“假事”，文就成了“假文”，而本居宣长的“物哀论”也认为读儒佛之书会丧失“诚之心”。李贽先于本居宣长约一百年，明代学术文化对江户时代的日本有较大影响，在反正统儒学的问题上，本居宣长的“物哀论”与李摰的“童心说”是不约而同的，抑或前者受到后者的影响，尚值得探讨与研究。

本居宣长的“物哀论”与几乎同时期欧洲的“自然人性论”“返回自然论”等，作为一种生存哲学与人生价值论，都有一定的共通之处，反映了17—18世纪东西方市民阶级形成后，某些不约而同地冲破既成道德伦理的禁锢、解放情感、解放思想、返璞归真的要求。但法国卢梭的“自然人性论”“返回自然论”是一种“反文学”的理论，因为他们认为现代文明特别是科学及文学艺术败坏了自然人性，这与“物哀论”肯定文学对人性与人情的滋润与涵养作用是完全不同的。

总之，“物哀论”既是独特的日本文学论，也与同时期世界文论具有一定的共通性。从现代文艺美学的角度看，“物哀论”包含了文学的审美价值论、审判判断论、作品与接受者之间的主客关系论，以及作品阅读的心理分析，因而具有普遍的理论价值。

第八章 日本汉诗中的王维诗风[①]

① 本章作者为陕西师范大学马歌东教授。

学界对日本幽玄颇感兴趣。这些年论述的文章也逐渐多了起来。大多数作者都认为幽玄是日本文论的独创。其实日本幽玄论的创制，受到中国相关思想的多方面影响。魏晋玄学和玄言诗深深地启发了日本的幽玄论。中国的禅宗和禅诗也对幽玄论的产生有过滋养。王维的诗歌对日本汉诗的影响也是多方面的，其中的幽玄意境，被日本幽玄诗人深切关注和广泛汲取。本文拟着重探讨日本汉诗五言绝句对王维五言绝句幽玄风格之受容。

一、王维诗的幽玄风格

在日本平安时代前期学者藤原佐世（？—898）所撰之《日本国见在书目录》中，著录有王维诗二十卷，这是王维诗集东渡日本的最早记载。

此后，在平安中期学者大江维时（888—963）所编之《千载佳句》（929）中，收入了王维如下诗句（金子彦二郎《平安时代文学和白氏文集——句题和歌·千载佳句研究篇》）：

［四时部·春兴］　雨中草色绿堪染，水上桃花红欲然。

——《辋川别业》

［四时部·暮春］　落花寂寂啼山鸟，杨柳青青渡水人。

——《寒食汜上作》

［四时部·早秋］　草间虫响临秋急，山里蝉声薄暮悲。

——《早秋山中作》

［地理部·春水］　春来遍是桃花水，不辨仙源何处寻。

——《桃源行》

［宫省部·禁中］　禁里疏钟官舍晚，省中啼鸟吏人稀。

——《酬郭给事》

［草木部·牡丹］　自恨开迟还落早，纵横只是怨春风。

——《牡丹花》

［宴喜部·公宴］　陌上尧樽倾北斗，楼前舜乐动南薰。

——《赐燕乐》

［别离部·饯别］　劝君更尽一杯酒，西出阳关无故人。

——《送元二使安西》

［隐逸部·山居］　寂寞柴门人不到，空林独与白云期。

——《早秋山中作》

日本第一部汉诗集《怀风藻》编订于751年，因受齐梁诗风影响，多应诏侍宴之作，形式以五言八句为主，好用偶句而多不合律。此后嵯峨天皇授命编纂的《凌云集》（814）、《文华秀丽集》（818）及淳和天皇授命编纂的《经国集》（827）这所谓“敕撰三集”，已明显受了唐诗影响，七言增加了，平仄也渐趋谐和。《千载佳句》编订于“敕撰三集”之后，其时于七言兴味正浓，故专选七言而不及五言。尽管如此，还是有两点值得强调：一是在这第一部由日本人编选的唐人（含个别新罗、高丽人）诗集《千载佳句》里，共入选149家七言佳句1083联，从入选佳句数量看，王维居第十三位，可以说明当时日本汉诗人对王维诗的喜爱和积极受容态度。二是从所选王维诗句的内容与风格可以感到当时日本汉诗人对大自然的爱好，对四时物候变化的敏感，而尤引人注目的是伤暮悲秋、境入静寂之作占了所选诗句的大部分。伤暮悲秋，可谓幽玄之渊薮，境入静寂，则已近于幽玄矣。

关于王维诗之幽玄风格，前人多有评述。方回《瀛奎律髓》云：

> 右丞终南别业诗，有一唱三叹不可穷之妙。如辋川《孟城坳》《华子冈》《茱萸沜》《辛夷坞》等诗，右丞唱，裴迪和，虽各不过五言四句，穷幽入玄，学者当自细参。

明胡应麟《诗薮》内编卷六云：

> 摩诘五言绝穷幽极玄，少伯七言绝超凡入圣，俱神品也。……太白之逸，摩诘之玄，神化幽微，品格无上。

明许学夷《诗源辩体》卷十六云：

> 摩诘五言绝，意趣幽玄，妙在文字之外。摩诘《与裴迪书》略云：“夜登华子冈，辋水沦涟，与月上下。寒山远火，明灭林外。深巷寒犬，吠声如豹。村墟夜舂，复与疏钟相间。此时独坐，童仆静默，每思曩昔，携手赋诗，倘能从我游乎？”摩诘胸中，滓秽净尽，而境与趣合，故其诗妙至此耳。

清沈德潜《唐诗别裁》卷十九于《辛夷坞》诗后评曰：“幽极。”清施补华《岘佣说诗》云：

辋川诸五绝，清幽绝俗。其间“空山不见人”“独坐幽篁里”“木末芙蓉花”“人闲桂花落”四首尤妙，学者可以细参。

以上诸家之评，其旨可归纳如下：①视辋川诸五绝为王维五言绝代表作。②视辋川诸五绝之代表风格为幽玄。③王维五言绝之代表风格为幽玄。而许学夷《诗源辨体》所节引之王维《山中与裴秀才迪书》，可视为对“幽玄”一语所作之注脚。

以上诸家评中所举王维五言绝风格幽玄之诗例，共有以下七首。

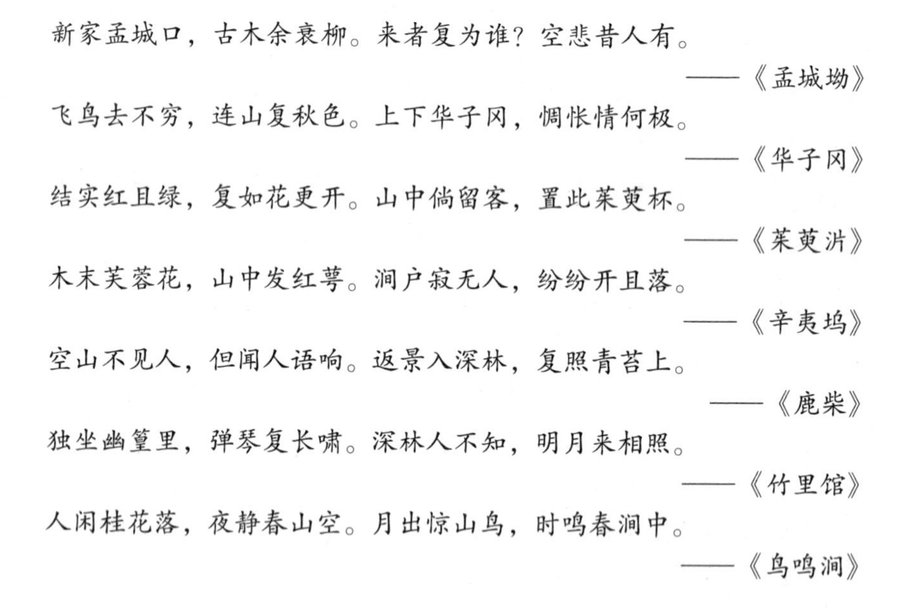

新家孟城口，古木余衰柳。来者复为谁？空悲昔人有。

——《孟城坳》

飞鸟去不穷，连山复秋色。上下华子冈，惆怅情何极。

——《华子冈》

结实红且绿，复如花更开。山中倘留客，置此茱萸杯。

——《茱萸沜》

木末芙蓉花，山中发红萼。涧户寂无人，纷纷开且落。

——《辛夷坞》

空山不见人，但闻人语响。返景入深林，复照青苔上。

——《鹿柴》

独坐幽篁里，弹琴复长啸。深林人不知，明月来相照。

——《竹里馆》

人闲桂花落，夜静春山空。月出惊山鸟，时鸣春涧中。

——《鸟鸣涧》

前六首皆属《辋川集》，第七首为《皇甫岳云溪杂题五首》之一。味此七首，其同在于静而空。静则生幽，空易入玄，故前人评之曰“幽玄”也。

在王维的非绝句五言诗中，境入幽玄之句亦颇多。如：

林疏远村出，野旷寒山静。

——《奉和圣制登降圣观与宰臣等同望应制》

夜静群动息，时闻隔林犬。

——《夜竹亭赠钱少府归蓝田》

鹊巢结空林，雉雊响幽谷。

——《晦日游大理韦卿城南别业四声依次用各六韵》

朝梵林未曙，夜禅山更寂。

——《蓝田山石门精舍》

渡头余落日，墟里上孤烟。

——《辋川闲居赠裴秀才迪》

古木无人径，深山何处钟。泉声咽危石，日色冷青松。

——《过香积寺》

谷静唯松响，山深无鸟声。

——《游化感寺》

然而类似的这些诗作终不似五言绝句之凝练集中、圆润浑成，故前人言其幽玄，多以五言绝句为说。

二、日本汉诗中的王维风致

在日本汉诗中，五七言绝句及七言律诗成就最高，而其中又以五言绝句最有特色，这特色便是幽玄。如：

花香成暖雾，苔气吹凉露。日午寂无人，一蝉吟绿树。

——广濑旭庄《小园》

洲外寒波渺，闲禽浴月前。渔人吹火坐，枯苇淡秋烟。

——广濑旭庄《题画》

鸣鹊出庭林，夜寒难结梦。空余木末巢，孤影月中冻。

——村上佛山《冬日村居杂诗》

山月淡微阴，归云数点雨。风生破墓间，策策枯杨语。

——野本狷庵《道中》

石台无一尘，孤坐占清境。隐隐煮茶声，绿阴生昼静。

——森春涛《绿阴昼静》

半夜上方静，长松鹤未归。磬声云里冷，人语月中稀。

——乙骨完《绝句》

中流洗马脚，似谢一日劳。此意无人见，月轮头上高。

——岩下贞融《题画》

老衲焚香坐，深房半隐梅。烟丝徐出幕，触蝶忽低徊。

——佐野东庵《正顺寺》

人立衡门外，牛归古巷间，夕阳低欲尽，树影大于山。

——广濑淡窗《即景》

东山天欲暮，大字火初明。倾城人仰望，倏灭寂无声。

——释大含《即目》

摘句如：

溪声清客梦，灯色冷诗肠。

——石川丈山《宿一原》

寒波流缺月，残叶守枯枝。

——伊藤东涯《漫兴五首》（其二）

参僧双履雨，看菊一筇霜。

——江马细香《京都秋游呈诸旧交二首》（其二）

江枫埋冷月，风柳露疏星。

——广濑旭庄《夜坐》

草长虫声小，树深禽梦迷。

——广濑旭庄《秋晓》

树匝孤店隐，风歇残灯圆。

——广濑旭庄《天未明舟子逼出船雨降艰苦备至》

鱼腮吞墨黑，萤火照书青。

——饭冢西湖《秋兴二十七首》（其七）

以上诗句，幽微玄远，空灵静寂，颇得王维辋川诸绝之趣。幽玄，是日本汉诗五言绝句的基本特色，而其幽玄特色之由来，则与其借鉴受容中国古典诗歌，尤其是借鉴受容王维五言绝句有关。

江户时期汉诗人菊池溪琴《读王孟韦柳诗》四首（《溪琴山房诗》卷一）诗云：

手把《辋川集》，顿忘风尘情。此时夕雨歇，一禽隔花鸣。幽事无人妨，坐见溪月生。

造语无痕迹，虚妙发天真。洋洋三千顷，江清月近人。潇洒孟夫子，如见洛水神。

偶哦苏州句，窗虚灯火闲。诗思如云影，摇曳肺腑间。夜深声尘绝，竹雨响寒山。

柳州如名剑，字字发光芒。把之吟深夜，逸响何琅琅。灵气不在多，镆耶一尺霜。

以五言六句小诗四首，分咏唐代山水诗四名家，将王维之幽玄、孟浩然之清远、韦应物之清丽、柳宗元之幽峭，以象征手法写出。第一首咏王维诗上有野吕松庐眉评曰："目之所触，耳之所接，皆是右丞精神，仿佛与我心会。"又有梁川星岩评曰："'此时'二句，的是右丞。""此时"二句，即"此时夕雨歇，一禽隔花鸣"，确实可入《辋川集》以乱真矣。

荻生徂徕有《山居秋暝》诗（《徂徕集》卷二）云：

独坐空山曲，西风桂树秋。千峰开返照，一叶舞寒流。鸟雀喧樵径，猱猿挐钓舟。惯玩秋月好，出户且迟留。

同题同韵，显系追和之作，而不及原作远矣。

林凤冈（1644—1732）有《竹里馆》诗，与王维《辋川集·竹里馆》诗同题，然王维为五言，林凤冈则为七言。试将二诗并列对照如下：

竹里馆（王维）

独坐幽篁里，弹琴复长啸。
深林人不知，明月来相照。

竹里馆（林凤冈）

独坐深林不负期，嵇琴阮箫共追随。
人间岂解至音妙，惟有天上明月知。

显然，凤冈诗不过是原作的衍展而已，只可惜在这衍展中，原诗幽玄之意趣已十不存二三了。

日本汉诗中，对一处所之若干景点分别题咏时多用五言，其寄兴构思，常摹王维组诗《辋川集》二十首。如熊阪台洲《十境记》云：

先人（霸陵山人）尝赋二十境诗，所谓二十境者，尽在高子村中外焉。盖东都之北，四百余里，为吾陆奥之州。入州而北，二百余里，四山环抱，如一区中者，为吾信达之郡。郡之东南，连山四周，唯东不合，高于平郊数丈，田畴中辟，民居依山，张华所谓高中之平者，为吾高子村。村北爽垲之地，茅宇之背青嶂而临绿畴者，为吾白云馆。馆后之山，为高子山，即国风所咏阿福摩山。自溭北而望，翠岩千尺，秀色滴溭水，其孤标如削成者，为丹露盘。盘之东，孤岩立碧嶂者，为玉兔岩。自丹露盘而西，翠岭迤逦者为长啸岭。岭之西，巉岩之属于悬崖，蜿蜒如飞龙之脊者，为龙脊岩。岩之西，丹崖崎岖者，为采芝崖。崖之东，则归云窟在焉。自窟而西，樵径之在林表者，是为将归阪。阪之西，孤山如覆甑者，为狸首冈。自冈而东，又南逾岭而下，则隐泉在焉。自泉而北，穿松间而西，则路出高子陂上。其地稍平，松石皆奇，是为不羁坳。自坳而南，经陂上而东，则路出悬崖，左仰丹崖，右俯绿波，山水映发，应接不暇者，是为拾翠崖。自崖而东，取径田间而南，则平原数十步，是为返照原。自原而南，路陵迟而上，岭名走马。走马之西，奇峰插天者，为白鹭峰。峰之东，山之童而隆然者，为雩山。雩山之东，断而复续者，为禹父山。东下，则入幽谷，是为愚公谷。白云洞，则在愚公谷之西。敝庐之东，洞之北，丹崖霞蔚者，则古樵也。则所谓连山四周，唯东不合者，可以见已。是二十境之大较也。若乃二十境之始，则为丹露盘云尔。

此二十境统名之曰“海左园”，除熊阪父子吟咏而外，远近诗友唱和者有六七十人，先后汇为《永慕编》《永慕后编》两册（《词华集日本汉诗》卷九），可谓盛矣。熊阪台洲《二十境诗成赋此代序》有云：“彭泽佳篇题胜境，辋川绝句比长城。”点明“辋川”，以示其旨趣。册中有山根泰德《寄题台州熊阪君家楼》诗云：“岂意风流摩诘后，岩庄奇绝在东隅。”“东隅”者，指日本。又有称唐乔公者有《寄题海左园二十境分题》诗云：“辋川千载后，海左起名园”等，皆其意也。册中诗亦颇有可读者。如：

山中袅袅云，云中蔼蔼树。遥见牛羊下，回头白日暮。

——熊阪秀《禹父山》

散策过长岭，空山送晚钟。临风时一啸，清响入深松。

——驾侯《长啸岭》

春鸠鸣晚霁，返照在红桃。穷巷人归后，原头静桔槔。

——驾侯《返照原》

独曳鸠头杖，时登狸首冈。地幽人不见，空翠带斜阳。

——大原公《狸首冈》

此外，如新井白石（1657—1725）《妙佑纵眸园十二咏》《韦州纪刺史园中十六咏》、祇园南海（1677—1751）《寄题水户府安积先生七览》、筱崎小竹（1781—1851）《琪林十咏》《浪华十二胜》等，亦属此类。需要指出的是，此类组诗，若非有感而发，极易堕为饾饤敷衍、毫无意趣的“十景诗”之流。

菊池溪琴《杂诗》二十首，非一时一地之作，也不着意从形式上模仿《辋川集》，却深得王维五言绝句意趣幽玄之三昧。例如：

滴沥芭蕉响，庭柯风动时。数声和梦听，谁斗僧窗棋？（其五）
偶至巨岩下，拂云见石肤，诗句何人字？半入青苔无。（其六）
月落秋潮满，山远水烟青。笛声何处是？渔篝三四星。（其十二）
竹翠流琴褥，松花落笔床。泉声冷耳界，灵气入诗肠。（其十八）
霜落秋花老，雨晴山色开。松林多人语，知是采簟来。（其十九）

读其诗，如入辋川境。大洼诗佛眉评曰："小诗二十首，景情并写，卓有风趣。"梁川星岩眉评曰："二十首并学右丞，不见模拟痕迹，所以为妙。"二人所评极是。

其十六云：

绿树浓阴合，轻雨湿苍苔。忆起王摩诘，欲上人衣来。

已透露受容消息矣！末句"欲上人衣来"，见王维《书事》诗：

轻阴阁小雨，深院昼慵开。坐看苍苔色，欲上人衣来。

溪琴还有《即事》诗云：

读易秋林静，澄然万象涵。幽人呼鹤立，素月落空潭。

还有《岚山同白谷先生赋时癸巳上巳之前一日也》诗，其二云：

数声涧鸟啼，春月出翠微。偶来拂石坐，白云已满衣。

有《竹诗八首》，其四云：

数竿窗下竹，引梦到潇湘。帝子不可见，烟波月苍茫。

有《赠玉海鹤山二子》诗，其二云：

静如竹下水，闲似寒岩云。相对澹无语，妙香自然闻。

诗上有梁川星岩眉评曰："溪琴能作枯禅之语，岂复学右丞乎！"又有《族兄白沙青树山亭》，其二云：

> 心远自无机，坐看麋鹿群。山人中夜起，推窗放白云。

诗上有仁科白谷眉评曰："右丞真境。"其第三集之卷末，有冷云释果诗跋云：

> 五字最高澹，孤月沈秋漪。神韵逼王孟，何徒摹容仪。

看来，菊池溪琴以神似受容王维诗的态度与效果，受到了日本汉诗界的首肯与赞许。

三、日本汉诗受容中国古典诗歌的原因

对中国古典诗歌由模仿而进入独立创作，是日本汉诗受容中国古典诗歌的一个基本模式，一个普遍规律。

江户时代著名诗话家江村北海云："夫诗，汉土声音也。我邦人，不学诗则已，苟学之也，不能不承顺汉土也。"（《日本诗史》卷四）这"承顺"，包括从汉字到诗语，到格律，到题材，到流派等一系列层面，而最高层面便是风格，是诗人在创作中形成的个性特色。承顺的结果是受容，对汉字、诗语、格律、题材的受容是最基本的受容，大凡能配称为日本汉诗人的人差不多都不同程度地做到了这一点，而对风格的受容则复杂得多。

一千三百余年来，无数中国诗歌传入了日本，无数中国诗人为日本汉诗人所熟悉，但并不是所有的风格都能在日本汉诗中轮廓清晰地寻觅到它的投影。其原因，除了风格这种个性极强的东西严格地讲本来就不可能复现之外，还有许多文化的与非文化的因素在起作用，而其中尤为重要的是受容者本身的个性——性格、经历、教养、审美观等。此外，日本汉诗对于中国古典诗歌的受容，与其历来对于许多外来事物所采取的世所周知、卓有成效的态度一样，绝不是被动的、单向的、机械的，而是主动的、兼容的、富于创造性的，这也是影响风格受容的一个重要因素。但是，毕竟中国古典诗歌的许多优秀风格在日本汉诗中被不同程度、不同广度地受容了，而对于王维五言绝句幽玄风格之受容便是其中较为明显的一例。

除上述因文化渊源关系，日本汉诗对中国古典诗歌之风格具有受容的可能

性之外，笔者认为王维五言绝句之幽玄风格能够被日本汉诗受容，还有以下四方面的原因：

其一，山水之幽美。日本是一个多山多水的美丽岛国，南北狭长，四季鲜明。虽无连绵千里的崇山峻岭，但到处有林木秀美的山地丘陵；虽无一泻千里的大河长江，但到处有清幽可喜的小河山溪。一方面诗人气质受到了青山秀水的陶冶，另一方面又有着写不尽的山情水趣。读辋川诗而生活于与辋川相似的山水中，容易产生共鸣是很自然的事。

其二，民风之素朴。素朴是日本民族传统文化的重要特征，无论居室文化、服饰文化、饮食文化，皆以素朴为美，这种精神与王维五言绝句之幽玄意趣息息相通。

其三，佛教之普及。大和时代（5 世纪末至 6 世纪初），佛教经典与佛像传入日本，此后，随着朝廷的提倡和法兴寺（588）、法隆寺（607）等一批早期寺庙的建成，佛教迅速得以普及。千余年来，佛教在日本与神社并存，盛行不衰，至今日本仍然是一个随处可以见到佛寺的国家。佛寺一般建在山静水幽处，而禅趣与奉佛多年的王维所作的吟山咏水的五言绝句之幽玄意趣亦灵犀相通。

其四，居士之众多。日本虽然注重文教，但并不实行“以诗赋取士”的科举制度，尤其在日本汉诗全盛之江户时期，儒者人数激增却仕进无门，虽不乏下帏讲学或做儒医者，而更多的人则唯有啸傲于园林山水之中，以闲吟度岁，王维意趣幽玄的辋川绝句很容易激起他们的共鸣。

纵观中国古典诗文在日本的受容过程，受益的主要是日本。中国没有强行推广什么给日本，是日本的有识之士主动自觉地从中国文化中汲取有益的成分。日本的文人雅士从中国学到了诗学精华，也在日本文学史上留下了精美的篇章和审美的理论结晶，这是美好的事情。“幽玄”就是一个突出的例证。一个民族，只有不断虚心地学习他国文化的长处，才会天天向上。

第九章

日本近代“家”文学中的女性意识[①]

① 本章作者为广东外语外贸大学刘燕讲师。

明治到大正时期（1868—1925），是日本近代国家成立之期。从社会思潮角度看，以国家为主导的“良妻贤母”体制的确立与“新女性思潮”的发展，构成了日本女性观新旧交错和交替的趋势。在以“家”为表现主题的日本近代文学创立期，文学中的女性话语也在矛盾、对立和交叠中相应展现出不同的形态和变化。

一、明治大正“家”文学及女性观概观

日本的近代文学是在明治维新的土壤中，也就是从闭关锁国的封建国家到接受西方文明和价值观的近代国家成立的过程中发展起来的。与此相应，表现追求近代“自我”和国家以及家族之间的对立、矛盾、压抑的作品，成了日本近代文学的出发点和以私小说为基调的文学主流，其中婚姻和恋爱是“家”小说表现的主要手段。森欧外的《舞姬》（1890）、德富芦花的《不如归》（1898）、田山花袋的《棉被》（1907）、岛崎藤村的《家》（1910）、志贺直哉的《暗夜行路》（1921）以及夏目漱石的中后期一部分作品等，都是该时段有代表性的作品。

不可否认，男性作家们也塑造出了“家”制度下受压抑的女性形象，但这些形象几乎是千篇一律的、模式化的，无非是作家理想化的纯洁美丽的“天使”或服从于“家”的意识形态下的贤淑的“妻子”。在占据明治末及大正时期日本文坛主流的自然主义和白桦派作家的笔下，女性几乎是无声的。夏目漱石在《从那以后》（1909）、《门》（1910）中，森欧外在《雁》（1911）中，创造了为了追求幸福而想要逃离“家”的新女性，却只能是等待男性救赎的形象。有岛武郎的《一个女人》（1919）虽然塑造了一个跨越时代触犯制度的女性——叶子，她结婚、离婚、逃婚都是为了满足自己内心的欲求，然而叶子的悲剧在于她的最终理想却是秩序内的，即做回一个法律承认的妻子，叶子的结局以毁灭告终说明了作家潜意识中的性别道德取向。菊池宽的《珍珠夫人》（1920）中，琉璃子是一个敢于挑战男性社会原理之恶的女性，她报复男性、玩弄男性，却保持处女之身。但正如前田爱所指出的，“作为处女的琉璃子的角色的强调”，削弱和抹杀了其新女性的形象。[1] 这一点也是无数日本家庭小说[2]无法摆脱的束缚。谷崎润一郎和川端康成创造出了受男性崇拜的处

---

① ［日］前田愛：『近代読者の成立』，岩波書店 2001 年版，第 244 页。

② 特指大正（1912—1926）后期以家庭女性为读者对象的通俗家庭恋爱小说。菊池宽和菊池幽芳为代表性作家。

女、美女、妖女或母亲形象，却多是脱离现实的存在于作家想象中的女性原始模型。的确，文学中的女性形象是难以超越历史和制度的框架的，父权社会下，男性的女性观往往成为社会的女性观同时内化为女性自身的女性观，成为女性的修身宝典和道德规范。女性的真实声音被男性取代，女性的真实的自我意识和诉求被压缩，女性的天地被圈在婚姻和家庭中。因此，水田宗子指出，“在为数众多的以父权社会为背景的家庭故事里，女主人公无法认清自己的内心世界”①。

从日本女性史来看，从明治到大正时期的日本近代国家成立过程也是日本女性观新旧交替，急剧变化的时期。一方面，江户时代以来“男尊女卑”“三从四德”的儒家女性观旧态依存。明治三十一年（1898）《明治民法》的颁布，更进一步确立了以儒教思想为主体的封建家长制，从而强化了男女的上下关系和妇德论。以中村正直、森有礼等为首的进步启蒙思想家所提倡的开明女子教育论和家庭改良论以及杂志《青踏》所倡导的男女平等、女性解放等观点，对社会产生了强大的影响。明治初年到明治中期的“良妻贤母”思想的确立和明治末年到大正时期的“新女性”思潮，是这一时期女性观的具体体现。“良妻贤母”论是明治女性规范的核心，明治初期的开明思想家们所提倡的“良妻贤母”论以西方女性为蓝本，欧化色彩浓厚，提倡男女平等和女性教育，提倡作为国民的女性的教育对培育下一代的作用，为历来的女性观赋予了“良母”的意义。然而在明治中期以后，尤其随着《明治民法》的颁布，日本在女性教育领域确立了以儒家理论为中心的教育方针。“根据1899年颁布的‘高等女校令’，女子的特性教育被固定化，家务、裁缝、手工艺授课内容增加，而女子修身教育则突出以儒教式的温良、贞淑为美德”②，儒教体系的“良妻贤母”思想更加彻底化，“男尊女卑”“男外女内”式的带有强烈性别界限的儒家女性规范，作为主流女性的规范，一直深深扎根于日本社会，其影响力甚至一直延续到日本战后以至今日。

另一方面，主张男女平等、追求女性解放的文学思潮可谓有惊涛拍岸之势。在明治三十四年（1901）与谢野晶子③发表了处女和歌集《乱发》。《乱发》以强烈的浪漫主义风格和官能色彩表现了女性强烈的自我追求，对日本

---

① 转引自［日］水田宗子：《女性的自我与表现：近代女性文学的历程》，中国文联出版社2000年版，第258页。

② 李卓：《中日家族制度比较研究》，人民出版社2004年版，第437页。

③ 1878—1942年日本浪漫主义诗歌代表人物。《乱发》由东京新诗社和伊藤文友馆共同出版，表现了女性追求爱情的大胆与直白。晶子另有著名反战诗歌《弟弟，你不要死》（1904年版，发表于文学杂志《明星》）。

的儒教道德发出了挑战。由平冢雷鸟主持的《青踏》也在明治四十四年（1911）开始起步，渐渐由文学杂志转变为宣扬西方男女平等和女性解放的启蒙杂志。同年，随着以《娜拉》为首的北欧戏剧的翻译介绍和上演，女性的自我觉醒成为日本社会的流行话题，“娜拉”成为“新女性”的代名词。在大正二年（1913）的《青踏》的四月号中，平冢雷鸟以《给世上的妇女们》为题，提出对“良妻贤母”主义的怀疑，提倡女性接受高等教育，走出家门谋求经济上的独立。① 明治以来日本的职业女性慢慢增加，到了大正后期，随着女子中等教育的扩大及日本在第一次世界大战后经济的发展，教师、事务员、打字员、护士等开始被称为“职业妇人”，进出于社会。同时，随着中间女性读者层的扩大，妇女杂志大量发行，创刊于大正五年（1916）的《妇人公论》成为质疑男性文化下“良妻贤母”女性观，倡导女性的家庭解放，做走出社会和参政的领头军。②

在两种思想并存、相互交错的背景下，作为被书写者和书写者的女性展开了不同的面貌。在《青踏》杂志的创刊号的刊头诗中，与谢野晶子以女性身份发出“只用第一人称写作”③ 的呐喊。日本近代女性文学也多出发于“家”，这和女性作家的客观环境、日本近代文学的私小说性质，以及女性作家在创作起步阶段对男性作家的模仿等因素密不可分。如果说女性写作的目的是寻求与男性不同的女性自我的领域，那么女性在写作上必然要强调性别立场，打破男性文化话语方式才能还原真实的自我。因此，明治时期的女性写作必定首先开始于追求打破“良妻贤母”规范下的女性“无声”的境地。在男性作家中，也有以夏目漱石为首的少数作家，开始站在女性立场对女性内在精神和基本权益进行思考与把握。这些文坛变数，造成了从明治末年到大正时期的“新女性”思潮，突出的看点就是“娜拉”模式成为表现新女性的文学形式。本章参酌以上两个角度，对明治大正“家”文学中的女性话语进行解读和分析。

二、女性内在的发现

平安时代的女性曾经用“假名”这种女性文字，创造了以《源氏物语》《枕草子》为代表的日本文学史上的辉煌，即为世人所称道的王朝文学。此后至近代的近千年时间里，日本的女性写作几乎是空白。明治时期是近代日本女

---

① 参见［日］板垣直子：『明治・大正・昭和の女流文学』，桜楓社 1967 年版，第 69 页。
② 参见［日］前田爱：『近代読者の成立』，岩波書店 2001 年版，第 267 页。
③ 参见［日］金原左門：『近代日本史の中の女性』，毎日新聞社 1980 年版，第 106 页。

性写作的黎明期，女性的写作起步于和歌的创作，间杂对欧洲文学的翻译以及对男性作家的模仿。樋口一叶被认为是日本女性职业作家第一人，一叶作品多表现的是明治女性的众生态——父权社会“家”制度下的母亲、妻子和女儿以及制度外的“游女”等，涉及众多大胆的题材。父亲的早逝，生活的贫困、居无定所，使得樋口一叶过早地品尝了生活的艰辛，也使她有更多的机会观察日本的所谓“下町生活”，从而使作品在本质上区别于当时的“令媛”“令夫人”作家。在明治二十年代（1887—1896），即一叶创作的鼎盛期，日本近代文学还处在“言文一致”以及“文体”的探索期，而樋口一叶已经有意识地采用受王朝文学影响的“雅文体”来使自己区别于男性作家。如果说一叶的早期作品还摆脱不了男性作家和戏作风格的影响，那么，《大年夜》《十三夜》《浊流》三部作品的发表，不但奠定了她在文坛的地位，也标志着其创作转向现实主义和成熟的开始。发表于明治二十八年（1895）的《十三夜》标志着日本女性作家追求女性内在自我领域和女性话语方式的开始。

《十三夜》以女主角阿关为叙述者，上卷以阿关的内心独白为重点，描写了作为高级官吏妻子的七年痛苦的婚姻生活。齐藤家漂亮的阿关在17岁的时候偶然被原田勇看中，随后便成为他的妻子。仅仅在半年的蜜月期之后，即怀了儿子太郎之后，丈夫态度就为之一变，动辄以“没有教养”“家里头待不住，就是因为妻子不对劲”“没办法商量事情”[①]（上卷）为理由，对妻子进行非难，把妻子仅看作儿子的“奶妈”留下。对“魔鬼”一样的丈夫，阿关一味顺从，竭力忍受，终于在一个十三夜，撇下儿子独自回到娘家，向父母哭诉决定与丈夫离婚。阿关的悲剧，固然与齐藤家和原田家的阶级门第之差以及阿关接受的教育有着极大的关系，然而更为重要的是，阿关作为以顺从为标准的儒家女性观下的良妻，已经不能满足丈夫原田勇的苛求：既能作为谈话对象，使家庭愉快，又能担负孩子教育，此即所谓明治初期启蒙思想家所提倡的和西洋女性一样的妻子。生活在双重女性观标准下的阿关丧失了表达自己的语言，只能将委屈埋在心中。

发表于昭和三十年代（1955—1964）的《女人坡》也是一部表现明治女性屈辱史的作品。女主人公伦出生于维新前，是“以家为重的道德来紧紧束缚”[②]自己的女性。她的丈夫是明治时期的高级官吏，丈夫不顾伦的感受在家纳了两个小妾，其中一个小妾是伦应丈夫的要求亲自挑选的。丈夫还和儿媳妇

---

① ［日］樋口一叶：《十三夜——樋口一叶小说选》，林文月译，洪范书店2004年版。初出：『文芸俱楽部』第一卷第十二编临时增刊『闺秀小说』，1895年12月。本章中引用小说内容均标明章节，不再标注页码。

② ［日］円地文子：『女坂』，新潮社1961年版。本章译文为笔者翻译。

有着不伦关系，尽管伦在内心对丈夫充满怨恨，却从未表现出来，直到去世前，才要求丈夫把自己的骨灰撒入大海以示抗议。《女人坡》的原型是作者圆地文子的近亲，在创作后记中，作者这样写道："《女人坡》是一部明治女性的所谓悄悄话。"它所反映的事实不能"向他人外道"，"不是以《日记》或《手记》等明确的形式，而是由一个一个的女性亲戚们在无人的时候被悄悄地传诉"。[①] 伦的悲剧无疑是父权社会"家"制度下的悲剧，但正如江藤淳所说，伦是"家"的牺牲者的说法是过于现代的解释，不如说她是主动为了"家"而献身。[②] 伦的内心和外表的分裂，在于在制度内女性没有合适的话语方式和表达的场所表达自己的愤怒和委屈。男性文化的语言使得伦只能紧紧闭嘴。同样，尽管阿关的父母为女儿伤心落泪，还是劝女儿一切顺从丈夫，"什么都藏在心里"，"要哭就以原田的妻子大哭"（上卷）。从这个意义上来说，《十三夜》与《女人坡》表达了相同的主题，即为女性沉默的世界提供用语言表现的场所，使之浮出和打破"无人的""悄悄的"黑暗世界。一叶敏锐地把握了明治"开化"浪潮下女性观的变迁和置身于其中的女性的悲哀和无奈。

夏目漱石在《至春分之前》(1912）已经明确地描写女性心理，然而对女性内在心理的直接体现则开始于《行人》。《行人》于大正元年至大正二年(1912—1913）连载于《朝日新闻》，它延续了夏目漱石中后期作品中一贯所追求的主题之一，即近代社会中人的孤独。《行人》描写了大学教师长野一郎和妻子阿直的婚姻悲剧。一郎是长野家新一代的家长，他和阿直的结合是上流社会门当户对的家族婚姻。一郎在家人看来是性格乖僻的学者，在家庭中他为抓不住阿直的心而苦恼。在一次去关西旅行的途中，他逼迫弟弟二郎和妻子阿直单独前往和歌山以试探阿直的贞操和感情。和歌山的暴风雨使无法和一郎取得联系的二郎和阿直在停电的旅馆中共度了一夜。然而和歌山之夜，阿直的表现和话语却使得二郎无法了解阿直的真面目，因而无法向哥哥交出满意的答案，一郎因此越发使自己陷入了孤独和不信的地狱。《行人》塑造了一个充满矛盾的女性形象——阿直。这部作品的时代背景被推测为明治四十二年(1909）以后到明治末期。从故事中阿直的年龄二十三四岁以及出身于上流家庭推测，阿直是最先接受"良妻贤母"教育的一代人，阿直身上有着明显的"良妻贤母"烙印，忍耐顺从。她面对二郎悲叹"家"把自己变成了"没有灵魂的空壳"[③]（朋友三十一），感叹自己的命运"就如同父母亲手栽下的盆景"，

---

① ［日］円地文子：『女坂』，新潮社 1961 年版，第 250 页。
② ［日］円地文子：『女坂』，新潮社 1961 年版，第 253 页。
③ ［日］夏目漱石：『行人』，新潮社 1970 年版。本章译文为笔者翻译。

“如果谁不来动一下”，“就只能静等着枯萎”（尘劳三）。然而，阿直顺从的外表下同样具有强烈的反抗精神，和歌山之夜阿直在黑暗中化装，故意解开和服的腰带换衣服，有意无意的诱惑以及“我要是死的话，最讨厌上吊抹脖子那种小伎俩。我最想要的是要么被大水卷走，要么被雷劈中那种猛烈的一下子的死法”（朋友三十七）的强烈的感情吐露都使得二郎陷入了惶恐。这部作品的叙述方式采取了一郎的弟弟二郎回想的形式。二郎既是整个故事的讲述者和回忆者，也是参与者，从而使得阿直的内心独白得以实现。与自然主义和白桦派作家相比，夏目漱石在其晚期作品中，比较明确地将女性作为“他者”放在男女对等的关系上看待。《至春分之前》《行人》《道草》《明暗》表现的都是恋爱婚姻中男女的矛盾和纠葛。《道草》和《明暗》直接将女性心理和男性心理摆在对等的关系上来叙述，而不是如《行人》一般，通过男性叙述者实现女性的内心独白。然而，《行人》的回想形式使得作品的主题成了二郎对一郎的忏悔。二郎虽然是阿直的同情者和倾听者，也不得不承认阿直是“无法看清真面目”（朋友三十九）的有着“迷一样笑容”（尘劳二）的女性，她“像一条青色的大蛇”（归来之后一）缠绕着一郎，她可以操纵一郎的感情。因此，二郎的忏悔也使《行人》成为男性同性相恋的产物。夏目漱石虽然意识到了女性的自我诉求，在作品中让她们“说自己的话”，却放弃了解决两性之间的矛盾和纠葛，正如一郎一样，都是在宗教和自然中寻求解脱。《道草》和《明暗》只不过是这一倾向的延续。

三、“娜拉”模式的演变

从明治末期到大正时期，“新女性”思潮锐意提倡女性的家庭解放，对整个社会中的女性的自我觉醒和女性自强自立方面产生了强大的影响。在明治时期尤其在大正时期，走出社会的女性有所增加，然而要论女性的经济独立以至女性自立，显然还是为时尚早。

发表于明治二十四年（1891）《女学杂志》一月号的《破损的戒指》，是一部以女性的离婚和自立为主题的小说。作者清水紫琴是明治时期的女权运动家。她深受明治二十年代启蒙女权思想的影响。《破损的戒指》取材于作者的第一次婚姻，采取了女主人公的第一人称的回想式叙述方式。女主人公在18岁时依父母之命出嫁，婚后却发现了丈夫的多妻。她本想忍辱度过一生，但是在接触到进步杂志上的女权思想后，认识到女性应该主动争取自己的幸福。她的反复劝说未能改变自己的丈夫，最终选择了离婚和独身生活。作品中明确地批判了儒教式逆来顺受的女性观，否认女性的不幸来自天命，强调女性接受教育的渴望。《破损的戒指》显然是一部带有强烈女性主义色彩的作品。但是，作品尽管表明了主人公自立的决心，却对其离婚后如何自立只字不提。觉醒的“娜拉”只是通过出走完成了对“家”的反抗。与《十三夜》相比，《破损的戒指》应该说仍然是一部观念大于实际的作品。

明治末年，夏目漱石和森欧外在这方面都有新作问世。夏目漱石的《自那以后》和《门》，森欧外的《雁》，分别塑造了想要逃离“家”的新女性。《自那以后》中的三千代，是男主人公代助以前的恋人。他把她让给了好友平冈，几年后的再次见面使代助认识到自己的错误，再次燃起了对三千代的感情，是选择门当户对的家族婚姻还是冒着失去名誉地位的危险选择爱情，代助选择了后者。《门》被看作《自那以后》的续篇，因追求爱情而违背社会道德所结合的宗助和阿米过着与世隔绝的灰暗的生活。《自那以后》和《门》的题材涉及的是私通的禁区，三千代和阿米是有着强烈自我意志的女性形象。然而，她们是沉默的，在她们的恋爱结婚中，几乎感觉不到是否有她们自己的意志，她们只是男性实现追求近代自我的手段。她们逃离的结果不过是从一个“家”到了另一个“家”。《雁》描写了女性自发的觉醒。主人公阿玉先是被警察霸占，后来才发现其有妻有子。为了年老的父亲，阿玉决心做商人末造的小妾，后来才发现其是高利贷者。阿玉把希望寄托在寄宿在附近的医学院学生冈田身上，想要对他表白借以逃离这种生活，然而因缘巧合冈田在毫不知情的情况下离开了日本，阿玉的希望破灭了。在夏目漱石和森欧外笔下，虽然出现了想要出走或已经出走的“娜拉”，然而这些“娜拉”是等待男性救赎的形象，她们出走的结局正如《门》所显示，灰暗而悲戚。夏目漱石和森欧外宣判了“娜拉”们的死刑。

田村俊子是首次将明治末期的“新女性”问题表现于作品的作家。她曾作为女演员参加过易卜生研究家中村吉藏组织的社会剧团，因此，在思想上受到了提倡男女平等和女权扩张的北欧戏剧的影响。她善于用象征性的手法表现女性以及家庭婚姻中男女之间激烈的矛盾。

发表于大正二年（1913）的《木乃伊的口红》是田村俊子的代表作，也是一部以俊子个人经历为基调的私小说。女主人公和丈夫同为作家，然而丈夫的作品却卖不出去，两人曾靠当衣为生。丈夫不断地蔑视妻子的才能来换取自尊。妻子想通过演戏别拓途径，丈夫却出于虚荣心认为妻子不够美貌而对妻子的决定予以反对。在丈夫的强迫下，妻子参加了文学奖的征集，然而丈夫赌的却是经济上的报酬，完全无视妻子对艺术的追求，两人的心越离越远。妻子的稿子竟然得奖，两人的生活得到了改善，丈夫对妻子的成功感到了嫉妒。妻子在晚上做了一个不可思议的梦，梦到在玻璃箱中，灰色的一男一女的木乃伊上下交叠在一起，女的木乃伊脸朝上，涂着鲜艳的口红。田村俊子精确地描绘出了女性的象征形象。“她”是被束缚着的，同时也是被丈夫压迫着的木乃伊，鲜艳的口红表现了“她”对重生的自由的向往和憧憬，然而，在玻璃箱中的“她”却无论如何也走不出去。田村俊子的作品表现了想要自立的女性与社会的冲突与挣扎，“娜拉”的出走在现实中的不可能性。

《伸子》写于大正十三年到大正十五年（1924—1926）之间，《伸子》展开的舞台是第一次世界大战结束后的四年间（1919—1923）的日本。它也是一部取材于作者宫本百合子的实际经历的私小说。与几年前出版的有岛武郎的小说《一个女人》中的叶子相比，伸子也是一个超越时代的女性形象。伸子和叶子一样都出身于日本的中上层家庭，她们都蔑视传统婚姻和家庭，想通过自由恋爱和自由婚姻以追求精神的独立。然而，不同的是，叶子尽管是一个有强烈个人意志的女性，在生活上却不得不依附于男性，这是叶子的无奈，也是叶子悲剧的必然因素。伸子有着自己独特的婚姻观，她认为婚姻不应该是恋爱的终点而应该是恋爱的发展，她对传统的婚姻做出了批判：“为什么人一结婚，就像到了人生的一个终点一样，停步不前而和世俗社会保持一致呢?”[①]伸子并不想通过婚姻在经济上依附丈夫，她有自己写作的工作和理想。她认为婚姻是两个人相互扶持从而使得双方能够“更加丰富更加广泛更加茁壮地成长”的场所，即美满的婚姻是爱情和事业相辅相成的结果。伸子在美国游学中受到了留学生佃的照顾并与他坠入情网。佃已步入中年，却事业无成，且与伸子门不当户不对。因此，与佃的交往遭到了伸子朋友、老师以及家庭的反对，这样反而坚定了伸子与佃交往的决心并决定与佃结婚。在美国生活了多年的佃在当时的日本是一个并不多见的丈夫，他尊重伸子的意愿——以事业为重，不要孩子，对伸子的写作予以支持，对于伸子作为主妇的一些失职行为也不予指责。然而在美国苦学多年的佃回到日本后满足于从家到大学的安定封闭的生活环境，在事业上没有谋求进一步发展的欲望。伸子希望佃和自己共同成长，希望从对方身上得到丰富和充实自己的源泉，封闭的生活使伸子感到窒息。佃在感情上的封闭和独占使得他与伸子的父母和兄弟之间产生了不可调和的矛盾，他和伸子之间缺少精神的沟通，伸子的性欲也得不到满足。尽管佃口口声声强调为伸子献身，伸子却感受不到佃的关爱。陷于日常琐事和封闭生活的伸子在写作上遭遇瓶颈，家庭成了阻碍她个人发展的绊脚石，也成了爱情的沙漠。在邂逅了事业和精神都很独立的女性吉见素子之后，伸子终于意识到自己的内心所求，下定决心与佃离婚，与素子一起生活并专心写作。《伸子》表

① ［日］宫本百合子：『伸子』，新潮社 1967 年版。本章所引译文为笔者翻译。

现了20世纪初叶追求个人成长的日本女性在家庭和事业中所遇到的矛盾以及为追求个人精神独立和更广阔的天地而不惜否定“家”的传统的强烈意志。尽管私小说的性质导致这部作品过多陷于对日常琐事的描写而使得女主人公的意志显得较为模糊，但不可否认它在形式上完成了对“娜拉”出走以后的生活的探讨。

大正后期，随着第一次世界大战的结束，社会主义思想在日本开始传播。随后，日本侵略战争的发动以及战败，战后日本民法的修改以及世界范围内的女性主义运动的影响，都对不同时代的日本女性观产生了不同的影响，女性的诉求在文学中不断变化，开始展现多样化的趋势。

樋口一叶文学在中国[1]

① 本章作者为广东外语外贸大学刘燕讲师。

日本5000圆纸币上的肖像人物——明治早期的天才女作家樋口一叶（1872—1896）被誉为19世纪末日本文坛的一颗璀璨的彗星。她在24岁时就因肺炎不治而早夭，创作生涯前后仅有短短的四年，却留下了20多篇小说，大量文字优美的日记和和歌，无论是质还是量都颇为惊人。其代表作《大年夜》《青梅竹马》《十三夜》《浊流》等至今脍炙人口。一叶古典文学修养深厚，日本的和歌以及《源氏物语》《枕草子》等平安时代的王朝文学都对她的创作产生了潜移默化的影响，同时她所生活的时代也是日本以明治维新为契机，从政治体制至社会、生活、文化等发生一系列连动的新旧交错的时代，传统与现代的交汇造就了一叶文学独特的文体、内容和表现。中国虽然近年对一叶文学有所关注，但对其作品的翻译和介绍却依然很少，其原因有待考究。而目前仅有的大陆和台湾的两个译本由于时代差异和选译角度等多种原因，风格迥然不同，因此，在文体和文本的视觉角度传达等方面，均有值得比较探讨之处。

一、樋口一叶生平及其文学特质

1. 樋口一叶的身世和文学生涯

樋口一叶的小说都是中短篇的精致小品，内容多取材于日本明治中早期的东京中下层社会。她以女性独到的眼光和细腻的观察，描写明治社会的市井民俗和世态炎凉，尤其以深切的笔触，揭示了她也置身于其中的女性的悲哀和少男少女的淡淡情愫。这些作品都与一叶的生活环境有着极大的关系。

从身世讲，樋口一叶出生于东京的一个士族小康之家，他的父亲曾经担任过幕府和明治政府中下层的官吏。一叶15岁时，长兄因病去世，父亲为老后生活打算决定辞职经商，但不久生意失败导致家道中落，遭到打击的父亲很快撒手人寰，仅仅17岁的一叶作为长女不得不挑起了家庭的重担。她和母亲及妹妹居无定所，生活捉襟见肘，饱尝了贫穷的辛酸和痛苦。1893年，一叶因生活所迫移居吉原花街之后的下谷龙泉寺町经营杂货铺。粗陋的房屋、嘈杂的环境、不断穿梭于花街里外的人力车，这里的一切虽然使她哀叹不复士族之女的尊严，但也使她有更多的机会观察和参与日本的所谓底层的“下町生活”。吉原周围的环境和寄生于此的各色人物成为她笔下《青梅竹马》和《浊流》的原型。可以说，正是生活的艰辛，造就了一叶不朽的文学艺术。

论学历，樋口一叶仅受过小学教育，但在14岁时，父亲托人将她送入了著名歌人中岛歌子主持的“萩之塾”学习和歌和《源氏物语》《枕草子》等王朝文学。她具有很高的天赋，其古典文学素养来源于此。与“萩之塾”求学的名门闺秀相比，一叶虽然衣着寒碜，却一枝独秀，其悟性和观察能力很早就显现出来。起初，她的文学创作出于谋生之需，即受“萩之塾”同人田边花圃发表小说《薮中莺》（1888）所触动而开始。一旦介入文学领域，樋口一叶的写作才华如山泉淙淙流淌，一发而不可遏止。她很快就明白了一个道理：文学是自己的挚爱，是生命的绽放，并从此为之执着坚守。用她自己的话说：“文学是绝不能拿它来糊口的，要写文章应该不受任何约束，纵情发挥自己的情感和趣味。”（《蓬生日记》，1893 年 7 月）①

在“萩之塾”学习期间，樋口一叶如饥似渴地学习古典文学，从中汲取了丰富的营养。其创作初期的作品多取材于和歌和王朝文学，通过恋爱表现王朝文学的“物哀”情趣。该时期的作品构思单纯，内容多依于想象，但注重修辞，时常引经据典，以求美文效果。《暗樱》（1892）是这一阶段的代表作品。此后，由于生活环境的改变，其创作风格发生了巨大的变化。她在内容上开始偏重对现实生活的关注，描写对象也开始转向“町人”阶层。在创作手法上，江户时代作家井原西鹤（1642—1693）反映町人社会风俗的元禄文学风格，对她感染颇深。其作品中的现实主义写作手法，便是得益于井原西鹤的写实笔法。普遍认为发表于 1894 年 12 月的《大年夜》是其创作的转折点，在这部作品中她以同情的笔触描写了底层女性的悲苦生活。由此开始，她进入了被称为“奇迹的十四个月”的创作巅峰期，陆续发表了反映吉原花街周边少男少女的成长和淡淡情愫的《青梅竹马》（发表于 1895 年 1 月），描写私娼爱情悲剧的《浊流》（发表于 1895 年 9 月）以及描写明治新旧女性观压迫下婚姻悲剧的《十三夜》（发表于 1895 年 12 月）等代表作，作品技巧日渐炉火纯青，文字朴素而优美。

2. 樋口一叶的文学特质

一叶的前后期作品在内容和风格上存在着较大的差异，但古典文学的浸染及素养使得她的作品始终带有浓厚的传统文学尤其是王朝文学的气息，这体现在贯穿于其全部作品的“物哀”和“知物哀”情趣上。“物哀”和“知物哀”是江户时代国学家本居宣长以《源氏物语》及和歌为研究对象，对日本传统文学的审美和诗学要素进行的总结与再诠释。本居提出的“物哀”及“知物哀”概而言之是指“由外在事物的触发引起的种种感情的自然流露，就是对自然人性的广泛的包容、同情和理解”②。他强调物语要“通人情”，即“将人

---

① ［日］樋口一叶：《樋口一叶选集》，萧萧译，人民文学出版社 1962 年版，第 244—245 页。

② ［日］本居宣长：《日本物哀》，王向远译，吉林出版集团有限责任公司 2010 年版，代译序第 8 页。

情如实地描写出来，让读者更深刻地认识和理解人情，这就是让读者‘知物哀’”①，而不是以既成的道德规范去裁判人物。笔者认为，一叶的作品从以下几个方面呈现和诠释了“物哀”和“知物哀”。

(1) 作品以描写“人情”为主干，以“情”感人。一叶的小说不以跌宕起伏的情节取胜，而是以女性独到细腻的眼光观察和描写明治中早期社会的市井民俗、世态炎凉和置身于此的人物，尤其是女性的众生态。她善于写各种各样的“人情”，特别是挣扎于无可奈何命运下的人物的“悲情”和“哀情”，如《暗夜》《岔路》中被时代和社会抛弃的失败者及边缘者的痛苦、愤懑、孤独，《青梅竹马》中少男少女的淡淡情愫和各自灰暗的宿命，《大年夜》中挣扎于贫困生死线上的下女及其家人的愁思，《十三夜》《自焚》中成为无爱婚姻中空壳的女性的内心挣扎以及失败的抗争。一叶描写得最多的是各种背负着沉重身世的人和他们面对触不可得的恋情时的苦闷。如《浊流》描写了源七和妓女阿力之间彼此深恋却无法结合的痛苦，同时也描写了源七在无望中抛妻弃子的自责和挣扎以至最终的毁灭；《行云》塑造了即将成为别家上门女婿承担家业重担的桂次和被后母虐待的阿缝之间彼此同情吸引却只能渐行渐远的无奈。一叶不但写“物哀”，也“知物哀”，她不是以俯视者或裁判者的目光，而是以“同情”的笔触描写各种人物，她笔下的人物软弱、失败，忍耐者居多，可悲可叹，有的可恨又可怜。正因如此，这些人物才以立体和真实的面目出现，读来感人至深。诚如世人所评，她的作品是“流着热泪写成”(《水上日记》，1876年7月)。

(2) 以心理描写凸显“人情”。从结构而言，一叶的很多作品像散文小品，信笔所至，没有近现代小说中常见的严谨和复杂的结构，如《自焚》描写的是主人公“太太”和其母亲各自在婚姻生活中的空虚和苦闷，这两部分在情节推进和内容上并不存在紧密的线索联系和因果关系，完全可以各自独立成篇，结构上比较像由一个个独立篇章串联而成的《源氏物语》。再如《暗樱》单纯描写的是少女暗恋中患得患失以至抑郁至死之心理过程，《下雪天》《吾子》《檐月》《十三夜》《里紫》以整篇或大篇幅描写女性的回想和内心情感的交错，表达女性在家庭和恋爱中的痛苦、悔恨以及抉择等。可以说一叶小说的着眼点往往在于通过大量心理描写和心理独白铺排主人公的复杂内心世界和生存状况，以此凸显“人情”。

(3) 以古典手法和“雅文体”塑“人情”。从文体来看，一叶的作品中仅有《吾子》一篇为口语体，在其他作品中，她都有意识地采用了受王朝文学

① ［日］本居宣长：《日本物哀》，王向远译，吉林出版集团有限责任公司2010年版，第44页。

影响的文言体——"雅文体"，古典韵味浓厚，文字精美而细腻。她的笔触如同王朝文学和传统和歌善于以自然比情，以自然入情。如《青梅竹马》以夏到冬的季节转变为背景描写少男少女们的成长，将少男少女的恋情结束于一个结霜的冬日，塑造出一种淡淡的哀愁。《暗樱》《暗夜》《下雪天》《檐月》《行云》《浊江》等题名都是"人情"悲凉的折射。一叶还善于将和歌融于作品内，无论是作品的题名还是内容文字，很多都源于和歌里的典故和题材，使其作品在氛围上更接近于传统文学的"物哀"审美。正因如此，一叶被同时代作家称为"当今清紫"[①]（清少纳言和紫式部）（《水上日记》，1895 年 10—11 月），"文坛之神"森欧外以及幸田露伴和评论家齐藤绿雨称其为"真诗人"。[②]

一叶以自身的际遇和女性敏感的目光抓住了处于变动时期的明治中下层社会的人间百态，尤其将笔触深入女性心理这一被遮蔽太久的领域。从这一点而言，一叶的文学具有近代性的一面。但一叶的声音更多是出于人生际遇的本能哀诉，并非女性意识觉醒后的自觉呐喊。明治时代评论家相马御风就曾经评价一叶为"古日本最后的女性"，他认为一叶并没有成为"生活的革命者"而仅是"哀诉者"[③]。这大概也是日本传统文学与近代文学的区别所在。"哀诉"是对"人情"的呈现，却没有以社会变革为目标的内在需求和积极动机，从这一点而言，可以说，一叶的文学仍然是古典的和传统的。

二、樋口一叶文学在中国的译介

中国对一叶作品的翻译和介绍可用"寂寥"两个字来形容。迄今为止，中国大陆仅有人民文学出版社于 1962 年出版的萧萧所译《樋口一叶选集》。虽然也有一些作品散见于一些合集[④]，但均节选自此版本，且集中出版于 20 世纪 80 年代初。此外，对樋口一叶的文学介绍也仅见于一些日本文学史教材。而台湾地区仅有 2004 年由台北洪范书店出版的林文月所译《十三夜——樋口一叶小说选》。

中国对一叶作品的介绍最早始于周作人。他于 1918 年 4 月在北京大学文

① ［日］本居宣长：《日本物哀》，王向远译，吉林出版集团有限责任公司 2010 年版，第 295 页。

② ［日］本居宣长：《日本物哀》，王向远译，吉林出版集团有限责任公司 2010 年版，第 305 页。

③ ［日］樋口一叶、泉镜花：《樋口一叶 明治女流文学 泉镜花集》，筑摩书房 1972 年版，第 431 页。

④ 如《外国中篇小说选》（湖南人民出版社 1982 年版）；《世界中篇名作选》（漓江出版社 1983 年版）；《日本短篇小说选》（中国青年出版社 1983 年版）；《清贫赋》（日本卷）（河北教育出版社 1995 年版）；《青梅竹马》（中国和平出版社 2005 年版）。

科研究所小说研究会上的演讲，题为《日本近三十年小说之发达》，提及樋口一叶。周作人将樋口一叶划为砚友社派①作家是失之偏颇的。樋口一叶与砚友社派幸田露伴、川上眉山等有所交往，其早期作品《埋没》也可以看出在题材和风格上对幸田露伴的模仿，两者在艺术手法上有井原西鹤的影子，这是事实。但是樋口一叶的艺术与砚友社派有着极大的不同，自然主义评论家相马御风曾将砚友社派评价为——“浅薄皮相的写实派”“幼稚单纯的空想的理想主义”②，而一叶的写实主义是源于生活和自身，因此周作人同时也提到：“她虽是砚友社派的人，她的小说却是人生派的艺术。”③ 谢六逸在1929年出版的《日本文学史》中，评介一叶作品“以井原西鹤为法”，“善写被男性与社会虐待的女性，于背着十字架的女子，与被人舍弃的女子，有深厚的同情”，④ 对一叶作品的风格和内容有较好的概括。

此外，中华人民共和国成立后至20世纪80年代，对一叶作品的评价多从阶级观点出发，强调其批判现实主义风格⑤，有明显的时代烙印。20世纪90年代后也有从女性主义角度对一叶作品的介绍，但未引起一定的重视。⑥ 由于樋口一叶的作品多发表在浪漫主义文学杂志《文学界》上，因此近年又有中国学者或将她归入浪漫主义流派，或以文体为据将其归入砚友社派的拟古典主义或复古主义流派。⑦

中国大陆近年对樋口一叶作品的关注始于余华。在《文学与文学史》一文中，余华将一叶与犹太作家布鲁诺·舒尔茨相比，认为其文学价值与其文学地位不相称，“这位下等官僚的女儿尽管在日本的文学史上获得了一席之地，就像布鲁诺·舒尔茨在波兰或者犹太民族文学史中的位置，可是她名字的左右

---

① 明治二十年代日本文坛主要文学流派，代表人物有尾崎红叶和幸田露伴，风格受井原西鹤影响较大，为风俗写实主义。

② ［日］樋口一叶、泉镜花：《樋口一叶 明治女流文学 泉镜花集》，筑摩书房1972年版，第423—431页。

③ 周作人：《雨天的书》，华夏出版社2008年版，第230页。

④ 谢六逸：《日本文学史》，上海书店1991年版，第73页。

⑤ 刘振瀛在《樋口一叶选集》（人民文学出版社1962年版）序言中称一叶为“日本近代批判现实主义文学早期开拓者之一”，陈德文编著的《日本现代文学史》（南京大学出版社1991年版）中延续了这一说法。

⑥ 如高慧勤主编的“蓝袜子丛书”《清贫赋》（日本卷）（河北教育出版社1995年版）介绍了一叶的《浊流》。“蓝袜子”原文为“青鞜”，是日本明治末期宣扬女性解放和男女平等的杂志。

⑦ 如谢志宇著《20世纪日本文学史——以小说为中心》（浙江大学出版社2005年版）和刘利国、何志勇编著的《插图本日本文学史》（北京大学出版社2008年版）将一叶归为拟古典主义和复古主义。张龙妹和曲莉编著的《日本文学》（高等教育出版社2008年版）将其归为浪漫主义。

时常会出现几位平庸之辈，这类作家仅仅是依靠纸张的数量去博得文学史的青睐”①。余华的看法不无偏颇。从其评论可以看出，我国学界对樋口一叶作品的翻译和介绍都有待深入。

究其原因大致有以下几点。第一，樋口一叶生活的19世纪末期，即清朝末期，正是中国意图效法日本明治维新改革国家社会之际，因此，对日文书籍的翻译集中在政治经济和科技方面以图经世致用，文学翻译也多倾向于此。第二，中国对日本文学的第一次翻译热潮始于五四运动之后，多倾向于选择表现自我觉醒和人性解放的符合五四精神和形成一定流派的作家的作品。樋口一叶的创作，处于日本近代文学以及文体的探索期，她真正引起文坛瞩目的时期只有一年左右，并未形成固定和有强大影响的文学流派。第三，前述一叶文学的特质也是阻碍其作品广泛翻译的一个很大的因素。尽管随着女性主义的兴盛，以及近年樋口一叶逝世一百年，她的肖像登上日本纸币等，日本对一叶文学进行了重新挖掘并给予较高的重视，但由于其作品距今年代久远，且文体叙述部分为“和文体”文言，会话部分为白话的“雅俗折中体”，传播并不容易，即使对现在一般的日本人来说，阅读都有困难。况且作品中出现的大量的典故、和歌、小曲、隐喻、俗语、双关语，以及明治二十年代东京所谓“下町”的民俗等，都增加了其作品的翻译难度，字里行间那些典雅细腻的表达，没有一定文字功底的人不能翻译传达。目前所见樋口一叶作品的两个中译本，皆出自以日语为母语的女性之手与此不无关系。

萧萧译本和林文月译本分别出自大陆和台湾，是各自地区的首译本。由于时代以及翻译和选题的目的不尽相同而导致这两个译本在选择作品，以及译文风格上显示了较大的差异，对它们进行比较研究，对于中国学界研究其作品可谓有意义的参考。

萧萧原名伊藤克，1915年出生于东京，少时曾随父亲学习汉文，1936年随华侨丈夫来到中国直至1961年返日，20世纪80年代再返中国直至1986年逝世。② 她是中国20世纪五六十年代出版译作最丰的翻译家。萧萧译本出自中国翻译日本文学的第二个繁荣期，即1954年全国翻译工作会议之后至“文化大革命”之前。

由国家出版单位有组织有计划地选题是这一时期文学翻译的特点，樋口一叶的作品之所以入选这一时期的翻译计划与其后期作品多反映日本下层社会痛苦和写实色彩浓厚有关，因此，萧萧译的《樋口一叶选集》除早期受瞩目的

① 余华：《内心之死》，华艺出版社2000年版，第148页。
② 杨沫：《杨沫散文选》，北京出版社1982年版，第72—74页。

《埋没》外，所选均为后期代表一叶艺术成就的偏现实主义的作品，颇具时代特色。除其代表作《大年夜》《浊流》《十三夜》《岔路》《青梅竹马》外，还有《行云》和《自焚》。同时还选译了一叶从1891年至1896年的部分日记，对一叶的生平和创作起到了很好的对照和参考作用。而刘振瀛所序前言不但对一叶生平和文学创作有详细介绍，还对选译作品一一评介。评介的内容虽然摆脱不了时代特色——从阶级观点出发，但他对一叶作品有独到见解，“她的作品在严酷的生活真实之中，掺揉着人民对幸福向往的抒情浪漫气息”。从前言中还可以看出当时翻译一叶作品的目的，“樋口一叶是日本明治时期少数深深同情人民的作家之一”，“作为资产阶级残害人民的见证人，作为被压迫的人们对那不合理的社会的控诉者，她的功绩在日本文学史上是值得大书一笔的”。①

林文月1933年出生于上海日本租界，直至1946年去台湾前一直接受日语教育。后毕业于台湾大学中文系，专攻中国唐代及六朝文学，以散文见长。20世纪70年代译成《源氏物语》后又陆续翻译《枕草子》《和泉式部日记》《伊势物语》。因此林文月翻译一叶作品可谓其翻译王朝文学后的一个自然流向。林译本《十三夜——樋口一叶小说选》选译作品也收录了一叶的五部代表作，此外还收录了《暗樱》《下雪天》《暗夜》等有浓厚王朝文学氛围的早期作品以及《檐月》和《吾子》两篇以女性心理独白而成的作品。这些作品多以女性的恋爱和家庭为主题，《暗夜》以明治激变中的女性复仇为主题，颇具传奇色彩。前附林文月亲撰的《古日本最后的女性——樋口一叶及其文学》为序，评价一叶“兼具传统文学的修养与近代文学的表现”②；后又附《与一叶对话》为代跋，以与一叶的神交描写自己对一叶作品的理解和翻译的心得，可谓匠心独运。“古日本最后的女性”一说如前所述源于相马御风对一叶的评价，他认为一叶之所以没有成为“生活的革命者”而仅是“哀诉者”，在于其本身是“不自觉的旧日本女性”③。这显然与刘振瀛的看法是背道而驰的。

林文月习惯在每篇作品后附译后小记，或解题或谈及小说技巧，在代跋中林文月对此予以解释。“因为我觉得译文有时不能完整把握文字表面，同时又兼顾文字内层所隐藏的更深韵味”，“我不希望只是做个故事的代言人而已，总是希望透过译文，让读不懂原文的人也能欣赏到原著丰饶的文学内涵，或者帮助他们了解较深的文化背景”。④ 由此可见林文月在选译作品时明确重视原

---

① ［日］樋口一叶：《樋口一叶选集》，萧萧译，人民文学出版社1962年版，前言。
② ［日］樋口一叶：《十三夜——樋口一叶小说选》，林文月译，洪范书店2016年版，第11页。
③ ［日］樋口一叶、泉镜花：《樋口一叶 明治女流文学 泉镜花集》，筑摩书房1972年版，第431页。
④ ［日］樋口一叶：《十三夜——樋口一叶小说选》，林文月译，洪范书店2016年版，第272页。

作品的文体和文字韵味的传达，而其每篇译作后对文字内涵的注释也确实比萧萧译本更详尽和更胜一筹，同时所选作品题材较广，突出一叶作品的女性特质并兼顾其文学前后的成长轨迹。而萧萧译本从选材上来看抛弃前期作品可谓内容先行。

三、林文月译本与萧萧译本比较

上面的概述指陈了一个事实，即樋口一叶文学在中国的传播，得益于林文月和萧萧的翻译之功。就文学传播而言，与其笼统地评说中国读者喜欢樋口一叶的作品，不如深入译文的有关节点，领略译者沟通作者与读者的良苦用心和换转文情的才艺。在这里，笔者从以下三个方面对萧萧译本和林文月译本进行具体的分析。

1. 雅文体的雅译

众所周知，樋口一叶的文体受和歌和王朝文学影响较大。日本和歌以“七五调”和“五七调”的长短间隔来营造诗歌的韵律。日本平安时代的女性曾经用“假名”这种女性文字创造了以《源氏物语》《枕草子》为代表的日本文学史上的辉煌，即人们所说的王朝文学。在明治二十年代，即樋口一叶创作的高峰期，日本近代文学还处在“言文一致”以及“文体”的探索期。她那时已经有意识地采用受王朝文学影响的“雅文体”，因此，其文体颇具古典气韵，遣词造句精美，既有散文特色，又兼有日本传统诗歌长短相间的节奏。

林文月的翻译着力表达这种韵散节律，译文长短相隔，讲究韵致和文字之美。如早期作品《暗樱》除会话部分外，行文大都较长，而且无句读分割，但本身带有日语固有的节奏和韵味。比如开头和结尾，林文月是这样处理的：

隔ては中垣の建仁寺にゆづりて汲みかはす庭井の水の交はりの底きよく深く軒端に咲く梅一木に両家の春を見せて薫りも分かち合ふ中村園田と呼ぶ宿り（《暗樱》开头）

这两家之间，只隔着竹篱笆。共用的井水，既深且清。开在屋檐下的梅花，一树两家春，连香气都分享着。这两家是中村家和园田家。（林译文）

風もなき軒端のさくらほろほろとこぼれて夕やみの空鐘の音かなし（《暗樱》结尾）

也无风，檐上却见樱花纷纷飘落，满天夕照，晚钟幽幽催人伤悲。（林译文）

又如一叶名作《青梅竹马》（林译作《比肩》）中开头极其有名的一段：

廻れば大門の見かへり柳いと長けれど、おはぐろ溝に燈火うつる三階の騒ぎも手に取るごとく。

从大街拐个弯儿，到大门回望柳那一带的路程虽然挺长，但灯火映入黑齿沟的三楼里头喧嚣不已，却是清晰如在眼前手边。（林译文）

要绕过这儿，才能走到吉原大门，门前的回顾柳，枝条如丝，长长地下垂着。三层妓楼的灯影映射在黑浆沟里，楼上一片喧哗的声音一直传到这胡同来。（萧译文）

原文中的“いと”原为双关语，一指柳树之“丝”，二为文言中程度副词，即“非常に”之意。而从原文上下意思来看，“長”修饰的是柳丝，而不是路程。林的翻译似是有意而为之，宁舍其意而使“路程之长”和“喧嚣之近”在前后形成对比，可见林文月在原文文体和韵味的表达上是煞费苦心的。

总起来讲，樋口一叶的雅文体以雅出彩，林、萧的译文力求与作者看齐。久而久之，两位译者都受到了原作的影响。文体是很厉害的“范儿”，翻译入“范”，不规也随。随文随体，于是就有了文体学雅致性的规范效应。细心的读者或会发现，二人的此类译文虽然不同，但是均有韵味，且异彩纷呈。笔者称之为“雅译”，说明的就是这两种译本殊途同归的交合点。

2. 心理活动的传译

樋口一叶的文体经常不明示或省略主语或人物名称，行文很长之后才在后文出现，有些段落，读者只能通过前后文或小说会话的交错而推测。这种表现在《大年夜》《十三夜》《浊流》中尤其在各章各节开头中尤为多见。试比较两个译本对《浊流》（林译为《浊江》）开头中妓女阿高拉客场景的处理：

……有一个女人站在店头捉住一个脚上穿着木屐的，象是相好的男子，用叱责的口吻说。对方并不生气，一边分辩说：“回头再来，回头再来，”一边走了过去，女的咂了咂嘴，目送男的后影，接着就跨进了门

槛，自言自语地说："'回头，回头，'胡说些什么！还不是压根儿不想来嘛！真的，男的一娶了老婆，就没有法子啦。"（萧译文）

……站在门口，见了熟面孔的男人趿拉着木屐走过，便一副数落人的口气。男的挨了骂也不敢生气，尽顾着推托："待会儿，待会儿。"见人都走过了，望着背影，悻悻然啐道："什么呆会儿，没诚没意的！男人呀娶了老婆就完蛋啦。"自个儿喃喃着，走回店，跨过门槛。（林译文）

显然，林的译文更多地保留了原文的特色，行文有日文色彩，趋向异化。而萧萧的译文则更符合汉语习惯，但两者在意思上并无太大差别，皆为第三人称叙事，叙事者作为旁观者隐匿其旁。而《大年夜》和《十三夜》的开头皆伴以女主人公的大量心理活动，对于主语缺省的不同处理则造成了叙事角度的不同感受。以《大年夜》为例，《大年夜》描写了在富人家做下女的阿峰的故事。阿峰为了帮助重病且受高利贷重压的舅舅，不得已而行窃。作品开头描写了阿峰难以忍受的下人生活。

水井是辘辘井，有十来丈深，厨房朝北，腊月的寒风飕飕穿堂而过。"嗳，冻死啦！"她蹲在灶前拨弄着火，起初只想烤一分钟，却不知不觉地拖延着，于是挨了一顿责骂，东家把芝麻那么点小事都当作大事情来骂她，当用人可真难啊。……阿峰不等喊三声就爬了起来，还没来得及系腰带就拿起揽袖带来揽袖子。她赶到井边，一看，月影还残留在井台边，刺骨的寒风吹散了她的甜梦。洗澡用的浴桶虽然不大，但两个水桶装满水来回提十三趟才能倒满。阿峰累得汗流浃背……两手提这沉重的水桶，一不小心就失脚滑倒在井台边儿的冰地上……手里的水桶已经抛出了很远……不知这只水桶值多少钱，太太却象因此会倾家荡产似的，额上暴起了可怕的青筋，从她伺候早饭时就耸眉瞪眼地，整天价不理睬阿峰……太太逢人就谈这件事，阿峰的一颗年轻的心真是羞愧不堪……（萧译文）

井深，需赖辘辘网绳十二寻之长。厨房面向北边，十二月的寒风冷冷地吹着。哦，真受不了。在炉灶前烤活取个暖，一分钟竟觉得像一个钟头那么的长。连劈个小柴火都会挨骂，做下女的真是难为啊。……不等她（引者按，指太太）叫唤三声，便即急急忙忙颠倒衣裳走出门外。晓月照着井边，寒风刺骨，教人睡意全消。浴缸虽然是装置的，并不算大，却也得靠双肩担水，满满两木桶来回走十三趟。挑水挑得满头大汗……走着走

> 着，就滑倒在井边的冰地上……木桶也打翻了……也不知那个木桶子一个值多少钱？只见太太的额际青筋浮突，仿佛家财就会因此损减似地怒目相瞪，一天都不讲话……一天念到晚，还逢人便告。害年轻的心底无限羞愧……（林译文）

原文中“阿峰”的名字出现在文章开始后两千字左右处，主语的缺省使得文章的翻译颇具暧昧性。萧萧的译文对主语径直补足使译文形成第三人称叙事方式，对主人公的活动和心理以旁观者而视之，而林对文体和句式的处理则忠实于原文，叙事方式有以第一人称娓娓道来之感，也使人对主人公的活动和心理感同身受。这两种不同的处理方式在两个译本的类似表现中皆可见，林译本只在不得已而为之的情况下才会对主语进行补足。究其原因，一是从代跋中可以看出林文月在对文体的翻译上是倾向异化原则的，而萧萧翻译一叶文学时的20世纪五六十年代，大陆的文学翻译多以归化为原则。[①] 其次，林文月理解的一叶不是“下町生活”的旁观者，而是彻底的参与者，[②] 而不仅仅是刘振瀛所提的“同情者”“见证者”。可以说译者对一叶文学的不同理解和翻译方法，造成了译文不同的视觉感。这也体现在对文中大量典故等材料的处理上。

心理活动是很复杂的人物内在行为。人们常说“人同此心，心同此理”，这只是对一般性的心理概括，实际上心理活动异常诡谲。在心理活动方面尤其如此。林、萧在这个层面付出的劳动都很艰苦。林扣精神，传神有生机；萧扣意念，释意得情趣。二人均有出色之处。

3. 和歌、典故、俗语等的直译

对于樋口一叶作品中大量的典故和隐喻，林文月多取直译后附注释的方式，而小说中引述的和歌等，则多以《诗经》《离骚》体裁译出，显示了其深厚的中日文古典素养。但如“莺声频啼的贫民窟”之类，虽在后附引用和歌“莺声啭兮无日安”，但仍给人硬译之感。萧萧的手笔多择其意，或略去原作的日语辖制，而以意译代之。“たけくらべ”是樋口一叶最脍炙人口的作品，描写了吉原花街周围一群即将走上不同成人之路的少男少女以及他们各自淡淡的恋情。有和尚的儿子信如，家里经营高利贷的正太，妓院红妓女的妹妹美登利等。“たけくらべ”原义为“比身高”，源于《伊势物语》第二十三段的两首和歌“筒井つの井筒にかけしまろがたけ過ぎにけらしな妹見ざるまに”

---

① 王向远：《王向远著作集》第八卷，宁夏人民出版社2007年版，第319页。

② ［日］《十三夜——樋口一叶小说选》，林文月译，洪范书店2016年版，第265页。

和“くらべこし振分髪も肩すぎぬ君ならずして誰かあぐべき”，暗示青梅竹马之恋。

比较而言，林直译作《比肩》不如萧萧的《青梅竹马》更直观和更好地转达原文的内容。文中第四节描写正太等待美登利时哼唱小曲《忍ぶ恋路》，“忍ぶ恋路”原义为“偷偷恋爱”。日本有同名小曲，林以《私恋》直译曲名，而萧萧则直接以“背着人，染相思”歌词译出，更显活泼。在第十三节中，信如不巧在美登利家门口断了木屐带子，美登利在送带子之际发现是信如，对于暗自喜欢对方却互不理睬的两人来说颇为尴尬。美登利站在“何うでも明けられぬ門の際”不知如何，此处林直译作“无法打开的门”，暗示美登利无法走出将成为妓女的命运之路，虽恪守原文，毕竟稍显呆板。而萧萧所译的“开开门吧，难为情；不理他，回家吧，心又不忍”，有独到的理解，颇合美登利此时的心情。

在和歌、典故、俗语的处理方面，两位译者多用直译，而且不少地方采取了附加注释的补充手段。这个现象不难理解，因为和歌款式独特，用语佻达，要细致入微非常不易。典故和俗语亦然。任何一个民族的语言文化、典故和俗语都是光怪陆离的大海贝类，翻译者要捕捉它们，往往需要笨办法。林、萧直译，直的特点就是笨。但是在这个当口，她们的直译也很引人入胜。这样的直，直而得值；这样的笨，笨却得本。

由于翻译时代不同，可参考的原著版本和资料数量各异，特别是译者对中日文化的修养及趣味不尽相同，林萧两个译本可谓各擅胜场。如前所述，一叶作品的特点在于写“人情”，并通过大量的心理描写和“雅文体”凸显和塑造“人情”。和萧萧的翻译相比，在内容之外，林文月对一叶文学的内涵和形式都比较重视，因此她的翻译策略不仅限于内容的传达，还力求通过对文体及和歌、典故、俗语的推敲，对心理描写的如实传递，去进一步贴近一叶作品中所呈现的“物哀”和“知物哀”的内涵、审美和氛围。就这一点看，以散文译成的萧萧本似乎稍逊一筹，但她的翻译精确、流畅、活泼。林文月在着力传达“文字内层所隐藏的更深韵味”之际，多了一些运笔中的束缚，行文多直译，有时不如萧译本生动。总体上品味，林萧两种译文都有译者的风格。在翻译的日语风致上看，林本胜于萧本。特别是在处理典故等方面，林本对日语文体的韵味传达，更忠实于原文。萧萧作为深谙日文原作，同时又贴近大陆现实文化的行文，颇有力度地拉近了樋口一叶与中国广大读者的距离。从接受美学的角度讲，萧译《青梅竹马》有更多的受众，影响了大陆的几代读者。余华称：“《青梅竹马》是我读到的最优美的爱情篇章，她深入人心的叙述有着阳光的温暖和夜晚的凉爽。”[①] 可见萧萧的翻译及其对樋口一叶意蕴的传达是成功的。

总而言之，林文月和萧萧的翻译虽然风格差异较大，但译文各有优长，都应该得到充分肯定。从翻译学的角度讲，樋口一叶是幸运者，她有两位难得的译介学知音，可谓一叶入早秋，双桥兆阳春。中日文学交流史也因为有这样两个译本，多了一些值得玩味的话题。

① 余华：《内心之死》，华艺出版社 2000 年版，第 148 页。

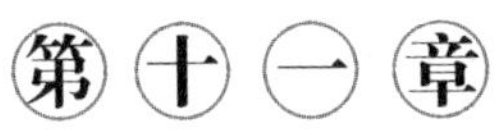

第十一章 河上肇的陆游情结[1]

① 本章作者为东北师范大学孟庆枢教授。

河上肇（1879—1946）与陆游（1125—1209）是跨越两个国家，而且相隔了七百多年的“知音”。河上肇是日本早期著名的马克思主义理论家、经济学家。他留下的《陆放翁鉴赏》（以下简称《鉴赏》），把他和陆游紧密地联结在一起。《鉴赏》同时给中日文化文学研究领域留下了一笔宝贵的财产。河上肇对陆游的青睐，不仅是对中国文化的汲取与借鉴，更体现了马克思主义在亚洲汉文化圈传播的过程中，与中华文化的精髓结合在一起。早期的马克思主义者们在接受马克思主义理论时必然有接受文化基础，这些接受者丰厚的儒家文化底蕴与马克思主义的基本理论相融合，使得马克思主义在东方落土生根。河上肇与陆游的神往之交，恰好是一个很好的例证，从中我们可以领略到马克思主义东方化过程中，中国传统文化的隐性作用。

一、陆游：河上肇的“自画像”

日本著名河上肇研究家一海知义形象地说，陆游是河上肇的“又一个自画像”。为什么河上肇格外青睐陆游？我们可以从他和陆游的人生经历谈起。河上肇不仅是日本早期马克思主义经济学家、理论家，还是出色的中国文学研究家、与夏目漱石比肩的汉诗诗人。河上肇的中国文化造诣非常深厚，既有出生以后（明治、大正）时代的原因，又有家学渊源，还有个人的天资。在对中国古典文学的研读中，陶渊明、王维、杜甫、白居易、陆游、苏轼、高启都是他苦心研究的对象。他1879年出生于今天日本山口县岩国市，1902年毕业于东京帝国大学法学院，1913年赴欧洲留学，1914年获法学博士学位，1915年任京都帝国大学法学院教授。在京都帝国大学时期，最初十年钻研、讲授古典经济学。这时期的主要著作有《贫困物语》（1916）。从1919年起他创办了私人杂志《社会问题研究》，1923年出版了《资本主义经济学之史的发展》。在《社会问题研究》杂志陆续发表翻译马克思的《雇佣劳动与资本》（1921）《工资、价格和利润》（1921）等论文和《唯物史观研究》（1921）、《社会组织和社会革命》（1922）等研究马克思主义的著述，他被称为“红色教授”。在1922—1923年间，他还连续发表了《马克思的劳动价值论》，用以回应来自资产阶级经济学家对马克思主义的攻击。从1924年起，河上肇用四年的时间重新研究辩证唯物主义和历史唯物主义，深入钻研《资本论》，1928年10月出版了《经济学大纲》，成为他转变到马克思主义经济学立场的标志。由于1928年出现日本政府镇压共产党的“三·一五”事件，处于马克思主义研究高峰期的河上肇被驱逐出京都帝国大学。但是河上肇没有退却，1929年他发表了《马克思主义经济学的基础理论》，1930年又发表了《第二贫困物语》，

1932 年发表了他的另一本主要著作《〈资本论〉入门》，对马克思主义经济学在日本的传播做出了很大的贡献。但同时他自己又受到了马克思主义学者在方法论上的批评，这促使他反思，清算自己过去从人道主义立场解决社会问题的唯心史观。这次价值论的论争，在日本马克思主义经济学的发展史上起了重要作用。1932 年他秘密加入日本共产党，1933 年由于叛徒告密被捕入狱，这成为他人生的一大转折，他在没有人身自由的情况下，对信仰不改初衷，以率直的笔触写下了《自叙传》等重要文字。他在狱中坚定地斥责叛徒的劝降。他直至 1937 年才获释，出狱后仍被特警监控，隐居东京、京都，因贫病交迫，于 1946 年 1 月 30 日在京都逝世。在河上肇的生前与身后，无论是赞同或反对他的思想的人，都公认河上肇为“求道者”。河上肇经常以孔子的“朝闻道，夕死可矣”为信条，认为“闻道是人生唯一目的”，是人生的最高境界。在日本发动侵华战争期间，河上肇反对日本对中国的侵略，称之为“兵祸”。可以说，河上肇是中国人民的老朋友。

陆游是我们耳熟能详的宋代著名诗人，也是我国诗歌史上留下诗作最多的诗人（近万首）。陆游字务观，号放翁，越州山阴（今绍兴）人，南宋文学家、史学家、爱国诗人。陆游生逢北宋灭亡之际，少年时代即深受家庭和主战派代表人物的爱国思想的熏陶，立下终生矢志不移地实现国家统一的夙愿。他的政治生涯非常坎坷。宋高宗时，参加礼部考试，因受秦桧排斥而仕途不畅。宋孝宗即位后，赐进士出身，历任福州宁德县主簿、敕令所删定官、隆兴府通判等职，因坚持抗金，屡遭主和派排斥、打击。他在壮年（58 岁）之时，被贬回乡。虽然其后朝廷也有起用，但都难遂心愿。他从 58 岁至逝世的 85 岁，主要是被迫蛰居家乡过一种充满矛盾的生活。一方面他“始终没有忘却为国家出力，愿意为国家的中兴献出自己的生命”①，留下了悲愤、铿锵的诗句：“憔悴衡门一秃翁，回头无事不成空。可怜万里平戎志，尽付潇潇暮雨中。”②陆游离开政治舞台后，满腹才华却无用武之地，只能在心灵里构建一方“守道”的天地：“儒生安义命，所遇委之天，用可重九鼎，穷宁值一钱？虽云发种种，未害腹便便。高卧茅檐下，羹藜法不传。”（《儒生》）田园生活，真使他成为一个村民：“地偏身饱闲，秋爽睡殊美。老鸡每愧渠，三唱呼未起……心空梦亦少，酣枕甘若醴。不学多事人，南柯豪众蚁。”（《起晚戏作》）看似“闲逸”，其实他的内心却仍然波澜起伏。他始终不忘收复失地，希冀国家统一，国泰民安社会的到来。读他晚年的诗，不可孤立地看某一首，更不能寻章

① 朱东润：《陆游传》，新世界出版社 2016 年版，第 242 页。
② 〔宋〕陆游著，钱仲联、马亚中主编：《陆游全集校注》，浙江教育出版社 2011 年版，第 368 页。

摘句。晚年的陆游在某种意义上更能体现东方文人精神世界的多样性。可以说，正是陆游与河上肇人生经历的相似性，使得他们心有灵犀一点通。

翻开河上肇的马克思主义著作和其他论述，中华文化的精髓随处可见。就拿河上肇对陆游文学的造诣来说，知情者无不感慨系之。跨越时空的两位诗豪，就像闾里相望的友邻，如此神交，可谓“知音”。河上肇邂逅陆游是在少年时代。他在《鉴赏》里收录了《曾仲躬见过适遇予出留小诗而去次韵两绝》的“蓬门只欲为君开”这句诗，让少年河上肇怦然心动。“我在少年时代，看到在濒临海滨的亲戚家别墅的门板上雕刻着‘蓬门只欲为君开’，感到这真是好诗句啊，今天才知道这是陆放翁诗里的句子，看来过去的人相当风流。”① 河上肇还写下了“放翁诗万首，一首值千金。举付斯茅宇，教夸月色深”的赞美诗句。这首汉诗是他 1941 年 4 月 24 日得到原鼎君赠陆游作品的全集之后，为表达感谢之情，“喜甚，赋诗以谢之”②。他全面通读研究陆游著作是在他出狱以后，这也是他作为学者的一大特点，被称为“彻底派”。一般来说，他研究一位作家都是尽可能通读他的全部著作。他在同年 8 月写了一首《感谢邂逅》的日文诗，在序里写道：“今年 6 月，按照东京保护观察所的函件，我的属于左翼的无论国内国外的书籍，约 640 余箱全部充官。殊为寂寞。但有陆放翁诗在身边，日夜展读，乐而不疲。为此成此诗。”诗里有“邂逅千年前宋人陆放翁——实乃人生一大幸”③ 的句子。1941 年 6 月，他给中国文学研究家小岛祐马的信里写道：“我在今年 6 月由于周知的原因，对于我收藏的无论国内国外出版的一切左翼文献，都要如数上缴，为此只有中文书留下，出于偶然我与陆放翁邂逅，亲炙他的作品，如饥似渴地拜读。”④ 据一海知义考证，河上肇的《鉴赏》手稿是在 1941 年 6 月至 1943 年 11 月间完成。从陆游近万首诗中选取了五百余首，加以点评阐释，遂成此书。⑤ 全书分为七卷，在河上肇先生去世之后（1949）出版，当时分为上下两卷。河上先生是在特殊情况下倾心于陆游的。他选取的陆游诗限定在陆游被贬回乡的晚年，从生活到诗风为之一变之时。这“一变”中有着多种滋味，把陆游“当成自画像”的河上肇有着独特的接收屏幕，在一定意义上，是以他人的酒杯，浇自己的块垒，陆游必然成为河上肇的最佳选择。丰厚的中华文化教养是他接受陆游的必然。选择陆游，乃是他们跨越时空的邂逅。

---

① ［日］河上肇：『陆放翁鑑賞』，见『河上肇全集 20』，岩波書店 1982 年版，第 60 页。
② ［日］一海知義：『河上肇詩注』，岩波書店 1977 年版，第 42—43 页。
③ ［日］一海知義：『河上肇詩注』，岩波書店 1977 年版，第 89 页。
④ ［日］一海知義：『河上肇そして中国』，岩波書店 1982 版，第 42 页。
⑤ ［日］河上肇著、一海知義校订：『陆放翁鑑賞』，岩波書店 2004 年版，第 529 页。

二、河上肇和陆游的精神联系

阐述河上肇与陆游的精神联系，有必要将《鉴赏》与他同时撰写的《自叙传》、汉诗、日文诗歌等创作活动结合起来阅读，也就是说，将河上肇作为一个整体进行考察，他对陆游生平和诗作的研读，自然也是其中的一个组成部分。首先我们感到这两位跨越时空的人物身上，都有一种抱定崇高信仰、无怨无悔、不改初心的风骨。河上肇被日本当局羁押期间，警方曾派叛徒劝降。他痛斥叛徒，严词拒绝引诱。《自叙传》中写道："不管出现这样或者那样的一些意外事件，这些对于弘藏（引者按，即河上肇）来说的共产主义信念毫无影响。在他的眼里，所存在的是一百年或者二百年以后的世界，不管现在的共产主义如何盛衰、沉浮，他坚信百年后的胜利。"①

《鉴赏》和相关的文字都阐发了自己的"道志"，即坚定的信仰，初心不变，矢志不移。在他这位马克思主义理论家身上，中日优秀文化元素与坚定的政治信仰浑然一体。他在《自叙传》里还真实地讲述了狱方为了给他洗脑，命令他翻译一些德文的反马克思主义的书籍。然而适得其反，他对于那些极为浅薄、无耻的反马克思主义书籍非常反感，不待译完就返还警方。他写道："按照他们的意愿，我入狱后，已经完全准备收拾弓箭，尽最大努力躲开，回避有关马克思主义的事情，就连读书也是如此，（但是，命令我必须翻译的书籍中批判马克思主义的书占了一半以上，为此完全不接触马克思主义又成了一句空话。）在这一年时间里我所读的书，除了宗教书籍外，就是陶渊明、白乐天、王维的诗集，我通读过后得到的感悟是：在无法实现志向时，努力进入独守其道乐在其中这一东洋人独特的境界。为此，如我所述的'今后的方针'即在于此，我对此深信不疑。"② 河上肇撰写《鉴赏》时已经是被迫离岗，没有自由之身的斗士、理论家。他的内心世界和陆游发生共鸣该是历史的文化的邂逅吧。然而这种邂逅恰恰是最根本的最深层次的相通，即信念的固守，一种"守道"精神。当然，就其具体内涵来说各不相同，可是在精神实质上具有跨越时空的承续性。对于中国共产党领导的革命，河上肇态度鲜明地予以支持。他盛赞毛泽东的《论持久战》是"论述透辟，把未来阐述得清晰的杰作"③。

---

① ［日］一海知義：『一海知義著作集 4』，藤原書店 2009 年版，第 110 页。

② ［日］河上肇：『自叙伝・四』，岩波書店 1976 年版，第 60 页。亦可参见《河上肇自传（下卷）》，商务印书馆 1964 年版，第 124—125 页。

③ ［日］河上肇：『自叙伝・四』，岩波書店 1976 年版，第 60 页。亦可参见《河上肇自传（下卷）》，商务印书馆 1964 年版，第 150 页。

在他出狱不久的1938年10月2日，迎来59岁生日之际，作了一首《天犹活此翁》的汉诗，书赠崛江一邑：这是他在出狱后得到珍贵的埃德加·斯诺的《红星照耀中国》（*Red Star Over China*）之后写的一篇杰作。众所周知，这本书是美国著名记者埃德加·斯诺的不朽名著，一部文笔优美的纪实性很强的报道性作品。作者真实记录了自1936年6月至10月在中国西北革命根据地（以延安为中心的陕甘宁边区）进行实地采访的所见所闻，向全世界真实报道了中国共产党和中国工农红军的情况。毛泽东和周恩来是斯诺笔下最具代表性的人物形象。河上肇读过之后写的汉诗如下："秋风就缚度荒川，寒雨潇潇五载前。如今把得奇书坐，尽日魂飞万里天。"他感叹地说："在我读这本书的时候，不时抚卷品味自己的最大的幸福感。……内心感谢之至。在书里读过值得流泪的'事实'太多了。已经年到六十的落魄残骸，形容枯槁的衰翁，尚存能够感受人生的气魄，我真是喜不自禁。"[①] 在诗的前言里还留下这样的文字："昭和十三年（引者按，1938）十月二十日，是我五十九岁生日。我想起五年前的今天。那年的同月同日我被小菅刑务所拘留入狱。当时风雨交加，穿着薄薄的囚服的我，被冻得瑟瑟发抖，被扣着手铐坐着警车驶向靠近小菅的荒川。当时的光景终生难忘。于是赋诗一首赠给崛江一邑君。诗中的奇书即埃德加·斯诺的关于中国的新著。"[②] 这首汉诗里的"万里天"对于通晓中国诗词的河上来说，意象当中有"万里长城""万里长河"等。在他的心目中，这万里天是整个中华大地。他与此同时撰写的《自叙传》与汉诗，建构了一个使得心灵得以慰藉、呵护的家园。他在1941年3月14日63岁生日时写下了自画像的《偶成》（对镜似田夫）："形容枯槁眼眵昏，眉宇才存积愤痕。心如老马虽知路，身似病蛙不耐奔。"这首诗的最后两句直接借用了陆游在82岁时写作的《自述》，河上在诗稿后面附有"转句借放翁诗"。陆游诗原句为"心如老马虽识路，身似鸣蛙不属官"。同样河上肇在《自叙传》中写道："出狱以后无论给报纸还是杂志都没有写过一行文字。但是，这并非说我已经没有一点写东西的精力，说实在的，我也不可能弃笔赋闲。写论文不行，那就用随笔的形式，回忆录的形式，不拘哪种形式，专心寻找哪怕是间接再间接地对马克思主义有所贡献的余地，如果巧妙地捕捉到这种工作就做起来，出狱之后，我就偷偷地窥视着势态。"[③] 需要指出的是，河上在文中用本田弘藏代自己，此处笔者以第一人称译出。

---

① ［日］一海知義：『一海知義著作集4』，藤原書店2009年版，第152页。

② ［日］一海知義：『一海知義著作集4』，藤原書店2009年版，第38页。

③ ［日］河上肇：『自叙伝・四』，岩波書店1976年版，第60页。同时参见《河上肇自传（下卷）》，商务印书馆1964年版，323—324页。

同样，如果陆游为了一己私利，苟同主和派，阿谀掌握朝纲的要人，他的人生处境将会是另一番景象。他对主战派的亲近几近引起大祸，特别突出的是对待韩侂胄的态度。在南宋抗金战事中，韩侂胄是一个关键人物，在开禧二年（1206）曾短暂地出现主战派抬头的苗头，如秦桧降申王为卫国公，追封岳飞为鄂王。但是情况的复杂，给了金人可乘之机，变本加厉地向南宋统治者提出极为苛刻的条件，其中包括“杀韩侂胄”。在任何形势下，陆游都是站在韩侂胄一边的。宋宁宗在关键时刻昏聩至极，导致第二年（1207）韩侂胄被夏震棒杀。即便如此，陆游仍不改统一国家的初心。正如他在临终之时留下的《示儿》诗：“死去元知万事空，但悲不见九州同。王师北定中原日，家祭无忘告乃翁。”这应该是最有说服力的佐证。

三、河上肇与陆游的家国情怀

陆游研究者都高度评价陆游诗文里浓厚的家国情怀。晚年他被贬回家乡以后诗作的家国情怀更接地气，进一步与平民百姓贴近，与山水融为一体，有一种精神上的归属感、解放感。河上肇聚焦他晚年的诗作，同样是抒发自己的家国情怀。虽然当时中日两国国情根本不同，但是河上肇仍然在陆游诗里汲取宝贵的营养。同为东方文人，特别是儒家文化培育的精神世界，“修齐治平”是家国情怀的核心。在顺境时为国家施展才华，干出一番事业；在逆境中也要“独善其身”，不改初心。贯穿一生的追求是想老百姓所想，希冀国泰民安，最高的期待是天下大同。陆游在山阴期间的诗作貌似“平淡”的底色是置于“草根”后的心灵的安稳。朱东润说：“无论小朝廷的政争，演变到怎样的一个局面，陆游关心的还是国家大势。”[①] 陆游这一时期往往在同一首诗里“满眼桑麻”，“鸡鸭鱼鸟”“茶酒垂钓”的情趣，俨然一派“隐士”风貌，但是同时又不断流溢出他心中仗剑高歌的壮烈情怀，它们混融在一起。这是一种独特的叙述方式。朱东润说，诗人“要想逃避现实，正和要想逃避自己的影子一样……只要透出一线的光耀来，影子立即出现”。“陆游只是原来的陆游。”[②]

认真品味，河上肇何尝不是如此？这样的诗作成为河上首选的原因也在于此。如陆游的《南窗默坐》就描绘出了这一番景象：“日日树头鹎鵊鸣，夜夜溪边姑恶声。堂中老子独无语，寂然似可终吾生。大鹏一举九万程，下视海内徒营营。春虫秋鸟非我类，何至伴渠鸣不平？”河上肇注释时的文字十分动

① 朱东润：《陆游传》，新世界出版社 2016 年版，第 226 页。

② 朱东润：《陆游传》，新世界出版社 2016 年版，第 225 页。

情，他说，陆游“把自己比作大鹏，这是一首充满吓人的精神的好诗”（《鉴赏》，第283页）。河上肇的《鉴赏》里选取了陆游一些最有代表性的回归田园转换心态的诗，可以看到这是人生的“换岗”，并非是“下岗”。如《晚凉登山亭》（《鉴赏》，第61—62页）：“庭空叶飞秋，村迥鸠唤雨。新凉入巾褐，老子癫欲舞……世俗谁与归？吾与劳农圃。”这是心态的转变，落叶归根的狂欢。陆游回到草根之中，把他的根深深地扎在民间。从衣食住行到心态都融入充满生命力的土壤之中。“占得溪山卜数椽，饱经世故气犹全。入门明月真堪友，满榻清风不用钱。便死也胜千百辈，少留更过二三年。湖桥酒美能来醉，一棹何妨作水仙。”这和年轻时代缺乏历练的陆游很不相同。“近传下诏通言路，已卜余年见太平。圣主不忘初政美，小儒唯有涕从横。”这是32岁的陆游于绍兴二十六年（1152）所作的《新夏感事》，尚未出世的陆游寄托明君，忠心耿耿之情是封建社会儒士的典型心态。到了老境，经历种种事变，他对于社会看得更为深刻、透辟。“落魄江湖七十翁，欲持一笑与谁同？萧萧雪鬓难藏老，寂寂蓬门可讳穷？好句尚来欹枕处，壮心时在倚楼中。无涯毁誉何劳诘，骨朽人间论自公。”《落魄》一诗，河上肇选在《鉴赏》中（《鉴赏》，第164—165页）：“老去转无饱计，醉来暂豁忧端。双鬓多年作雪，寸心至死如丹。”而《感事六言》（《鉴赏》，第354页），河上特注明，此诗为八选一。对比河上肇自己的诗作，也有同样的情愫。河上肇写的汉诗有与陆游应答之趣。如《偶成》（《河上肇诗注》，第82页）：“六十二翁自在身，梦描妙境乐清贫。幽兰独吐深山曲，残月斜悬野水滨。”再看《秋思》：“沦落天涯客，惊秋独怅然。可怜强弩末，空学竹林贤。”①“寂寂思乡一废人，何留闹市叹清贫。休怪荒村多吠狗，寄身爱此马蹄尘。”（《何不归》）《夏日闲居》：“我今死无悔，那又妨长生？”② 强韧的一面跃然纸上。只有结合河上肇的生存状态，才能深刻理解他为什么如此倾慕中国诗人陆游的家国情怀。杉原四郎、一海知义的《河上肇艺术与人生》一书结合河上肇的《眷顾祖国》写有《〈眷顾祖国〉小论——民族主义者河上肇》一文③，《眷顾祖国》这本书是河上肇早年赴欧回国后写的（1915）。在书的开端，河上肇很有激情地写了一首短歌：“游历欧伦众多国，风貌有特色。但是寻归宿，还是我祖国。”河上肇写作此书的年代正当第一次世界大战期间，他目睹欧洲发达资本主义国家（如英国、德国、法国、意大利等国）的社会实际，将自己的体会写成四篇文章：《西洋与日

---

① ［日］一海知義：『河上肇詩注』，岩波書店1977年版，第72页。
② ［日］一海知義：『河上肇詩注』，岩波書店1977年版，第97页。
③ ［日］杉原四郎、一海知義：『河上肇芸術と人生』，东京株式会社新评论1982年版，第4—15页。

本》《日本民族的血与手》《战尘余录》《漫游杂记》。河上肇从哲学上指出东西文化的差异，“西洋人不拘对待何物都持有分析的眼光把它看作相同单位物体的集合；——与之相反，日本文明的特色是非分析的，是归纳式的，把一切作为一个整体来对待”[①]。可以说是东西文化比较的系列文章，带有随笔的特点。日本的河上肇研究家认为：“从总的来说在本书里他吐露的还是民族主义者的真情。”[②] 但是，河上肇指出了不同的文明各有所长，应该互补、交融。“为此，把东西文明真正的调和的天职，我们日本人是必须担负的。”[③] 由于时代的关系，西方在物质方面的优势，日本当时产生了一种崇洋媚外的社会风气，对此，河上肇批评了没有民族自信的心理，主张东西交融。虽然不是全面的分析，但是有一点是很有意义的，即他的家国情怀具有开放的心态。他对于当时出现的日本人轻视中国人的态度给予批评。

生活在封建社会的陆游的家国情怀绝不能与河上肇简单比附。但是，“修齐治平”的理念对儒家文化圈的文人们是相通的，世代承继的。作为东方文人，无论是陆游还是河上肇，他们的生命之根是把自己的命运与国家结合在一起。当然，两个不同的国度，相隔七百多年，两位诗人又都有各自的内涵。河上肇生活的年代是日本恶性膨胀的时期，他批判日本的侵华战争，自己也是受害者。他在诗文里多次批判“战祸”。无论是陆游还是河上肇，他们晚年“回家”都被迫离开了可以直接参与政治的平台，从“前沿”被迫置于边缘。但是，作为东方文人，他们又都有落叶归根的情愫。接地气是接生命之源，引发我们深入思考的是东方文化的生命观，是对“生命”实质的思考。河上肇与陆游，他们在精神上寻求的不仅是栖息的场所，更可贵的是他们与普通百姓的心紧密连接起来，是对生命本真的追求。从这一点可以说他们的心是相通的。

四、河上肇与陆游的生命理念

河上肇倾心陆游的原因是多方面的。陆游的人生理念体现在他生活当中的各个层面。他不仅是优秀的诗人、散文家、诗评家，还是出色的历史学家。他还颇为通晓医术，谙于养生之道。他对饮茶、健身、旅游等都有很多独到的见解。在那个年代活了 85 岁本身就很有说服力。以当代的科学来衡量他的养生见解和生活习惯，很符合绿色健康生活理念，从深层次来说，这还是出于对生

---

① ［日］杉原四郎、一海知義：『河上肇芸術と人生』，东京株式会社新评论 1982 年版，第 14—15 页。

② ［日］杉原四郎、一海知義：『河上肇芸術と人生』，东京株式会社新评论 1982 年版，第 23 页。

③ ［日］杉原四郎、一海知義：『河上肇芸術と人生』，东京株式会社新评论 1982 年版，第 17 页。

命的尊重，对于我们，尤其对于老年人具有很好的参考价值。河上肇出生在长寿世家，具有遗传基因。但是，残酷的监狱生活，使其失去人身自由，受尽精神折磨，也摧残了他的健康。从他的诗文里可以看到他对生活的认真，在监狱里面利用有限的条件锻炼身体。出狱以后，生活困顿，又值日本发动全面侵华战争，生活更加艰难。这些在他的日记、随笔、书信和亲人的回忆录里有很多记载。他热爱生活，在饮食上格外认真，被戏称为“吃货”（食いしん坊）。晚年他作了一首有风趣的和歌：“待我离世时，灵前供鲜花，要插大盆包子里。”他对于包子格外喜欢。他重视养生，不是简单地为了延年益寿。

我们可以从河上肇选取的陆游诗里再管窥一二。陆游深悟心与身的统一辩证关系。他在《陈伯豫见过喜予强健戏作》里写道：“两颊如丹君会否？胸中原自有阳春。”（《鉴赏》，第 408 页）在《秋兴》里写道：“无食苦日长，无衣念秋近。虽云老农圃，未害乐尧舜。士生要弘毅，病在堕骄吝。”（《鉴赏》，第 110 页）这半阕诗足可见陆游的草根精神，这也是真正的养生诀窍。《村舍》颇有陶渊明的桃花源的境界：“鸡鸣犬吠相闻地，穴处巢居上古风，饱饭不为明日虑，酣歌便过百年中。”（《鉴赏》，第 393 页）养生首先是养心。过了古稀之年的老人，最宝贵的是积极的人生态度。在《闲行至西山民家》中，陆游以自然的心态写了淡泊的生活：“客至但举手，土釜煎新茶。城中不如汝，切莫慕浮夸。”（《鉴赏》，第 393 页）中华文化一以贯之的天地人混融一体理念，培育人的博爱精神，这也就突破了各种桎梏。山水、草木都是有情的，陆游说：“名山如高人，岂可久不见？”（《夜半忆剡溪》）这样的情怀，河上肇是心领神会的。比如《遣怀》：“宛如萍在水，从风西又东。此时匹夫事，学者哪得同。丈夫苟志学，指心誓苍穹。唯要一无愧 ，何必问穷通？”（《河上肇诗注》，第 98 页）《寿岳文昌君，见赠新舜笋，味颇美，遂得诗》：“家贫身初健，偏爱野蔬春。嫩笋如黄犊，旨甘抵八珍。”“老脱利名累，才余饮食欲。春光竹菌肥，一饱心君足。”“身健缘心静，食甘为气平。新萌频入膳，美敌五侯鲭。”（《河上肇诗注》，第 131—132 页）这三首诗，河上肇写于 1942 年，时年 64 岁。与陆游的诗呼答应和，交织在一起。陆游的《初夏杂兴》就有“家贫却得身差健”之句。限于篇幅，此处不再赘述。

考察河上对于陆游诗的选取，可以更深入地了解他借陆游为自己画像的深层心理。我们只以《鉴赏》卷一来具体剖析。河上在卷一选取了“陆游从 58 岁至 63 岁期间的 6 年间 102 首诗”（《鉴赏》，第 6 页）[①]。河上肇选取的意旨鲜明突出。在这一卷的前言中，河上肇慨叹陆游以抗战斗士被贬归故里山阴，

---

① 对照《陆游全集校注》，从卷三第 320 页的《壬寅新春》到卷四第 321 页的《北窗》。

人生际遇使得诗风为之一变。他引用清代赵翼的《瓯北诗话》，指出在从戎巴蜀之时的放翁“是诗也宏肆”，但“及乎晚年，又至平淡”。前面已经说过，此时的河上肇刚从监狱出来，但是仍然没有人身自由，在警察的监控下生活。连自己收藏的全部马克思主义著作和有关政治书籍也必须上缴，无奈放弃马克思主义研究的工作，每一天都承受难耐的煎熬。开篇是陆游的《壬寅新春》：“半生常是道边人，岁晚初收世外身。浊酒一樽聊永日，小园三亩亦新春，尚无枕寄邯郸梦，那有衣沾京洛尘？门外烟波三百里，此身唯与白鸥亲。”这首写于淳熙九年（1182）元月的诗，恰切地表现了陆游的心态，又折射了河上肇的内心世界。值得注意的是，陆游的“平淡”并非是与世隔绝，泯灭初心，消沉隐居。一方面他因被逐出官场而要调整心态，“达则兼善天下，穷则独善其身”。这是以陶渊明为代表的儒士的共同心态。另一方面作为不改初心的斗士，收复失地，为民造福的夙愿仍然在心内倒海翻江。紧接着选的是《春雨复寒遣怀》①：“浩然忽起金鞭兴，漾水嶓山安在哉？”则可以听见为收复失地，眷恋戎马生涯的壮士的心声。但是，如果将陆游全集的诗与河上肇选取的诗对照，可以窥见，陆游本人在被贬归故里之时，激愤之作还经常诉诸笔端。而在与《春雨复寒遣怀》同时的诗作《有怀独孤景略》中则是直抒愤懑：“荒山野水涪州路，肠断西风《薤露》声。”河上肇没有选取，恐怕这首诗用典多，对日本人来说难度大，但是更主要的是河上肇选取的陆诗更着重于把握心灵“外露”的度。这和他置身的环境也有着密切关系吧？

正如朱东润在《陆游》中所言：“虽然他已身处草莽，但是他的主导思想还是爱国主义的。尽管他自称决心不再走入仕途，但是他总是怀想如何对外作战，收复失地。他为了不能复仇雪耻而痛心，为了敌人占据中原而悲愤。”②朱东润提及的《书怀》，河上也选在《鉴赏》里。“老死已无日，功名犹自欺。清笳太行路，何日出王师？”（《鉴赏》，第141页）在《遣怀》里，有“青云夜叹初心误，白发朝看一倍增”，显然这里的“初心”从全诗来看应该是抗敌救国、光复失地、为民造福的夙愿。此诗中还有“激愤有时歌易水，孤忠无路哭诏陵”，这种平静中的大悲是矛盾的，其特性是两者共同的。

五、河上肇的诗海波澜

研究河上肇与中国文学的关系要从多方面来考察，他对陆游的青睐如果仅

---

① 此诗作于淳熙二年（1175），见〔宋〕陆游著，钱仲联、马亚中主编：《陆游全集校注》，浙江古籍出版社2016年版，第328页。

② 朱东润：《陆游传》，上海古籍出版社1960年版，第196页。

仅限于陆游本人也会产生片面性。一海知义在《河上肇与中国诗人们》一书里比较全面地阐释了河上肇与中国古代多位诗人与评论家的关系。河上肇对陆游的青睐应该放在这一整体来思考。除了陆游之外，河上肇对多位中国古代诗人、评论家都做过不同的研究、借鉴。按照中国诗人的出生年代排序，还有曹操、陶渊明、白乐天、李商隐、苏东坡、高青邱（启）、赵翼等。[①] 我们也不妨按此顺序展开论述。

1936 年岁末，河上肇在监狱里迎来第四个元旦，他在《狱中日记》写了一首题为《一九三六年岁暮之歌》。诗中写了监狱里面像墓地一样死寂的场景，老残之躯饱受着牢狱之煎熬，但是他也认为这是老天对他苦其心志的考验。他曾经引用曹操《步出夏门行》的一节，以和汉混融的形式抒发壮心不已之情。"我的思念，飞向遥远的伊比利亚半岛，奔向无产阶级斗争，我要和你们在一起。在我的心里仗剑高歌：老骥伏枥，志在千里，烈士暮年，壮心不已。"[②] 河上肇在自注里表示这是他爱读的作品，曹操的四句乐府诗体现了"博士在狱中斗争的意气风发之情"[③]。一海知义说："河上先生一方面具有纤细的诗感，同时又喜欢壮士之歌。对于曹操诗的引用也许就是一个很好的证明吧？"[④]

河上肇援引上述古代诗人，见出他对中国诗歌史的熟稔。其中尤其值得一提的是他对陶渊明的特殊爱好，而在这一点上，他与陆游又一次殊途同归。河上肇对陶渊明的耽读是在监狱中。一直到出狱，河上肇多次引用陶渊明的诗。在他写的诗里，陶渊明的诗句多次直接进入作品内。诸如："采菊东篱下，悠然见南山。""暧暧远人村，依依墟里烟。"他自己写的诗"寂寂思乡一废人，何留闹市叹清贫。休怪荒村多吠狗，寄身爱此马蹄尘"（《何不归》，1938 年 12 月 9 日），显然受到陶氏《归去来兮辞》的启示。

河上肇深爱陶渊明的原因可以从中日两国文人共通的文化素养来思考。陶渊明在中国古代被称作"隐逸诗人之宗"，"表现出固穷守节，正直不阿，淳朴率直的高洁品格"[⑤]。陶渊明的诗文不仅体现了儒家思想，也融会了道家和玄学的内涵，色彩更为多样。钟嵘的《诗品》和萧统的《陶渊明集序》都给予很高的评价。但是真正使陶渊明诗文受到更高的重视还是在唐宋之时，其中的原因恐怕也有儒家文化和道家、释家进一步融合的关系吧。"陶渊明的诗篇

---

① ［日］一海知義：『河上肇と中国の詩人たち』，筑摩書房，1979 年版，第 110 页。
② ［日］一海知義：『河上肇と中国の詩人たち』，筑摩書房，1979 年版，第 110 页。
③ ［日］一海知義：『河上肇と中国の詩人たち』，筑摩書房，1979 年版，第 110 页。
④ ［日］一海知義：『河上肇と中国の詩人たち』，筑摩書房，1979 年版，第 114 页。
⑤ 逯钦立：《陶渊明集》，中华书局 2015 年版，重印说明。

也熏陶了王维、孟浩然、柳宗元等不少作家，北宋苏轼则逐首追和陶诗一百零九篇，以‘不甚愧渊明’自诩。”[①] 陆游也写有《读陶诗》（《鉴赏》，第219页）：“我诗慕渊明，恨不造其微。退归亦已晚，饮酒或庶几。雨余锄瓜垄，月下坐钓矶，千载无斯人，吾将谁与归？”在陶诗里所体现的“平淡”与“豪宕”水乳交融在一起，这一点陆游与陶渊明是神似的。

河上肇把清代赵翼的《瓯北诗话》作为枕边书，赵翼评论陶诗全面深刻，指出：“渊明既有平淡的一面又‘雄浑、豪宕’。这也是河上先生内心追求的写照吧。”[②] 河上肇和鲁迅一样，非常反对寻章摘句。他在品评文学作品时，总是“顾及全人”，在其全部作品中考察其人。收录在日本中学国语课本的陶渊明《杂诗》：“人生无根蒂，飘如陌上尘。……盛年不重来，一日难再晨；及时当勉励，岁月不待人。”对于此诗中的“及时”“勉励”，教科书显然从用词的层次出发，做了“该努力学习之时”的阐释。对此河上肇很生气，他说，“教科书不该瞎说，……这里的勉励不是学校里‘学习’的狭窄含意”，讲的是“真正的青春不会复返”[③]。河上肇谈这一话题，是在监狱里面见到秀子夫人之时。河上肇在监狱里迎来第三个除夕夜，秀子来看望他。听到远处的钟声，河上肇无比感慨，期盼着早日获得人身自由，遂借陶诗抒发人生感受。他得到亲人的关心，感到无比温暖：“最近真是高兴至极，‘岁月不待人’是陶渊明诗中的一句，如今我不由得因芳子而深切地体悟了。它不是一般意义上讲的趁着年轻好好学习之意。真是青春已逝，永不复返，孩子的喜悦就是父母的喜悦。”[④] 陶渊明的诗沉淀着深厚的人生哲理，最切近河上肇的心情。显然这次年前的夫妻相会，促发河上肇内心深处的感情波澜，和陶渊明的共鸣也是顺理成章的事情。我国著名陶渊明研究家逯钦立在《陶渊明集》的注释里写道：“勉励，勉励为善事。”[⑤] 河上先生的中国文化功夫可见一斑。

李商隐是晚唐重要诗人。对于这位很有特色的诗人，河上肇没有像陆游等读破全集，但是也是他喜欢的一位。值得一提的是《夜雨寄北》：“君问归期未有期，巴山夜雨涨秋池。何当共剪西窗烛，却话巴山夜雨时。”河上肇大约是从《唐诗选》中选取此诗的。这是1933年年初，河上肇被出卖之后拘押在看守所，在同年9月13日给秀子夫人的信中抄录的。此时已经得到监禁五年的宣判通知。面对“一千八百二十五天”的煎熬，他将这首李商隐给妻子的

---

① 逯钦立：《陶渊明集》，中华书局2015年版，重印说明。
② 对照《陆游全集校注》，从卷三第320页的《壬寅新春》到卷四第321页的《北窗》。
③ 对照《陆游全集校注》，从卷三第320页的《壬寅新春》到卷四第321页的《北窗》。
④ ［日］河上肇：『獄中书簡往復集・下』，岩波書店1987年版，第54—55页。
⑤ ［日］河上肇：『獄中书簡往復集・下』，岩波書店1987年版，第115页。

诗写给秀子夫人，其情格外凄切。在这里旨在强调中华文化的博大精深，从汉代以后，儒家文化占据重要地位的同时，也不断吸收其他文化，具有兼容性，儒家文化也是与时俱进、丰富多彩的。作为接受者的河上肇有着丰富的内心世界，他对中国文化的接受也是多元的，它们同时反映在他的马克思主义著作里。

河上肇的著作从20世纪20年代之后就被译介过来，陆续有20种左右在我国出版。李大钊（1889—1927）在1916年留学日本期间，对河上肇的著作“终日耽读，书不离手”。毛泽东读过他的著作。1930年6月，李达等人翻译的河上肇《马克思主义经济学基础理论》，由昆仑书店出版，同年11月再版。毛泽东大约在抗战全面爆发之后，读了此书。在1960年由野间宏等日本作家组成的代表团访华受到毛泽东主席的接见，毛泽东在和他们谈话期间，谈到河上肇的马克思主义经济学著作的价值，给予高度赞扬。① 毛泽东还对河上肇著作中的哲学问题写有读后眉批。毛泽东从马克思主义认识论的角度来考虑观念与存在（客观事物）、观念与实践（行）的关系，写下“先行后知”“知难行易”的眉批。知行关系，是中国传统哲学中的重要内容。宋明理学认为，“知先行后”，知是行的前提和依据，王阳明提出知行合一，认为知与行同时产生，相辅相成。孙中山在总结辛亥革命失败的教训的基础上，认识到理论的重要性，认为传统思想中“知之非艰，行之维艰”的说法不对，应是“知难行易”。主张知来源于行，先有事实和行动，然后才有言论和理论；知对于行有重要指导作用。② 周恩来在青年时代也认真研读过河上肇的著作。日本学者住谷悦治1964年访华时，受到周恩来总理的接见，他在谈话记录里写道：“周总理说包括自己在内的很多中国革命的领导人，都很好地读过河上肇先生的著作，我自己就很认真地研读过河上博士的《社会组织与社会革命》。”③ 周总理还曾经在京都学习期间，有到河上研究室深造的考虑。大正七年（1918）至今还保留着珍贵的入学申请书。郭沫若翻译了他的《社会组织与社会革命》。还有一些受到他的影响或者是弟子的人物（如王学文），在革命斗争中留下了与河上肇交往的宝贵资料。这些资料表明，早期的马克思主义者在亚洲传播马克思主义理论中，中日两国是有着密切交流的。

对于以上的相关内容，我国学界曾做过一些研究，也借鉴了日本方面的成果。尤其是一海知义先生的著作为河上肇与我国无产阶级革命的关系提供了不

---

① ［日］一海知義：『河上肇そして中国』，岩波書店1982版，第80—181页。

② 摘自毛泽东读河上肇《马克思主义经济学基础理论》的批注，参见毛泽东：《毛泽东哲学批注集》，中央文献出版社1988年版，第474页。

③ ［日］一海知義：『一海知義著作集4』，藤原書店2009年版，第117页。

少宝贵的资料。在我国进入新时代之际，再重新学习、研究河上肇与中国文化文学的关系，深感有许多新的思考，尤其是在亚洲，在汉文化圈的国度，在接受马克思主义理论过程中，中国文化是如何与其融合的？中华文化又如何适应时代得以发展？在当今值得借鉴的是什么？河上肇在《自叙传》里有这样一段文字，讲的是当时监管河上肇的人员对河上肇言论的感受。他们对河上肇说："听得人家说，博士声称决不放弃马克思主义，可是从我们的谈天中间，看得出博士的世界观是东方式的观念论，决不是马克思主义。"① 这是一个很有内涵的话题。在当时不要说日本的特警，恐怕连很多普通的人，对于马克思主义了解的是微乎其微的；在有些人眼里马克思主义是"幽灵"的存在。这其中一个很重要的问题，是从文化上把马克思主义与本国传统文化割裂开来。把马克思主义与本国实际完全割裂开来。其实，马克思主义是与本国和世界大众息息相关的理论，它与东方文化决非对立。当今这一问题仍然十分重要，而且具有重要的现实意义。从河上肇这一个案入手，厘清他当年的探讨与开拓，在经历一百多年后的新时代再思考，得出的结论将会有利于我们的马克思主义中国化的进程。许多问题要逐个研究，本章所述毕竟有限，抛砖引玉，以期就教于方家。

---

① 河上肇：《河上肇自传（下卷）》，商务印书馆1964年版，第110页。

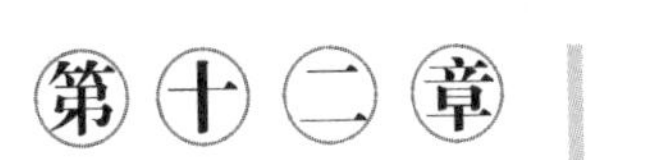

第十二章 深泽七郎的“寻根”文学[1]

① 本章作者为广东外语外贸大学东语学院刘燕讲师。

“寻根”本是兴起于20世纪80年代中期中国文坛的一种思想热潮。其主要倾向是对本民族文化断裂和失落的忧虑。“寻根文学”的代表作家阿城就认为：“五四运动在社会变革中有着不容否定的进步意义，但它较全面地对民族文化的虚无主义态度，加上中国社会一直动荡不安，使民族文化的断裂，延续至今，‘文化大革命’更其彻底，把民族文化判给阶级文化，横扫一遍，我们差点连遮羞布也没有了。”① 陈思和主编的《中国当代文学史教程》将寻根意识总结和阐发为以下几个方面：“一、在文学美学意义上对民族文化资料的重新认识与阐释，发掘其积极向上的文化内核（如阿城的《棋王》等）；二、以现代人感受世界的方式去领略古代文化遗风，寻找激发生命能量的源泉（如张承志的《北方的河》）；三、对当代社会生活中所存在的丑陋的文化因素的继续批判，如对民族文化心理的深层结构的深入挖掘。”② 日本近代文学在发展道路上与中国有同样的曲折，都有对西方文学的热烈推崇与疯狂追慕。不少日本作家甚至以西方近代价值观和西方文学为蓝本，反传统成为风潮。其结果自然导致了本民族传统文化的断裂与失落，而文学首当其冲。西化日盛之时，有识之士也开始反思日本和东方文化的缺失。尤其在“二战”以后，一些作家，如川端康成，重振日本民族意识的探求由隐到显地表露出来，而且也影响到了中国文坛。20世纪50年代登上日本文坛的作家——深泽七郎（1914—1987）的作品，则与中国的“寻根文学”的创作手法和理念有着惊人的相似之处。他的作品打破了日本自近代文明以来树立的价值观念和创作套路，其代表作《楢山节考》和《笛吹川》对文坛震动颇大，引发了关于日本文学内容和形式的“根源”和“地下水脉”的探求。这股寻根探源的思潮，很值得我国文学界研讨。

一、深泽七郎及其作品

综观日本近现代文学史，深泽七郎可谓一个“特异”的存在。他的作品孤立于日本近代文坛，可谓无派可依，无源可究。简而言之，其特异之处有三：一是作品形式的特异性，二是作品内容的特异性，三是其精神的特异性。要想探究这些特异点的来龙去脉，就得从他的生活深处解析。

深泽七郎出生于甲府，即今山梨县石和町的一个印刷业主家庭。府邸四周均被农村包围。他对自己的家庭环境记忆深刻。从幼年起，他就非常喜欢农村

---

① 阿城：《文化制约着人类》，《文艺报》1985年7月6日。

② 陈思和：《中国当代文学史教程》，复旦大学出版社1999年版，第277页。

的生活，去农村小朋友家串门玩耍，一直是他念念不忘的快乐时刻。家乡的山光水色都是他心底的珍贵储藏和笔下的不竭资源。石和町是一个历史感浓厚，充满了民间传说的地方，这些经历都为他的作品打上了深刻的“乡土”和“民俗”的烙印。他于 1956 年以一名文坛门外汉，无固定职业的吉他演奏者身份凭借作品《楢山节考》获得第一回“中央公论新人赏”大奖。《楢山节考》带给日本文坛的影响是震撼性的，如日本著名文学评论家三好行雄就认为，《楢山节考》“以民俗传承为素材，给迄今的文坛带来了冲击”①。后来发表的《东北的神武们》和以他的家乡为舞台的《笛吹川》《甲州摇篮曲》等作品，无论从形式还是内容上都打破了日本近代文学自然主义以来的陈腐套路，都令当时的日本文坛为之一震。

文学评论家日沼伦太郎曾将深泽七郎的作品大致分为三类，除一系列随笔和一部分描写都市底层生活的作品之外，就是学界所关注的“寻根”小说。后者是“以《楢山节考》《笛吹川》为代表，以‘说唱’的笔致描写底层农民生活的，向读者显露日本心情的深渊性作品”②。深泽七郎在《庶民列传》的后记中写道：“我的作品中的人物没有俊男美女、有钱人和成功人士。大体上是穷人的肮脏的生活方式。”③ 深泽七郎的作品主题多涉及“生死”问题。他幼时曾患眼疾，以致右眼失明。青年时期又长期被肋膜炎折磨，双眼曾经一度失明，病痛似乎使他对人生形成了独特的看法。在《自传种种》的开头，他这样写道：“屁是由于生理作用在体内产生而被放出来的东西，所以人的出生也和屁一样是生理作用，在母亲的胎内产生并被放出来……任何人都像屁一样出生，我一直觉得出生不是什么大不了的事情。”④ 他的作品强烈地反映出这种生死观。

《楢山节考》是将日本“姨舍山”的民间传说小说化。故事发生在信州的某个小村庄，那里封闭而贫困，粮食极其缺乏。将近 70 岁的阿铃和儿子一家生活在一起。村中的习俗，老人一到 70 岁就要“去山里拜楢山神”，所谓“去山里”，实际上是指将老人丢弃。阿铃的儿子辰平以及后娶的媳妇都很孝顺，并不打算将母亲丢弃。然而阿铃却早早做好了各种准备催促着儿子上路，尸骨成堆的山上，阿铃推儿子下山，辰平怀着不舍的心情打破了拜山神时不能回头、不能返回、不能说话的规定，大声向雪中如白点一样的母亲告别。这部作品的特异之一在于阿铃主动甚至期待“被抛弃”的心理，与近代伦理形成

① ［日］三好行雄：『新日本文学史』，文英社 2000 年版，第 191 页。
② ［日］日沼倫太郎：『解説——変化と数の思想：深沢七郎選』，大和書房 1968 年版，第 297 页。
③ ［日］深沢七郎：『楢山節考・笛吹川：新潮現代文学 47』，新潮社 1981 年版，第 240 页。
④ ［日］深沢七郎：『深沢七郎選集 1』，大和書房 1968 年版，第 91 页。

巨大的残酷的反差，却让人感受到深刻的骨肉之爱。正如作者自己所言：“大家都会说很残酷吧。但其实一点也不残酷。阿铃只有那样才是最幸福的，是为了阿铃的幸福才写的。”[①] 这部作品最大的特点以及特异之处还在于它的形式，《楢山节考》中的“节”在日语中本是指“曲调”以及“小调”。“楢山节”在作品中反复出现，但作品实际要“考证”的不是“曲调”而是“歌词”。“楢山节”反复的内容多体现为“吃”以及村中的日常活动和规范。如偷了别人的东西，村中所有的人家就有权将其口粮瓜分；婚礼是不存在的，女儿大了就去别人家吃住；丈夫死了，有了合适的对象就需要马上离开原来的家。这些看似平常的日常活动全都是围绕一个主题，如何“吃”饱，如何“生存”。故事的时代背景和场景描写极其模糊，只能凭文中出现的一枚铜钱判断为江户时代，色彩描写全无，仿佛黑白难分的混沌世界。作者的这种有意模糊背景和场景的做法仿佛使人回到远古，揭示了人类最原始的生存状态和生死的主题。

而最能体现作者生死观的作品，当属发表于1958年的作品《笛吹川》和发表于1965年的《甲州摇篮曲》。《笛吹川》故事的背景在战国时代，即从武田信虎经信玄至胜赖的死亡和灭亡之间的60年间，主题描写了笛吹川边的农民——定平一家六代的历史。这部作品反复描写的是与武田家的兴亡无关的却又不得不卷进战争的底层农民的生与死。而在作品最后形成巨大反讽的是武田家是杀害定平曾祖父、烧死母亲全家的仇人，却成了儿子和女儿口中的恩人和尽忠至死的对象。《甲州摇篮曲》被认为是《笛吹川》的近代版，描写了笛吹川畔一家三代，从明治末年到大正和昭和时代十年如一日的生活。在这两部作品中，作者关心的不是战争，也不是恩仇，而是“生和死两个主题”。各种各样的生与各种各样的死，战死，病死，被赐死；无关恩怨，无关恩仇；没有夸张，没有渲染，甚至撇弃了心理描写，就如同“小松的阿姨死了”“仅仅病了两三天就死了”[②] 一样，作者淡淡道来。在《笛吹川》中，每个人死后又转生为婴儿，甚至是动物，人的生和死不过是和动物处于同一平面。人类的生死就如同笛吹川的水流一样永不停息，生生世世，却最终淹没在时间和历史的尘埃中，揭示着人世间最永恒的定理。

二、民族心理之根

探索关于深泽七郎的“寻根”文学评论，不可绕开几位慧眼识珠的文学

---

① ［日］日沼倫太郎：『解説——変化と数の思想：深沢七郎選』，大和書房1968年版，第360页。

② ［日］深沢七郎：『甲州子守唄』，講談社1972年版，第187页。

研究者。其中对深泽七郎的作品最早做出启蒙性评价的是山本健吾和伊藤整，还有很赏识深泽七郎的尾崎秀树。

山本健吾在《深泽七郎的作品》中指出《楢山节考》中的阿铃形象和民间弃老传说的关联：“传说和民间故事严格地说不是神话，但在日本的老百姓间，从自古以来就起着神话的代替作用。从这个意义上，可以说阿铃是一种神话式的人物。正因为如此，她的心情才栖息在我们的最深处。”① 从荣格的集体无意识和神话原型的观点来看，《楢山节考》的创作和思想根源，触及日本人千年来的生存状态和民族心理。伊藤整在《深泽七郎氏的作品世界》中，对武田泰淳的关于《楢山节考》“对近代人道主义的疑问”一说加以肯定。他提出，尽管日本现代文学的方法基于近代欧洲的思想，“将死的意识与爱的认识相连并转化为牺牲是一般现代人中的禁忌。……作为残留于近代日本中的原始的无视生命的思想被强烈否定”，但不可否认欧洲宗教中将自我的牺牲转化为爱的意识一直存在于现代欧洲，“死，不是自我的消亡，将死融于与他人的爱的关系中并使之转化为有，也许是存在于人类世界的根本，……我们的祖先，确实知道以牺牲的死为契机，而拥有与他人的爱的联系的方法”②。伊藤整试图对《楢山节考》中前近代的人生观进行分析。尽管深泽七郎本人否认作品中宗教性的东西，但不可否认抛开宗教很难解释《楢山节考》以及《笛吹川》中的生死轮回和因果关系。尾崎秀树认为“深泽七郎的文学拥有让日本近代文学迷失的东西复活的力量”，它和“与悠久的东西相连的日本的无常观仅隔一层纸”。③

上述各家的说法大同小异，但都有一个突出而共同的看点，那就是回归日本乡情民俗，返照日本生活本相，进而在日本思想文化的底层，寻找构成日本日常精神的点点滴滴。他们的研究，一如沿波讨源的有心人，不舍河川，而尤重山泉细流。这些学者从深泽七郎作品中，看到了俗常千篇一律之外的另类，较之西方文学乃至长久笼罩日本文坛的舶来品和次生文学种类，这种异类更加接地气，也更加有生命力。民情风俗之源，实乃日本民众真实的生存之“根”。

三、文学创作之根

伊藤整将深泽七郎的创作方法和特点总结为如下三点：一是从创作准备方

① ［日］井伏鱒二、深沢七郎：『井伏鱒二・深沢七郎』，有精堂1977年版，第216页。
② ［日］井伏鱒二、深沢七郎：『井伏鱒二・深沢七郎』，有精堂1977年版，第216—217页。
③ ［日］深沢七郎：『甲州子守唄』，講談社1972年版，第279页。

面来说，作者有较长的酝酿期及其与文坛的隔离性；二是从创作方法来说，作者对反复节奏的运用；三是作为写实主义的直接的朴素的认识法。[①] 这三点不但是对当时日本文坛的一个鲜明的比照，也是对深泽七郎认识的一个基本构图，直指日本文学创作的各个源头。而此后文化界对这个基本构图的阐发和延伸，逐渐成为关于深泽七郎及其作品的一种基本评价。笔者认为，研究深泽七郎及其作品的“寻根”现象，不仅应该关注作品的思想内涵之根源，还须思考文学自身的根本性问题，诸如对文学创作源泉的求索，日本文学在形式和内容上对传统的继承和发展问题，非历史的历史问题。

近代文学的发展和近代出版业的发达息息相关，也形成了作家和出版业的相互依存关系，当然日本也不例外。日本出版业从大正时代开始高速发展，至战后更是空前繁荣。然而，在出版业未发达或者未出现前，从作者和文学本身来说，文学最根源的出发点应该在哪里呢？深泽七郎不同于一般的所谓文学者，他只有中学学历，没有走过所谓文学青年之路，没有多少学识，也没有读过多少文学作品，对于文坛的存在，他几乎处于可笑的无知程度。然而正是这种所谓的与文坛的“隔离性”，使深泽七郎远离文学创作的功利性，远离现代新闻出版业下“短期多产”的创作模式，保持了最朴素的创作态度和独特的个人魅力。深泽七郎在《自传种种》中谈道：“我家是经营印刷业的，把写的东西变成铅字的买卖。所以我觉得变成铅字没并没有什么魅力，偶尔也想到什么时候要是能写出不错的小说就在自己家印刷，再做成纪念品似的东西让朋友们读一读。”[②] “我从很早就断定自己成不了作家，我不擅长画画，所以只想把自己喜欢的情景写下来。”[③] 对纸质的一般印刷品没有兴趣，而对创作着迷，这正是深泽七郎冒然踏入文学领域的原初动力。

武田泰淳在《根源的东西》一文中指出了深泽七郎和文坛人物的不同，与“固守着同人杂志祈祷着出头之日，摆出一副文学者姿态的年轻人，或摆出一副不是文学就不能浪费一分一刻的热心的文学爱好者”不同，深泽七郎的创作态度“极其自然”，然而，“这种理所当然的普通的正常的态度，却在我们的文坛缺失，而且缺失已久”，武田泰淳毫不掩饰深泽七郎作品对自己的感动，他赞叹说：“那是从纯文学到纯音乐领域都超出了评论家想象的平民的男子因喜欢而埋头于其中的纯艺术的状态。”[④]

对日本当时文坛状态不满的青年大有人在。与深泽七郎几乎同时登上文坛

---

① ［日］井伏鱒二、深沢七郎：『井伏鱒二・深沢七郎』，有精堂 1977 年版，第 215 页。
② ［日］深沢七郎：『深沢七郎選集 1』，大和書房 1968 年版，第 98 页。
③ ［日］深沢七郎：『深沢七郎選集 1』，大和書房 1968 年版，第 16 页。
④ ［日］深沢七郎：『深沢七郎選集 1』，大和書房 1968 年版，第 3—4 页。

的石原慎太郎，就是一个严厉的批评家。他对照文坛萎靡不振的现状，指出了深泽七郎创作的不同凡响之处：“战后文艺新闻业的繁荣，剥离了作家以及此前文坛作为市民或一个社会状况的现实性。因而，所谓的现代的文坛人所创作的作品中的现实感觉，大概只有是文坛的，缺乏在此之前的这个社会的真实感。与此相比，深泽氏确确实实拥有文坛以及文坛人以前的生活和个人自身……我认为文学的根归根到底在于存在论，并且作品中没有作家自身存在的不算是一流。……日本的大多数文学只是疲弱的二流文学，即便是有样式有技巧，那类东西对作为人类财产的文学来说到底算什么呢？深泽七郎是日本文坛中稀有的拥有自身存在论的作家之一……（他）决不以文学被模式化了的技巧或以标榜过剩的意识去捕捉人类存在，而这对文学来说是最根本的问题，即想要作为一个人，一个市民，作为十二分背负着人世的人去凝视它。在那里显现出隐藏于平易的文体中的文学本来必须拥有的文学的可怕之处。”①

这段引文虽然略显冗长，但是其意义殊堪关注。石原慎太郎指出了文坛的陈腐、虚假，同时也赞赏深泽七郎创作的特点，源于生活，本质性地忠实于生活，深刻地表现生活，即使生活中有“文学的可怕之处”也在所不辞！石原慎太郎用“存在论”为深泽七郎的文学成就作结，让我们想起存在作为生活现实的理论概括，想起存在决定意识的哲学思想。在深泽七郎那里，“存在论”也是指其文学作品的实实在在的内容，而非样式和技巧，它应该来源于作家的生活的酝酿而非想象。由此提炼、加工和酝酿出的作品，无疑也会有“可怕之处”。然而，这种“可怕之处”不也是最能够打动人心之处？在文学功能的意义上，只有这种“可怕之处”深深地植根于生活的“可怕之处”，文学作品才会有动人心魄的力量。而要想获得这份生活“可怕之处”的文学提升，即变其为“文学的可怕之处”，作家应该舍弃名缰利锁，抛开社会权势话语的蒙蔽，让贫困的生活真实如泉水一般流淌出来。

这个观点应该说是切中肯綮的评价。通俗地讲，文学家应作为一个最基本的人，以其最朴实的态度去创作，而非作为一个“作家”去“作”，去玩弄所谓文学的技巧和花样。玩花样，做噱头，必将脱离文学创作的初衷。如果说武田泰淳是从文学创作的根本态度方面，阐释深泽七郎的小说特点的话，那么，石原慎太郎则从文学自身的本真来揭示深泽七郎以及整个文学创作的根源。文学与生活的关系，在这里凸显出来。文学突破了文坛，在生活中有根底，来源于生活，而又投入了生活。而这也正是深泽七郎及其文学生涯的真实写照。

---

① ［日］深沢七郎：『深沢七郎選集 3』，大和書房 1968 年版，第 1—2 页。

四、文学表现之根

深泽七郎的作品一经问世，他的作品和日本口头传承文学以及民间传说的相关性就为文学界所注目。这种相关性涉及类似题材，涉及伊藤整所说“民间传说系统的对人的认识的方法”①，也涉及“无常观”等宗教意识形态方面的内容，还涉及作品整体形式，如色调、描绘和效果上对民间文学的继承和发扬。如“中央公论新人赏”的评委之一三岛由纪夫将其作品效果比作《说经节》②《赛之河原》③《和赞》④ 等口头传承文学和传说，而秋山骏则认为作品在环境人物塑造以及语气和语调方面含有浓厚的《风土记》的色彩⑤。如果要给这种现象一个剀切的说法，还可用栾栋先生关于文学是“互根草”的观点予以概括。⑥

深泽七郎从事吉他演奏多年，他有意识地将音乐中一唱三叹的调式融入小说。他的作品尤其是早期小说，充满了反复吟咏的节奏。这种反复不仅仅包括生死主题，还包括人物语言、场景、动作、素材的反复，看上去简单而又原始。更为重要的是这种“反复”中蕴含了一种创造。用伊藤整的话说，这种反复是“一种日本的散文表现的革命的尝试”⑦。

伊藤整对深泽七郎创作的这种解析是有文艺背景根据的。日本近代小说从形式上抵抗传统的“以七五调节奏感为原则的模式”，而主张“作为近代精神的尊重写实的思想”。⑧ 深泽七郎的作品不仅采用写生文的形态，而且是一种认识上的写实主义。所谓写生文，是指对生活或对古代艺术样态的模拟，而认识上的写实主义，则是对生活的提炼，对实际存在状态的文学加工。后者对于小说的成功与否相当重要。松本鹤雄看到了前者，他认为这种反复给小说的样

---

① ［日］井伏鱒二、深沢七郎：『井伏鱒二・深沢七郎』，有精堂 1977 年版，第 216 页。

② 日本近世初期的说唱文艺，江户初期的宽永到宽文年间为全盛期，发端于佛教的说经，后又引入三味线和木偶，因此又被称为“说经净琉璃”，对近世艺能有很大影响。

③ 日本受佛教影响的民间传说，据说是先父母而死的儿童的灵魂受难的冥土。儿童的亡魂为供养父母堆石造塔，不断为鬼所破坏。

④ 佛教赞歌的一种，平安时代中期成立并定型直至江户时代。它不仅仅是佛教的布道，对日本后世音乐也有很大影响，在日本的歌谣民谣尤其是演歌中都能找到其影子。

⑤ ［日］深沢七郎：『深沢七郎選集 3』，大和書房 1968 年版，第 3 页。

⑥ 栾栋：《文学通化论》，商务印书馆 2017 年版，第 96 页。

⑦ ［日］井伏鱒二、深沢七郎：『井伏鱒二・深沢七郎』，有精堂 1977 年版，第 214 页。

⑧ ［日］井伏鱒二、深沢七郎：『井伏鱒二・深沢七郎』，有精堂 1977 年版，第 214 页。

式带入“螺旋形”构造，“而这种模式在一方面又和民间传说的原型类似”①。伊藤整看到了后者。两者都对其作品形式在近代文学中的继承和创新予以了肯定。松本鹤雄还认为，这种反复性的实态其实和起源于几百几千年背景下的作为“民众生活的抽象化”和“劳动的节奏”的民谣、民间传说和舞蹈的反复起着相同的作用。我们认为，深泽七郎确实有故事题材和艺术手法上的“反复”，同时也有小说创作方面的提高，即艺术品格的提高。

此处还应指出松本鹤雄对深泽七郎小说时间性的解析。他认为近代小说的时间是以“心理性时间”为骨骼的，如人的出生、死亡、结婚等重大事件在现代人的心理中是具有戏剧性的，应该拥有相对较长的（心理）时间。而深泽七郎作品则只不过将其同化为洗萝卜、骑自行车一类的日常行为。“将一般小说中遗漏的地方毫无省略地、事无巨细地进行描写，而将应该具体描写的地方却使用省略法”。因而他的作品中的时间概念，是“小说出现以前的时间概念，是不被人类驯服的绝对的时间……是除了将人类慢慢带入虚无外什么也带不来的无情的时间性”，而这种认识方法是“除去近代文学以前的民间传说之类的口承文艺以外，与明治以来的我们的文学史几乎无缘的东西”。② 在这个层面，松本鹤雄的说法不无道理。外在地看，时间是人类存在的先验形式；内在地讲，时间是造化给人类心理的张弛结构。《楢山节考》等小说揭示的时间，不同于现代以来人们感受的时间，松本鹤雄说深泽七郎笔下的时间是“不被人类驯服的绝对的时间”，此话过于夸张。然而，他将之称作“是除了将人类慢慢带入虚无外什么也带不来的无情的时间性”，这是入木三分的见解。关于这一点，本章后面还会提及。

纵观日本文学界，有一点是可以肯定的，那就是深泽七郎的作品，至少使不少人在文学创作和研究方面认识到两个问题：其一，日本近代文学发展的偏颇，日本近代文学自明治时代以来一直追逐西方，忽视或故意撇去了民族文化中各种深邃的潜能和可资开发的素质；其二，有必要尝试传统文化在内容和形式上与现代文学结合的可能性，以及如何将传统扎根于现代文学并使之发展和弘扬。如果说“文学是互根草”，那么，振叶寻根和固本培元应是日本文学发展的应有之义。深泽七郎是这个方面的踽踽独行者，但也是产生了许多影响的创造者。

---

① ［日］井伏鳟二、深沢七郎：『井伏鱒二・深沢七郎』，有精堂1977年版，第244—245页。
② ［日］井伏鳟二、深沢七郎：『井伏鱒二・深沢七郎』，有精堂1977年版，第241—242页。

五、非历史的历史回声

深泽七郎的《楢山节考》和《笛吹川》发表之后，不但引起了文学界的瞩目，也引起了历史学家林健太郎的关注。受中央公论社所托，林健太郎为深泽七郎的作品做了如下宣传文字："深泽氏独特的民间传说，在世界历史与自然的相连之处使人惊异。它不但完美地填补了被称为所谓民间传说的历史的空隙，也是一部象征性捕捉平民生活状态和实感的作品。在这个意义上它反映了历史学家和自古以来的历史小说有所遗漏的历史。最接近于历史的图像就在这里。"①

林健太郎的评说不无道理。《笛吹川》表现的不是板滞的统计表上的社会历史，也不是从社会发展史的角度审度"封建领主制"下农民的"生产"和"斗争"史，更不是以权力者为中心的贵族兴亡史，尤其不是历史上的大事或名人传记。深泽七郎的作品触及农民们不登大雅之堂的日常生活、衣食住行、喜怒哀乐、生死无常、循环往复。它所书写的历史与历史家和历史小说家所关注的方向是有区别。小说家可以书写大人物惊心动魄的历史，也可以写无关"兴亡"、无关"斗争"的普通人的蝼蚁般的生和死。通过《笛吹川》，林健太郎针对当时日本的历史研究现状提出了自己的看法，并对当时日本从社会发展史看历史的倾向提出异议。他认为"历史的理论""历史的发展法则"归根到底是"虚构"的，很有可能制造出历史的"虚像"，这是因为"实证"虽然是检验理论的重要标准，却不是最后的决定者。而决定者归根到底在于进行实证的人的人生观。② 从这个意义上来说，《笛吹川》所描写的农民的历史是"从来的历史家和历史小说家所忽略的历史的姿态"，而这种"非历史的历史"可能更忠实于历史的本来面目。林健太郎对《笛吹川》中历史的看法，可谓直接关系到历史和历史研究的本源和本质问题。对历史的这种看法，也是可圈可点的，但这是一个更加深邃而且复杂的史学话题，此处不予展开论述。

在这里我们仅仅对深泽七郎小说中的历史问题略加反思。作为小说家，他对日本民俗中的传说和历史生活中的事件，可以侃侃而谈，或娓娓道来。他那种"除了将人类慢慢带入虚无外什么也带不来的无情的时间性"，究竟是为了什么而书写？换言之，其作品总不是为虚无而虚无，总得有其牵挂，总得有生活史、民俗史和社会史方面的反思。如果对生死爱欲等人生百态一概当作虚无

---

① ［日］井伏鳟二、深沢七郎：『井伏鳟二・深沢七郎』，有精堂1977年版，第218页。

② ［日］井伏鳟二、深沢七郎：『井伏鳟二・深沢七郎』，有精堂1977年版，第220—221页。

处理，似乎缺了点什么。就比如《楢山节考》，其“无情”了，也“虚无”了，然后呢？文学作品当然有一万条理由去“虚无”，去“无情”，去“超道德”，可是作为人，无论日本人，抑或别的什么民族之人，难道不应该对信州的阿铃的命运有所反思吗？难道不应该对那样一种风俗之恶有所改变吗？即便那样一种恶是以爱或善的面目出现，作家和评论家总不应该以所谓真实的名义而文过饰非，至少对弃娘恶俗（即便是贫穷所迫）有所不忍，对民俗和小说后面的丛林法则有所愕然，对人之为人应有的非兽性的人性、社会良知和起码的道义有所回归。这也是“寻根”文学应有之义。而这些思考，在深泽七郎的作品中付之阙如或情有可原，但是在日本文学评论界没有反应，多少让人遗憾。如果要谈论非历史的历史，这一点也应是提上议事日程的人性史的真切的回声。深泽七郎“寻根”没有涉及这一层，日本评论界的“论根”也没有触及这一点。文学是民族的心声，“寻根”应该到达这个界面。

谷崎润一郎的阴翳美学[①]

① 本章作者为广东外语外贸大学李志颖副教授。

谷崎润一郎是日本近代唯美派文学的代表作家之一，其文学伴随着日本唯美主义文学的产生而成长，但并没有随着日本唯美主义文学之花的幻灭而沉寂。谷崎的创作生涯历时半个多世纪，横跨了明治、大正、昭和三个时代。他一生耽于美的感觉，坚守唯美的阵地，在谷崎的作品中，美是衡量一切的标准。谷崎的美学思想在形成的过程中，积极地吸纳了西方唯美主义思潮及日本传统美学的因素，致力于构筑唯美的文学世界，来捍卫美的纯粹性与独立性。谷崎的这种唯美主张与夏目漱石、森鸥外的反思文学，白桦派的理想文学一道，打破了日本自然主义文学的刻板描写和苦闷告白对文坛的窒息，让文学重新焕发出求真求善、求美求思的活力，这在日本近代文学史上具有十分积极的意义。

谷崎初登文坛之时，多借鉴西方唯美主义文学诡异、怪诞、夸张的创作技巧，针对当时流行的自然主义，表达自己的“反感”① 和“背叛”②，颇受日本唯美主义启蒙者永井荷风的好评。但随着谷崎创作活动的深入，“他的作品中有魅惑人心的力量，不过感触人生意义的味道不足”③ 的评价声日渐高涨，谷崎本人的态度也由“像人崇拜神那样崇拜西洋”④ 慢慢转向为对“真正的文学”⑤ 的追求。所谓“真正的文学”，就是能够使人发现心灵故乡的文学，即谷崎于战后完成的毕生大作《细雪》。在开展《细雪》的创作之前，谷崎首先回顾并反思自己在西方文化和日本传统文化之间摇摆的历程，然后在考察日常生活中两种文化之间的冲突的基础上，构建起东方独特的阴翳美学，并在随笔《阴翳礼赞》中对这一美学思想做出细致而周密的阐发。

一、谷崎阴翳美学的基本内涵

《阴翳礼赞》（1933）是谷崎移居关西地区之后，经过关西的地域文化以及日本的传统文化的浸润后完成的一篇文化随笔。同一时期发表的随笔集还有《饶舌录》（1927）、《倚松庵随笔》（1932）等。对于上述随笔的集中发表，谷崎早在《倚松庵随笔》的序言中就曾解释：“最近三四年间，我对文学、艺术、爱情等人生百态的看法渐渐地与以前不同了，……好像独居在自我的世界中，把不断变化的心境赋予了各种各样的随笔题目，一有机会就拿出来发表，

---

① ［日］千葉俊二：『鑑賞日本現代文学——谷崎潤一郎（8）』，角川书店 1986 年版，第 46 页。

② ［日］千葉俊二：『鑑賞日本現代文学——谷崎潤一郎（8）』，角川书店 1986 年版，第 46 页。

③ ［日］吉田精一：『吉田精一著作集——耽美派作家論』，桜風社 1981 年版，第 43 页。

④ ［日］野口武彦：『谷崎润一郎論』，中央公論社 1981 年版，第 296 页。

⑤ 赵澧、徐京安：《唯美主义》，中国人民大学出版社 1988 年版，第 597 页。

才有了现在这样数量如此之多的随笔集。"[①]《阴翳礼赞》作为《饶舌集》《倚松庵随笔》系列延长线上的作品，不仅记录下谷崎对文学、艺术、文化的新观点，并在此基础之上构建起一门全新的美学思想——阴翳美学。

在《阴翳礼赞》这篇随笔中，谷崎先以漆器餐具、房屋设计、女性审美等角度为触发点，阐述日本人如何在日常生活中创造阴翳之美，来求得内心的平静。谷崎先以漆器为例，谈起日本餐具中的漆器不同于瓷器，是用黑、褐、红三种暗色重重堆积而来。制造这重重暗色的目的在于让漆器与黑暗中闪烁的烛光紧密融合，将漆器上的烫金装饰潜隐于黯淡之中，"催发一种无可名状的闲情余绪"[②]。所谓的"闲情余绪"，就是一种由视觉引发的冥想，"那闪光的肌理，于暗中看上去，映着摇曳的灯火，使得静寂的房间里，仿佛有阵阵清风拂面而来"[③]。这冥想将人带离现实的世界，于幽暗中感受灯火的摇曳之美，心神通泰，仿若清风扑面而来。漆器对人的感官的触动不仅仅停留在视觉方面，在阴翳的环境中，触觉、嗅觉、听觉同时变得灵敏起来。手感轻柔的漆器置于掌心时，能感受到内里承载着汤汁的重量，"宛若手里捧着一个刚落地的婴儿胖乎乎的肉体"[④]。揭开碗盖的瞬间，里面腾起水汽，这水汽使人"已经朦胧预感到了香味"[⑤]。汤碗发出咝咝声，沁入耳里，仿若"遥远的虫鸣一般"[⑥]。故而谷崎说："比起观赏来，日本料理更能引起人的冥想。"[⑦]阴翳的出现弱化了视觉的敏锐，随之而来冥想让人摆脱日常生活中对视觉的依赖，通过触觉、嗅觉、听觉等日常生活中被忽视的其他感官享受，获得更高层次的审美愉悦。

关于房屋设计一节，谷崎最先着眼于房屋庇檐的广大幽深，以及屋檐下萦绕着的洞穴般的黑暗。宽大的屋檐固然出于实际生活的需要，同时也为日本的建筑增添了几分阴翳之美。不仅外部结构的屋檐在制造阴翳，随着房屋布局的层层深入，阴翳也在逐层加深。经格子纸门的过滤，庭院里反射过来的光线变得无力、静寂而虚幻，悠然沁入厅堂里昏暗的砂壁，原本就无法捉摸的外光，艰难地保持着一点残余。客厅里摆放的挂轴和插花虽然也起着装饰的作用，但主要是增添阴翳的深度，尤其是壁龛这一"凹"字形的空间，形成一个朦胧

---

① ［日］千葉俊二：『鑑賞日本現代文学——谷崎潤一郎（8）』，角川書店1986年版，第250页。

② ［日］谷崎润一郎：《阴翳礼赞》，陈德文译，上海译文出版社2011年版，第16页。

③ ［日］谷崎润一郎：《阴翳礼赞》，陈德文译，上海译文出版社2011年版，第16页。

④ ［日］谷崎润一郎：《阴翳礼赞》，陈德文译，上海译文出版社2011年版，第16页。

⑤ ［日］谷崎润一郎：《阴翳礼赞》，陈德文译，上海译文出版社2011年版，第17页。

⑥ ［日］谷崎润一郎：《阴翳礼赞》，陈德文译，上海译文出版社2011年版，第17页。

⑦ ［日］谷崎润一郎：《阴翳礼赞》，陈德文译，上海译文出版社2011年版，第17页。

的影窝儿。至此，房屋的每个角落里都充溢着黑暗，空气沉静如水，仿佛被永恒不灭的闲寂占领。逐层深入的阴翳，从明朗的外界割离出一片宁静的空间，让人在微茫的明光之中，忘记时间的推移，最终获得走向永恒的审美体验。从房屋的外部结构层层推进到房屋的内部结构，日光的影响在逐步减弱，阴翳的力量在不断加深，房屋作为人类在自然界营为的一部分，体现出人类改造自然的意愿。光线固然是人类生存和发展的必要条件，阴翳同样也是人类感官发展过程中的一种渴求。在阴翳中人类关闭肉眼，打开冥思之眼，在精神世界中自由游荡，忘却现实的时间，观古今于须臾，通向更为永恒的审美世界。

谷崎对于阴翳的考察并没有局限在漆器、房屋等物体之上，进而触及人的存在，尤其是女性的审美层面。谷崎发现过去的女性只露出脖子以上和袖口以下的部分，其他都隐蔽在黑暗里。所谓衣裳，不过是黑暗的一部分以及黑暗和脸孔的连接。更有甚者，用铁浆等化妆法，将脸孔以外的空间都填满黑暗，甚至口腔里也含着黑暗。在黯淡中生活的她们，展现出一种幽灵式的女性美。谷崎将裹挟在黑暗中的女性之美形容为一种幽灵式的存在，这一想法的起点与日本的神道传说之间存在着若隐若现的关联。大和民族的女性神祖伊邪娜美难产后死去，离开人世所去的地点就是不见天日的黄泉国。伊邪娜美成为黄泉国的主宰，拥有无上的权力，控制着世间的生死。谷崎描述的女性形象中就包含这种黑暗且不可知的意象，在与幽灵这种非日常性的存在之间建立起一定的关联后，为人类超越现实、通向异空间做好坚实的铺垫。

谷崎通过对日常器具、日常空间以及人本身的细致考察得出如下结论：日本人“在一些不起眼的地方使阴翳生成，就是创造美”[①]。“美，不存在于物体之中，而存在于物与物之间产生的阴翳的波纹和明暗之中。”[②]“离开阴翳的作用，也就没有美。”[③] 此处的不起眼可以看作对日常生活的一种形容，日本人为了实现对日常生活的诗化，通过制造阴翳、产生冥想，来挣脱与现实世界的联系，最终实现精神上的自由，这就是谷崎阴翳美学的内涵所在。

二、谷崎阴翳美学的比较文化学价值

谷崎在阐述日本人是如何制造阴翳时，不断地使用“反光”“光亮”“光辉”“闪光”等名词，构建出一个日光的世界，与阴翳的世界形成明显对照。

① ［日］谷崎润一郎：《阴翳礼赞》，陈德文译，上海译文出版社2011年版，第18页。
② ［日］谷崎润一郎：《阴翳礼赞》，陈德文译，上海译文出版社2011年版，第18页。
③ ［日］谷崎润一郎：《阴翳礼赞》，陈德文译，上海译文出版社2011年版，第19页。

可以说，在日光与阴翳的二元世界中，日光代表了西方人的审美倾向，他们喜欢明晃晃的电灯，用雪白的瓷砖将厕所装饰得一片雪白，使用闪闪发光的银质餐具，偏好清澈明净的水晶，建造房间时优先考虑采光问题，歌颂现代女性的明丽肉体。而阴翳之美更深入日本人的内心世界，他们钟意微暗的烛光，喜欢用木制品来装修厕所，使用黝黑的漆器餐具，钟情微含阴翳的玉石，建造房间时关注阴翳浓淡的处理，欣赏幽灵式的女性美。所以说，从谷崎对日光与阴翳关系的处理，可以看出谷崎在日本的传统文化遭遇近代的西方文化时做出的立场选择问题。

谷崎最初对日光的态度带有包容和隐忍的意味。比如对于建造房屋一事，他的态度十分开明："既然住在城市，不管多么讲究日本风格的人，总不能一概排斥现代生活所必不可少的暖气、照明和卫生设备。"[①] 为此他还付出了种种努力，在格子门的里面贴和纸，外边装玻璃；从古董店里找到古时用的煤油灯、夜明灯和床头座灯，再安上灯泡，来弱化光线，制造阴翳。虽然这种不伦不类的方案并不能让他十分满意，时常导致他陷入空想："假若东方独立发展完全不同于西方的科学文明，那么我们的社会状况也就会和今天迥然相异吧?"[②] 他甚至把希望寄托于中国和印度的农村，"那里仍然过着同释迦牟尼和孔夫子时代几乎相同的生活，但他们毕竟选择了合乎自己性情的方向，虽然迟缓，多多少少总是在坚持进步"[③]。但是当他发现世界上最奢侈地利用电灯的国家就数美国和日本，现代人长久习惯于电灯的光亮，已经忘掉曾经有过的黑暗，室内的照明煞费苦心地要消灭四角的阴影，现代文化设施处处讨好年轻人，逐渐形成一个不尊重老人的世界时，谷崎对日光的侵占达到极度的不满，开始极力推崇阴翳之美。

在谷崎看来，阴翳之美首先在于它的包容性。谷崎以放置在暗堂中的金屏风为例，说明金屏风大部分时间被黑暗隐匿着，与环境调和一致，平添了几分庄严的气氛。金的华彩与暗的悠长两相衬托，形态凝重，意味深长。在黑色背景的衬托下，金才更具"幽艳"之美，如果失去了阴翳的涵容，日光的世界将变得单调乏味，而日光的微隐才更具审美价值。这与谷崎在结尾处控诉西洋电灯的态度前后呼应，谷崎认为电灯明晃晃的光将黑夜变成了白昼，日光的出现侵占了阴翳的生存空间。在日光的世界内，日光占据主导地位，把一切都变得透明化，仅存的一些暗影被排挤在角落里。这些暗影不能形成对日光的有益

---

① ［日］谷崎润一郎：《阴翳礼赞》，陈德文译，上海译文出版社 2011 年版，第 20 页。
② ［日］谷崎润一郎：《阴翳礼赞》，陈德文译，上海译文出版社 2011 年版，第 20 页。
③ ［日］谷崎润一郎：《阴翳礼赞》，陈德文译，上海译文出版社 2011 年版，第 21 页。

补充，只是一些被放逐的压抑性存在。而阴翳却不同，强烈的灯光弱化成烛光或月光之后，暗影演化成浓淡各异的阴翳，渐次地渲染开去，形成一个多层次、多色调的美的世界。阴翳的柔美和幽深相对于日光的强势和侵占而言，对美的涵盖更广。

其次，阴翳之美还在于它对自然的尊重。在日本文化中，不仅讲究室内器具的摆放，同样也重视家宅的结构规划。仅以厕所为例，西方人认为厕所是解决生理需要的存在，十分不洁，放在越隐蔽的所在越好。在西方文化中对厕所也几乎是避而不谈，即便谈及也充满了羞耻感。日本的厕所虽然同样也被安排在比较隐蔽的地方，但日本人谈及露天厕所，便联想到周围的自然景物，沉浸在与自然融为一体的冥思之中。传统的日式厕所大多安排在室外，建筑在绿叶和苔藓生长的林荫深处，隐身于闲寂的板壁之中，能看见蓝天和绿叶的颜色。冬季如厕的时候很不方便，但空气的冷冽，反而使人心情舒畅。原本十分隐讳的厕所，经过与自然的融接，反倒转化成了风流雅致的所在。自然界成为日本人诗化日常生活的重要手段，与自然的合一帮助人跳出唯人类中心主义的思维模式，让人在与自然同化的过程中体味到更多的自由。

阴翳之美也是日本人面对新的时代潮流时的历史选择。传统的日本人喜欢用木制品来装饰厕所，是因为岁月一久，木质变得黝黑，木纹渐渐显现奇妙的魅力，可以安神养性。日本人喜爱玉石，那种经过几百年古老空气凝聚的石块，在人手的触摸下，清凉沁人。装饰壁龛的时候，日本人选用古香古色的纸张、墨色，这种古色和壁龛以及客厅的黯淡保持了适当的平衡。上述每一种阴翳的选择固然与日本的气候风土有着直接的关联，但更重要的是每一种阴翳里都凝聚时间在内，含纳人的参与在内。正是有了岁月的累积，它们才会变得幽深、厚重，抑或可以说，阴翳本身就是日本传统的一部分。

谷崎对阴翳美学的建构和对日光美学的弱化，体现出日本知识分子对西方文化渗透的自觉反思，以及对本民族文化的独特性的自信，这与 20 世纪德国的斯宾格勒和英国的汤因比的学说不谋而合。斯宾格勒认为历史上的每种文化都各有其独特的精神、灵魂和特殊表现。[①] 汤因比认为一切文明在哲学意义上都是平行的，即同时代的。[②] 谷崎在与西方文化的接触过程中，在对日常生活的观察中，敏锐地体悟到“西方文化中心论”的不妥，自觉地提倡阴翳美学与日光美学的共生共存，具有十分重要的意义。日本乃至东方的民族只有对本民族的美学树立起强大的自信，才能让日本传统美学以及东方美学在全球化时

① 彭修银：《东方美学》，人民出版社 2008 年版，第 26 页。
② 彭修银：《东方美学》，人民出版社 2008 年版，第 27 页。

代重新焕发生机。

时至今日，以资本和科技为核心的西方近代文明在步入成熟期后，已经开始进行文化的自我反思。日本在经历过经济高速发展浪潮后，也慢慢地从热衷近代文明模式的迷狂中清醒过来。国家民族的未来在何方？对此，日本美学家佐佐木健一在“美学与文化：东方与西方”国际学术研讨会的开幕会致辞中谈道：“我深信，现代西方文明在人类历史上是独树一帜的。但是大部分人认识到我们不能再继续同样的道路了，我们必须创造新的文明。”这种新的文明不一定非要是东方文明的崛起与独秀，但很可能是东方文明和西方文明的和谐相处、共生共荣。基于这样的理念，扶正日渐式微的东方美学的独特性成为首要的工作，同时如何正确地理解和把握传统文化背景下产生的东方美学特征，也是不可或缺的研究方向，谷崎的阴翳美学对此做出了非常有建设性的回应。

概而言之，日本近代唯美主义文学的代表作家谷崎润一郎是一位特立独行的文艺怪杰。他毕生以美为艺术的最高准则。早期作品深受欧美世纪末文学的影响，崇尚恶魔之美。移居关西地区之后，谷崎作品的风格展现出向东方美学回归的倾向。游走于东西方美学之间的谷崎文学通过比较和观照，形成自己独有的美学特征，其随笔《阴翳礼赞》对这一美学做出了较为全面的阐释。谷崎以日光来比喻西方文明，以阴翳来比喻东方文明，并通过对日常生活文化中的阴翳现象及内涵的阐释，力证阴翳美学是日本美学步入近代社会后的历史选择。谷崎的阴翳美学主张与西方的理性美学形成鲜明的对照，为反思西方理性美学提供了一个非常有价值的参照体系。

第十四章　太宰治《人间失格》解读[1]

① 本章作者为广东外语外贸大学何明星教授和雷婧硕士。

太宰治的《斜阳》《惟庸之妻》和《人间失格》奠定了他在日本文学史上无赖派文学大师的地位。然而，相比于文学作品在文坛的影响，他五次自杀的经历所产生的影响却更为深广，甚至成为人们街谈巷议的话题。死，在日本有着不同寻常的绝美意义：芥川龙之介死在《圣经》和遗书的旁边；川端康成继承了物哀美学的悲绝，在自杀中寻找到最终的归宿；三岛由纪夫自杀，为日本军魂殉死。在这些自杀者看来，死亡是从“秽界”到“净土”的必经阶段。太宰治是一个敏感而又阴郁的作家，在听到自己的偶像芥川龙之介自杀的消息后，他也吞下大量安眠药，企图随芥川而去。此后四次自杀，他都采用了浪漫殉情的方式。前后五次自杀，四次未遂。是厌世还是苟活？是速死还是残喘？这样的煎熬构成了太宰治文学生涯的变化节点。

纵观太宰治的一生，哀感美学成为他追寻的最高生命境界。这可以从他晚年出版的自传小说《人间失格》中窥见一斑。《人间失格》塑造了一个与其自身经历十分相似的人物——大庭叶藏。大庭叶藏年幼时对冷漠的家庭感到恐惧，青春期参加左翼运动充满迷茫，读书时代与酒吧侍女殉情遭受控告。在黑暗苦闷中摸索的人生，几乎每一步都成为诱惑他走向自杀的注脚。在大庭叶藏的经历中，读者能明显地看到太宰治的影子。其中有他自身经历的主要阶段以及他当时的精神病态。太宰治对死亡的迷恋给后人留下了精神变态的事实，也提供了解读他情有独钟的哀感美学的材料。笔者拟从哀感美学角度，通过大庭叶藏的精神隧道，探求太宰治真实的内心世界。

一、对罪与死的追问

《人间失格》的书名原意是“丧失作为人的资格”。面对这么沉痛的书名，读者不禁要问：如何才会让一个人失去其作为人的资格？大庭叶藏给予的回答是：缘于罪。大庭叶藏的罪感意识缘于两个方面：其一是懵懵懂懂地参加而又脱离左翼运动，并因地主身份而逃生；其二是与酒吧女子一起自杀而最终独活。

《人间失格》中的大庭叶藏是这样回忆左翼运动的：

> 当时存在着各式各样的马克思主义者：有像堀木那样出于爱慕虚荣、追赶时髦的心理自诩为马克思主义者；也有像我一样仅仅因为喜欢那种“不合法”的氛围，便一头扎入其中的人。倘若我们的真实面目被马克思主义的真正信徒识破的话，那么，无论是堀木还是我自己，都无疑会遭到

他们的愤怒斥责，并作为卑劣的叛徒而受到驱逐吧。①

叶藏承认自己是个左翼运动的叛徒，因为他知道，与真正的马克思主义“同志”相比，自己入会的目的本身就是不纯洁的。他每次开会必到也不过是想依靠打趣逗乐在众人间寻找到存在感而已。他一方面泰然自若地接过组织委派的工作，另一方面却在心里耻笑这些任务，视之为“无聊透顶”的东西。但是因为他从不拒绝任务，所以很快便当上了一个地区的马克思主义学生行动队队长。后来任务越来越多，叶藏再也承受不住压力，于是他选择了逃走。“尽管逃走了，却并没有换来好的心境，我决定去死。”② 这是叶藏第一次将罪与死联系起来。

文如其人是一个在文学史上被验证了的观点，虽然也有些作者的作品未必如此。具体到太宰治的《人间失格》，大庭叶藏这个形象真可谓与作者心神相通。大庭叶藏与其说是太宰治创造出的人物，不如说是太宰治展示给众人的另一个自己。叶藏经历了太宰治的彷徨不安和敏感懦弱，叶藏身上背负的罪意识也是太宰治一生无法摆脱的痛楚之感。太宰治本人对左翼运动的记忆可以从他的散文《虚构之春》里面读到，“我有时在地洞里参加阴郁的政治运动。一个没有月光的晚上，只有我一个人逃了出来。剩下的同伴，全部都牺牲了。我，是大地主的儿子”。太宰治从小就对他的地主身份表示不屑，他并没有感到身为地主就理所当然是高贵的，反而把地主阶层看作吸附平民血汗的剥削者。因此，家庭带来的阶级身份无形中加重了太宰治内心的罪意识。但是，在他不认同地主儿子身份的时候，却因这个身份使得他在那次左翼运动中得以逃生。伴随这种屈辱的痛感而来的是对自己作为“背叛者”的愧疚。大庭叶藏与太宰治一样，在左翼运动中背负的罪感意识，使他萌生了自杀的念头。罪与死的追问，便从这里开始。

在与酒吧女子的殉情中，自己被救活而女子死去的事实，是大庭叶藏被迫背负的第二次罪恶感。叶藏脱离左翼运动后想寻死以求解脱，但是一直没有付诸行动。直到有一天，他在“丑陋而贫穷”的女招待常子身上看到一种同病相怜的亲近感后，意外地在这个世俗的世界里感觉到了微弱的对常子的爱恋。这种微弱的情感让他看透常子那颗被生活折磨得筋疲力尽的心已经伤痕累累，于是在常子提出死的时候，他不假思索地赞同了她的提议。在两人走到海边的时候，叶藏因为身上仅有三枚铜币而产生了一种羞耻、凄凉、悲惨的情愫，让

---

① ［日］太宰治：《斜阳》，杨伟、张嘉林译，重庆出版社2008年版，第166页。
② ［日］太宰治：《斜阳》，杨伟、张嘉林译，重庆出版社2008年版，第169页。

他觉得自己已经无路可走，“也就在这时候，我才真正地为一种实感作出了去死的决定”[①]。但是，常子死了，叶藏却得救了。在这次殉情之后，叶藏屡屡思念常子，每次思念都如同耻辱的自我拷问。对于他那颗敏感而不安的内心而言，这种耻辱无异于给自己的灵魂增加了一条人命的束缚。

从大庭叶藏身上能充分感受到太宰治罪感意识的叠加而带来的生命沉重感。从太宰治说出“生而为人，对不起”这句话开始，缠绕在他身上的罪感意识一次次加深了他对自杀的执着。加缪说：“真正严肃的哲学问题只有一个：自杀。”[②] 罪而死，这种内在联系是荒谬世界的合理化，还是为了超越现实而去追寻一个未来的希望？“重要的不是赎罪，而是与原罪共存在。”不管是叶藏还是太宰治，从背负了罪恶的时刻开始，他们就是罪人。于是，求死是他生命中反复出现的命题。如果求死是因为失去了生活的意义，那么加缪直言不讳那是一种荒谬的自杀；如果是躲进宗教里面寻求另一种精神的信仰或曰精神慰藉，那也属于一种精神自杀，一如加缪所言，西西弗的坚持和对世界的热爱，当巨石滚下之后，又是一个新的开始。平野谦说，太宰治的性格背负着一种不得不受伤的必然，以至于接近错乱的宿命式的东西。[③] 对叶藏而言，可以被称为“宿命”的东西，更应该是求死不得，在生死中挣扎的痛苦。

萨特对自杀的否定与加缪很相似。两者均身处荒谬之中，再企图通过自杀来解决荒谬，结果就只能陷入更大的荒谬中。“自杀是一种将我的生命沉入荒谬之中的荒谬性。”两位存在主义大师都否认了自杀中的“存在”，他们认为，自杀否定了“存在”，只能证明“不在”。叶藏关于存在与否的拷问，一直伴随着自杀的念头，自杀与自杀未遂，两种状态交替变化。求死貌似不难，寻死却总是不得。究竟是求死之执念不够执着，抑或是寻死过程中心存生之欲望？死之诱，生之惑，大庭叶藏的生死犹豫，披露出太宰治在人生边缘的徘徊与彷徨。

二、“他者”的尴尬处境

“我过的是一种充满耻辱的生活。”[④] 叶藏在他存在的环境里是以一个“他者”的边缘人形象而出现的。从幼时发现自己在生理需求上失去了最基本的反应，即感觉不到饥饿开始，叶藏就开始怀疑生命存在的理由，“我对于人类

---

① ［日］太宰治：《斜阳》，杨伟、张嘉林译，重庆出版社 2008 年版，第 177 页。

② ［法］加缪：《西西弗的神话》，杜小真译，生活·读书·新知三联书店 1998 年版，第 1 页。

③ ［日］平野谦：《太宰治论》，《外国文学》1998 年第 1 期。

④ ［日］太宰治：《斜阳》，杨伟、张嘉林译，重庆出版社 2008 年版，第 141 页。

的营生仍然是迷惑不解”[①]，并因此每夜辗转难眠，深感不安。他从饥饿感的缺失中感到与他人的隔阂，就好像被认为身处天堂的人，自己却总是觉得身处地狱。

叶藏在“他者”的处境中与“常态”人生的背离感，根源在他的家庭。幼时的大庭叶藏对家庭的第一记忆就是全家人聚居的印象，尤其是十个人一起在一间阴暗的屋子里就餐的情景。他作为最小的孩子总被安排到最边的席位，从他的眼睛观察到的家人全是一本正经的脸，一声不响地嚼着饭粒，这种仪式一样的就餐让他恐惧。

作为家里众多孩子之一，叶藏的存在感因为父母亲的冷漠忽视以及家仆的恶意使坏而消减。即便是身为少爷，也找不到被关注的存在感。“我被男女佣人教唆着做出了可悲的丑事……如果我有那种诉说真相的习惯，那么，或许我就能够毫不胆怯地向父母控诉他们的罪行吧，可是，我却连自己的父母都不可能完全了解。”[②] 由此可见，家庭的漠视，促使叶藏被迫成为一个生活中的“他者”。

加缪曾分析陌路人的荒谬感时说道：

> 一旦世界失去幻想与光明，人就会觉得自己是陌路人。他就成为无所依托的流放者，因为他被剥夺了对失去的家乡的记忆，而且丧失了对未来世界的希望。这种人与他的生活之间的分离，演员与舞台之间的分离，真正构成荒谬感。[③]

虽然荒谬促使人产生自杀的念头，但是，“真正有力量的人则相反”，“荒谬、希望和死亡在这游戏中角逐争斗”。[④]

因此，即使生活在充满荒谬感的世界里，叶藏也没放弃争斗。企图从与漠视的对抗中赢得关注的他，找到了一个新方法——逗乐，这是他宣示自己存在的唯一方式，并称之为“对人类最后的求爱”。“尽管我对人类满腹恐惧，但却怎么也没法对人类死心。”[⑤] 这是叶藏对寻求他人关注的卑微的乞求。可是从另一角度看，亦能看成他对生存机会的不甘放弃，所以，才会有他以后深陷

---

① ［日］太宰治：《斜阳》，杨伟、张嘉林译，重庆出版社 2008 年版，第 143 页。

② ［日］太宰治：《斜阳》，杨伟、张嘉林译，重庆出版社 2008 年版，第 148—149 页。

③ ［法］加缪：《西西弗的神话：论荒谬》，杜小真译，生活·读书·新知三联书店 1998 年版，第 6 页。

④ ［法］加缪：《西西弗的神话：论荒谬》，杜小真译，生活·读书·新知三联书店 1998 年版，第 10—11 页。

⑤ ［日］太宰治：《斜阳》，杨伟、张嘉林译，重庆出版社 2008 年版，第 144 页。

自杀与自杀未遂的困境中反复挣扎的痛苦。

叶藏在与他人的关系中，有两个切入点可以深刻揭示他的人际关系。其一是他的同学堀木，唯一一个发现了叶藏自欺欺人的逗乐把戏的人。叶藏把自己与堀木的关系定位为“相互轻蔑却又彼此来往，并一起自我作践”[①]。其二便是与叶藏有过交往的女人，她们是叶藏人际关系扭曲的关键。

萨特为人熟知的名言“他人即是地狱”一直被误读，关于这个观点的正确理解，他的回答是：“我要说的是，如果与他人的关系被扭曲了，被败坏了，那么他人只能够是地狱。”[②] 在叶藏的“他者”处境中，那些被扭曲的家庭关系成了他不愿触及的地狱，但是他在女人身上找到的安全感和一种偏执的沉溺，使他将自杀与他杀捆绑在一起，形成了与他殉情的女子的地狱。叶藏曾遇到一个纯洁的女子并有过一段短暂的幸福婚姻，但是妻子被玷污的事件，给予叶藏精神上最沉重的打击。原本和平安宁的生活瞬间如坠地狱，惨烈而可笑。叶藏对此感到的并不是愤怒厌恶或者是悲凉，而是“剧烈的恐惧”。这种恐惧让他又一次对一切失去信心，对他人感到怀疑，从此远离对人世生活抱有的期待与喜悦，又一次被置身于地狱，不得救赎。

叶藏自言“边缘人”，处于人世间的边缘，想融入却不得要领，如此之下，毁灭是最后的终结。与他殉情的女子，是被他诱惑的死亡，还是心有相同想法而进行的一次共谋？答案不得而知，但是，从自杀到自杀与他杀捆绑式的死亡中，叶藏已经深陷地狱。

太宰治的女性观一直是众人研究的重点，从太宰治的作品中也能看出他对女性的偏爱。在最著名的无赖派小说《斜阳》中，他便以女主人公和子之口，说出了“为恋爱和革命活着”的名言。在太宰治的一生中，与他纠缠的女子很多，但是这些给予他生命不同意义的人，却无一能最后给予他幸福。终其一生，“他者”的边缘形象让太宰治沉溺于与妓女一起的特有的安全感里。他对女性那种既依赖又厌恶，想接近却又恐惧的病态心理，可以从大庭叶藏的自白中得到解读。

三、对“存在”的另类追逐

叶藏的一生是懦弱的，他称自己为胆小鬼，“胆小鬼甚至会惧怕幸福。棉

---

① ［日］太宰治：《斜阳》，杨伟、张嘉林译，重庆出版社2008年版，第203页。

② ［法］萨特：《他人就是地狱：萨特自由选择论集》，周煦良等译，陕西师范大学出版社2003年版，第10页。

花也能让人受伤”①。然而，在无数次酗酒喝药自杀、承认自己失败之后，那句“一个神一样的好孩子”，却显得颇有深意。太宰治对叶藏最后的救赎就是让他对死亡的不妥协的抗争。平野谦将这句理解为自我辩解：这一点在《人间失格》的结尾，作为对主人公的评价所发出的“神一样的好孩子”的感叹中表现得最为露骨。当然，这的确是一种以死亡作为赌注的自我辩解。② 这种辩解是书中的“我”，即一个旁人的视角所听到的，对大庭叶藏最高的赞美，所有被认为或自认为的不堪与屈辱的过去，在老板娘的眼里，却是“又诚实又乖巧，要是不喝酒的话，不，即使喝酒……也是一个神一样的好孩子呐”③。对于这种弱者式的生存方式，为何太宰治最后要用这样一个评价去结束全文？这的确令人百思不得其解。但是，如果把《人间失格》放置于当时写作的大时代之下，许多被遮蔽的东西就能被重新发现。

萨特的存在主义思潮兴起于“二战”中的法国。当时，法国受法西斯威胁，自由、平等、博爱的口号成为被践踏与嘲弄的对象，传统的道德价值在新的形势中势单力薄，人的自由和尊严被剥夺，法国被消沉颓废和悲观失望笼罩。战后，法国社会的高生产高消费又将人们带入另一种精神生活的高度空虚里，而萨特所代表的存在主义思潮则要求消除异化与摆脱资本主义社会的罪恶与对人的压抑。

从法国到亚洲，“二战”后的整体世界都有挥之不去的异化问题，传统价值在社会精神生活中走失。《人间失格》写于 1948 年，时值日本社会满目疮痍，战时拥护战争的人士纷纷倒戈，高唱民主主义。三岛由纪夫以武士道最高仪式的剖腹为日本军魂殉葬。太宰治亦无法与此时虚伪的道德者同流合污。

太宰治呐喊“我是无赖派，反抗束缚”④。当此之时，他就是在用另一种生存方式，与现有的社会做抗争。世间的普世价值得不到他的认可，世界又已经如此荒诞，那么，还需要怎样才能迎合这些荒谬的道理呢？选择是自由的，生存方式也是自由的，但是自由不等于放任，自由是要对自己的一切行为负责。太宰治在追问，谁应该对叶藏的一生负责？

幼年时在家中看到伪善与欺瞒，家人该对他怀疑他人的性格负责？在求学中堀木对他最大限度的利用，朋友该对他扭曲的人际关系态度负责？妻子被玷污的重击，恶人该对他对普世间所有一切的绝望负责？

---

① ［日］太宰治：《斜阳》，杨伟、张嘉林译，重庆出版社 2008 年版，第 173 页。

② ［日］平野谦：《太宰治论》，《外国文学》1998 年第 1 期。

③ ［日］太宰治：《斜阳》，杨伟、张嘉林译，重庆出版社 2008 年版，第 225 页。

④ 1946 年 1 月 15 日太宰治写给井伏鳟二的信中说道：“我是无赖派，所以我反对这种风气……”

萨特谈到绝望的时候，引用了笛卡尔的话，“征服你自己，而不要征服世界”[1]。正因为世界无法被个人的意志操纵，所以萨特说，“我们应当不怀着希望行动”[2]。没有希望，即无绝望。叶藏独断独行的人生，也不过就是他想过的一生而已，仅此而已。如西西弗周而复始地推着石头，诸神以为这是惩罚，可是西西弗享受的是山川河流、蓝天白云。大庭叶藏绝望的一生，其所谓边缘人的“他者”处境，是融不进世间浮躁的虚伪与憎恶，因此，“神一样的好孩子”似乎得到了合理的解释，他的堕落和自杀，就是另一种方式的抗争与不妥协。

---

① ［法］萨特：《存在主义是一种人道主义》，周煦良、汤永宽译，上海译文出版社2005年版，第17页。
② ［法］萨特：《存在主义是一种人道主义》，周煦良、汤永宽译，上海译文出版社2005年版，第13页。

川端康成《古都》论考[①]

① 本章作者为东北师范大学孟庆枢教授。

川端康成在《文学自传》中谈及他的《招魂节一景》时，曾说过这样一段话："我觉得浅草比银座，贫民窟比公馆街，烟草女工们下班比学校女生放学时的情景，更带有抒情性。"① 显然，贫民窟的穷人比之公馆街的富人、烟草女工比起生活无忧无虑的其他女孩来说，都是有某种缺失体验的人，而川端从创作伊始似乎就对这些人物情有独钟。

川端康成围绕缺失体验创作的作品极具个性。作家以独特的才能将这种缺失体验诗化，唱出了一首首凄婉冷艳的歌。荣获诺贝尔文学奖的《古都》就是其中最出色的一部。

本章从文本细读和创作心理两个侧面切入《古都》的叙述结构，对其多层面、复杂的美的表现做深入研讨。

一、悲哀的阴翳：从孤儿到弃儿

《古都》中丝绸批发商的千金小姐千重子，与青梅竹马的伙伴水土真一，有段意味深长的对话："'真一，我是个弃儿哩！'千重子突然冒出了一句。……真一迷惑不解，'弃儿'这句话的真正含义是什么呢？……'别说得那么玄妙。我不是上帝的弃儿，而是被生身父母遗弃的孩子。''弃儿？'真一喃喃自语。'千重子，你也会觉得你自己是弃儿吗？要是千重子是弃儿，我这号人也是弃儿啦，精神上的……也许凡人都是弃儿，因为出生本身仿佛就是上帝把你遗弃到这个人世间来的嘛。'……'所以，人仅仅是上帝的儿子，先遗弃再来拯救……'真一说。……真一感到千重子有一种不可名状的哀愁。"②

关于千重子的身世，作品里设置了令人费解的谜团。她的养母绘声绘色地向千重子描述当年在樱花树下，如何把千重子偷来的全过程。这段故事是难以证实的。正如作品所言"母亲的话，有时不太合逻辑"。作品里反复提到，千重子坚信自己"是被遗弃的"，她是作为双胞胎之一，被生身父母遗弃在丝绸批发商佐田太吉郎的店门前的孩子③。她的另一个孪生姐妹，是生长在杉山村的苗子，这对孪生姐妹实际上被设置成孤儿加弃儿的组合，正如川端在他许多作品中的操作，主人公往往是成对的或具有对照性的形象，如《雪国》中驹子与叶子，《千只鹤》中的近子与雪子，等等。在这里千重子的内心悲哀比之

① ［日］川端康成：《川端康成散文选》，叶渭渠译，百花文艺出版社1988年版，第107页。

② 《古都》发表于1961年，本章引文见［日］川端康成：《川端康成小说选》，叶渭渠译，人民文学出版社1985年版，第501—502页。

③ ［日］川端康成：《川端康成小说选》，叶渭渠译，人民文学出版社1985年版，第632页。

苗子更显突出。苗子说："虽然寂寞，但我埋头劳动，把这些都忘掉了。"① 可是千重子的悲哀却是刻骨铭心的，她对苗子说："也许幸运是短暂的，而孤单却是长久的。"②

众所周知，川端康成从小失去所有亲人，有极深的"孤儿体验"和"孤儿根性"。创作伊始，他就在作品里反复表现这一情结，甚至达到了执着、痴迷的程度。川端康成在《独影自命》中说："'孤儿'也许是我全部的作品、我一生的深层中所贯穿始终的主题。虽然我并不愿这样想。"③ 在他的前期作品里，许多篇章都痛切地倾诉了"天涯孤儿"的悲哀，其中最集中体现这种感情的作品，按发表时间顺序，可排列如下：

大正十年（1921）：《油》
大正十二年（1923）：《参加葬礼的名人》
大正十四年（1925）：《孤儿的感情》
大正十四年（1925）：《十六岁的日记》
昭和七年（1932）：《致父母的信》
晤和十八年（1943）：《父亲的名字》
昭和十九年至昭和二十年（1944—1945）：《故园》

从以上作品中，读者都可以感受到，一个从小失去至亲的孩子，因缺乏家庭温暖而产生严重的心理缺失。而这些作品都具有作者本人自传的性质：

一种无依无靠的寂寞感猛然侵袭我的心头，直渗透我的心灵深处。我感到自己孤苦伶仃。（《参加葬礼的名人》）

祖父病逝，我当然感到悲伤，我在世上越发孤单和寂寞了。（《给父母的信》第四封）

熟悉川端康成的读者都会感到，在他长达半个世纪的创作中，"悲哀"的阴翳始终与他形影相随，并且在一定意义上形成了他创作的突出主题。在川端康成研究领域，大概每位研究者都对他的"孤儿根性"表现了格外的关注，并把它当作开启川端作品之门的钥匙。但是，在这里我们觉得有必要对川端的

---

① ［日］川端康成：《川端康成小说选》，叶渭渠译，人民文学出版社 1985 年版，第 643 页。
② ［日］川端康成：《川端康成小说选》，叶渭渠译，人民文学出版社 1985 年版，第 656 页。
③ ［日］川端康成：《川端康成文集·独影自命》，金海曙、郭伟、张跃华译，中国社会科学出版社 1996 年版，第 3 页。

“孤儿根性”在不同时期的衍变予以仔细剖析，否则容易把川端作品中的复杂阴翳单色化。

我们知道，失去所有至亲骨肉的川端在青年时代又经历了几次幼稚而苦涩的恋爱，与四个“千代”的爱情，留下的是终生难以抹去的哀愁，这对于已有相当心理障碍的川端康成来说无疑是雪上加霜。婚后，川端康成又新添了一种“惧怕妻子怀孕症”。他在《致父母的信》中说，“被一个5岁的女孩亲亲嘴唇，在我的一生中恐怕不会出现第二次。因为我害怕自己有孩子。因为我不能容忍把像我这样的孤儿再送到社会上去”。“当父亲是一种大胆的冒险。”① 1928年，川端妻子流产，1929年产下死婴，最终川端夫妇没有自己亲生的子女，但收养了一个女儿，而这些经历都强化了川端的孤儿缺失体验。与此同时，川端康成又经历了太多的文坛挚友的生离死别，这些人与川端关系密切，其中有不少作家是川端的弟子，在川端心里，“他们很年轻就死去了，真是不可思议”②。这些生离死别的经历，更加深了川端康成的缺失体验。而我们还不应忽视的是，川端康成生活在一个动荡的年代，他经历了太多的社会灾变，诸如关东大地震（1923），特别是，“在川端康成漫长的作家活动里，有相当长时间是裹挟在战争中的”③。日本的研究者注意到，把反映川端“孤儿根性”的作品按年代排列之后，即可看出这些自传小说“发表之时都与作者人生重大事件、与他的母国日本的数次危机重合”④。“在战败的冲击下，受到甚于政治颓败的日本风土的荒芜的强烈震撼的川端康成，是不能无视饱受战争创伤的日本的，为此，对现实的一切采取一种否定的态度，只追随日本的传统美，便成为川端康成战后作品的最大关注，成为他作品的基础，这是他的一大思索期。”⑤

综上所述，川端的“孤儿根性”所具有的个人和社会内涵融汇在一起的复杂阴翳孕育了作家和他的创作，为此，我们在阐释《古都》时就不能不把川端在日本战败后发表的《拱桥》《阵雨》《住吉物语》和最后的文字《隅田川》联系起来思考。前三篇小说都以弃儿寻母的哀怨之声贯穿首尾，这些小

---

① ［日］川端康成：《川端康成小说经典》（三），叶渭渠、唐月梅译，人民文学出版社1999年版，第167—168页。

② 参见［日］稻村博：《川端康成——文艺和病理》，金刚出版刊1975年版，第66—67页。

③ ［日］原善：《川端康成的魔界——从〈拱桥〉三作出发》，见《拱桥》文库本，讲谈社1992年版，第263页。

④ ［日］三枝康高：《川端康成》，有信堂1968年版，第33页。

⑤ 参见［日］野寄勉：《川端康成的战争观》，《川端文学的世界⑤》，勉诚社2000年版，第233—235页。

说标志着川端的创作出现了一个重大的变化。我们看到，在《拱桥》《阵雨》《住吉物语》这三篇系列小说里，孤儿描写超出了作者的自传性。特别是在《拱桥》中出现了这样的情节：一个5岁的孩子在拱桥顶端被他的养母告知了一件“很可怜、很伤心很伤心的事”，即“我的生母前些日子去世了”①。细心揣摩，不难看出这个5岁的孩子也具有孤儿与“弃儿”结合的特点。生身母“前些日子”才去世，说明他过去5年里过的是被收养的弃儿的日子，现在生母去世了，他成了真正的“孤儿”。为了锻炼这个可怜的孩子的承受力，他的养母让他自己走上拱桥，“也许先要看看年幼的我是否有勇气走过拱桥”②。

这三篇作品的发表时间值得注意：《拱桥》发表于1948年10月，《阵雨》发表于1949年1月，《住吉物语》发表于1949年4月。川端研究者原善指出，它们“是占有特殊位置的作品群”，“作为川端康成作品的战败缺失体验的是《再会》（发表于1946年2月至7月），这一作品的标题具有战后再出发的象征。但是，川端康成战后再出发真正的代表作应该是《拱桥》三作”③。他又说：“川端历经半个世纪的作家生涯若以拱桥作比喻的话，相当于桥中央的位置乃是《拱桥》三作。”④

如果说昔日川端的“孤儿根性”还多是蕴含个人生活的缺失体验的话，此时的川端作品所反映的缺失体验则具有了更多的社会性，川端的孤儿情结也已深化为“亡国之民”的情结，这与《古都》中一再提到的“弃儿”不能不说有着内在的一致性。他在《我的思考》（1951）中说，在战败以后，“比起政治上的愤慨来，我更多的是内心哀伤。我的工作恐怕无法摆脱这种哀伤”⑤。以日本战败为界，川端康成的创作分为前后两期，同时首先表现在“孤儿”主题上起了明显的变化，这是不争的事实。

二、自救之途：壶中别有天地

缺失性体验属于心理学缺失性动机的概念，缺失性动机是以排除缺乏与毁坏，避免或逃避危险为特征的动机。缺失性体验体现在精神和物质、心理和生

---

① 参见［日］川端康成：《再婚的女人》，叶渭渠、郑民钦等译，漓江出版社1998年版，第259页。

② 参见［日］川端康成：《川端康成小说选》，叶渭渠译，人民文学出版社1985年版，第259页。

③ ［日］原善：《川端康成的魔界——从〈拱桥〉三作出发》，见《拱桥》文库本，讲谈社1992年版，第263页。

④ ［日］原善：《川端康成的魔界——从〈拱桥〉三作出发》，见《拱桥》文库本，讲谈社1992年版，第263页。

⑤ 参见［日］川端康成：《川端康成散文选》，叶渭渠译，百花文艺出版社1988年版，第164页。

理等与人类生存有关的各个方面。从广义上说，每个人都存在缺失体验，就狭义而言，某个人在某一方面的缺失体验，尤其是童年时代造成的缺失体验的影响将是终生的。川端康成由于自己独特的人生经历，他从创作开始一直到最后（《隅田川》），始终执着地在作品中表现出一种让人望而生畏的自救精神，在《古都》里这种反应同样是强烈的。

千重子一出场，发现“老枫树干上的紫花地丁开了花”，“在树干弯曲的下方，有两个小洞，紫花地丁就分别在那儿寄生”。这里特别强调了“生命”与“孤单”，这在作品中别具寓意。

接着，川端又写了千重子想起了饲养在古丹波壶里的铃虫。她对“壶中洞天”的思考是与她在壶里养铃虫联系在一起的。“千重子饲养的铃虫，现在增加了许多，已经发展到两个古丹波壶了。每年照例从七月一日开始孵出动虫，约莫在八月中旬就会鸣叫。……它们是在又窄又暗的壶里出生、鸣叫、产卵，然后死去。尽管如此，它们还能传宗接代地生存下去。这比养在笼中只能活短暂的一代就绝种，不是好得多吗？这是不折不扣地在壶中度过的一生。可谓壶中别有天地啊！”[①] 关于古树上的紫花地丁和古丹壶的铃虫，正如有些研究者所指出的，这是作家对生命与死亡的独特演绎。“生命的不可避免的衰颓和它自身谋求生命的更新……，这是更为复杂的生命的行为，《古都》里即是这样的意象。”[②] 我们不妨把“壶中别有洞天”这一中国的典故回顾一下，曾翻译多篇中国唐宋传奇的川端康成对其内涵是谙熟的。

作品里写道：“千重子也知道，从前中国有个故事，叫作‘壶中别有天地’。说的是壶中有琼楼玉宇，到处是美酒和珍馐。壶中也就是脱离凡界的另一个世界的仙境。这是许多仙人传说中的一个故事。”[③]根据鲁迅《中国小说史略》中的考证[④]，六朝梁吴均的《续齐谐记》中有阳羡鹅笼记，写的是阳羡许彦于绥安山行时遇一书生求人鹅笼，不仅“笼不更广，书生亦不更小……彦负笼而去，都不觉重”，而且口吐铜奁子，具诸肴馔，甚至口吐一女子，“衣服绮丽，容貌殊绝，共坐宴”。这女子趁书生熟睡时又口吐一男子与之共寝，这男子也口吐一女子与之共酌。在这之前晋人荀氏撰《灵鬼志》的《外国道人》（见鲁迅《古小说钩沉》）亦有类似故事，但主人公是外国道士，译介的色彩较浓。鲁迅有言：“此类思想，盖非中国所故有，段成式已谓出于天竺。”《酉阳杂俎》（续集贬误篇）云：“释氏《譬喻经》云，昔梵志作术吐出

---

① ［日］川端康成：《川端康成小说选》，叶渭渠译，人民文学出版社 1985 年版，第 491—492 页。

② ［日］服部康喜：《〈古都〉论》，见《川端文学的世界③》，勉诚社 2000 年版，第 184 页。

③ 参见［日］川端康成：《川端康成小说选》，叶渭渠译，人民文学出版社 1985 年版，第 492 页。

④ 鲁迅：《鲁迅全集》第 9 卷，人民文学出版社 1981 年版，第 308 页。

一壶，中有女子与屏，处作家室，梵去少息，女复作术，吐出一壶，中有男子，复与共卧。梵志觉，次第互吞之，柱杖而去。余以吴均尝览此事，讶其说以为至怪也。”鲁迅指出：“所云释氏经者，即《旧杂譬喻经》，吴时康僧会译，今尚存，而此一事，则复有他经为本，如《观佛三昧海经》（卷一）说观佛苦行时白毫毛相云：‘天见毛内有百亿光，其光微妙，不可具宣。于其光中，现化菩萨，皆修苦行。如此不异。菩萨不小，毛亦不大。’”鲁迅认为：“当又为梵志吐壶相之渊源矣。”①

川端康成在《古都》里讲这个“壶中洞天”的故事是有深刻寓意的。熟谙佛经的川端把佛经中的“心无大小，‘相’亦无大小”作为一种寻找精神寄托的出路。日本战败后，他内心感受到更多的哀伤：“这种哀伤彻身透骨，反而使我的灵魂更加自由和安定了！”（《独影自命》）川端康成在日本战败不久的1947年写的《哀愁》一文中这样表述他的心境：“战争期间，尤其是战败以后，日本人没有能力感受真正的悲剧和不幸。我过去的这种想法现在变得更强烈了。所谓没有能力感受，恐怕就是没有能够感受的实体吧。”“战败后，我一味回归到日本自古以来的悲哀之中。我不相信战后的世相和风俗。或许也不相信现实的东西。”②

《拱桥》三作在川端的后期创作中具有特别重要的意义。经历日本战败的川端康成，累历亲人（包括不亚于骨肉至亲的文坛挚友）的死亡，使川端康成把刚刚50岁的生年当作“余生”，他在《独影自命》中的一段自述恰切地反映了战后的心境：“我把战后自己的生命作为我的余生。余生已不为自己所有，它将是日本美的传统的表现。我这样想，没有丝毫不自然的感觉。”③

也正是在这一时期，他的作品开始出现对“魔界”的追求与探索。正如一位日本学者所说：“为此，他处在魔界的彷徨里，作为它的解决办法是把回归母体当作救济愿望，这是和净化志向共存的。”④

在《拱桥》中似乎不太显眼地写下了如下文字：“第二天早晨，我一边念叨着‘虽云佛常在，哀其身不显。拂晓人声寂，依稀梦中见。’一边往住吉神社走去。从远处望去，那座拱桥出乎意外地高大，5岁的胆小鬼很难过得去，可是近前一看，不禁失笑。原来桥的两侧都凿有几个踩脚的窟窿眼。我做梦也没有想到还有这样的立脚点。”

---

① 参见［日］川端康成：《川端康成小说选》，叶渭渠译，人民文学出版社1985年版，第50页。

② ［日］川端康成：《川端康成散文选》，叶渭渠译，中国广播电视出版社1999年版，第28页。

③ ［日］川端康成：《川端康成文集·独影自命》，金海曙、郭伟、张跃华译，中国社会科学出版社1996年版，第3页。

④ ［日］原善：《川端康成的魔界》，有精堂1987年版，第30、40页。

“当我手抓住栏杆脚踩窟窿眼一步步走上桥的时候，发现窟窿之间的距离比较宽，5 岁的小孩子的脚步怎么也够不着。我下了拱桥，长叹一口气，心想我的人生历程是否也曾有过这窟窿眼般的立脚点呢，无奈遥远的悲哀和衰弱仿佛使我眼前一片发黑。”①

如果联系川端康成对于生与死的思考，就能发现《拱桥》中踩脚的窟窿与《古都》中紫花地丁生长在枫树洞里和铃虫生于古丹波壶中有着内在的联系：“为此，作为对‘孤儿’如何重新认识，在川端那里，回归的世界是母亲，是自然，同时作为日本人来说母性乃是古典的世界。”② 《古都》中的寻母、恋母情结（千重子、苗子对生身母的渴望）正反映了川端康成的自救。川端康成在战后已把满目疮痍的现实幻化，而在心灵中构筑他自己的精神家园，这在《古都》里就是紫花地丁生长的树洞，就是铃虫繁衍不息的古丹波壶。

三、守护心灵故乡：回归自然与古典

川端康成在《古都》中写的是京都，日本近代许多作家都把京都作为心灵的故乡，如谷崎润一郎，他在《忆京都》里魂牵梦绕地写了京都在他人生中的意义，描绘了他对京都如痴如醉的憧憬。

川端康成在 1961 年 10 月 4 日《朝日新闻》发表的《古都》的序言中写道：“‘古都’自然指的是京都。我最近一个时期想写一部关于访问日本的‘故乡’的小说。……也许在这里风物比人与故事更占有主要地位。”在《古都》连载之时，川端康成在一次记者招待会上说得更为明了：“我想写旧的都城中渐渐失去的东西。”③

在川端作品当中充满了人文关怀，在战败后的历史时刻，这种人文关怀是以所蕴含的回归自然与古典的韵味去抚慰日本人心灵的伤疤。《古都》让读者感受一种人与自然的亲和，二者合二为一，这是作家的立意所在。《古都》里的人物在绮丽的大自然中获得抚慰，得到寄托。紫花地丁成为千重子情感世界的外化。随着季节变化，从抽芽开花，花朵凋谢，叶子枯萎，千重子心中也从朦胧的伤感过渡到某种希望。小说里所有的风物都已经不单是物象的存在，而是与人的心灵、精神以及人的命运相通的，因此体现了川端康成对于人与大自

---

① ［日］川端康成：《川端康成小说选》，叶渭渠译，人民文学出版社 1985 年版，第 260 页。

② ［日］川端康成：《川端康成小说选》，叶渭渠译，人民文学出版社 1985 年版，第 260 页。

③ ［日］冢田满江：《〈古都〉里外》，见《川端康成作品研究》，八木书店 1969 年版，第 322 页。

然的关系和人类回归自然的哲学思考。日本一位川端康成研究者指出，在《古都》的风景中，“有种不吉祥的风景潜在里面，……最使人易于理解的是从植树、整枝、剥皮、磨光，要经过如此漫长岁月的人工对自然的介入，这是显而易见的。经过这种人为的介入才彻底发出光辉。这种被完成的风景的美，也可以说是人为地对自然的冒渎。传统的东西正是在这里被承担，人的犯罪性和恶不可避免地宿命地沉淀其中”①。但这也正是川端从他的早期作品，如《蚂蚱与铃虫》就开始思索的人类的宿命。因此，我们阅读《古都》时一方面要体味小说中散发出的人类对大自然眷恋的抒情，同时更应该关注他对人与自然二律背反的哲理思考。

《古都》还表现了川端向日本古典回归的强烈愿望。正如有研究者指出的：“从古典世界的随想进入自己体验的世界的构造再次引人注目。”② 也正如他的其他作品（如《雪国》《千只鹤》等）都与《源氏物语》有着密切的关系，《古都》也深深接续《源氏物语》的血脉。有日本学者认为：“千重子身上具有贵族生活习惯，从这个意味上说，是与《源氏物语》具有旧思想的大君相当，苗子具有反贵族生活的心，从这个意味上说与新的典型的女性浮舟相匹敌。”③ “同时，父女、母女，……特别是父女的心灵交往，可以联想起《源氏物语》中光源氏与玉曼之间的关系。”④ 而这种情调就是日本王朝文学的精髓——物哀美。

另一部日本古典作品《竹取物语》对《古都》的影响也是清晰可见的。产生于平安初期的《竹取物语》讲述的是赞岐造麻吕老夫妇在膝下无子的情况下，在砍竹时从竹节里发现一女孩，这就是出落得光彩照人的赫夜姬。后来有五个皇族子弟来求婚，都被拒绝，终于在八月十五日夜升天返月。尽管《竹取物语》可以有多种解释，但结合川端康成在《古都》的有关情节，我们可以看到在“处女崇拜”上，《古都》与《竹取物语》是相通的，或者说隐含了川端康成对《竹取物语》的一种解读。在《古都》里，千重子犹如赫夜姬一样，也是个“天授之子”，“在樱花树下的椅子上，躺着一个非常可爱的婴儿，她看到我们，就绽开花一般的笑脸”。她既有高贵的身份，又有使人艳羡

---

① ［日］服部康喜：《〈古都〉论——被隐藏的风景》，见田村充正等：《川端文学的世界③》，勉诚社2000年版，第185页。

② ［日］竹西宽子：《走向母亲的旅心》，见《古都》，讲谈社1992年版，第255页。

③ ［日］上坂信男：《川端康成——〈源氏物语〉的体验》，见《川端文学的世界④》，勉诚社2000年版，第340页。

④ ［日］上坂信男：《川端康成——〈源氏物语〉的体验》，见《川端文学的世界④》，勉诚社2000年版，第340页。

的美貌。但是，她无意选择任何一个意中人，犹如赫夜姬一样，她只能是从世界上消逝。围绕千重子，川端反复吟唱的是“处女崇拜”之歌。“千重子没想到真一会躺在那儿……在千重子的生活环境里，她看不惯男人躺倒的姿态。”① “她（千重子）最感亲切的是真一坐在彩车上的那副童年的形象。……那时，真一和千重子都是七八岁的孩子。”② 可以说，千重子的内心世界时间是停滞的，换句话说，川端是把时空凝固在了人类的原初。

《古都》还可与《平家物语》相联系。川端在《深秋的姐妹》一节里写道：“故事是讲熊谷打败了敦盛后，深感人世间变化无常而落发出家，随后到古战场上凭吊敦盛时，发现坟墓周围开着虞美人花，笛声可闻。”这里所讲的“敦盛之死”是《平家物语》第九卷第十六章的故事。说平家一族的少年美貌将军平敦盛被源氏军中武将熊谷次郎直实割下了首级，而熊谷本人遁入空门。《平家物语》写熊谷驱马来到须磨海滩，当他看到一位锦衣金鞍的平家武将策马临近大海就要上船时，他高喊：“武将怎能背对敌人?”用扇子把武将召了回来，他未等平家武将坐骑踏上海岸就把它打翻在地，本想一刀结果其性命，揭开护面甲一看是位淡妆的美少年，他想起自己的儿子小次郎，不忍心割下他的首级，但这时有源氏武将赶来，只好忍痛割下了他的首级。“敦盛之死”蕴含了日本古代独特的审美意识。“敦盛的美是年轻的生命之美，是在大势已去的烽火之中依然能淡妆修饰自己的从容之美，是放弃逃生机会毅然返回海滩血战敌将的英雄气概之美，更有颈在刀下仍能泰然自若的不失自尊之美。熊谷刀下的美少年可以说是当时武士阶级所崇尚的武士美德美质集于一身的美的象征。而熊谷之所以能面对着一身甲胄的敌军少年却唤起了心中的父爱，复苏了身上的人性，也都是他对美的客观性存在的承认。作品中的熊谷割下了少年的首级，结果是使少年所象征的武士之美在遗憾中定格，并在遗憾中得到了悲剧性的永存。而熊谷本人则在亲手结束了象征着武士之美的一切之后，也结束了自己的武士生涯，开始追求更高的美的境界——佛心。”③ 这也就是日本文学中的无常感——悲剧美的具体化。川端在这里信手拈来了日本家喻户晓的故事，时间又是在战败之时，因而它不能不震撼人们的心扉，同时与整部作品的王朝美的悲剧色彩又完全吻合。寻母的悲哀，回归自然与日本古典，并把它作为寻找亲生母亲的另一种形式，这大概是川端在《古都》中设定的古丹波壶的用心所在，也是他的佛心所

---

① 参见［日］川端康成：《川端康成小说选》，叶渭渠译，人民文学出版社 1985 年版，第 494 页。

② 参见［日］川端康成：《川端康成小说选》，叶渭渠译，人民文学出版社 1985 年版，第 564 页。

③ 林岚：《新兴武士阶级的美学》，参见孟庆枢、李毓榛主编：《外国文学名著鉴赏》，吉林文史出版社 2001 年版，第 1209 页。

在吧。

总之，《古都》的美是复杂的，非单一的阴翳所能涵盖。虽然把川端康成的作品看得朦胧一点似乎有益于心境，因为越是深入复杂的阴翳，越透出使人难耐的悲哀，但川端作品的复杂性，容不得我们做如此简单、单向度的阐释，这也是一种无奈吧。

第十六章

王国维的“悲美”与川端康成的“物哀”[1]

① 本章作者为广东外语外贸大学助理研究员沈永英。

王国维和川端康成作为中日两国文学学术巨擘，他们的成就代表了中日两国的文学和学术的最高境界，而他们不约而同选择了自杀来结束个人的生命，这种相似的经历在中日近现代文学史上是不多见的。细读两人的文学或学术作品，可在无形中感受到天人合一的思想，悲天悯人的情怀，对生死痛彻的感悟的悲剧美学思想。这种相似的悲剧命运、相近的文学思想背后隐藏着怎样的思想根源？这是本章着力探讨的问题。

一、两人的童年、悲剧命运和学术贡献

王国维少年丧母，生母凌氏在他3岁的时候去世，从小在父亲的严格管教中长大。在母爱缺失的环境中成长的王国维羸弱多病，郁郁寡欢，“性复忧郁”，常思考人生哲学等深刻的问题。待其成年，与妻子成亲之后，举案齐眉，却在25岁左右丧妻，47岁其长子去世，白头人送黑头人，人生的悲剧都在他身上一一呈现。“幼年丧母，中年丧妻，老年丧子”对于这位海宁才子而言，是无法言说的痛苦。对于人生的思考，王国维总显得比他人早熟早慧，对于学术上的思考，他聪慧而比他人自信。他在早年阅读了叔本华、康德、尼采等哲学家的著作，爱好思考人生和哲理上的问题，对叔本华悲观主义思想感同身受，形成个人悲观的情绪和思想。他早在1903年便写下《红楼梦评论》，认为《红楼梦》是中国古代文学史上唯一一部真正的悲剧。而《人间词话》中的相关理论，既是对中国传统文论的继承，又是对西方文学美学思想的吸纳与熔铸。而在随后的《宋元戏曲考》中，王国维探讨了中国的悲剧，认为《窦娥冤》《赵氏孤儿》等“即列之于世界大悲剧中，亦无愧色”，为中国戏剧中的悲剧正名。从1903年开始的文学研究直到1912年的戏曲研究，王国维的悲剧思想一脉相承，贯穿始终，成为他人生轨迹不可磨灭的思想线索。

而川端康成与王国维一样在幼年丧失了双亲，全凭祖父母养大，而后姐姐亦离他而去，在15岁的时候，连祖父母也去世，他成为孤儿。这种痛苦的人生经历给了他不一样的承受能力和思维方式。正是由于人生如此悲壮而痛苦的经历，他把全部梦想都放在了传统与现代的日本文学上。作为日本文学的承前继后者，川端康成不仅对西方的文学思想有所吸纳和熔铸，同时他还是日本传统的文学理论“物哀论”的又一集大成者，将《源氏物语》发扬光大。

正是所谓的人生悲剧，使文学家具有了悲天悯人的人文情怀，用文学作品的美去抵御死亡与无常，展现人生的绚烂和才情。因此，在相似的人生经验中，失去亲人的痛苦以不同程度和不同形态的思想体验呈现在他们的文学理念当中，而这种对人生的思考同时贯穿了他们一生。川端康成大量的演讲和散文

中都强调了日本式的“美”，这种美学的理念实际上是他文学理论不可分割的一部分。

因此，选择川端康成的文学理念和悲剧思想作为与王国维文学思想的比较，可以在共同的选题中平行研究两人不同的文化深层内涵，他们都是近现代以来最能代表中国和日本文学成就的文学家。我们认为，将川端康成和王国维进行比较，是在对悲情哀感的基础上透视出不同的文化心理和思想理念的结果。相似的人生经历却绽放出不同的悲剧之花，而此时的悲剧之花对物感同身受，缘情而生，感事而发，他们都在学习西方文学思想和美学理论的同时，对本国的传统进行了集大成的继承和发扬。

二、川端康成的“物哀”美学

谈及川端康成和王国维的美学思想，不得不探讨的是“物”这个关键词，因为川端康成的思想受到日本传统的“物哀”文学理论与中国的“物感”文学传统的影响。其共通之处在于对美的体验和凝练。“物感”之说始于《乐记》，“凡音之起，由人心生也。人心之动，物使之然也。感于物而动，故形于声。乐者，音之所由生也；其本在人心之感于物也。……感于物而后动”。另外，《周易・系辞下》说：“近取诸身，远取诸物，于上始做八卦，以通神明以德，以类万物之情。”① 陆机《文赋》：“遵四时以叹逝，瞻万物而思纷；悲落叶于劲秋，喜柔条于芳春。”② 刘勰《文心雕龙・物色》：“春秋代序，阴阳惨舒，物色之动，心亦摇焉。岁有其物，物有其容；情以物迁，辞以情发。”③ 四季的轮回，阴阳的转换，天地山川的物色变化，让人在感受到自然景物的变化时心情亦随之波动。在不同审美客体的激发中，审美主体获得了审美的愉悦和超越，这里的“物”充当的是审美客体的作用。围绕着“物”（自然景物）与文学创作的关系的论述在文论流变史中随处可见。“物感”说的哲学依据是天人合一，庄子曰：“天地与我并生，万物与我为一。”（《庄子・齐物论》）。“物感”中的物，可以是外在的客观事物，也可以是内在的主观意识即想象中的事物的表象，是主观世界对客观世界做出“感应”开始的。前人

---

① 黄寿祺、张善文：《周易译注》，上海古籍出版社 1989 年版。

② 〔晋〕陆机著，张少康集释：《文赋集释》，人民文学出版社 2002 年版，第 20 页。

③ 周振甫：《文心雕龙今译》，中华书局 1979 年版。

对“物哀”和“物感”这两个文学理论做了细致的研究，这里不再赘述。①

日本“物哀”论始于江户时代，本居宣长在评论《源氏物语》时提出，物哀本身指的不是实在的“物”，而是人所感受到的事物中所包含的一种情感精神。物哀是“物之心”“事之心”。所谓“物之心”，就是把客观的事物（如四季自然景物等），也看作与人一样有心、有精神的对象，需要对它加以感知、体察和理解；所谓“事之心”，主要是指通达人性与人情。物之心与事之心合起来就是感知物心人情。这种物心人情就是物哀之物，是具有审美价值的事物。②

物哀，“物”就是自然风景与风物，“哀”则指由自然风景诱发，或因长期审美积淀而凝结在自然景物中的情思。③ 川端康成强调“平安朝的风雅、物哀成为日本美的传统”（日本美之展现），“日语‘悲哀’这个词同美是相通的”（《不灭之美》）。物哀美学，实际是悲哀美学。

紧紧围绕“物”这一概念，我们便可发现川端康成与王国维之异同。无论是源于佛学禅宗对人的心灵的净化，还是老庄的“天人合一”思想与自然的和谐相处，王国维文学思想与川端康成文学思想的同源性在于植根于中日两国的文学传统，而他们的相异之处在于双方的文学思想的现代性转型的创造性转换。将川端康成和王国维放在传统与现代的转换之中，可以看到两者既有西方的影响，又保持了东方思想的延续性。

（一）川端康成对山川物色的唯美追求

“物哀”的文学传统深植于川端康成的内心之中。在他看来，美在自然环境之中，四季更迭、春花秋月、茶道瓷器，乃至一朵小花等都需要人去感悟和体验，才能达到特有的审美情感。而作家对“物”的感受，可以分为两种：一种是天地万物、日月星辰，乃至整个自然环境；另一种是小而精致的“物”，比如茶道中的一件茶杯、和服的图案、含苞待放的小花，都能激起作家的审美形式感。他说，“美，一旦在这个世界上表现出来，就决不会泯灭”。

---

① 主要研究文章有姜文清：《“物哀”与“物感”——中日文艺审美观念比较》，《日本研究》1997 年第 2 期；周建萍：《“物哀”与“物感”——中日审美范畴之比较》，《徐州师范大学学报》2004 年第 4 期；王向远：《中国的“感”、“感物”与日本的“哀”、“物哀”——审美感兴诸范畴的比较分析》，《江淮论坛》2014 年第 2 期；王向远：《感物而哀——从比较诗学的视角看本居宣长的“物哀”论》，《文化与诗学》2011 年第 2 期；王向远：《论日本美学基础概念的提炼与阐发——以大西克礼的〈幽玄〉、〈物哀〉、〈寂〉三部作为中心》，《东疆学刊》2012 年第 3 期；王向远：《日本的“哀·物哀·知物哀”——审美概念的形成流变及语义分析》，《江淮论坛》2012 第 5 期。

② ［日］本居宣长：《日本物哀》，王向远译，吉林出版集团有限责任公司 2010 年版。

③ 谭晶华：《川端康成文学的艺术性·社会性研究》，上海外国语大学 2008 年博士论文。

这是诗人高村光太郎（1883—1956）写的一句话：“美，在不断演变。但是，先前的美却不会泯灭。”[①]（《不灭之美》）川端康成在他的散文中大量书写个人对美的体验和感受。四季的鲜明对比，不同的季节有着不同的变化使他感同身受。身在美丽的日本，他思考的是对物的态度，因为对物的态度要求高，纯粹。川端康成说：“以‘雪、月、花’几个字来表现四季时令变化的美，在日本这是包含着山川草木、宇宙万物、大自然的一切，以至人的感情的美，是有其传统的。日本的茶道也是以‘雪月花时最怀友’为它的基本精神的，茶会也就是‘欢会’，是在美好的时辰，邀集最要好的朋友的一个良好的聚会。”[②]（《我在美丽的日本》）对于山川景物，由外及内激发欣赏主体的内在形式感，从而获得与自然景物同一的美感，是川端康成构建物哀美学的原因。而将物哀的情感优雅、幽玄、忧伤地表达出来，更呈现出特有的日本审美情结特点。日本古典文学中《源氏物语》和《枕草子》凝练的意境，优美的俳句，成为川端康成文学理念的精神资源。他在《我在美丽的日本》《不灭之美》《美的存在与发现》《日本文学之美》等一系列散文中阐述了他的审美理想和文艺思想。

（二）美是什么

川端认为，“风雅，就是发现存在的美，感受已经发现的美，创造有所感受的美。诚然，至关重要的是‘存在于自然环境之中’的这个‘环境’，可以说是天的恩赐。倘使能够如实地‘了解’自然环境的真实面貌，也许这就是美神的赏赐吧”[③]。环境成为美存在的基本元素，一切美都存在于环境之中。

而他的文学观也是寄托于“物”性之中。“所谓文学，就是这么一种东西。即使在一片叶或一只蝴蝶上面，如果能从中找到自己心灵上的寄托，那就是文学。轻井泽一带，确实到处都是文学，人们的生活无处不是文学。”[④]（《话说信浓》）用物哀来表达审美情感，是日本文化长期的积淀，已经成为日本人审美思想的基调。

（三）“物哀”与文学的关系

在“东西”（物体）之中找到人心灵的寄托和感应，首先是审美的移情作用导致审美主体对于美的发现，由此随之而来的是情感的迁移和互渗，从而产

---

① ［日］川端康成：《我在美丽的日本》，叶渭渠译，河北教育出版社 2002 年版，第 247 页。
② ［日］川端康成：《我在美丽的日本》，叶渭渠译，河北教育出版社 2002 年版，第 233 页。
③ ［日］川端康成：《我在美丽的日本》，叶渭渠译，河北教育出版社 2002 年版，第 270 页。
④ ［日］川端康成：《我在美丽的日本》，叶渭渠译，河北教育出版社 2002 年版，第 152 页。

生交流和体悟。日本人常有的“季节感”“无常感”在川端康成身上得到淋漓尽致的体现。自然风物与人都是有生命的感性物体，看到雨中的花，那是花不堪风吹雨打而落泪，人若经历坎坷而潸然泪下，花亦有感知；花被摧残，人亦感同身受，情绪低落，感叹命运如同这花一般备受打击。这种交流有时候分不清哪些是花，哪些是自我，人与物共同交融在天地之间。物和人之间达到异质同构化，感通于新气象之中。在某种程度上，这与王国维“一切景语皆情语”有相通之处。

而由“物”产生的“哀”，是指主体的情感外化于审美客体之中，常指因长期审美积淀而凝结在自然景物的情思，从而产生了悲伤哀婉之情，感叹人生虚幻、生死无常，岁月流逝，带着淡淡的忧郁哀伤。以川端康成的创作为例，他追求对日本往昔贵族阶级美学情趣的留恋和对男欢女爱欲望世界的精雕细琢，对知识分子纤细的心灵和女性的细腻刻画，使其文本呈现出东方特有的物哀幽玄之美。

川端康成的文学，在叙事情节上并不复杂，人物散发出淡淡的哀愁，人物缘事而发，感悟兴叹，诸种情欲，描摹于笔下，清淡唯美。这与日本文学“物哀”“玄幽”的传统密不可分，他本人也在诺贝尔奖的演讲词中陈述日本古典文学对他的启发和涵养，尤其是《源氏物语》对他的影响非常大。他的创作思想就来源于此。川端康成的小说物哀美学在《雪国》中表达得淋漓尽致，例如：

> 昨晚岛村望着叶子映在窗玻璃上的脸，山野的灯火在她的脸上闪过，灯火同她的眼睛重叠，微微闪亮，美得无法形容，岛村的心也被牵动了。想起这些，不禁又浮现出驹子映在镜中的在茫茫白雪衬托下的红脸来。
>
> 于是，岛村加快了脚步。尽管是洁白的小路，可是爱好登山的岛村，一边走着一边欣赏山景，心情不由得变得茫然若失，不知不觉间脚步也就加快了。经常容易突然迷离恍惚的他，不能相信那面映着黄昏景致和雪景的镜子是人工制造的。那是属于自然的东西，而且是属于遥远的世界。①

从以上片段可以看出，川端康成在小说叙事过程中将景物融入人物情感之中，岛村对女性美的把握而产生的扑朔迷离之感使小说产生物哀幽玄之美。

> 这些汉子是想从驹子手里接过叶子抱走。待岛村站稳了脚跟，抬头望

① ［日］川端康成：《川端康成精品集》，叶渭渠、唐月梅译，复旦大学出版社2008年版，第44—45页。

去，银行好像哗啦一声，向他的心坎上倾泻了下来。①

这些充满自然感悟的物哀情感描写在川端康成的创作中极为明显，成为川端康成小说重要的特征，也印证着他本人对于物哀传统的继承的理念。

(四)“物哀”与佛教禅宗的关系

在物哀的背后，是对日本古典文学的继承。如果与王国维比较的话，其共同之处在于对禅宗佛教的内化。而川端康成的文学思想不仅是有禅宗的理念，而且进一步梳理了天地万物与自我的关系：

> 因为有自我，天地万物才存在。自我的主观之内有天地万物，以这种情绪去观察事物，就是强调主观的力量，就是信仰主观的绝对性。这里有新的喜悦。另外，天地万物之中有自我的主观，以这种情绪去观察事物，这是主观的扩大，就是让主观自由地流动。而且这种想法发展下去，就变成自他一如、万物一如，天地万物丧失所有的境界而融合在一种精神里，成为一元的世界。②

禅宗以不立文字，明心见性，顿悟成佛为宗旨。禅宗认为获得佛法，须凭借心灵的顿悟。顿悟之道与艺术创造的审美追求相结合，便是美的感悟，表现在文学创作中，就是对瞬间美感的敏锐捕捉和准确把握。禅宗讲究人与自然的融合，而并不是远离自然，人与自然不是紧张对立的关系，而是合二为一的关系。人置身在自然中，甚至达到忘却自我的存在，这是禅意的至高境界。人欣赏自然，二者之间完全是没有距离感的，因为只有这样亲密接触，将自己置身于其中，才能真正深入自然、理解自然、感悟自然，才能返璞归真，体验自然的灵性与真谛。川端康成参悟了禅意的本真，并将其融入自我的灵魂，外化于创作之中。他的小说禅意无限，意境悠远，他在诺贝尔文学奖的演讲中也多次提到禅宗对他的影响。例如：

> “入佛界易，进魔界难”……这位属于禅宗的一休打动了我的心。归根到底追求真、善、美的艺术家，对“进魔界难”的心情是：既想进入而又害怕，只好求助于神灵的保佑。这种心境有时表露出来，有时深藏在

---

① ［日］川端康成：《川端康成精品集》，叶渭渠、唐月梅译，复旦大学出版社2008年版，第97页。
② ［日］川端康成：《川端康成谈创作》，叶渭渠译，生活·读书·新知三联书店1988年版，第31页。

内心底里，这兴许是命运的必然吧。没有“魔界”，就没有“佛界”。①

通过禅宗的顿悟，作者进入更高端的审美境界，即“魔界”。这种高端的审美境界完全是一种超越政治教化的，禅宗的哲理成为川端康成小说创作和美学思想不可分割的一部分，带有虚无或空无的味道。

这种禅宗的思想与王国维的“物性”观念截然不同，王国维提出的“境界说”虽然与佛学有关联，但是在审美层面上较少提到“虚无”或“空无”的说法。

三、王国维的“物”性观念

与川端康成接受日本古典文学影响的思想来源不一致的是，王国维受中西方哲学的影响，形成了人生哲学和美学思想，比如提出了“境界说”“古雅说”“悲剧说”“无用之用说”等相关的理论。而王国维对于物感的传统的继承与创新，主要在于“境界说”，至于“悲剧说”等理论的创设，则使王国维文学思想在中国学术领域独树一帜。

（一）物性与直观

从庄子“物化”，再到刘勰“情以物迁，辞以情发”，再到邵雍“以物观物”，王国维“无我之境”在哲学上可谓一脉相承。虽然有学者认为“无我之境”不具备终极意义，但是并不影响“无我之境”对于王国维悲情文学思想的探讨意义。刘勰《文心雕龙·物色》篇详细分析“物”与“人”之间相互影响和制约的辩证关系，“物色之动，心亦摇焉”，“情以物迁，辞以情发”，“随物婉转，与心徘徊”。《物色》篇亦被认定为中国传统文论“意境说”之集大成，情以物迁、情景交融成为中国意境诗学的滥觞。王国维的“境界说”历来也被归为“意境”诗学近现代转型的典型代表，传统的意境理论强调的是情景交融，触景生情，包括严沧浪之“兴趣说”、阮亭之“神韵说”，王国维认为“犹不过道其面目，不若鄙人拈出‘境界’二字为探其本也”。“兴趣说”“神韵说”停留在主体欣赏与客体之间的关系，而王国维则突破文艺欣赏的局限，将物我关系提升为人生与哲学的境界。

邵雍说：“圣人之所以能一万物之情者，谓其能反观也。所以谓之反观者，不以我观物也。不以我观物者，以物观物之谓也。既能以物观物，又安有

---

① ［日］川端康成：《我在美丽的日本》，叶渭渠译，河北教育出版社2002年版，第238页。

于其间哉！是知我亦人也，人亦我也，我与人皆物也。此所以能用天下之目，为己之目，其目无所不观矣。”[①] 圣人之于神人的行为对普通民众而言具有导向意义，圣人尚且能观与“反观”，以万物为一，以物之心观物，不以己之心揣测，泯灭自我，方得客观之物我合一，遂以天下之目的为目的，从而回归到与天地精神往来，以天地代言。

邵雍“以物观物”思想直接影响王国维，如《人间词话》第三则：

> 有我之境，以我观物，故物皆着我之色彩。无我之境，以物观物，故不知何者为我，何者为物。

再如《人间词话手稿》第三十三则：

> 有我之境，物皆着我之色彩。无我之境，不知何者为我，何者为物。古人为词，写有我之境者为多，然非不能写无我之境，此在豪杰之士能自树立耳。[②]

“无我之境”手稿本与定稿的区别之一在于“以物观物”的增加。[③] 如果没有“以物观物”一说，“有无之境”纯粹来源于叔本华的审美直观说，“无我之境”增加了“以物观物”之后形成了从庄子的“无我”到邵雍“观物”的呼应。“无我”的概念并不是王国维一人生造，而是源于庄子，王国维用于文学批评之中，成为《人间词话》最核心的概念和理论基础。

王国维之“物性”与“观物”并不纯粹来源于庄子，亦可看见叔本华之踪影。叔本华把审美看作“静观”，其特点是“放弃了对事物的习惯看法”，不追究因果关系，不涉及意志、欲望，“把人的全副精神能力献给直观，浸沉于直观，并使全部意识为宁静地观审恰在眼前的自然对象所充满”。他把这种知觉方式描述为“一种对欲求没有任何关系的认识”，并称之为“美感的观察方式”[④]。受叔本华影响，王国维又认为直观之于审美意义重大，“科学上之所表者，概念而已矣。美术上之所表者，则非概念，又非个象，而以个象代表其

① 〔宋〕邵雍著，〔明〕黄畿注，卫绍生校理：《皇极经世书》卷六《观物内篇之十二》，中州古籍出版社 1993 年版，第 295—296 页。

② 谢维扬、房鑫亮：《王国维全集》第一卷，浙江教育出版社 2010 年版，第 496 页。

③ 谢维扬、房鑫亮：《王国维全集》第一卷，浙江教育出版社 2010 年版，第 461、496 页。

④ ［德］叔本华：《作为意志和表象的世界》，石冲白译，商务印书馆 1982 年版，第 249、263、273 页。

物之一种之全体，即上所谓实念者是也。故在在得直观之。如建筑、雕刻、图画、音乐等，皆呈于吾人之耳目者，唯诗歌（并戏剧、小说言之）一道，虽借概念之助以唤起吾人之直观，然其价值全存于能直观与否。诗之所以多用比兴者，其源全由于此也”[①]。他通过界定文学与哲学的关系，揭示文学之审美直观性、顿悟式的情感性。“至文学与哲学之关系，其密切亦不下于经学。……特如文学中之诗歌一门，尤与哲学有同一之性质。其所欲解释者，皆宇宙人生上根本之问题，不过其解释之方法：一直观的，一思考的；一顿悟的，一合理的耳。”[②]“直观”“顿悟”的文学在方法上区别于“思考”“合理”的哲学。他本人在运用中西资源建构“境界”说之时，聚焦于核心问题和解决办法，所用的武器工具不拘泥于中西。因此，对于“观物”，王国维之“观物”已经臻于化境，此看法有叔本华、康德之影响，亦有庄子和邵雍之脉络，在此四者基础之上杂糅熔铸而成，方能在理论有所开辟，有所创新。

（二）“有我”“无我”的升华

关于对“物”的看法，王国维虽然没有专门论述，但是对于“物”的体验和升华的理论比较多。王国维所创作的《人间词话》在发表前后经过反复推敲考量，于1908年至1909年年初在《国粹学报》发表六十四则，1915年在《盛京时报》刊出三十一则。王国维去世之后，赵万里、王幼安等人陆续有所增补，目前由中华书局出版的《人间词话》包含最初的“《国粹学报》版”六十四则，《人间词话删稿》四十九则，《人间词话附录》三十九则，下文的分析以此版本为准。与之相对照的《人间词话手稿》收录于《王国维全集》第一卷中，由浙江教育出版社和广东教育出版社出版。《人间词话》版本之复杂堪称词话史上之最，也可以从不同版本的修改变化探索王国维学术思想变化之路径。

王国维之前，邵雍曾提出“观物论”，他在《观物·外篇》中说：“以我观物，得其情；以物观物，得其性。”关于“物”的陈述和阐发，《人间词话》出现了十一次。我们仔细分析十一处的表情达意，分别是：

> ①有我之境，以我观物，故物皆着我之色彩。无我之境，以物观物，故不知何者为我，何者为物。古人为词，写有我之境者为多，然未始不能

---

① 王国维：《叔本华之哲学及其教育学说》，见《教育思想》，上海教育出版社1997年版，第576页。

② 王国维：《奏定经学科大学文学科大学章程书后》，见《教育思想》，上海教育出版社1997年版，第588—589页。

写无我之境，此在豪杰之士能自树立耳。（第三则）

②自然中之物，互相关系，互相限制。然其写之于文学及美术中也，必遗其关系限制之处。故虽写实家，亦理想家也。又虽如何虚构之境，其材料必求之于自然，而其构造亦必从自然之法律，故虽理想家亦写实家。（第五则）

③境非独谓景物也，喜怒哀乐，亦人心中之一境界。故能写真景物、真感情者，谓之有境界。否则谓之无境界。（第六则）

④美成深远之致不及欧、秦。唯言情体物，穷工极巧，故不失为第一流之作者。但恨创调之才多，创意之才少耳。（第三十三则）

⑤咏物之词，自以东坡《水龙吟》为最工，邦卿《双双燕》次之。白石《暗香》、《疏影》，格调虽高，然无一语道着，视古人“江边一树垂垂发”等句何如耶？（第三十八则）

⑥纳兰容若以自然之眼观物，以自然之舌言情。此由初入中原，未染汉人风气，故能真切如此。北宋以来，一人而已。（第五十二则）

⑦诗人必有轻视外物之意，故能以奴仆命风月。又必有重视外物之意，故能与花鸟共忧乐。（《人间词话》第六十一则）

⑧“君王枉（当作“忍”）把平陈业，换得（当作“只换”）雷塘数亩田。”政治家之言也。“长陵亦得闲邱陇，异日谁知与仲多？”……诗人之眼，则通古今而观之。词人观物，须用诗人之眼，不可用政治家之眼。故感事、怀古等作，当与寿词同为词家所禁也。（《人间词话未刊稿》第三十九则）

⑨诗人视一切外物，皆为游戏之材料。然其游戏，则以热心为之。故诙谐与严重二性质，亦不可缺一也。（《人间词话未刊稿》第五十则）

⑩（清真）先生之词，陈直斋谓其多用唐人诗句檃栝入律，浑然天成。张玉田谓其善于融化诗句。然此不过一端，不如强焕云：“模写物态，曲尽其妙”。为知言也。（《人间词话》附录第十五则）

⑪山谷云：“天下清景，不择贤愚而与之，然吾特疑端为我辈设。”诚哉是言。抑岂独清景而已，一切境界，无不为诗人设，世无诗人，即无此种境界。夫境界之呈现于吾心而见于外物者，皆须臾之物，惟诗人能以此须臾之物，镌诸不朽之文字，使读者自得之；遂觉诗人之言，字字为我心中所欲言，而又非我之所能自言，此大诗人之秘妙也。[1]（《人间词话》附录第十六则）

---

① 以上引文参见周锡山编校：《人间词话汇编汇校汇评》，北岳文艺出版社2004年版。

除了③⑤，其他关于“物”的论述属于“境界说”，即如何表情描物。尤其是①和②，分别论述的是“有无之境”和“无我之境”，这里的“物”指的是“观物”。

③是造境与写境关系。“自然之物”指的就是自然景物；第四则“言情体物”，指的是描述事物，评价美成词与秦欧词之区别。第五则是王国维评价咏物词，以苏东坡为高，周邦彦次之，姜夔为最低。王国维对于词人能否确切表情达物，吟咏到位，借物生情等作词的文学有个人的高标准高要求。

④是王国维对周邦彦咏物词的表现力不足而感到不满的评论，周邦彦“创调”多创意少，未能借物形象表达性情，达不到工整巧妙的形神之美。

⑥⑦⑧同为讨论“诗人”，如果我们倒过来看，可以发现王国维一系列阐述诗人的文学创作中与物的关系有总述、分述的逻辑论证，再到具体的个案（纳兰性德）的分析。

⑥中，纳兰性德的“以自然之眼观物，以自然之舌言情”，故能表达真切情感，与“境界说”之“自然求真”互相呼应。“纳兰容若与李煜相似，属于‘阅示浅’、‘性情真’之主观之诗人”[①]。纳兰性德诗词言情体物，亦发自内心，没有功利之私，也能穿越各种障碍，不加以掩饰，直接抒发真实的感情，从而形成纳兰词自然、不隔的特点。手稿本与之后发表的定稿出入较大，手稿本中加有“同时朱、陈、王、顾诸家，便有文胜则史之弊”，定稿则将此句删去，外加一句“北宋以来，一人而已”。手稿本一句实则对“未染汉人风气，故能真切如此”的解释。汉人之传统诗书礼仪，文质彬彬，然后君子之语境下未免拘于繁文缛节，未能真实表达个人的体验和情感。纳兰性德个人特殊的人生境遇，身处清朝贵族之家，与汉人士大夫情怀区别明显，纳兰词之清新自然，确实是北宋以来，词人唯独他一人而已。

⑦综合评价诗人对于外物的关系，必须是能够轻视外物，又能够重视外物。在平衡外物的关系上，诗人必须发挥主体的作用。这一则是和“无我之境”“有我之境”一样，都是探讨我与物之创作关系。对于创作主体而言，必须清晰明察外物的意义，以自我为主体，驾驭所表达之物，来表现主体的意义和目的。那么，此处的“物”处于奴仆之位置，方能轻松“命风月”。另一方面，诗人重视外物，与花鸟同忧乐，就是淡化了物我之间的界限，通过物的外化而抒发自我的情怀，达到物我合一的境界。

⑧中的诗人之眼有别于常人之眼。王国维引用了罗隐《炀帝陵》和唐彦谦的《仲山》诗，两首类型相似的怀古诗，所阐述的意境各不相同，罗隐是

---

① 彭玉平：《人间词话疏证》，中华书局2014年版，第317页。

“政治家之眼”，而唐彦谦是“诗人之眼”。罗隐之诗紧紧围绕的是隋炀帝的功过来抒发怀古情感，而唐彦谦之诗却在寥寥数语中将沛公刘邦陵今昔之对比来感叹人生之无常，具有了普遍意义和普世价值。这就超出了一般怀古诗的一家一姓王之感悟，而上升到人类的普遍的共通情感之中。王国维注重挖掘诗歌中的普遍意义，一如后主词为他所重视之原因。所谓诗人之眼，缘起于观物之不同，物之不同，引发诗人不同感受。物在此处的作用与诗人的眼界和文学灵感的获得具有紧密的联系。因此，诗人之所以为诗人，乃是诗人观物之眼通古今，能够“入乎其内，出乎其外”，“能奴仆命风月”，亦能“与花鸟共忧乐”。唯有诗人之眼，区别于政治功利之价值，方能创造纯粹的文学。

⑨中的“一切外物”，指主体所体验感受的外在事物、外在世界。⑩中的“模写物态”，事物所表现的形态，亦是对清真（周邦彦）词的点评。⑪中的“外物者”与⑨中的“一切外物”类似，皆是须臾之物，指的是词人对外物获得稍纵即逝的审美体验。

因此，从以上“物”的不同意义的表达可以看出，王国维的“境界说”实际上是关于“物性”观念的表述，对待“物”的不同态度成为判断境界不同的标准。比如“有我之境”和“无我之境”的区别，很显然是因为“观物方式”不同而进行的。“有我之境”的方式是以我观物，“我”之意志与外物发生矛盾或者形成某种利害关系，“我”冲破此种利害关系，将情感投射在“物”之上，从而形成一种物皆着“我”之色彩，主体的位置得到凸显，而物之位置处于“我”之下。“无我之境”的方式是以物观物，“我”抛去“我之意志”，从万物观察万物，成为万物之一，与其他事物没有利害关系，形成“物我合一”的境界。主体和万物形成一种天人合一的融合状态，在这里并没有凸显主体的位置，而是更加强调物性自然。

所以，从物的角度我们可以看出，王国维的“境界说”探讨了人与物的关系，理想的境界都在于物我合一，人与大自然的融合，形成审美境界。在这一点上，王国维的“物性”观念与庄子殊途同归，不谋而合。“无我之境”与庄子的“物化”“物我两忘”属于同样的审美境界，尽管与康德、叔本华的“直观”相类似，但是从文化学来看，中国古典诗词对王国维的影响已经成为其肌理，自然而然运用在文学理论之中。王国维的物性观念既来源于中国古典文论，又与西方美学息息相关。“境界说”的复杂性并不能单纯用古典或者现代来言说，而是在中西美学思想交汇的背景之中，对中国传统点评式文论的一次系统的升华。

（三）“美”的一系列概念的提出

如果说，川端康成将美寄托于山川物色之中，感物而哀，忧伤唯美，那么王国维关于“物”的阐发的一系列美学理念则复杂多元。他在康德、叔本华、席勒等人的美学影响下，对人生本质的思考明显具有深刻的洞见，尤其洞察人生的欲望与意志之间的关系，认定美的价值在于冲破“物”之利害关系，为中国美学体系的建构奠定了基础。他说“故美术之为物，欲者不观，观者不欲；而艺术之美所以优于自然之美者，全存于使人易忘物我之关系也”。王国维认为，艺术的美比自然之美更“优”，因艺术使人“物我两忘”，所以艺术的存在超越功利的审美境，由此而阐发了“优美”“壮美”“眩惑”等一系列美学理念。从《红楼梦评论》到《人间词话》可见其理论体系之轨迹承前启后，交相辉映。

王国维与川端康成一样，与传统“物感”文化有千丝万缕的联系，而“物”之所以重要，不在于“物”迁移主体的情感，而是“物”与主体的关系具有“有我”“无我”两个层面的意义。而美之所以存在，全在于人生的欲望与意志关联，“苟一物焉，与吾人无利害之关系，而吾人之观之也，不观其关系，而但观其物；或吾人之心中，无丝毫生活之欲存，而观其物也，不视为与我有关系之物，而但视为外物，则今之所观者，非昔之所观者也”[①]。王国维认为，艺术之所以独立地存在，是在于艺术描写了人生苦痛并给予了解脱的途径，审美主体之意志通过艺术超越了现实生活中的种种欲望，达到短暂的、平和的解脱，这是一切艺术的目的和意义。王国维美学思想中对“物”的超越更深一步是提出了审美与人生的“无用之用”说，这些美学理论的建构显然建立在中西交汇的节点上显示出创新与熔铸的价值和意义。

以上论证表明，王国维悲情文学之中的庄子影响的核心在于“物”的观念，而王国维的“境界说”以及后续的“无用之用”说显然是对庄子的心领神会，以“有我之境”“无我之境”的提出契合了“庄子式”自由逍遥的人生价值和“有待无待”的哲学意义。王国维“境界说”所突显的文学内涵既有西方康德和叔本华的审美理念，也有中国哲学“有待无待”的庄学传统。“有我”“无我”是文学的真如境界，这一理论的建构突破了文学非文化的藩篱界限，是文学粉蝶纷纷过墙的后顾前瞻，是文学他化意识的深度变革，是古典词话文学气质的脱胎换骨，从而走向了不折不扣的文学高端。

---

① 王国维：《红楼梦评论》，见周锡山编校：《王国维集》第一册，中国社会科学出版社 2008 年版，第 8 页。

四、川端康成与王国维悲剧理念的比较

王国维和川端康成悲剧美学最大的不同在于：川端康成淡化了伦理意识，使伦理禁忌被小说放逐，在追求唯美的极致的同时冲破了伦理的束缚，使他的小说人物趋于迷茫和变态发展，形成“临终的眼”的悲剧美学；而王国维的悲剧美学则与他本人的哲学观念和人生经历相结合，明显受到叔本华的悲观主义哲学思想的影响，在追求悲剧思想的美学价值和伦理学价值中，王国维把悲剧看作对人的意志的肯定，对人的心灵的净化和提升。他的悲剧思想在伦理学上有重要的价值和意义。

（一）川端康成“临终的眼”的悲剧美

川端康成对自然环境细腻的体验，对人情风物的感同身受，使唯美细腻的情感成为其文学的永恒主题。对比中国文学，也只有王国维的《人间词话》、沈从文的小说才有这种唯美的境界。归根结底，是对物不同的概念有不同的态度，形成了不同方式、不同程度的悲情思想。正是对物的不同取向，才会导致“悲伤”“悲剧”的不同形式与价值。在生命无常、轮回转世的佛教思想的影响下，川端康成形成了“临终的眼”的美学思想。

> 我什么时候能够毅然自杀呢？这是个疑问。惟有大自然比持这种看法的我更美，也许你会笑我，既然热爱自然的美而又想要自杀，这样自相矛盾。然而，所谓自然的美，是在我“临终的眼”里映现出来的。[①]

“临终的眼”与日本传统的“死亡美学”是相通的。“所谓消亡，就是说人类如果没有最终自己将要消亡这样的一种宗教性观念，就不会产生美。”[②]在这种“无常”的宿命意识中，川端深切感受到，世上的一切都将伴随着时间而流逝，人自不待言，这使他极为珍视每一次与自然的相会。因此，川端极为理解自然的心、自然的情，并将自身的情感倾注于自然中。在小说创作中，他不仅擅长捕捉和描摹自然美，而且善于挖掘自然美的深层内涵，使自然万物的细微变化与人物的情感、命运紧密相连。川端文学从早期的清丽、纯洁到中期的忧郁、感伤，直至晚年的虚无、颓唐，随情感有所变化，但人物与自然相

---

① ［日］川端康成：《我在美丽的日本》，叶渭渠译，河北教育出版社2002年版，第236页。
② ［日］安田武、多田道太郎：《日本古典美学》，中国人民大学出版社1993年版，第31页。

互交融的境界却贯穿始终。

但是《千只鹤》与《睡美人》的故事却让一般的读者很难从纯粹的审美中获得美感。再美的东西也有伦理道德在里面。《睡美人》展现的是老人对已经流逝的青春与美的沉溺，对行将就木的生命的无可奈何。《千只鹤》写的则是菊治与太田夫人母女之间的性爱。菊治没有顾及太田夫人曾经是他父亲的情妇，而文子又是太田夫人的女儿，他同时享用着这对母女的身体。物哀的本质，恰恰就是用审美超越来抵御或放弃道德禁忌，所有一切的事物都能感同身受，从审美的角度去欣赏去把玩，而不拘泥于伦理的层面。伦理学追求的是至善，善的缺失会使再美的物性也失去正面价值的力量。因此，日本现当代文学中出现了大量不伦之恋、畸形爱情，只能从现代性的角度去看待，是人性丑陋的一面，或是现代社会中人的异化的体现。

川端康成在物哀的过程中放逐了伦理界限，将所作所为归结于审美，将审美推向了极致。这个物性思维到底是什么？将个人的情欲无限地扩大化，形成了日本文学特有的畸形之恋，直接导致了文本中各种异化人物形象的出现。这些人物形象又进一步体现了日本文化在物哀思想的直接引导下，对于伦理和道德至善的疏离和淡化，夸大了个人情绪的唯美力量。如果美没有善来做基础，那么这个美在情感上便难以激起读者的认同，只能是一种变态的文学。美走向被毁灭的悲剧，那是对人精神的净化和提升，正如古希腊思想家亚里士多德说的“卡塔西斯”，悲剧使人产生心灵的震撼和净化而达到精神上的提升。而川端康成的唯美，在某种意义上不能实现这种悲剧的悲壮凝重的效果，反而被变态的男主人公或者女主人公解构，成为现代都市环境中异化的人类的一种。

（二）王国维的悲剧美学

王国维认同叔本华的理论，他认为生的本质就是欲望而已，人生的痛苦来源于欲望的无法满足，欲望一旦满足，就会产生厌倦之感，厌倦之余便产生新的欲望，新的欲望无法满足又产生新的痛苦，人生如同钟摆一般，在痛苦与厌倦之间来回摆动。王国维在研读叔本华哲学著作中设身处地，全力投射了个人的人生经验来观照自身，形成了他独特的悲观主义的人生观和价值观。正是在这种悲观的人生观的指导下，王国维独特的悲情文学观得以形成。

王国维在《红楼梦评论》中论证了宝玉的生存遭际正是这种普通人在普通之境遇中无法回避的命运悲剧，从而对比夏洛克的遭遇、俄狄浦斯盲目的命运，属于悲剧的最高范畴，即“人生悲剧”。这种“人生悲剧”，既不是第一种由恶人及其作恶行为构成的悲剧，也不是第二种命运的安排所导致的悲剧，而是人物本来处于不同的关系之中，不同的性格和行为差异，以及各自利益、理想与愿望无法实现而导致的悲剧。《红楼梦》的悲剧性质在于普通的人物在普通的环境中的遭际命运，他们被逼不得不做出悲剧的选择，明明内心知道其中的利害关系，却依然对人物施以逼入绝境的做法，各方的选择都是不得已而为之。王国维认为，《红楼梦》之所以成为悲剧，是因为强调悲剧人物的个人意志是决定其命运发展的主要因素，而不是将人物置于道德律令和他者的评价之中做出选择，有别于中国戏曲叙事的传统中注重情节的曲折，忽略人物的内心世界，人物的选择大多由于外部的环境所决定的美学原则。而王国维恰恰在《红楼梦评论》中提出，宝玉选择出家是由于个人意志的选择，是“自律”；而《桃花扇》中人物的选择是“他律”，是通过李香君和侯方域的爱情故事，抒发政治上的国破家亡之伤感，而不是个人的人生意义的追寻。

众所周知，悲剧理论来源于西方，从亚里士多德的悲剧理论到康德的审美批判是超越现实的利益，达到合目的非功利自由的审美境界，是近代西方人对人生本质认识论的表征。叔本华也继承了两者关于悲剧的路数，并进一步提出“人生本来就是一个悲剧，因为人生的欲望不可能实现”。王国维之所以要借用叔本华的悲剧理论，也正是在于他对人生的认识具有与中国传统“乐天”“大团圆”人生观很不相同的悲观主义色彩。象征着青春和梦想的大观园在白茫茫一片大地中彻底地被查抄和清除，以宝玉、黛玉为代表的年轻一代的陨落，对比鲜花着锦、烈火烹油般精致典雅的贵族生活，他们的命运可以说是一个巨大的悲剧。王国维在《红楼梦评论》中继续讨论了“优美”和“壮美”的概念，并指出黛玉之死给人带来的悲剧的震撼和悲壮的情感共鸣。王国维的悲剧美学与川端康成最大的区别在于他强调了悲剧在伦理学上的意义，他将《红楼梦》的精神价值和伦理价值提到了人类精神世界的最高寄托的位置。

如果说叔本华悲观主义哲学思想作为一种哲学观念深刻影响了王国维，而在《红楼梦评论》之后的研究中，悲剧思想和悲情意识逐渐成为王国维重新审视中国文学和学术的利器，1908 年发表的《人间词话》和 1912 年发表的《宋元戏曲考》，其悲剧内涵均与之一脉相承或有增加的表述。这种悲剧观的形成从 1904 年前后到 1912 年前后一共八年时间，从时间上看有延续性，而王国维本人的探索也从哲学领域到文学研究（《人间词话》，1908—1909），再到戏曲研究（1912）。

在《人间词话》中，王国维认为词单纯的真诚则浅，而李后主经历痛苦悲剧，超越个体的自怜自艾，保持真诚的赤子之心，才见其视野开阔，从而悟出人生真谛，“真所谓以血书者也”，“后主则俨有释迦、基督担荷人类罪恶之意”，若无悲剧之命运，未能感慨之深，亦未能成就后主词之阔达。

王国维评论元杂剧时，认为其最有悲剧之性质，如关汉卿的《窦娥冤》、纪君祥的《赵氏孤儿》。他强调剧中主人翁“赴汤蹈火”，出于人物本身的自由意志，直面淋漓鲜血与人生苦痛形成了悲壮之举，感人肺腑，即使是列于世界悲剧之林亦毫无愧色。从时间维度来看，王国维悲剧思想的形成乃是个人对西方悲剧观点的积极接受和选择，并将之熔铸成自己独特的悲剧美学思想。

（三）佛教思想影响下的悲剧观的不同

王国维和川端康成两人都受到佛教思想的影响。对于生命的解脱，川端康成提出了“临终的眼”，某种程度上也肯定了自杀的意义和自杀者对唯美的沉溺。“临终的眼”是对生命唯美的一种解脱。

而王国维认为，既然人生充满悲剧，“解脱之道存于出世，而不存于自杀。出世者，拒绝一切生活之欲者。彼知生活之无所逃于苦痛，而求入与无生之域。当其终也，恒干虽存，固已形如槁木，而心如死灰矣”[①]。自杀不是对生命意志的肯定，也不是解脱的途径。而出世的解脱又有两种，“一存于观他人之苦痛，一存于觉自己之苦痛”，“唯非常之人，由非常之知力，而洞观宇宙人生之本质，始知生活与苦痛之不能相离，由是求绝其生活之欲，而得解脱之道”。[②] 这种洞察人生的本质，唯有灭诸种烦恼，灭诸种名利，离众相，去绝生活欲望，才能实现心灵的寂静与解脱。“前者之解脱宗教也，后者之解脱美术的也。前者平和的，后者悲感的也，壮美的也，故文学的也，诗歌的也，小说的也。”“故《红楼梦》之主人公，所以非惜春，紫鹃，而为贾宝玉者也。”[③] 王国维对宝玉出世的剖析，恰恰是因为其佛家思想和理论素养所奠定的基础，才能对人生的解脱和佛家的生死寂灭有如此深入的领悟，才能从叔本华对印度佛教的推崇中找到共鸣，从而继续推断“《桃花扇》之解脱，非真解脱，他律的也；《红楼梦》之解脱，自律的也”，“不过通常之道德，通常之人情，通常之境遇为之”。然后，他得出《红楼梦》是“悲剧中之悲剧”的结论。

由此可见，虽然川端康成和王国维都受到佛教思想的影响，但是两人的悲情文学或者悲剧美学有着截然不同的价值取向。

---

① 王国维：《红楼梦评论》，见周锡山编校：《王国维集》第一册，中国社会科学出版社 2008 年版，第 8 页。

② 王国维：《红楼梦评论》，见周锡山编校：《王国维集》第一册，中国社会科学出版社 2008 年版，第 9 页。

③ 王国维：《红楼梦评论》，见周锡山编校：《王国维集》第一册，中国社会科学出版社 2008 年版，第 9 页。

五、余论

川端康成的“物哀”美学与王国维的悲剧美学以及中国的“物感”文学传统有着千丝万缕的联系，尽管年代久远，地域有差异，但对于“物”的体验和感发产生的文学情思和审美心理有着本源上的相似性，从中溯源，发掘两者之间的文学的同源性对于当下的比较研究有一定的现实意义。因此也为两者的美学思想比较提供了可比的依据和共性。

然而，比较文学的最终目的还是要落实在双方的差异性上，才可窥探博大精深的川端文学与王国维美学的坐标意义。两人在中日两国文学学术之地位如泰山北斗般备受瞩目，探究其美学思想形成的差异性可以对比中日两国文化的差异性。正如在相通的根源上长出不同的枝条，绽放出不同的悲剧之花，川端康成的“物哀”美学与王国维的悲剧美学有着本质上的不同。

川端康成受到佛教生死轮回的思想影响，进而发展成为一种生命无常的观念，这既与川端康成本人悲惨的童年经历，身边的亲人相继离世有关，也与日本的灾难多发等特殊的地理环境有关。川端康成以物哀为美，感物而发，缘情而生，生命无常，无常才是美，从而发展成了“临终的眼”的美学思想，这种美学思想实际上是一种“死亡为美”的思想。“临终的眼”彰显生命在最后死亡的刹那展现出来的片刻的宁静、光辉和存在的价值。川端康成在许多作品中谈到，爱是虚无缥缈的，只有死才是人最终的命运，死才可以净化一切，也宽容一切。因此，川端康成的许多文学作品中笼罩着死亡的阴影，显示出颓废、荒凉的唯美。而在死亡的边缘，便是对唯美的追逐，从而导致文学对伦理价值的放逐，导致人的异化，进入虚无的状态，这也是川端康成文学理念的一大特点。而由于伦理价值的缺失，单独去讨论人生与物哀，使川端康成的小说人物沦为作者唯美“物化”的道具，而失去了人独立的意志和生存的意义。我们不得不承认，在唯美的日本物哀文学中，人不能成为一个完整的人的形象，人缺失得只剩下美。尽管如此，川端康成的小说文本中凝练的大量的意境和唯美的形象依然值得称道，他在探讨人与自然的审美关系方面，向世界展现了日本文学的高雅、抽象的美的形式。他是对日本文学传统的继承与发展的集大成者。

虽然王国维的个人经历与川端康成有相似之处，最后也殊途同归，选择以自杀来结束自己的生命，然而，王国维的悲剧美学思想里面，有“物”性传统的源流，有东方文化根基，即老庄、佛教思想的底蕴，更重要的是受到叔本华悲观主义哲学思想的影响。王国维认为，人生的本质是欲望和意志之间的徘徊，人生在世欲望得不到满足而产生的痛苦困扰，而艺术作品阐释的是人生，悲剧理念对王国维而言就是一种生存的哲学，他在悲剧中寻求对人生根本问题的解答，而《红楼梦》、李后主的词、《窦娥冤》、《赵氏孤儿》等悲剧性作品的存在展示了人生存的意志。即使面对“普通之人物，普通之境遇，逼之而不得不如是”，人存在的悲剧的普遍性，由“生活之欲”与“自由意志”造成令人不堪忍受的痛苦，昭示着人们看破人生本质，拒绝生活之欲望而寻求解脱之途径。《红楼梦评论》中王国维详细论述悲剧及其解脱之路在于出世。而宝玉的选择，是基于个人自由意志的独立的选择，是自律和美学意义上的，而不是他者，外部政治、环境强加于他的，因此，宝玉的选择对于悲剧具有现实的意义。由此可见，佛家的出世成了悲剧解脱的途径，也是王国维对于生命意义的归宿的构想。而审美的解脱又是人生痛苦悲剧本质的、短暂的、不彻底的解脱方式之一。与川端康成相反的是，王国维反对自杀，认为自杀不是解脱的途径。由此可见，王国维对于生命的存在和意义的寻求是一种积极的态度，而不是步入虚无的境地。

而王国维悲剧理念的重要意义在于，在新旧文学之间寻找中国古典文学与现代转型之间的尝试和努力。他从古典思维中挣脱出来，对西方美学哲学思想观念的引进和转化，超越了时空的制约，形成了个体对宇宙人生终极意义的思考。无论是《红楼梦》《赵氏孤儿》还是李后主的人生悲剧，抑或《人间词话》等一系列悲剧内涵的解读，都是在西方理念的东方化阐释中形成了对中国文学理论现代性转型的拯救，对于当下中国文学乃至亚洲文学的悲情哀感理念的发展具有里程碑式的现实意义。

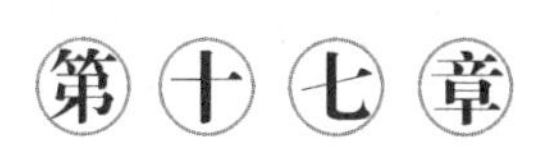

大江健三郎《个人的体验》评析[①]

① 本章作者为广东外语外贸大学雷晓敏教授。

《个人的体验》是大江健三郎的一部长篇小说。内容主要讲述的是如何对待脑残疾婴儿的故事。全文一共十三章，情节相当简单，时间跨度也在一个夏季的八天之内。主人公鸟喜得贵子，却旋即为新生儿脑有残疾而惊恐莫名。怎么处理命运对自己和家庭的打击？鸟陷入了极度的心理矛盾之中。他犹豫，苦恼，不知所措。让病婴死去的念头曾经在他的心里占了上风，他甚至设计好了弃婴的办法，一度曾想将之送到一家非法堕胎医院，并暗示医生以喂糖水代替牛奶，使其因营养不良而死亡。在经过了大约一周的巨大痛苦和犹豫再三的煎熬之后，鸟终于良心发现，突然改变了主意，决定让婴儿接受手术治疗，与亲骨肉共同面对生活的考验。

一、苦难酿造杰作

《个人的体验》是一本拷问灵魂的小说。保留一个脑部残疾婴儿，意味着鸟及其一家将会长久生活在多重的灾难中。这样一个脑部残疾的孩子，即便做了手术，也极难像正常儿童一样生活。一个被命运先天毁坏的生命体注定会终生痛苦也是鸟夫妇及全家人的不幸，残疾的孩子实际上等于残疾的父母及全家人。灾难也是社会的隐痛，一个残疾人或一个有残疾人家庭的苦难，自然有其社会的宿因，同时也触动着社会的痛楚神经。从病婴痛苦、家人不幸和社会拖累等角度权衡，弃婴不是完全没有理由，这就是评论界对小说家有所诟病的原因。然而从亲情、人性、社会道义等方面考虑，呵护和救治这个脑部残疾婴儿，又是义不容辞的事情，相反的行为才是伤天害理的举动。鸟经过痛苦思索，完成了从弃婴到救婴的心灵转变。作家做出了这样的创作选择，其情节取舍正是出于后一种人生理念。而这一变化的发生，恰恰体现了作家心灵由动物性和功利性层面向道德性和超越性境界提升的成长过程。

小说的题材来源于作家自己真实的生活经历。1963 年，大江健三郎的孩子大江光出生了，他患有先天脑组织缺损。残酷的现实让大江健三郎的生活发生了剧变，也强烈地影响了他的创作。长篇小说《个人的体验》就是这些变化在其创作中的集中反映。这段生活是痛苦的，这段创作也是痛苦的。个人生活中突如其来的不幸，曾让大江健三郎身心疲惫。这种心态在其散文集《广岛札记》中有所记述。1964 年，29 岁的大江健三郎的长篇小说《个人的体验》问世，并于同年 11 月获得日本第十一届新潮社文学奖。《个人的体验》是备受评论家关注的作品之一。1963 年 7 月，大江健三郎和当时《世界》总编安江良介一起赴广岛采访。这个时候他刚刚出生一个月的儿子大江光正躺在玻璃箱里，处在濒死的状态，看不到康复的希望。与其同行的安江良介心情一样沉重。他的女儿刚刚夭亡。而前不久，他两人的一位共同朋友因担忧爆发核战争而惶惶不可终日，最后在巴黎自缢身亡。接二连三的打击几乎让大江健三郎精神崩溃，他称自己“从未经历过如此疲惫困顿、忧愁沉郁的旅行”[①]。显然，痛苦的生活经历使大江健三郎放大了理解痛苦的视野。

炼狱中方能看到炼狱苦难者的另一面。在广岛接触到大量原子弹爆炸受害者之后，大江健三郎从他们身上发现了“真正的广岛人”所具有的“人类的威严”。“广岛人”的生活方式和思想，给大江健三郎留下了不可磨灭的印象。他们直接给了大江健三郎勇气，反过来，大江健三郎也品尝到了因儿子置身于玻璃箱中而深藏在心底的精神恍惚的种子和颓废之根芽。他想把这些痛楚的种芽从心灵深处剜出来，于是他变得坚强、刚毅、果敢，开始希望以广岛和真正的“广岛人”为锉刀[②]，来检验自己内心的硬度，来超越炼狱带给自己的难受。

从广岛归来，大江健三郎决定选择用新的创作，激励自己重新拾起生活的勇气，因此有了《个人的体验》这部小说。在1994年10月4日，即获得诺贝尔文学奖的当天，大江健三郎曾接受了日本《读卖新闻》记者采访，他吐露了这样的心情：“说实话，生下一个有残疾的儿子，自己成了一个残疾儿的父亲，这让我有些不知所措，我陷入痛苦的挣扎之中，几乎无法再顾及小说。但后来我发现，自己渴望得到激励，而我在此前的五年间写下的小说，都无法激励自己，也于将来无益。于是我开始觉得，小说应该给人以勇气和激励。我这才将与残疾儿子的共生作为我的主题，并想以此疗救我的儿子。”[③]面对自己生活的不幸，他将自己与儿子的经历写进小说，写作的初衷就是从创作中获得新的激励，获得面对不幸的新的勇气。小说主人公鸟在彷徨犹豫之后最终选择坚强地与残疾孩子共同面对生活，这与作者自己在实际生活中选择的道路是一致的。通过这部小说，大江健三郎突破了自身生活的危机，同时使得自己的创作跨入一个新的阶段，那便是书写人类痛苦的体验。

瑞典文学院在评论这部诺贝尔文学奖获奖作品时认为，作者“本人是在通过写作来驱赶恶魔，在自己创造出的想象世界里挖掘个人的体验，并因此而成功地描绘出了人类所共通的东西。可以认为，这是在成为脑残疾病儿的父亲后才得以写出的作品”。其实这个评论是颠倒的，应该说后一句评价是中肯的。大江健三郎在成为残障儿父亲后，苦难的经历促使他写出这部扣人心弦之

① ［日］大江健三郎：《广岛札记》，李立伦等译，光明日报出版社1995年版，第3页。

② ［日］大江健三郎：《广岛札记》，李立伦等译，光明日报出版社1995年版，第4页。

③ 转引自王新新：《大江健三郎的文学世界：1957—1967》，人民文学出版社2004年版，第127页。

作。与其说他“在自己创造的想象世界里挖掘个人体验”，不如说他在痛定思痛的真实生活中或真实的心理感受中挤出了胆汁一样的苦水。大江健三郎曾说：“随着头部异常的长子的出世，我经历了从未感受过的震撼。我觉得无论自己曾受过的教育还是人际关系，抑或迄今所写的小说，都无法支撑起自己。我努力重新站立起来，即尝试着进行工作疗法，就这样，开始了《个人的体验》的创作。”在这里，大江健三郎说得何其透彻。他的生活成了痛苦的小说，他的小说成了痛苦的生活。

在不少作家那里，生活与小说是不同的。究竟是生活高于小说，抑或小说高于生活，众说纷纭，莫衷一是。但是在大江健三郎那里，二者被完整地统一了起来。他把生活中的痛苦内在化，把内心的痛苦小说化，通过传统的想象的语言将神话与现实完美地结合起来，成功地把一个事件、一个家庭、一个创痛投射到具有普遍意义的社会伦理和审美的屏幕上，塑造了一个典型形象，它像尖刀一样挑开了人间苦难的真面目。阅读《个人的体验》等作品，读者都可以发现，作者在把现实植入小说，同时又把日本文学传统中的玄虚幻化为艺术真实，两者之间亦彼亦此，难解难分。这样一种冶真幻于一炉的高超手法，足以显示出大江健三郎对东西文学艺术珠联璧合的功力。

二、尚未结尾的结尾

《个人的体验》获得了新潮社文学奖，但是几乎所有的评委都对这个结尾持否定态度。一时议论纷纷，小说结尾成了一个尚未结尾的结尾。总体上讲，持否定态度者一面倒占了上风，其中三岛由纪夫的意见很有代表性。三岛由纪夫认为，《个人的体验》的作者对作品的干预太多，以至于破坏了作品的紧张关系。三岛由纪夫坦率地说：“我并不认为这部小说是一部杰作。的确，从技巧上讲，它明显要高出《性的人》和《日常生活的冒险》一筹，但是，作为艺术作品，或许选择与残疾儿共生的道路的结尾是不真实的，而初期作品中经常出现的那种走自我放弃、自我破坏道路的结局才是真实的。”① 对结尾真实性与艺术性关系的争议，甚至影响了人们对这部小说艺术水准的评价。

按照创作的实际和小说人物自身的逻辑，这些批评以小说前面部分的叙述为依据，站在真实的立场上批判结尾的失当，确实也有其道理，因为整部小说绝大部分章节都在叙述主人公鸟的痛苦和犹豫，着重渲染残疾孩子对鸟造成的影响，让读者觉得鸟无力与自己的命运抗争，只能一直走下坡路。但是结尾处

① 转引自王新新：《大江健三郎的文学世界：1957—1967》，人民文学出版社2004年版，第138页。

的转折却突然带来希望，似乎一切都可以重新开始，因此才会给人一种不真实和突兀的感觉。作者的主观意图明显地干预了人物形象自身的发展趋势，但问题在于，任由人物命运的自然发展恰恰是适应了人性中卑劣和残忍的一面，先天残障所要考验的正是这复杂本性的后一面。在这种意义上，大江健三郎选择了鸟的人性复归，既非伪善，也非刻意塑造好人的形象，而是一个有良知者正常的选择。事实胜于雄辩，大江健三郎自己在真实生活中的行为，也就是这样一个好人的现身说法。问题还在于，如此抉择后的鸟和鸟的塑造者大江健三郎，并未因善的选择就此幸福，恰恰是更加痛苦，这样的苦果将继续绵延。在这意义上，选择苦难之善，比选择理智之解脱远远要困难得多。如果说真实最可贵，真实最有力，真实最有道理，那么评委以及批评家们的尖锐，似乎过于黏连于人物形象的所谓自身逻辑。大江健三郎的自我批评是否过于迁就评委和批评者们，这也许是可圈可点的文学理论问题，也是一个拷问人性的伦理问题。

上述两难抉择和两难结尾的不同意见，也促使大江健三郎做出进一步的创作实践方面的体验。就在出版《个人的体验》的同年，大江健三郎还发表了短篇小说《空中怪物阿古伊》。后者同样是一个关于脑部残疾孩子的故事。主人公 D 的孩子被诊断患有先天脑疝，在与医生商量后 D 让孩子衰弱而死。但是在知道诊断实际为误诊后，D 总感觉自己身边有一个“袋鼠样的婴儿”的幻影，最终撞在大卡车上自杀身亡。鸟与 D 实际上代表了摆在大江健三郎面前的两种截然相反的选择：放弃残疾儿子，还是与之共生。对于前一种选择，作家在《空中怪物阿古伊》中侧重描写了放弃之后可能出现的悲剧结果：由于 D 的错误抉择，残忍地剥夺了自己孩子的生命。其结果是 D 一直陷于悔恨之中，因此常常产生幻觉，并最终因无法面对自责而自杀身亡。

通过对两部小说的对照，读者不难看出大江健三郎在内心深处的天平倾向。在《个人的体验》所讲述的抉择中，小说在主人公做出选择之后戛然而止，并没有给出具体的结果，但是却留下了希望。《空中怪物阿古伊》则写了主人公在做出抉择之后的良心自责，并且后悔不已，直至自杀身亡。从这两篇小说内容的侧重点来看，作者很明显地融入了自己的态度，就像鸟对自己岳父所说的，人还是要“强迫自己正统地生活”①。这是鸟的看法，同时也是作家自己的看法。在创作《个人的体验》的过程中，大江健三郎自始至终都不只是一个叙述者，他同时还是一个当事人，对小说中人物选择与命运的安排，实际上表明了作家对自己生活的抉择。就这一点来讲，那些批评大江健三郎

---

① 三岛由纪夫语，转引自王新新《大江健三郎的文学世界》，人民文学出版社 2004 年版。

《个人的体验》结尾的见解，至少是对作者及其所体现之人性的肤浅理解。

关于作者干预小说人物自身发展逻辑的问题，大江健三郎也有过理论上的思考。面对三岛由纪夫等人对《个人的体验》的批评，大江健三郎不但坦言自己作为作者干预的心理事实，而且也表达了如此结尾的长处。他在《个人的体验》的《后记》中就写道："我想恪守最初的构思，即表现鸟的经历为鸟带来的变化和成长。"这的确是作者自己对小说中人物的干预态度，然而这种干预是否真的就破坏了小说本来的艺术性呢？大江健三郎关于鸟"成长"的说法至少表明，鸟的抉择意味着鸟与残障儿以及之后的不幸"一起成长"。这里，"一起成长"是很值得玩味的关键词，其中包含着一种作家与人物命运在人性磨炼中的殊途同归。上文谈到的鸟如何抉择的过程体现的是一个主体，比如说鸟在如何对客体，类如患脑残疾的儿子，或者说如何对待外部环境，如对儿子生病的不幸命运做出反应的话，在此，大江健三郎这里强调的是主体面对外部变化时如何使自身得到调整和提升，侧重点在于主人公自身。从另一个角度看，鸟的感情和心理变化，也正是大江健三郎的变化，反之亦然，大江健三郎的变化也是鸟的变化。事实上，小说中许多地方都表现出鸟对自我的注重。例如鸟在等待孩子出世时在街上乱转，从玻璃橱窗中观察自己的模样，感叹自己一成不变的生活的乏味无望。同时小说中大量出现诸如"自身""自我"以及"感到""发现""注意到"等描写心理意识的语词。小说中，鸟曾经是一个反核武器的人物，他"对核武器一直持有关心"，甚至还参加过呼吁废止核武器的"斯拉夫语研究会唯一的政治活动"，但是在儿子出世后，他却一反常态，对苏联的核试验无动于衷，"我的神经让孩子的事拽着，对旁的事没有反应。"鸟已经完全陷入个人的痛苦之中，周围的一切似乎失重。这些情节表明，大江健三郎拿出了另外一种关于小说艺术的逻辑——"成长的逻辑"。作者与自己小说中的人物在灾难中共同遭遇、共经磨炼，完成了那么一种趋于统一的"成长"过程。

三、向死而生的升华

抉择是艰难的过程。犹豫和煎熬并行。作家因痛苦而深沉，鸟的痛苦也是人类的痛苦。对于作家来说，写痛苦不易，难就难在如何给痛苦一个出路。在大江健三郎的笔下，灾难带给人的不幸可以抗争，可以被改造，因而痛苦是有其出路的。小说的主人公以其痛苦的经历给人们表明了这个可能。

起初，鸟的犹豫与苦恼是以自身的考量为出发点的，鸟说："这的确是只限于我一个人的、百分之百的个人的体验啊。"但是这种体验有其突破个性感受的方向，这一点鸟是明白的：“就算是在个人的体验里，不久就会来到可以与一般人相连接，并且可以展开真实展望的通道了。那时，痛苦的人在痛苦过后会结出果实。”鸟对人性的交流和分忧有过怀疑：“现在我个人体验着的苦役，却是在孤立于世界上其他所有人的我自己的纵向深坑里越陷越深。即便在同一个黑暗的洞穴流下痛苦的汗水，我的体验，也生不出半点人性的意义来。”鸟的这种失望是被自己“个人的体验”的无助和悲观包围着。也正是由于他曾经一味逃避，只求保全自己原本就平淡乏味的生活，才无法与其所处的真实世界相连。他的生活空虚，因而挣扎也是没有意义的。如果放弃自己孩子的生命，至少在表面上使鸟摆脱了残疾儿带给他生活上的困扰，但是在本质上，他生活上的空虚并没有得到填补，那种因逃避带来的不真实和无意义只会变本加厉。剩下的选择是痛苦而踏实的，只有与孩子共同面对生活的不幸，才能赋予生活以意义。这便是鸟的彻悟，他对不理解自己最终改变主意的火鸟子说：“那是为了我自己。为了让自己不再是一个逃避的人。”正是抱着这样的考量，鸟选择与残疾儿共生，希望在保留自己儿子生命权利的同时，也为自己创造一个获得生活与成长的机会。

在大自然中，鸟类是会飞升的；在大江健三郎的小说中，鸟是向善的。在小说结尾，作者有这样一段描述：鸟看着被呵护在妻子臂弯里的儿子的小脸。婴儿深灰色的眼睛清澈透明，映着鸟的脸庞，但是由于太过细微，鸟无法确认那就是自己的新面孔。鸟想，回到家里，“我要先找找镜子”。鸟接着又想，得翻翻那本扉页上题着“希望”一词的词典，那还是被遣返回国的戴尔切夫送给他的，查一查“忍耐”这个词。在儿子的瞳仁里映照出的是鸟的新面孔，这就意味着鸟最后的选择使得父子二人都获得了重生的机会。小说最后以“忍耐”结束，这意味着生活中将继续充满不幸，但是“忍耐”却可以赋予人继续活下去的信心、勇气和力量。

人们很容易将大江健三郎的残障儿小说理解为人道关爱作品，这当然有其道理，但是还不完全。小说的作用不在于原封不动地展现这些不幸，也不仅仅通过作品表达一种人道情怀，而是通过抒写来创造一种“更大更真实的幻影”，让人们的希望不要破灭，即便在不幸中也永远保持一线希望。虽然残酷的现实生活总给人以不幸，但是文学作品的使命却在于鼓励人生，永远不要放弃拯救生命的尝试。大江健三郎在小说的结尾处安排那样一个看似突兀的转变，用意也在这里。赋予主人公鸟的个体生命以新的意义，使他可以超越个人的不幸，实现自我的唤醒与提升。由此而言，大江健三郎所要展现的不只是一个弱小的有残疾的生命的保全，更是一个本来空虚的个体生命的自我重构和自我拯救，其笔下的人物充满了人性的张力，由此把读者带入了一种更为心悸，但又更为升腾的界面，那就是终极归宿问题。

向死而生，是人之无奈。死亡给予人类一种在短暂中品尝无限的启迪。大江健三郎曾说，人不是为了人生中的幸福而写小说的。正因为死使人不幸，人才写小说，而作家是知道自己难免一死才写小说的。这不只是作家的问题，也是与所有人都密切相关的问题。人的行动都是为了掩盖时光的流逝，亦即死亡降临的事实，甚至喝酒吸烟都无非是为了消磨时光，再确切些说，是为了忘却流逝的时光，写作亦然。作家之所以把写作看得比烟酒重要，是因为写作行为能给予他更大更真实的幻影。作家认为，在写作过程中，忘记自己曾经不幸，忘记爱已逝去，而且忘记挨饿的孩子。文学和书籍中不死的永恒就是这样残酷。他希望“挨饿的孩子原谅我们”①，但是，所谓文学，依然是个人拯救的尝试。大江健三郎的“死亡论”给了人这样一点启发：正因为人要死，所以必须直面死亡，体验慢性的死亡和剧烈的死亡。死亡的利剑向每一个生命体刺来，强者也好，弱者也罢，毕竟要经受死亡和进入死亡。有的人进入死亡，真的就被深埋大葬，而且万劫不复；有的人进入死亡，却因祸得福，死也死得其所。从人类正面价值的意义上看，有不少人都在追求不朽；所谓名垂青史，或千古永恒，讲的就是这层意思。但是也有不少人并无大志，像鸟吧，未必追求不朽，其行动谈不上多么伟大，但是他也体验到了那么一种人情味，得到了那么一种欣慰。对于个体如鸟者，其体验是在与病儿“他者”痛苦的关系中交织而成的。那是一块痛苦幻化出的五彩云锦。

在痛苦中能品尝出一丝甘甜，在绝望中能保持着一份希望，在死神前发挥出一种真实的光亮，在邪恶中坚守着一点正义与善良，这就是一个伟大的作家给予人类无上的教益，这也就是向死而生的升华。在 2002 年，大江健三郎在与作家莫言的对话中再次表达了他的这种态度：“我今年六十七岁，直到今天我仍然顽强地认为小说写到最后应该给人一种光明，让人更信赖人。……而我在小时候就想过，无论文学描写了多少人类的黑暗，一边写那深夜中河水流逝的令人胆寒的声音，一边要思索写到最后，展现于人类面前有多少欢乐？这几乎是我文学创作的核心。我一直有这样的想法，文学是对人类的希望，同时也是让人更坚信，人是最值得庆幸的存在。”②

苦难酿出杰作。能经受苦难者必有所成。大江健三郎不仅能够经受苦难，而且能够享受苦难，这是需要大善、胆识和意志的。唯其如此，才能将作品人物个性的逻辑和作家品性气质的逻辑结合起来，这就是成长的逻辑。这两种逻

① 转引自王新新《大江健三郎的文学世界》，人民文学出版社 2004 年版，第 147 页。

② 王琢：《想象力论——大江健三郎的小说方法》，上海文艺出版社 2004 年版，第 195—196 页。

辑结合的深层基础是作家对天地人生的深刻体悟，即每个必有一死的个体都得完成向死而生的升华。大江健三郎在其《小说的方法》中引用麦尔维尔《白鲸》的一句话："我是唯一一个逃出来向你报信的人。"这句话出自《圣经·约伯记》，字里行间透露出非凡的自信和超群拔俗的勇气。大江健三郎小说高超的艺术造诣，就是来自这样一种成长的逻辑和向死而生的升华。

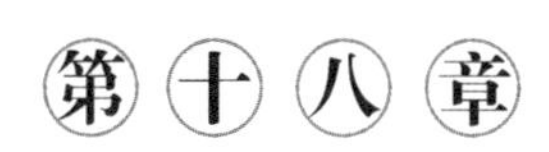

第十八章 远藤周作文学的基督教内涵[①]

① 本章作者是翟文颖博士。

远藤周作（1923—1996）是日本文学艺术长廊中别具一格的一位作家。他少年时跟随虔诚的母亲受洗归入天主教[①]，从此用其一生探讨基督教与日本、基督教与人性的关系。他对日本“切支丹时代”迫于幕府的禁教政策而“转向”弃教的神父、平信徒的关注，使得这个几乎被人类遗忘的时代和人群进入日本人乃至整个人类的视野。他在世时被西方人称为“当今日本文学第一人”“诺贝尔文学奖最有力的候选人”“日本的格雷厄姆·格林”[②]，在日本，作为一个作家能取得的奖项也几乎被他收入囊中。众所周知，日本是一个信奉多神教的国家，这与一神论的基督教是水火不相容的关系。

文学与宗教的关系是连理而生，还是隔河相望，是许多文学理论家探讨的话题。诺贝尔文学奖获得者 T. S. 艾略特（1888—1965）论宗教和文学的关系时，首先区分了“宗教文学”和一般文学。他将《圣经》之类的宗教典籍，“宗教的”“虔诚的”文学以及宣传宗教的文学统统纳入了“宗教文学”的行列。他特别指出，“宗教的”诗人“并不是用宗教的精神处理诗歌的全部题材，而是处理这种题材中的被局限的一部分”，他们缺少伟大诗人应具备的“大的热情”[③]；艾略特对“宗教的”诗人批评的着眼点不在于诗人的语言、技巧等外在内容，而直接戳其要害在于没有“宗教的精神”，他们的失败之处在于没有用“宗教的精神”统领诗歌全篇，而仅仅是处理了其中和宗教相关的一些内容。艾略特所强调的“宗教的精神”，“是一种不自觉地、无意识地表现”[④] 出来的宗教思想感情，而不是一种有意的宣传或辩护。这无意识表现和流露的“宗教的精神”就是本章要讨论的宗教内涵，它包括宗教信仰的核心思想、概念和信仰真谛。判断一部作品是不是基督教作品不是以它所使用的题材和作家的宗教信仰来论断，而是通过它是否具有基督教内涵来判断。作品的宗教题材和作家的宗教信仰不能决定作品的宗教内涵，真正具有宗教内涵的作品是用宗教的精神气质统领其灵魂的作品，宗教内涵犹如一条深河沉潜在作品的底部。

远藤周作被视为杰出的天主教作家，这和他的天主教信仰、作品的基督教题材有直接的关系，但是我们认为最重要的是他作品的基督教内涵。对于宗教和文学的关系，他认为，天主教作家的任务是追求艺术和人生的一致性，追求艺术“纯粹”和作家“纯粹”二者的合一，通过文学的技巧，用信徒的眼睛

① 本章讨论的是广义范畴的基督教，即将天主教作为基督教的一个分支来探讨。

② ［日］遠藤周作、V・C・ゲッセル他：『‘遠藤周作’とShusakuEndo——アメリカ‘沈黙と声’遠藤文学研究学会報告—』，春秋社 1994 年版，第 41 页。

③ ［英］T. S. 艾略特：《艾略特诗学文集》，王恩衷编译，国际文化出版公司 1989 年版，第 128—129 页。

④ 林季杉：《T. S. 艾略特论“文学与宗教”》，《西南民族大学学报》，2008 年第 7 期。

探索人生的本质，并特别强调天主教文学不同于护教文学。[1] 实际上远藤周作与艾略特的观点在此处不谋而合，两位都有虔诚的宗教信仰，但他们都对“宗教的文学”或者说“护教文学”表现出一定程度的批判，他们更侧重于首先将宗教和文学分离，通过文学自身的手段、方法、规则来表现文学应该表现的主题和内容。对于文学之中宗教的地位，两者都强调宗教对文学“润物细无声”的统摄作用，这就是远藤周作所说的“信徒的眼睛”，艾略特所强调的“宗教的精神”。本章所要探讨的正是远藤周作作品之上的“信徒的眼睛”，作品之中的“宗教的精神”，也就是本章所强调的“基督教内涵”。他的许多作品都对基督教的信仰核心——罪、神、救赎表现出不同程度的关心，本章主要从他最重要的三部作品——《海与毒药》《沉默》《深河》来探讨其作品的基督教内涵。

一、《海与毒药》与罪

在基督教信仰中，罪作为信仰的前提而存在。《圣经》中“罪”的希腊语是“hamartia”，原意是“未中靶心”“未中标记”，“罪”就是人错失了神在创造时为人类定的目标，包括责任、义务，也包括神给人的身份、地位和权利。人类始祖亚当和夏娃受古蛇撒旦的引诱吃下了分辨善恶的树上的果子，罪从他们入了人类，人类从上帝创造的完美之中堕落了。《圣经》从《创世记》开始，《创世记》既是上帝创世的开始也是人类犯罪的开始。部分神学家，如圣奥古斯丁根据《罗马书》（5：12）“这就如罪是从一人入了世界，死又是从罪来的，于是死就临到众人，因为众人都犯了罪”这节经文，将人类创始的这种罪性，称为“原罪”。罪在基督教信仰中是人存在本质的一部分，靠着自己无法解决，这是基督教信仰核心的一部分。正是因为罪的可怕和罪的无法自我救赎，圣父、圣子、圣灵三位一体的神才差遣神的第二个位格耶稣基督，“道成肉身”降世为人，借着钉死在十字架上担负全人类的罪，并于第三天复活，完成对全人类的救赎。如果不承认人是罪人，就是不承认耶稣基督救赎工作的必要性，就是否定救恩，就是否定基督教信仰。远藤周作作为一个天主教作家，这种“原罪”观集中体现在他的作品《海与毒药》中。《海与毒药》集中讨论了日本人“罪意识”的缺乏，被称为日本式的“罪与罚”。本章谨从这部反映日本人“罪意识”缺乏的作品反观其基督教内涵。

---

[1] ［日］遠藤周作：『フランソワ・モーリヤック』，见佐藤泰正：『鑑賞日本文学 25——椎名麟三・遠藤周作』，角川書店 1992 年版，第 320 — 321 页。

故事围绕“二战”中日本某医院对美国战俘所进行的人体试验展开，远藤周作试图通过特殊年代的极端事件“找出日本人恐惧惩罚但不害怕罪的习性从何而来”[①]。事件的主要参与者七人，分别是手术执刀者桥本教授、柴田副教授，第一助手浅井宏，第二助手户田刚，第三助手胜吕二郎以及护士上田和大场。七人参与试验的动机不同：教授、副教授、第一助手出于权力争斗；户田乃是出于检验自己良心的麻木程度；胜吕乃是出于匮乏拒绝恶的能力；上田乃是出于嫉妒圣洁幸福的部长夫人。人体试验置他人生命于不顾，是赤裸裸的杀人。但是在远藤周作的作品中，人体试验的参与者们，没有凶神恶煞的面孔，也没有穷凶极恶的心思，在参与试验前他们过着普通的生活，参与人体试验的动机也与杀人没有直接关系。远藤周作将极端异常事件的描写日常化，呈现出人类对罪的麻木，刻画了人的罪性，这样的故事和人物安排，正是作品的基督教内涵所在。罪人和普通人的藩篱已经不存在，故事的推进正是一个普通人如何在众多因素中犯下杀人大罪的过程。但这个过程并不是激进式的，更像是水到渠成，原因在于杀人事件之前，作者已经提前描绘出了一个“罪人”的群像。抽象的形而上的罪在远藤周作的笔下就是户田少年期的欺骗、虚荣、竞争、嫉妒，青年期的奸淫、杀人、不知罪；就是上田的丈夫对婚姻的不忠、欺骗；也是上田对家中中国用人的打骂。远藤周作花费大量篇幅描写人体试验之前，他们与周围人相互欺骗、竞争的生活，这些欺骗、虚荣、竞争、嫉妒等内在的心理不会受到法律的禁止和惩戒，但的确是一种恶，这种恶就是基督教的“罪”。远藤周作同时关注了不违反法律的日常生活中的恶以及人体试验的违反法律的恶。通过对两者同样的关注，揭示了这样的基督教内涵，即不分年龄，无论性别，人人生活在罪的捆绑下，伤害别人，也被别人的罪伤害。远藤周作通过作品“将形而上的、思想的东西转化为语言和日常性的东西”[②]，将抽象的罪转化成日常化的心理和不被法律制裁的恶行，正是这种“日常性”，才反衬了罪的普遍性。

作者通过户田发出这样的质疑：“我想问问你们。你们是不是和我一样揭掉一层皮之后，对他人的死，对他人的痛苦没有丝毫的感动呢？……你们是否如我一样，在某一天曾经对于这样的自己感到不可思议呢？”[③] 从对“我”的

---

① ［日］平野謙：『海と毒薬』，见泉秀樹編：『遠藤周作の研究』，実業之日本社 1980 年版，第 41 页。

② ［日］遠藤周作：『遠藤周作、三好行雄対談「文学—弱者の論理」』，见泉秀樹編：『遠藤周作の研究』，実業之日本社 1980 年版，第 193 页。

③ ［日］遠藤周作：『海と毒薬』，见『現代日本文学 45　安岡章太郎・遠藤周作集』，学習研究社 1980 年版，第 314 页。

怀疑推广到对“你们”的怀疑，远藤周作所谴责的不只是参与人体试验的恶，更是人类普遍的恶。在与三好行雄的对谈中，他明确指出“户田是三好先生，也是我。或者说是芥川龙之介，也可以说是福田恒存，是大家这样的日本知识分子，虽然他没有大家这样优秀”①。对自己的行为，户田进一步反驳道，“我也好你也好，因为生在这样的时代和这样的医学部，只能解剖俘虏。审判我们的那些家伙如果处在你们相同的立场，会怎样不得而知”②。户田的质疑与其说是对自己罪行的辩解，不如说是对人性的彻悟：两千多年前，那群喊着钉死耶稣的犹太人似乎浮现眼前，如果在场的是今天的你我，是否也会钉死耶稣？

《海与毒药》既是对权力机构对个人权力的压榨和剥夺的批判，更是对日常化的人类活动中罪的普遍性及其恶果的剖析。耶稣基督谈到奸淫时说：“凡看见妇女就动了淫念的，这人心里已经与她犯奸淫了。”（《马太福音》5：28）基督教认为，心思意念的恶与行为上的恶都是罪，远藤周作不遗余力地描写试验参与者未被法律制裁的恶，正是基于《圣经》的伦理标准。《海与毒药》是描写“无神之人”痛苦的作品，是描写离开神之罪人的作品，是一部有基督教内涵的作品。正是远藤周作“信徒的眼睛”和“日本人的眼睛”之间的反差，才能使他的作品得以发现日本人“罪意识”与基督教“罪意识”之间的不同，而他之所以侧重描写日本人的缺乏，乃在于其基于基督教立场上“人人都犯了罪”的神学观点。

二、《沉默》与神

《白人》《海与毒药》相继获奖，远藤周作作为作家的地位逐渐巩固。但不幸的是，因十多年的宿疾肺结核住院，一年之内历经三次大手术，他的住院生活持续两年半。病榻之上有无名氏将江户幕府逼迫信徒弃教所用“踏绘”展示于他。远藤周作一直以来对江户时代的弃教者就充满兴趣，病痛的折磨使他对信徒所受的苦难进一步产生共鸣，生死未卜的远藤周作决定将“踏绘”写入小说③，这就是后来的《沉默》。《沉默》既有基督教式的神性思索，也有远藤周作作为日本人、东方人对神形象的探索。

---

①［日］遠藤周作：『遠藤周作、三好行雄対談「文学—弱者の論理」』，见泉秀樹編：『遠藤周作の研究』，実業之日本社1980年版，第202页。

②［日］遠藤周作：『遠藤周作、三好行雄対談「文学—弱者の論理」』，见泉秀樹編：『遠藤周作の研究』，実業之日本社1980年版，第337页。

③［日］遠藤順子：『聞き手・鈴木秀子』，见『夫・遠藤周作を語る』，文芸春秋1998年版，第118—129页。

《沉默》表达了人类在苦难之中对神性的思考。疾病、痛苦、灾害、死亡……人类生活充满了苦难，苦难使人面对自己也面对命运，苦难使人思考人生的意义和终极的所在；苦难使人质疑神的存在，也呼求神的存在。在苦难之中，神是否与人类同在？面对神的沉默，远藤周作发出了一个有神论者的质疑：神啊，你为何沉默？“沉默”或者类似的词语在小说中多次出现，远渡重洋来到日本传道的洛特里哥和费雷拉面对受到逼迫乃至殉道的日本信徒的苦难，不停追问：神啊，你为何沉默？

《圣经》所启示的神是全能全知的神，既在万有之中，又超越万有。《沉默》向我们展示了一幅苦难之中似乎无神同在的画卷。故事的主人公洛特里哥和费雷拉正因为在苦难之中看不到他们所想象的神的大能与拯救，所以采取了自己的方法“踏绘”弃教，试图以此代替神的沉默，拯救苦难中的信徒。洛特里哥和费雷拉的“踏绘”行为与耶稣基督的教导“你们若在人前不认我，我在父面前也不认你们”相违背，“踏绘”本身否认了自己的基督教信仰。但小说的主人公却认为自己的弃教是爱神的另一种表现，因为对信徒的爱，宁愿放弃自己“圣徒”的名分，为教会所不齿。这样的解释激起了日本基督教界的强烈反对，《沉默》一直被日本基督教界视为禁书。

但是，若结合远藤周作自己对《沉默》写作意图的解释，就可以看到远藤周作对小说的安排是有着深厚的基督教内涵的。远藤周作表示，自己最想表达的不是神的沉默，而是《沉默》最后两行：“即使那个人一直沉默，但我的一生却述说着那个人”，“神并非沉默，而是透过人类的一生讲话”。[①] 在这一点上，远藤周作的思想与基督教的传统思想是一致的，基督教认为神的同在不代表没有苦难，生活一帆风顺；而是主张“在苦难中有平安”，这种平安是人倚靠神得到的面对苦难的力量，神掌管我们的一生，神甚至通过苦难讲话。可以说，《沉默》中神的没有作为，神的沉默本身，恰恰是符合基督教思想的所在之处。

《沉默》不仅探讨苦难中神是否存在，而且肯定神透过人的一生说话。基于日本文化和历史原因，远藤周作还进行了新的探索和尝试。明治维新之后，出于国家形象考虑，明治政府逐渐允许宣教士进行传教活动。明治时代也产生了一大批深受基督教思想影响的作家，如北村透谷、岛崎藤村、有岛武郎、志贺直哉、芥川龙之介、太宰治……如果把近代受基督教思想影响的作家剔除掉，日本近代文学史就无从谈起。但一个突出的事实是，这些作家成为虔诚基

① ［日］遠藤周作：『遠藤周作、三好行雄対談「文学—弱者の論理」』，见泉秀樹編：『遠藤周作の研究』，実業之日本社 1980 年版，第 194—195 页。

督徒的甚少，他们都选择了离开基督教走上自我发展的文学道路。有评论家谈到这和他们所看到的“父性”基督相关，他们理解的神是威严审判的神。[1] 如何将“父性基督”转换成日本人所能够接受的形象，也一直是远藤周作考虑的问题。在写作《沉默》之前，他认为如果不把耶稣变成母性基督的形象，基督教就无法在日本扎根。[2] 正是基于这样的考虑，《沉默》中耶稣的形象不是“威严荣美”的面孔，而是“疲惫劳累”的耶稣；不是用奇迹将人类从苦难中拯救出来的耶稣基督，而是在苦难中与人一同受苦的“同伴者”耶稣。远藤周作说：“耶稣是无力的，在地上所做的都是失败的，所以在地上不会产生奇迹，耶稣是与人共患难的神。所以采用《沉默》那样的结尾。”[3]《沉默》成功地将耶稣基督威严的形象转换成日本人能够理解的“同伴者”的基督形象，被以格雷厄姆·格林为首的外国作家称为“只有日本天主教作家才能写出来”[4] 的作品。

《沉默》中对“踏绘”的解释，对耶稣基督形象的转换，是远藤周作从日本人的角度进行的尝试和探索，从神学意义上说是“异端文学”，但从文学意义上这是一个作家对神性的思考和探索。远藤周作对苦难中神的同在方式的思考，既是日本式的，也是基督教式的。他“想要打破日本文化和基督教文化之间的壁垒”[5]，最欢迎《沉默》的是支持无神论的学生们，《沉默》引起了他们对“转向”问题的共鸣[6]，“与基督教绝缘的日本人，通过小说逐渐探寻神”[7]。

---

① 日本学者久保田晓一在其《日本の作家とキリスト教——二十人の作家の軌跡》中表达了这样的观点，详见第30—67页分析北村透谷、岛崎藤村、正宗白鸟、有岛武郎、国木田独步、志贺直哉与内村鉴三以及基督教的关系部分。

② ［日］遠藤周作：『遠藤周作、三好行雄対談「文学—弱者の論理」』，见泉秀樹：『遠藤周作の研究』，実業之日本社1980年版，第200页。

③ ［日］遠藤周作：『遠藤周作、三好行雄対談「文学—弱者の論理」』，见泉秀樹：『遠藤周作の研究』，実業之日本社1980年版，第196页。

④ ［日］兼子盾夫：『遠藤周作における神の問題，「沈黙」と「深い河」』，见『湘南大学紀要』1996年第1号。

⑤ ［日］遠藤周作、V・C・ゲッセル他：『‘遠藤周作’とShusakuEndo——アメリカ‘沈黙と声’遠藤文学研究学会報告—』，春秋社1994年版，第47页。

⑥ ［日］遠藤周作、V・C・ゲッセル他：『‘遠藤周作’とShusakuEndo——アメリカ‘沈黙と声’遠藤文学研究学会報告—』，春秋社1994年版，第48页。

⑦ ［日］遠藤周作、V・C・ゲッセル他：『‘遠藤周作’とShusakuEndo——アメリカ‘沈黙と声’遠藤文学研究学会報告—』，春秋社1994年版，第49页。

三、《深河》与救赎

《深河》完成于远藤周作病重之时，是他的集大成之作，深得作者本人喜爱，他嘱托在他死后将《沉默》和《深河》两部作品放到他的身旁。《深河》"简明易懂，结构凝练"①，一个去印度的日本旅行团，"他们每一个人有各自的人生，有不能对他人说的秘密，他们背负着这些重担而活。他们在恒河里有非净化不可的东西"②。为了净化心灵，完成心愿，这群人踏上了去往印度恒河的朝圣之旅。小说涉及战争、宗教、仇恨、生死、来生、永恒……内容非常丰富，但小说的主题，我们认为是在阐发如何完成对心灵对人类的救赎，正是在救赎之道上，体现了作品的基督教内涵。

印度教徒相信，若在恒河沐浴过，死后就可以不再转世，或者转世在一个更好的环境。小说故事就在恒河之滨展开，每天都有奄奄一息的人为了能够死前在恒河沐浴而死在朝圣的路上，也有些人专程来到恒河之滨在城市的角角落落等待死亡的来临。恒河中一边有生者沐浴漱口，另一边有死者的骨灰撒入河中，生与死在河中相会。主人公美津子面对恒河发出这样的感叹："这条河流让我们感觉到它包容了人间的一切"③，"河流包容他们，依旧流淌。人间之河，人间深河的悲哀，我也在其中"④。恒河在这里更代表人生本身，而题目"深河"的意义并不止于此。

在基督教教义中，水有洁净的功能，有生命的意义，河则有界限的意义。《旧约》中以色列人出埃及时所过的红海，预示基督徒受水的洗礼，再过约旦河预示基督徒受圣灵的洗礼，红海和约旦河都是一个界限，跨过之后就进入人生的新阶段。《新约》中耶稣对撒玛利亚妇人说："人若喝我所赐的水，就永远不渴。我所赐的水要在他里头成为泉源，直涌到永生。"（《约翰福音》4：14）水代表生命，代表永恒。耶稣复活升天之后，吩咐门徒奉圣父、圣子、圣灵之名施洗，水的施洗寓意洗净人的罪。《深河》中的恒河与基督教教义中的河有着相似的功能。故事中的人物到了恒河之滨，美津子见到了大津并理解了大津；矶边确认了妻子转世的地方；沼田找到了和以前一样的鸟放生，了却了心事；木口说出了战友为救自己吃人肉的秘密；他们都了却了旅行前的心愿，

---

① ［日］兼子盾夫：『「深い河」のシンボルとメタファー』，『横浜女子短期大学研究紀要』，1997 年第 12 号。

② ［日］远藤周作：《深河》，林水福译，南海出版社 2009 年版，第 255 页。

③ ［日］远藤周作：《深河》，林水福译，南海出版社 2009 年版，第 256 页。

④ ［日］远藤周作：《深河》，林水福译，南海出版社 2009 年版，第 271 页。

心灵得到净化与救赎，人生进入了一个新的阶段，获得了继续活下去的生命力。小说强调恒河的包容，既包容生也包容死，但最后的落脚点不在于印度教生与死在恒河中的合一，而在于在恒河之中洗净了污秽，获得生的能力，走向生的新阶段。这和《圣经》中红海和约旦河功能相似。

宗教冲突、地区冲突是小说的大背景，小说里面出现了多个宗教，基督教、佛教、印度教、锡克教，旅行团在印度旅行之际还发生了锡克教教徒暗杀印度总理英迪拉·甘地的暴力事件。故事主人公大津也因为信仰问题被逐出天主教教会，流落到印度。很多研究者认为远藤周作受约翰·希克宗教多元主义思想的影响具有宗教多元主义的倾向。[①] 小说确实体现了对多元宗教的包容，对宗教冲突的担忧，比如主人公大津就很喜欢《圣雄甘地语录集》中的一段话："就印度教徒而言，我本能地认为所有宗教多少带有真实，所有的宗教发源于同一个神，不过，任何一种宗教都不完全。这是因为它们是由不完全的人传给我们的"[②]，"各种各样的宗教，它们从不同的道路聚集到同一地点，只要能到达同样的目的地，即使我们走的是不同的道路也无妨"[③]。将不同的宗教作为真理的一部分，承认所有宗教都有合理的成分，这确实与约翰·希克的宗教多元主义相一致。但作品更体现出基督教式的救赎之道，那就是耶稣基督的爱。

《圣经·以赛亚书》第53章第2～4节："他无佳形美容，我们看见他的时候也无美貌使我们羡慕他。他被藐视，被人厌弃，多受痛苦，常经忧患。他被藐视，好像被人掩面不看的一样。我们也不尊重他。他诚然担当我们的罪孽，背负我们的痛苦。"这段经文是先知以赛亚对耶稣基督在世遭遇的概括，《深河》在写到大津遇害一章时引用了这段经文，以此代指大津的遭遇，并暗示大津在此代表耶稣。主人公大津所代表的耶稣，不是上帝独生儿子荣光的耶稣，而是小丑一样的耶稣。大津生前如耶稣基督一样没有令人羡慕的颜容，常常被藐视，但他也如耶稣基督一样有着舍己的爱。

大津的死，犹如耶稣基督一样无辜。旅行团成员三条对尸体拍照引起印度教徒不满，在大津劝阻印度教徒施暴之时，三条趁机逃走，印度教徒将不满情绪发泄在大津身上，将他从台阶推下，小说结尾以大津的病危结束。大津在被担架抬走时说："够了，我的人生这样子就够了。"这和耶稣基督被钉十字架完成救赎时说的最后一句话何等相似："成了。"大津在担架上发出痛苦的声

① 日本学者如兼子盾夫，中国学者如史军。

② ［日］远藤周作：《深河》，林水福译，南海出版社2009年版，第244页。

③ ［日］远藤周作：《深河》，林水福译，南海出版社2009年版，第245页。

音，作者用一个极为少见的比喻“羊叫”来形容他痛苦的声音，在《旧约》中“羊”可作为赎罪的祭物，《新约》中“羔羊”代指耶稣基督，“远藤特意用离日本人生活说不上很近的羊，是把大津与‘神的小羊’重叠”[①]。大津就是耶稣基督的化身，大津对世界的爱，就是在模仿耶稣基督对世人的爱。美津子认为在这个“只有憎恨和自私的世界”，大津模仿的耶稣的爱，“既无力又卑微”。但大津的爱并非是无力的，在印度教徒与锡克教徒发生暴力冲突的环境中，“一位神甫背着一位异教徒，去完成一位异教徒的心愿，还有什么比这更令人震撼的呢?”[②] 没有爱的能力的美津子，虽然藐视大津，但一直为他所吸引，正是因为大津有不同于美津子的特别之处，这种特别就是因模仿耶稣而有的爱的能力。大津的死对美津子的震撼，正说明唯有爱可以改变一切这个基督教的真谛。

对于如何解决冲突仇恨等人类的矛盾，远藤周作给我们的答案就是“没有佳形美容，但他坦然担当我们忧患”的耶稣，就是耶稣基督舍己的爱。大津冲破宗教之间的藩篱，以自己软弱的脊背背负印度教徒赶赴他们心中的圣地，以此效法耶稣基督为罪人（甚至包括那群坚持钉死他的犹太人）背负十字架走在各各他的爱。远藤周作借用大津愚笨执着的行为具体地诠释了耶稣基督为罪人赎罪而被钉死在十字架上的爱之真谛，“《深河》不重视神的名字，重视爱的实践”[③]，这种爱的实践正是作品的基督教内涵所在。

远藤周作的文学作品与他的基督教信仰既是合一的又是分离的，他一生的作品主题都围绕西方一神论和日本或者东方泛神论之间的矛盾关系展开，但又“避免使用宗教用语，以免生活于不同国度的人，不能理解”[④]。他关注弱者，站在弱者角度写作，体现了谦卑的作家情怀；不脱离生活，竭力将西方基督教着重的神的“父性”形象转化为日本人可以理解的“母性基督”“同伴者”耶稣形象，将基督教的“罪”“神”“爱”用日本人耳熟能详的事件和方式表现出来，使成长于泛神论环境的日本人也能用心灵感受超越于物质的神的存在。因与基督教传统教义的偏离，他的作品多有争议，受到基督教界的反对和质疑，但其作品的基督教内涵却也让更多的人了解基督教，感受基督教，认识基

---

① ［日］二平京子：『「深い河」——イエスとの旅・イエスへの旅—』，『久留米信愛女学院短期大学研究紀要』，2012 年第 35 号。

② ［日］远藤周作：《深河》，林水福译，南海出版社 2009 年版，封底推荐语（李家同）。

③ ［日］兼子盾夫：『遠藤周作における神の問題：〈沈黙〉と「深い河」』，『湘南大学紀要』，1996 年第 1 号。

④ ［日］遠藤周作：『遠藤周作、三好行雄対談「文学—弱者の論理」』，见泉秀樹編：『遠藤周作の研究』，実業之日本社 1980 年版，第 185 页。

督教，远藤周作认为“自己和费雷拉就是日本这块泥沼中的踏石，其他人也许可以在其上建造些什么[1]。我们认为远藤周作给世界带来的是《哥林多前书》中所述写的爱的真谛[2]，“爱是恒久忍耐，又有恩慈；爱是不嫉妒；爱是不自夸，不张狂，不做害羞的事，不求自己的益处，不轻易发怒，不计算人的恶，不喜欢不义，只喜欢真理”（《哥林多前书》13：4～6）。这种爱，正是基督教所带给我们的爱。

---

① ［日］遠藤周作：『遠藤周作、三好行雄対談「文学—弱者の論理」』，见泉秀樹编：『遠藤周作の研究』，実業之日本社1980年版，第198页。

② ［日］遠藤周作、V・C・ゲッセル他：『‘遠藤周作’とShusakuEndo——アメリカ‘沈黙と声’遠藤文学研究学会報告—』，春秋社1994年版，第74页。

村上春树《挪威的森林》品评[①]

① 本章作者为广东外语外贸大学雷晓敏教授。

长篇小说《挪威的森林》是村上春树的代表作之一，它在日本和国际文坛上的畅销足以见出作者创作的成功。小说中人物的悲剧命运，并非几个都市青少年的不幸，它有着深刻的现实压力和时代烙印。木月、直子、初美的自杀，渡边、永泽、敢死队的孤独空虚，都是有着深层的社会原因的。村上春树以其举重若轻的笔调，触及了孤独的底蕴，揭示了孤独的可怕。读者可以从那些活生生的人物形象中领略到孤独的旋律，品味到孤独的气息。

故事发生在20世纪60年代，当时日本已经进入高度发达的资本主义社会。经济在快速发展，人们的精神危机也与日俱增。物质生活的丰富与人的欲求膨胀，造成了精神世界的严重失衡。人与人之间的交流减少，心理距离拉大。生活在都市的人们像无根的浮萍，孤独、虚无、失落，却又无力面对强大的社会压力。都市的繁华，掩饰不了人们内心的焦虑。村上春树运用黑格尔美学思想的“这一个”理论，集中地透露出现代孤独的思想内涵。

一、孤独：现代都市的主旋律

孤独是《挪威的森林》的主旋律。在这部小说中，每个人都陷于孤独的包围中。人们渴望摆脱孤独，企盼理解和真爱，在实际生活中却又无法被爱，也无法爱别人。小说几乎没写青年人的家庭生活，但是这种“忽略”或“淡化”家庭背景，恰恰造成了深厚的无家可归的阴影。亲情阙如，个体独立，深陷自恋，彼此封闭，村上春树用人际关系的简单性表现着现实世界的冷漠与寡情。没有朋友，恋人会孤独，可是有了朋友，恋人就真能摆脱孤独？渡边喜欢直子和绿子，还有木月、永泽、敢死队、伊东等朋友，然而他无时无刻不在孤独之中。他似乎也关心他人，但是与谁都没有深交。他也表示愿意彻底了解直子，爱直子，可是一直到直子死去，他也没能了解直子，以及弄明白爱是怎么回事。他自我陶醉于一个人喝酒、听音乐、看小说，恍若津津有味地把玩孤独，其实心中的痛苦感受只有他自己知道。

孤独到不知孤独，是最可怕的孤独。这一点，渡边有时全无意识，有时是不愿面对。他已成为孤独的动物，习惯了不理解别人也不让别人理解自己的环境与氛围。孤独是村上春树剖析人生的一个抓手。孤独从哪里来？孤独的根源在哪里？《挪威的森林》给读者揭示了这样一个深邃的原因——人性中最自然而又最隐秘的内心幽闭。批评家们喜欢直接把人类孤独的原因归结为社会的黑暗方面，这个观点从社会学的角度来讲，永远正确，而且理由相当充分。在孤独中，木月、直子和初美选择了自杀，渡边、绿子、永泽等青年却用其他手段对付孤独。仇恨社会、仇恨金钱、仇恨他人，在一定程度上颇有道理，可是不能忽视的一个重要基点，就是人作为心理动物必须清楚地了解自身的身心局限。人天生具有社会化的一面，同时也有自我封闭乃至孤独的一面。

在积极的意义上，孤独和享受孤独，对于有顽强意志的人而言，是一种锻炼和升华。不过，孤独的积极意义毕竟不是所有人都能够受用，而其负面意义却是无处不在，每个人都为之裹挟。村上春树正是以其洗练的笔触揭示出了孤独现象的后一面。《挪威的森林》将孤独的特性描绘得相当深刻。孤独是足以销蚀生命的毒药，它让善良的人在寂然中慢慢死去，让邪恶的人在疯狂中加速灭亡。孤独也是社会给每一个存在者早就准备好的精神陷阱，个性生命的展开如同在虚掩着的地表上自掘深坑，其归宿一如直子所说，通向一个没有希望的“深井”①，让人体会在绝望中一点一点等死的感受。

渡边——小说主人公——回忆直子的第一件往事，便将读者置于直子的处境之中。那是一种无可奈何的孤苦人生，也是一种情人近在咫尺却又神隔两世的似明实暗的心灵写照。孤独更是可使脆弱心灵快速遁世的阀门，它让每一个孤立无助的弱小者借此逃避生活的打击和命运的蹂躏，虽然这种逃避实际上又是构成另一个打击的连环杀手。这个阀门是病态的，至少心理医生会这样看；这个阀门也是潜意识自卫和有意识自尊的一个“策略”，如同建筑学上的“影壁”，把喧嚣的尘世暂且隔开。对于强者，孤独或许是铸造峻拔个性的冷却池，但是对于弱者，则不啻是滑向深渊的幽暗的森林沼泽。村上春树的小说竖起了一个警戒牌。

如果说小说对孤独人生的性爱情节是慢板低唱式的演绎，那么其中错落有致的死亡叙事可以说是休止符式的跌宕起伏。《挪威的森林》写了几场自杀，村上春树告诉人们孤独的可怕，揭示了孤独会导致人生悲剧的危机意识，一连串的自杀给小说投下了阴郁的色调。自杀本质上是人最无奈的、最后的选择，其中包含着自由，包含着抗争，包含着懦弱，也包含着解脱。人是不应该自杀的，但是人也有自杀的权利和最后了断的自由。村上春树的小说没有做出明白的哲理披露，但是读者毕竟能够从几个自杀案例中，见出孤独乃至自杀描写后面的死亡观，即不是活着有什么希望，反倒是死亡成了个人所拥有的最后一点自由，是死亡保护或封存了存在的那么一点意义。我们不赞成死亡是存在的庇

---

① ［日］村上春树：《挪威的森林》，林少华译，上海译文出版社2010年版，第7页。

护所的说法，海德格尔的这种观点多少有欺人之嫌。①

村上春树是否读过海德格尔的著作，这一点是需要另外考证的，但是从小说对生者乏味和死者安息的叙述中，特别是在对几起自杀事件轻描淡写的处理上，让人体会到海德格尔死亡论的意味，他们都有淡化死亡意义的感觉。没有自杀的苟活者，如渡边等，对于死者的漠然或麻木的神情，从反面也可看出村上春树的死亡观。或许，作者这样一种淡入淡出的手法，更能让人对造成自杀的原因有深层认识，但是关于生与死何优何劣、孰轻孰重的问题，实在是作者与读者都不可轻易取舍的要害所在。命运是孤独的幕后操纵者。小说中的这一群年轻人都是那样一个特定社会中命运的玩偶。

村上春树爱写树，《挪威的森林》中各种树木般的人物，无不经受一种现代都市丛林原则的考验，与丛林有关的命名强化了都市丛林原则的神秘感。命运在捉弄着每一个注定在孤独中生，而又在孤独中死去的可怜人。木月、直子、渡边、绿子、永泽、敢死队、伊东……现代都市丛林的弱小生命急急忙忙而来，又慌慌张张而去，但是谁都不配有好一点的命运。村上春树笔下最有活力的人是绿子，她是村上春树的小苗，是挪威森林的绿意，她温和、聪慧、善解人意。论个性，小说给她安排了一个乐观的形象。表面上看，她没有孤独的表现，实际上作品最能让读者感受到的是她的孤独。她出生于一个贫困的家庭，爷爷奶奶过世，母亲早亡，父亲病故，这一系列灾难，无不给这个柔弱的少女以沉重的打击和难以言喻的痛苦。按说，绿子最可能成为孤独的自闭型女孩，村上却把她塑造成了一个阳光的形象。绿子真的不孤独吗？答案是否定的。绿子对渡边说过“可我觉得孤单，孤单得要命”②。活泼可爱的绿子与温柔纤弱的直子竟然是同样的孤独。

在村上春树《挪威的森林》的构想中，至少有这么一层意思：命运是让人无可奈何的巨大力量。所谓命运无常，造化弄人，绿子的不幸至少表明了这一层。这种不幸，既被现代都市强化，也被繁荣假象包裹。在某种意义上，人们可以说，孤独是现代都市主旋律的人性化表达。

---

① ［德］海德格尔：《诗·语言·思》，彭富春译，文化艺术出版社 1991 年版，第 114—115 页。海德格尔认为，不要以否定来解读死亡，而要以肯定来看死亡。他把死亡看作规律，规律触及每一个短暂者即必有一死者，使之“转换入所是的整体当中”，将之转换或曰“庇护到敞开中”。海氏在这里所宣讲的是死亡哲学的大化境界，当然有其积极意义，但是他将死亡赞美为“安全存在”、存在的“庇护者”，却有蛊惑人心的地方。他那样讲，无异于演奏死亡催眠曲，无异于宣扬死亡诱惑术。

② ［日］村上春树：《挪威的森林》，林少华译，上海译文出版社 2010 年版，第 294 页。

二、孤独：病态社会的综合征

命运之神通过社会机制弹拨孤独的杂音，村上春树能将这些杂音谱写成令孤独现身说法的乐章。在音乐的天地中，旋律是一个美好的音流，然而孤独的旋律却如同死神那样是笼罩世界的黑色面纱。生活中无论哪一个人，一旦被孤独笼罩，便会黯然失色。村上春树的高明之处在于其近乎丧葬的白色幽默笔调，他用删繁就简的透析技法，将那样一袭黑色的面纱漂洗成惨白的空洞网眼，让读者一窥生命在挣扎中发出的窸窸窣窣的细响。

《挪威的森林》让每一个人物的生活都流淌出痛苦的音色，那惨白色的音乐涡流就是命运的咏叹调，是命运传递孤独旋律的未知数。尽管这个命运及其未知数都让人难以捉摸，可是小说人物毕竟作为孤独旋律的每一个音符，透过作家妙不可言的演奏技巧，在每个读者的心灵上引起共鸣。制造孤独的机器是病态的社会，黑暗的社会是孤独的病灶，孤独是病态社会的产物。《挪威的森林》越是用白色的幽默点化这个病态的社会，这个社会的本来面目就更是跃然纸上。小说中主人公的孤独与无奈，正是人类生存困境的象征。人们在疯狂地追求物质财富和肉体欲望，而灵与肉、梦想与现实，却因极度的张力而濒临崩溃。在这个方面，《挪威的森林》向人们揭示了一幅触目惊心的画卷。

直子不会把玩孤独，只会在极度的孤独中沉沦、疯癫和绝望。她把感情纠结成一团乱麻，所能做到的宣泄也只是痛哭而已。直子的孤独是撕心裂肺的，她的生命就像秋风萧瑟中的一片落叶。身陷孤独，她无从选择坚强和抗争，沉浸既久，终于酿成自杀的结局。渡边是直子生命的一条缆绳，他能够施以援手，实际上却麻木不仁。作为一个自身也不是十分成熟的青年，渡边移情别恋也合乎其性格发展的逻辑。他与绿子的恋情，等于给直子致命一击。他本来可以给予精神病加重的直子更多的温暖与呵护，但是仅仅去疗养院看望过她两三次。“他者”，在某种意义上就是社会。“他者”实际上就是扫荡孤独阴霾的一缕阳光。然而在直子的生活中，渡边这个“他者”并不十分到位。社会制造孤独，社会也以孤独为杀手。

《挪威的森林》不啻是悲凉的森林，绝望笼罩，颓废蔓延，生活于其中的人物都孤独得无药可救。不论小说中的人物选择什么样的生活方式，都无法摆脱社会规则的束缚。“社会力量无形之中束缚着人、制约着人、残害着人。人在这个强大的社会力量面前变得如此软弱、渺小，以致不能主宰自己的命运，变得可怜与可悲。”① 社会是培植孤独病症的温床，也是孤独病症扩散的传染区。在《挪威的森林》中，村上春树从侧面折射出他对社会规则的态度。木月、直子、初美的自杀，社会无疑是刽子手。大学里的学潮，是小说家掀开那个时代的帷幕，让读者看到社会的压迫。永泽这个角色，特别让读者感受到社会制造孤独，并且利用孤独的残酷现实。

读完这部小说，你会感到一种莫名的恐惧，或许有一个流传很广的词浮上心头，那便是“异化”。小说摄取的社会是没有刀光剑影的斗兽场，现实中毒化了的环境和氛围、恶化了的人际关系，都被作家巧妙地做了文学处理。他笔下的孤独，类似日本居所抗震小木屋折射地震灾害一样，把强大的社会异化通过孤独者体现出来。社会中的异化势力是如何扭曲人性和破坏生活的？村上春树告诉我们，其一是制造孤独，其二是打破孤独。制造孤独是异化，打破孤独仍然未脱异化的窠臼。小说的主人公渡边想打破孤独，听音乐，上酒馆，找女孩，但是自始至终没有能够摆脱孤独。永泽也想打破孤独，他头脑机敏，精明过人，有毅力，且有野心，很懂得利用社会规则和潜规则。他打破孤独了吗？没有。他聪明好学，通过了外务省考试并且掌握了五门外语，绞尽脑汁投机钻营，沾染了社会异化给予他的许多让他又去异化社会的毛病：狂妄自大、自私偏执、以一切为手段，丧失了一个人最起码的恻隐之心。好友们厌恶他的生活方式，渡边也断然与之绝交，虽然永泽在异化的世界中如鱼得水，貌似打破了孤独的侵袭，但是实质上却是孤独的祭司兼牺牲品。他比那些自杀者更可悲，不但孤独，而且虚无。现代社会无不在鼓吹正义、宣扬公正，这也从反面说明这个社会缺少的就是正义与公正。

现代社会灌输人道主义，提倡爱心，钱、权、名、利的聚合反应消解的正是人之常情。现代社会最为得意之笔莫过于城镇化和聚居化，可是脱离了自然，剥离了纯朴，增强的却是矫情、色情、绝情。现代社会热衷于推崇自由和阐扬民主，现实规则却教会人们放弃理想而去乖巧地遵循规范。现代社会要求人们尊重知识、尊重人才、尊重真理，生活现实却证实知识、人才、真理只有换算成钱、权、名时才有价值。现代社会标榜“公民”“人民”“居民”等民本思想，然而在现实世界，这些概念最适用的地方恰恰只在于公告、文告、广告文字中。村上春树深谙此情，他没有与这个疯狂的世界去理论，却以文学作品去叙述和表达。

在《挪威的森林》的字里行间，读者深切地领悟到一个触目惊心的事实，那便是现代化社会病入膏肓。在古代社会，人自然也免不了孤独，可是亲情、

---

① 徐曙玉、边国恩：《20 世纪西方现代主义文学》，百花文艺出版社 2001 年版，第 10—11 页。

爱情、乡情、友情，要比在都市化社会自然得多、真切得多。在现代化程度很高的大都市，金钱、权力、名利、肉欲高度凝聚，人与人之间的关系要比古代社会生分得多、冷漠得多。在这个人口和财富、时间与空间高度密集化了的现代社会，人与人之间的隔阂也在空前地强化。《挪威的森林》展示给我们的就是这样一种欲逃无门的孤独，或曰现代社会的综合征。

三、孤独：村上春树的“这一个”

在村上春树的小说中，《挪威的森林》是最成功的一部。其最大的优点就在于他成功地刻画了现代孤独。就这个主题而论，村上春树虽然不是第一个描写孤独题材的作家，但是他在撰写孤独小说艺术方面达到的成就却是匠心独具的。现代孤独的时代特征在每个人物身上的表现各有特色，村上春树正是通过一连串“这一个”① 的个性化描写，集中透露出现代孤独的思想内涵。“这一个”原本是黑格尔美学思想的哲学表达，村上春树将之运用到出神入化。

小说的情节并不复杂。故事从回忆开始，作者用倒叙的手法，讲述了37岁的“这一个”——“我”（即渡边），在飞往汉堡的波音747客机上，听到了《挪威的森林》这首曲子，陷入一段对青春故事的回忆。小说以《挪威的森林》命名本身就具有悲剧意味，《挪威的森林》是20世纪60年代甲壳虫乐队（Beatles）的一支歌曲，词曲凄婉，意境幽深，构成了一种孤独空虚的象征，反映了那个时代最突出的个人感受。小说开头，“我”独坐机舱，目的地是德国汉堡，但那里也不是“我”的归宿，充其量只是“我”人生旅途的一个驿站。不是家，或没有家，孤独的时空舞台就此拉开序幕。村上春树对小说中每一个“这一个”的塑造都不刻板，而是紧扣人物个性的发展逻辑进行。就拿渡边来说，他的出场是孤独的，他的过程是孤独的，他的结局也是孤独的。那个很富于悬念的小说的结尾，既是村上春树熟稔“这一个”美学思想的现身说法，也是渡边作为“这一个”形象的个性化表达。

渡边在不知道的地方呼唤绿子，这暗示了他依然没有找到生活的出口，孤独如同浓厚的迷雾，驱之不散，挥之不去。可以说，在这部小说里，人人都是孤独的，但是每个人的孤独都不相同。书中的人物都有孤独的一死和孤独的一生，但是生离与死别各有其路数。在这个意义上讲，小说家是有所选择的，因为他遵循的是艺术的规律，弹拨的是人物固有的孤独个性的琴弦。即便是想挣破孤独而不能的“孤独者的共性”，作者的表达也是绘声绘色的。小说的主人

---

① ［德］黑格尔：《精神现象学》（上卷），贺麟、王玖兴译，商务印书馆2005年版，第63页。

公渡边想打破孤独，但是其好友木月、直子、初美却相继自杀。他去听音乐，上酒馆，找女孩，变换了不少生活方式，但是自始至终没有能够走出困境，孤独一直是他的影子、他的心病、他的宿命。其悬空式的结尾更是让人悲从中来，孤独感渗透人物形象的每一个毛孔。

在现实生活中，孤独埋没个性。村上春树却能让埋没个性的孤独幻化出不同色调的苦涩味道。渡边寻找绿子不得而备感孤独，被寻找的绿子同样陷于孤独的包围之中。与木月、直子、初美相比，绿子似乎相当开朗，相当阳光，也相当快乐，事实上她的孤独远超过自杀了的同代人。她小小年纪，就失去了一个又一个亲人，举目无亲，却要“笑”对人生。毋庸讳言，村上春树用“笑”来写哭，更使人伤心，以“乐”来述悲，益增痛苦，从“有”来体无，尤其虚无。绿子有了一个男朋友，即那个渡边，可是有了朋友又能如何？直子的死在渡边和绿子的心头都种下了永恒的伤痛。在整部小说中，自杀显孤独，寻友现孤独，喊叫出孤独，销声陷孤独，钻营成孤独……村上春树可谓写孤独的好手，这些孤独的情节和孤独的意蕴，竟然都是用淡淡的笔调晕染、轻轻的声息传出，作者越是不疾不徐，读者越是动心动情。

写“这一个”的技巧在社会关系中才能传神。在人性中透视孤独不易，在社会现象中凸显孤独更难。如果说社会是群体的名利场，那么孤独是个体的避难所。倘若把社会看作公众的大戏台，那么孤独便是精神病院的太平间。对于一个优秀作家而言，写孤独如果仅从避难所到太平间，在积极处，或病态中，那么是写不透的。孤独的个体需要在社会的炼狱中去锻造，孤独的心灵需要置于命运的棋盘上去博弈，孤独的悲剧需要经过巨匠的高手去擘画。《挪威的森林》花了很多篇幅描写社会现实，笔触所到，社会的规则和潜规则慢慢现了原形。说到底，孤独人物的悲剧命运和社会规则及潜规则息息相关。从命运角度去看，社会各类规则是悲剧命运的变数。在社会层面来说，悲剧人物的命运休咎是社会的罪恶。悲剧命运与社会罪恶是孤独个性畸形生长直至踏上不归之路的两个魔掌。人人都有孤独的因子，个性孤独者只不过是孤独因子浓烈之人。无形的命运和有形的社会则是孤独个性得以偏离乃至失控的两种可怕的力量。虽然说孤独的三大渊薮是个性、命运和社会，但是最大的债主仍然是社会。悲剧发生了，与其责怪个性，责怪命运，不如去追究那个邪恶的社会，因为只有社会才是最终给孤独发放了死亡通行证的生活实体，只有社会才是把人变成孤魂野鬼的真正肇事者。

小说家不仅有抓住孤独主题之手，同时还有善于起死回生之术。众所周知，作家最怕在作品中描写“刻板的个性”，村上春树却甘之如饴，他竟然能将本来“刻板的个性”变得生动。在《挪威的森林》中，作者将一系列刻板和比较刻板的人物个性写得活灵活现。自杀者是勇敢的孤独者，活下来的是游世的孤独者，或懦弱的孤独者。村上春树用心地写了前者，如直子和初美；他也认真地写了游世的孤独者，如渡边和永泽；他还严肃地写了苟活的孤独者，如"敢死队"。"敢死队"是个可笑的人物，他不像永泽那样善于观风察色，投机钻营，也不像渡边那样有几分矜持，但也洁身自好。他不会利用社会规则，而是完全臣服于社会现实，思想迂腐，生活严谨而呆板。他努力地学习地理，最高的理想就是进国土地理院去绘制地图。村上春树挑出了一个典型的细节，"敢死队"一套广播操可以做十年。[①] 如此一个犬儒式的人物，作家却名之曰"敢死队"。"敢死队"的反讽是它仅指一个人，而非一支队伍，"敢死队"的可笑是不敢死，"敢死队"的迂执是不会思考。"敢死队"是渡边和直子、绿子谈话的笑料。他严格恪守社会规则，结果却无缘无故地退学了，退出了他心爱的学校，退出了同学和朋友的圈子，退出了他恪守不渝的社会规则。退到了哪里？退进了孤独！对他来说，这是天大的悲剧。"敢死队"是刻板的人，塑造"敢死队"形象的作家却是点石成金的高手。

村上春树在小说开头写道："献给许许多多的祭日。"[②] 对于游离于现实世界的人来说，过去的每一天都是生命的祭日。孤独是祭日的本质，孤独也是现代都市的幽灵，孤独更是《挪威的森林》的主题。孤独何尝不是村上春树的身影？村上春树用作品介入了孤独，使孤独的森严壁垒有了孔洞。他传情地写出了现代青少年的苦恼。销蚀人心的孤独，被村上春树谱写成了催人泪下的旋律。每一个被裹挟于其中的读者，都会读出不同于他人的自我意味。

---

① ［日］村上春树：《挪威的森林》，林少华译，上海译文出版社 2010 年版，第 23 页。
② ［日］村上春树：《挪威的森林》，林少华译，上海译文出版社 2010 年版，第 2 页。

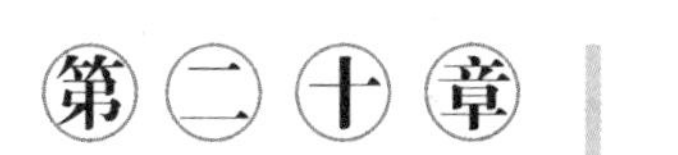

中日哀感文学之启示[①]

① 本章作者为广东外语外贸大学栾栋教授。

中日文学在哀感问题上交织甚深。在华夏文学中，哀不仅为悲，而且为化，尤其为超。归藏文学的大臧精神奠定了伦理的基调，凸显出宇宙的襟抱。[1]《易经》以降的诗文及其理论展示了中国哀感文学的异彩纷呈。日本从物语文学滥觞到物哀诗学兴盛，受汉学沾溉良多，而日本国学派去汉排华与和式文学崛起，实际上流于非伦理的情色化倾向。中国的哀感文学以融合性、感恩性和集虚性见长，日本的物哀文学以分解性、私己性和务实性出色。中日哀感文学研究须顾及人文的各个方面，包括文学与本善的关系。诚如我国著名文学批评专家聂珍钊先生所言，文学伦理学批评这一向度不可或缺。[2] 这一点可为中日哀感文学研究的一个重要环节。笔者认为，发掘文学性底性之根性、性连性之复性和性非性之品性，不仅有助于推进中日文学比较研究，而且有利于深化文艺学的理论建设。

众所周知，哀伤情愫对于包括飞禽走兽在内的物种进化而言，是一个质的提升节点。哀感是人类最为珍贵的一种情思。人类哀情与其他动物哀怜的重大区别在于人之哀有超越，但也有邪僻，这两个倾向最集中地体现在哀感文学当中。哀感文学披露出文学的思理差异，也包含着文学的伦理内核，同时还孕育着人文的他化深旨。作为一衣带水的中日两国，文化有往来，文学有交织，二者在文学思理、伦理、情采以及他化等方面的异同，是很值得深入比较和认真剖析的学术话题。在这篇文章中，我们就中日哀感文学的诸多方面略加阐释，力求从中汲取有益于人类思想文化建设的经验和教训。

一、中日哀感文学的思理差异

哀感文学在任何一个民族的文学中都存在，对不同民族文学的辨哀有助于人文辨思。就中日哀感文学而言，它们之间的区别不仅在于哀之深浅和感之差异，而且在于各自民族本性的流露和民族思理特点的凸显。后二者比前二者更为重要。这里我们先从思理入手，看看中日两国的哀感文学在思维取向方面有什么样的区别。

第一，从概念定义上看，中日哀感文学文化有内涵层次之差。这是第一个差异点。两国文化人都很关注哀感的文学风采，对于哀感的广义理解比较普遍，即不是仅仅从悲感、悲剧、忧伤、幽怨、哀愁、苦闷等悲戚的方面看待哀感，都能从人文大层面理解哀感。中国对哀感文学文化的开发与积累由来已

---

① 参阅栾栋：《文学通化论》，商务印书馆2017年版，第211—296页。

② 参阅聂珍钊：《文学伦理学批评导论》，北京大学出版社2014年版，第5页。

久。日本从奈良时代（710—784）起，在历史、典制、文学、宗教等各个方面大量地引进中国文化，逐渐有了带着中国元素的日本文学。模仿和改造了中国文论和诗学的日本著述，在此后一千多年的衍生中日渐增多。其中如物哀、幽玄、寂论等审美术语给日本文学和文化增色不少。总体上说，这些概念也像中国哀感思想一样，是以狭义为核心，以广义为果肉的文化创新。日本江户时期的“国学家”本居宣长（1730—1801）专注于从《古语拾遗》中和《源氏物语》中发掘哀感资源，他把天照大神从天之岩屋中走出来之后说的“‘あわれ！阿那於茂志吕！阿那多能志！阿那佐夜憩！”等感叹词[①]，以及《源氏物语》中关于爱情的流露，统称为“物哀”与“知物哀”。可以看出，不论是中国上古文史典籍中的忧患意识，还是日本多愁善感的物哀物语，哀感实际上不局限于文学的悲情，而且辐射于历史文化的诸多方面。狭义的哀感文学观念是被孕生和包含在广义的哀感文史大类的哀化场域之中。哀感成了理论聚合后穿透力强劲的学术利器，也成了文艺散点播撒时渗透性广泛的审美情致。在这个方面，中日文学文化各自的深度还是有所不同的。在从有文字记载的《连山》《归藏》《周易》《黄帝内经》《山海经》《道德经》《诗经》《论语》《孔子诗论》《庄子》《战国策》《楚辞》《史记》等两千年以上的典籍中，哀感的文学情愫比比皆是，悲悯的思想不胜枚举。就以东汉以降佛教在中国的传播而论，其慈悲精神与华夏文化中悲悯情怀的结合如水乳交融。众所周知，中国对印度佛学的学习与传承，要比日本早出数百年之久。概而言之，中日两国文化各自底子的薄厚，造成了二者在哀感文学文化特性上的层次差别。中国的哀感文化的外缘层次是文学的，腠理是宗教的，核心是道德的，气质是诗学的，精神是归藏的（天地人神时归化意义上的伦理本真）。日本的哀感文学有文学层次和佛教层次，但是道德层面先天不足，后天失调，归藏层次付之阙如。诸如好声色、纵情欲的“物语”“物哀”，缺乏善缘归化的武士道风范，以及偏激于嫉仇雪耻而不究伦理根由的偏执，这些都使日本哀感文学趋于道德滑坡的非伦理倾向，其明显的表征是自我反思、自我忏悔和自我节制的缺失。不论是狭义的文学品类还是广义的审美文化，失去伦理学的经纬，不啻在险象环生的大海上漫无航标地漂流。关于这一点，国内学界已有深刻的论述。[②] 丧失伦理精神的文学极易滑入诲淫诲盗的旋涡。中国哀感文学之母是归藏文化，归藏之哀感近似释教悲心，其悲是慈悲为怀，其悯是忧天悯人。然而归藏之哀感比释教的青灯黄卷之悲悯更有渊深之处，那便是文学中的诗意浪漫、思想中的去己精神和

---

① ［日］本居宣长：《日本物哀》，王向远译，吉林出版集团有限责任公司 2010 年版，第 140—147 页。

② 聂珍钊：《文学伦理学批评导论》，北京大学出版社 2014 年版，第 7 页。

伦理中的大道大德。大臧之牺而可祭，那是文化中的忧患意识，以及敞开在宇宙和人生中的与天地合一的襟抱。这也是我们在中日哀感文学比较研究时，首先从华夏归藏思想切入的原因。肇自远古和上古的中华心性气质，非归藏不足以窥其博大，入归藏庶几知其精深。

第二，从生发原点上看，中日两国哀感文学有起始的渊源之异。归藏的源头可回溯到传说中距今五千五百年的黄帝时代，《归藏》古易是其时空标点。其酝酿阶段应当还更渊远，比《归藏》更早的伏羲之易《连山》，应是华夏先祖繁衍生息的缩影，与大山休戚与共的生民能无忧无虑乎？《连山》《归藏》的苦难历程在《周易》中传递出强烈的艰苦备尝且奋斗不已的信息。《易传·系辞上》有云："天尊地卑，乾坤定矣。卑高以陈，贵贱位矣。动静有常，刚柔断矣。方以类聚，物以群分，吉凶生矣。在天成象，在地成形，变化见矣。"第二章又曰："是故，吉凶者，失得之象也。悔吝者，忧虞之象也。变化者，进退之象也。刚柔者，昼夜之象也。六爻之动，三极之道也。"还说："仰以观于天文，俯以察于地理，是故知幽明之故。原始反终，故知死生之说。精气为物，游魂为变，是故知鬼神之情状。"孔子反思说："作易者，其有忧患乎?"《周易正义》指出："今既作《易》，故知有忧患也。身既患忧，须垂法以示于后，以防忧患之事，故系之于文辞，明其失得与吉凶也。"这种源远流长的忧患意识，见诸文辞，闻诸歌讴，是华夏民族的宝贵精神财富。先秦文化多见其遗风流韵。后来的文人雅士慷慨使气，凄楚多情，悲感浓缩于诗作，忧思宣泄于声腔，哀感之情凸显，而悲悯精神迁移。日本的历史典籍和文学及其理论著述始自奈良时代（710—784）至平安时代（794—1192），也就是日本文史学家通常所说的"古代"时期。换言之，从8世纪初至12世纪末的五百年间，日本的文史及其理论，是对中国古典文论的引进、学习、套用、消化和初步超越的时期。归藏之归心归念归思，与日本从中国唐代学到的改制后的哀感悲情及其思理和术语，有着时段上的巨大差别。至少在两千多年的中日文学文化交往中，前者是源头，是上游，是始发者，后者是分支，是下游，是受容者。前者如古希伯来文学、古希腊文学或古印度文学，是原生态文化的长势，后者是前者衍播和影响下所形成的文化样态，如希伯来文化圈、希腊文化圈和印度次大陆文化圈的文学状况，是次生态文化的表征。渊源之差是天命使然，是自然造就，是历史客观，这个过程是谁都无法否认的过程，也是谁都不得不承认的事实。种子的伟大优先于结果，因为种子包含和预兆了结果。而结果在其展开过程，既有可能扭曲，也有可能放大种性。有必要把对种源的肯定置于一个非常重要的学术地位，否认这一点无异于文化上的数典忘祖，无异于交往上的背信弃义。这样讲不是说分支、下游和受容者不重要或无特色，恰恰相反，绵绵瓜瓞自有滋味，汪洋下游分外壮观，而且后来者在某些方面因兼收并蓄而别有情趣，甚至后来居上。

第三，从关联结构上看，中日两国哀感文学有功能运作之别。就文学样态而论，中国古代哀感文学的突出特征是多元集成。检索中国文学中哀感的各种元素，可以看出其关联结构使哀感被演播被升华的趋向，神话是造化混成散点透视的，传说是虚实相间多维交织的，《易经》是众卦簇拥经天纬地的，《黄帝内经》是内外沟通天人交感的，《山海经》《列子》是万物有灵品类繁盛的……概括起来看，中国的哀感文学具有差异通会而且珠联璧合的檃栝功能。檃栝是指其自然文化与人文文化的交融，原始文化与文明文化的契合，阳刚文化与阴柔文化的互化，补苴文化与化裁文化的混杂。相比较而言，日本的哀感文学更多地呈现出单向性蜕变。其神话是单一结构的一神统驭型，其物语之品种大同小异，人们可以看得到《论语》《战国策》《史记》《世说新语》以及中古变文和传奇的形制型影响，但是内容变了，私情艳色取代了其他方面，诸如剥离伦常，淡化道德，剔除义理，凸显情色，这些取舍几乎成为各类物语的一致性倾向。俳句之格调类似中国的长短句，和歌与中国古代非格律诗歌不无相似之处。能戏之招式让人看得到中国民间降神招仙驱鬼的道情杂戏传承。至于文学理论方面对中国思想文化的借鉴，那是不必细数的现象。包括经常被人们看作日本独创的“慰”“幽玄”“物哀”“知物哀”“物纷”“能乐”等在内的论述，其实在中国早先的相关著述中都能见出源头的引流。这么说不是要抹杀日本文论、诗论、乐论的贡献，日本的文献当然是体现了日本的人情风土，有日本的元素。情采变化那是事实。日本的古代文学理论之所以没有经过中国文论那样漫长的上游发展，快速跨入“物哀”诗学，就说明了这一点。日本的古代、近世乃至江户时代的文学及其理论，是在汲取和改制中国传统文学文化的基础上发展起来的，用一句通俗的话说，是站在巨人的肩上前瞻，故而其中不乏与中国明清文学比肩，甚至有别于中国元素的差异方面日益增多。这里所说的日本文学结构方面更加单一，价值取向更加用情，正是其快速发展的具体表征。中国文学文化中的关联结构和檃栝功能以及多元组合等要素，在日本明治维新前的类似作品中已经逐渐减退。从世界文学的多样性而言，日本文学的民族化是一个无可非议的现象。陌生化和差异性使文学演变异彩纷呈，至少在形式上是一种进步。但是在文学之内质和博浩精神的演变中不可泯灭道义，不可丢失人之为人和文之为文的本真。我们之所以对其发展脉络中的中国元素感受较多，一是为了说明比较文学所能发现的异同之趣，二是为了阐明“天地有正气”的文学之由，三是为了指明日本古代文学文化中的中国文化元素之实，对借鉴中国文学因子而又糟蹋中国文化的醉汉们提供一点醒酒汤。

我们梳理中日哀感文学的学理差异，是想说明一个道理：作为同一文化圈中的中日两国，在哀感文学的深度、广度、相互影响和价值取向方面有所不同。这种差异性不仅显示出中日两国历史文化的流变，也为人们进一步理解这两个不同国家的民族个性提供一个参照。

二、中日哀感文学的伦理差异

哀感文学中的伦理差异，是颇为复杂的比较文学课题。在人之为人、文之为文和族之为族的国民文化意义上讲，哀感文学最能见出一个民族的根本特性和一种风情的价值趋向。文学的伦理解析不是法理审断，而是对民族本能的解读，是对民族心理的透视，是对民族精神的求索，其目的是找到各民族文学得以和谐发展以及他化超越的境界。在中日哀感文学的民族性差异方面，我们拈出以下三个对举的看点，它们是融合性与分解性、感恩性与私己性、集虚性与务实性。

第一，融合性与分解性。我们说中国的哀感文学文化是融合性的，指陈的是一个类如女娲补天、夸父逐日、精卫填海的神话境界，指陈的也是文学文化中诸子百家众语喧哗的多声部协奏，指陈的还有“黄帝四面”、炎黄盟和、儒释道共存的文史典制，指陈的也有百多种文体衍生、差异型作品共鸣的融合现象。华夏文学的早期阶段是众多部落融合的感性表征。春秋战国文学见证了中国各民族融合的过程。从秦汉到明清，东西南北中各族群间的融合，在在都有文学文化的精神沟通。日本文学文化从中国古代文化接受了不少东西，8 世纪以来受容汉文化的速度加快。这种受容表现为明显的分解特点。在文史各个方面都有取其所需的切割与包装。一方面，中国文化的融合性在东传日本的旅途中呈现为支离破碎的过程；另一方面，该过程也让衍生中的日本文化出现了分枝开叶的局面。日本文化人从中国秦汉及两晋南北朝典籍中先是取儒家的文献研习，后来对佛学也有所汲取。遣唐使、遣宋使对中国文化的吸收，特别是对中国诗文的摹习，以《昭明文选》、《文心雕龙》、骆宾王、李白、白居易、皎然、王维等参照为多。日本古世汉诗文的发展多与这种单向择取有关。以《遍照发挥性灵集》《三教指归》和《文镜秘府论》为例，作者空海（774—835）广涉僧俗两界，按说对中国彼时诗文的学习当是广博而不拘一格，然而前两书崇佛而排儒道，于佛学也仅取真宗，后一书大量抄录隋唐诗格著述，所传诗格实乃诗文写作技巧，其诗学远未领悟刘勰于《文心雕龙》中《原道》《神思》《隐秀》《通变》的精妙。日本文学对中国古典文学理论的切割性择取是比较多见的现象，这与日本文论的次生性有关。王向远先生对此有精辟的概括："日本古典文论这种次生态的性质，决定了它是先具备'一般性'（即先从中国已臻高度的文论学习到一般性。引者注），然后才逐渐脱出'一般性'，而形成自己的'特殊性'。换言之，当时的日本要建立自己的文论，就需要依托于中国文论，寻求与中国文论的共通性、一般性。这与原生态（古希腊、古中国、古印度。引者注）的文论先具备特殊性，然后逐渐流出和扩大，而具备了一般性——其路径是相反的。"① 这个观点很有见地。日本古诗文理论的"一般性"植根于中国古代文学理论，而其由之次生的"特殊性"很难褪尽与中国文论一般性的关系。其分解乃至支离的诗性特点本可以经由契合而还原，但是特殊性膨胀而至于忘本，则会出现负面效果，即缺失融合性。如果把文学衍生比作人文植被的养护，那么对于走向世界而言，倘若没有特殊性，自然而然因为个性缺失而欠佳，反过来说，缺失融合性的特殊性，也必然由于丧失了一般性与普遍性，造成另一种缺憾，即游谈无根，而且很可能因为肆意伐木折枝，使整个林场为之憔悴。这是日本古代文论浅而不深、离而不和的一个重要的原因。

第二，感恩性与私己性。文学感恩是哀感的前提因子。感恩是哀感文学的重要内质。就中日文学的差异性来讲，前者的感恩性与后者的私己性形成了一个明显的反差。中国的归藏文学传承的就是华夏古易归母本以积大善的根本理念，对父母师长敬重而慎终追远，与天地精神往来而视死如归。《连山》《归藏》《周易》中蕴含着的深邃忧患意识体现了这种思想，《诗经》《楚辞》《史记》中讴歌的真情实感传导着这种精神。因为这些作品嘉勉传赞的就是这种感天动地的伟大的品质，所以它们是不朽的，是带有普遍意义的，因而不仅是中国的瑰宝，也是人类的福音。在中国文学史上也有一己私情悠悠的作家作品，此类作家作品在归藏精神的大气氤氲中也被包容，被涵养，被通化，被前后左右不同时空的人文精神之诸般丰富性融合。相比较而言，日本文学中突出的是私己性，不少作家作品在张扬自我内在、凸显本己个性的同时，暴烈处让人心灵震撼，幽玄处让人精神清爽，艳情处让人心旌摇荡，从个性化的角度看，不乏引人入胜的手笔。但是少了一点对人伦、对正义、对公理价值的坚定守望，少了一点对父母、对世界、对天地寰宇的感恩意识。在日本文学界，像厨川白村（1880—1923）、大江健三郎（1935—　）这样的思想家和作家凤毛麟角。而像芥川龙之介（1892—1927）、川端康成（1899—1972）、太宰治

---

① 关于日本文论"从一般"向"特殊"演变的轨迹，是王向远先生的发现。此处采信见诸王向远先生提供给笔者的未发表文稿《日本古代文论的千年流变与五大论题》。加此注，并致谢意。——本章作者注。

（1909—1948）、三岛由纪夫（1925—1970）等偏激型的作家则很有市场。近松门左卫门（1653—1725）写了15部有关自杀的剧作，宣扬“自杀美学”。自杀在日本犹如传染病，仅1986年就有2.6万人自我了断，是死于交通意外者数量的3倍。不能说自杀者中没有一个报恩者或报恩的动机，然而在正常的情况下，即便是为了报恩自杀也受制于私己的偏解性误断。中国历史上也有杰出人物自杀的案例，如屈原、李贽、王国维、老舍，这些自杀的背后都有大义气、大不屈或大抗争。每个人当然有自绝的权利和自由，可是自绝为了狭隘自私、背信弃义或伤天害理，那是私己的极端化，这样的自杀是社会的癌细胞，是人类心理中的毒腺体。日本人勇于自杀示耻，但是其耻感后面的私己原委往往缺乏大义。日本哀感文学的私己性还表现在滥情方面。文学少不了情，而滥情、唯情却是人性倾斜和社会病态。中国文学中有滥情的作品，如《金瓶梅》《肉蒲团》之类，但是整个中国文学和人文大氛围总有许多积极而健康的因素，作为化解性的力量或檃栝性的矫正，促使滥情文学被淹没在淳厚风俗的汪洋大海之中。健康的伦理价值和归藏的终极关怀，对任何一个国家和社会来说都是举足轻重的事情。对于陶冶民族心理、净化社会氛围、克服风俗戾气和化解邪恶势力而言，提倡感恩文学意义不菲，保护私己文学的个性化和节制私己文学的极端化，也是必要的举措。

第三，集虚性与务实性。文学文化的集虚性是指文学宇宙观的原道性阐释：“唯道集虚”。在道的自然意义上，虚化才能涵养万物；在道的人生意义上，虚己方能去私近善，正所谓天道无常，舍己反而有得；在道的终极意义上，无以虚生物，以虚化物；在道的美学意义上，抱虚守静，与道俱化，目击道存，物我两忘，人己相得，天人合一。这些都是高层次文艺所追慕的境界。我们在本书的前言部分，开宗明义便是归藏文学，其本意也在这里。中国文学乃至整个文化，往大处讲，是在集虚；朝小处看，是在虚己；往深处想，是在化物。儒家的“毋意毋必毋固毋我”，道家的澄怀味象，与释家的空寂智度，在集虚的聚焦点上殊途同归。中国文学文化的大气象盖在于此。集虚文学的长处不必细说，而其缺点主要在于举大容易失当，拈小不够理想，虚己常恐迂阔，达人难免自伤。日本文学有非常明显的务实性，在本质上是一种实惠性的文学。在学习中国上古、中古文化的早期，日本就表现出明显的务实性。即便是出家人如空海，研习《昭明文选》《文心雕龙》之后，最终将《文镜秘府论》写成了作文技术手册，此举无可非议，因为对于普及中国诗学和提升日本文化而言，自有其积极的意义。但是其务实性后面的超越性的缺失，同样不言而喻。务实有贴近生活的长处，有当下兑现的真切，有技术称手的优点，有赢得“粉丝”的实惠。但是务实有过多的欲望牵累，有急功近利的小气，有睚眦必报的刻薄，有以德报怨的“他殇”。他殇者，邻殇。对务实的理解与阐述曲解以至上纲上线、修改或删除。务实以至于对邻国和远邦无恶不作，这真是务实过头以至走向极端的严重后果。

上述三种对举式地比较，只是拈出了中日哀感文学方面比较突出的几个焦点。其实中日哀感文学折射出的民族特点不止这几点。一种文学，如果把他或她均归于物，而对人与物却又缺乏敬重，那是危险的。一个民族，把哀感中的伦理价值判断成分刻意剔除，其趋向真应了一句中国古语：人而无德，不知其可。一个国家，如果以邻为壑甚至伤天害理，天若有情，岂能庇佑？拜鬼不如修德，物哀还须有道，这是人类永恒的道德底线。这一点，在哀感文学的他化性审度时，便会看得更加真切。

三、中日哀感文学的他化契合

任何感情，如果自闭自封，必然成病态而不能自拔。任何文学，倘若不能虚己，最终会因私己性发酵而殃及社会。社会的弊端当然不能纯然归罪于这样那样的文学，个人的善恶也不能全由这样那样的文学来买单。但是不能不看到，文学对社会的健康发展是应负一定的责任的。文学作为人类的一种因子，其好坏香臭，不是可以任意妄为的，因为它是社会的晴雨表、文明的解毒剂、历史的悔过书、人文的圆梦场。也正因为如此，我们在钻研中日哀感文学正能量的同时，对文学的负能量也有所关注。在这个节点上，关于中日文学的他化性对照颇能启人深思。在这里，我们从文学的多重品性交叉透视，看一看文学性底性、性连性和性非性的他化过程。

第一，性底性之盘根性。“性底性”是一个很丰富的命题，限于篇幅，这里仅从习见文学性之性与历史性之性的关系简要阐述。“性底性”的发掘，当然会勾连出文学与历史的纠葛。中日两国在历史书写方面存在着不小的差异。中国自古有官史，即所谓正史，也有野史、稗史、笔记掌故等散点史，这些史书都与文学有牵连。汉之后官修史书，大都是帝王家谱；汉之前史书，包括后来的《汉书》，尚有古风，神话、传说、山林守、社稷守等文史故事均有记载。文学与史学在两汉以及汉以上数千年是合二为一的，文史共同体现着扬清去浊的净化功能和包罗万象的融合品质。而在魏晋以来，文史逐渐相隔，终于双水分流，批判社会历史的功能更多见于文学之中。总体来看，文学是批判历史也是批判史学的根茎文化。《易经》古歌和《诗经》篇什披露出先民的根源性生活，司马迁笔下的华夏文脉不愧“史家之绝唱，无韵之离骚”。这样的传统虽经历朝官方的“矫正”而未被灭绝，鲁迅的作品展示的就是中华悲歌或曰华夏史诗。他把正史看作“吃人的历史”，对中国“国民性”的再造付出了艰辛的努力。相比而言，日本的远古、上古文史生态很少转化为有分量的神话传说，绳文、鸟文时代的史实也很少诉诸文字，只是为现当代考古所发掘。奈良、平安以至江户时代，日本从中国引进的思想文化大都是“流”而不是“源”。中国文化更古老、更渊深、更代表人类压轴性的东西并没有被日本领略，诸如与希伯来、古印度——古希腊神话所不同的补天造人等天女散花式的神话体性，《连山》《归藏》《周易》三易承传的大旨，文道、文德、文华与情志性色的檃栝交织，诸如此类的思想文化精华都为遣唐使、遣宋使以及后来的日本留华人士所忽视，这些缺失不可谓不严重，其不良后果在近世以来的日本国情演变中逐渐显露出来。例如战争问题，中国历代文史都很关注战争的正义性与非正义性的区别。再如“吃人”事件，这在中国数千年的史书和文学作品都属于被狠打严批的对象。还如关于“国民性”的自我批判，这在浩如烟海的文史典籍中都能列出里程碑式的著述。而在日本，像厨川白村那样对日本“国民性”有所省思，对苦闷文学感触甚深的人物，至今都未受到应有的重视。也正因为如此，我们很关注深泽七郎（1914—1987）的《楢山节考》《笛吹川》和《甲州摇篮曲》等作品，作者以隔离日本文史主流的独特眼光，书写了“弃老”乡俗中把死转为爱的故事，书写了不同于史书的另一种事实，虽然其中的无常观少了一点对人生积极意义的牵系，也少了一点对感恩光亮的烛照。文学的“性底性”与历史和人性同生共长，在这个问题上举凡有建树的作家，必然是寻根的高手。我们还是怀念鲁迅，他那勇于在根基处批判和改造“国民性”的大手笔，至今让我们感佩。史学与文学在现代分道扬镳，但是文学以历史为根基乃是构成其诗学根茎的重要因素。从当今学科分类来看，文学向史学伸展是一种他化现象，但这种他化是回归，在这个意义上，中日两国哀感文学向史学的他化，是回归人文大类和文化根脉的另一种表达。就现代文坛来看，像鲁迅这样的大树少得令人遗憾，中日两国文学人需要努力补课。

（2）性连性之复合性。文学自然离不开写性，即离不开写质感之性、肉欲之性、色情之性。但是这些方面的书写，终究离不开道德良知的涵摄，离不开广义的人性、作家的个性、丰富的物性、文学的诗性、伦理的德性、宗教的神性等众多方面的化感通变，离不开文学中人性和人性中文学的净化与提升。性欲如果从人性的全面性和丰富性以及道德的约束性中剥离出来，那就只剩下脏兮兮的性腺之欲或赤裸裸的兽性之欲。反而观之，禁欲主义自然是对人性中食、色、情欲望的扭曲和错判，纵欲主义无疑也是对人性河湖港汊的失检与误导，扭曲人性和失检人性都有悖于人之为人的基本生存意义，也有悖于人之不可为兽的人类进化的本质。“性连性”的命题概括的就是这种人性的基质和文学的要义。“性连性”引申的是性欲之性向物性、诗性、德性、神性等多元性数的他化过程。我们非常赞同聂珍钊先生倡导的文学伦理学批评方法，其价值也在这里。中国是一个思想文化多元互补的国度，文学的演化是在“性连性”的互动中生发，含蓄、隐蔚、启蔽、兼深，体现了其复合性的审美优长，发挥出诗性他化的诸多节点。日本古代文学在这个问题上比较妖冶，天照大神的故事突出地表达了这个特质。在奈良、平安朝，由于受中国古文学的影响，日本的随欲任性有所收约，而在江户以降则又有所放浪。各类物语以及对物语文学的唯情化解读，可以看出日本文学在解情、放情以至滥情方面的人欲横流。唯情唯美唯欲的创作在本居宣长至谷崎润一郎（1886—1965）以及川端康成（1899—1972）等人笔下绵延，文学的道德底线被一次次突破。但是我们看到，日本从近代以来，文学中仍然有“性连性”的价值取向。读者不会忘记，作为平民作家的樋口一叶（1872—1896），以及其笔下人物的苦难与悲戚；也不会忘记“猫眼观世”的夏目漱石（1867—1916）及其不同凡响的愤世嫉俗；还有尾崎红叶（1867—1903）对明治时代金权与爱情关系的深入刻画；二叶亭四迷（1864—1909）对社会挤兑下的“多余者”的状写；森鸥外（1862—1922）从“出入历史”视角对武士殉死事件的矛盾性描写；幸田露伴（1867—1947）那种“落后于时代却也超前于文学”的浪漫写作。还有“无产阶级先驱”作家、被日本军国主义政权杀害的小林多喜二（1903—1933），以揭露日本社会黑暗著称的水上勉（1919—2004）……概而言之，从明治时代到“二战”以来，日本作家群中有不少复合性写作的大家，他们在“性连性”关系的爬梳剔抉方面多有斩获，为文学性的多元契通和众性复合留下了许多可以传之久远的篇章。

（3）性非性之品题性。这是我们从中日哀感文学比较研究中得出的又一个启迪。性非性，是指迄今为止人们给予文学的所有单一的所谓文学性，实际上都不成其为文学的所谓性，诸如文学的审美特性论、意识形态论、力比多表现论、象征符号论，等等。文学从无到有，从有到变，文学性与非文学性不断转化，简言之，化他而来，兼他而在，他化而去。他化与化他，是有识之士对文学来龙去脉之同一现象所做出的持中的观察。文学非文学的命题就根源于这样的文学复杂性之中。在理论建设方面，如果说文学非文学更多地揭示了性非性的他化向度，那么品题主要阐发文学化他而成且化他而归的他化回流，是对文学思索的多元化聚合，是对不同文学视角的去己性升华。品合三口，使庶物得到尊重。题标立意，让他性舍弃自我。在中国传统文论中，虚己品质将文学性非性的品题表达得淋漓尽致。这样的物感神思，早在《周易》《道德经》《孔子诗论》《庄子》《文赋》《文心雕龙》等古代文献中已经有圆融的表达。

在日本文论中，关于文学物性问题始终没有很好地解决。就以“物纷”（物の纷）为例，这个词是日本古人从《太史公书》《文赋》等中国文史著作中借用的一个术语。然而在一千多年前的《源氏物语》等物语文学中，中国“物象”纷然的情理交接特点就被扭曲。到江户时代，“物纷”成为《源氏物语》研究（“源学”）的重要用语，可是其“善”义和“理”趣逐渐与文学的性情质感剥离，留下的只是表现主人公私通乱伦行为的能指与所指的统一。诚如王向远所言，在安藤为章的《紫家七论》和贺茂真渊的《〈源氏物语〉新释》中，“物纷”成为理解《源氏物语》的关键词，其意为男女私通。在本居宣长的《紫文要领》和《〈源氏物语〉玉小栉》中，“物纷”的乱伦义提升为审美概念。而荻原广道在其《〈源氏物语〉评释》中，则将“物纷”视为《源氏物语》的创作方法，于是“物纷”就成为概括日本作家特有创作方法、总称传统文学特殊风格的重要概念。① 无独有偶，“物哀”概念也是被物语文学以及解物语专家当作男女情事的同义语。把乱伦私通或曰滥情淫欲当成文学的精华和导向，将日本汉学汉诗中“情理相得”的思想当成眼中钉、肉中刺，必欲除之而后快，这是自本居宣长以来日本文学的一股强劲的“国学潮”。淡化物的神圣历史（如图腾、宗教、祭祀内涵），消除物的庶众演变（即云行雨施品物流行），无论“物哀”，抑或“物纷”，剩下的只有男女私情或解风情，即“知物哀”。这样的“物纷”与“物哀”，物中无物，物不是物，因为物被淫欲取代。可以这么说，在日本文学中，从古到今，“物”无定位，由文到论，“性”有偏颇。至少在江户时代的“国学家”们那里，“物”中无物，“纷”成私通，哀乃狭情，欲火蒸腾。毋庸讳言，中国古代文学中的一些思想至今发人深省，反思“道可道，非常道”，透解文非文，文外文，重温“发乎情，止乎礼义”，多少可以悟出文学非文学的他化旨归。在文学的“性底性”“性连性”和“性非性”的根性、复性和品性中，他化给我们的教益远过于化他的企求，我们看到了比较文学与文学伦理学批评的殊途同归。

笔者曾用“互根草”“多面神”“九头怪”“星云曲”形容文学的复杂性。我们乘哀感文学的汉槎方舟，完成了在中日两国思想文化江河湖海的穿插交流。归藏文学从人文大端，给了我们归潜归化的宇宙意识和大臧精神。中国人讲的和合，与日本人讲的和魂，都可在归潜归化的大臧精神中得到涵养和升华。佛以哀救助尘寰，道以哀入乎自然，儒以哀化感天地，墨以哀运乎齐同。

---

① 关于日本“物纷”论的概念形成、内涵与特征，王向远先生论述甚详。此处援引该观点，见诸王向远先生提供给笔者的未发表文稿《日本“物纷”论：从“源学”用语到美学概念》。注此以志谢。——本章作者注。

哀不仅为悲，而且为化，尤其为超。怆感为悲，通感为化，咸感为超。这种意义上的哀感，是突破了快乐、化解了悲戚，将人类与生俱来而且人人难免的局限与无奈带入了瞬间永恒的超然情理。此情理是目击道存，是感觉直接变成理论家的飞跃。在这样的角度，我们可以说，哀莫细于物感，哀莫大于物化，哀莫深于物寂，哀莫通乎物臧。

臧即藏。藏为臧之演化字，藏字之草头为后人所加。臧者，人类最精深的天地情怀。臧为天气藏地气归的宇宙意识，也是超乎善胜乎美的人文精神。中日两国文学文化的异同比较，也许在大臧之大哀中可以得到出乎寻常的超拔。在这个境地，文学这丛“互根草”才会根深颖峻，文学这种“多面神”才会克己而守谦，文学这类“九头怪”才会去己而通和，文学这片“星云曲”才会非己而成化。

后　语

本书是一个志在创新求变而又恪守学术规范的学术成果，在前言已有提及，在此不赘述。在这里有必要说明，整个编写和整理过程，雷晓敏教授付出了很大的辛劳，仅给我传送的电子邮件，就多达一百多封。

参加本书撰写和提供散稿的专家和学者，是全国相关高校和广东外语外贸大学的部分教师，其中有孟庆枢、韦立新、马歌东、魏育龄、张宪生、刘金举、何明星、陈多友、何光顺、王焱等教授，李志颖、刘燕、王兰、陈可唯、雷婧、沈永英、翟文颖等青年才俊，他们都给了无私的支持和积极的参与，没有他们齐心协力的劳作，本书难成今日的规模。这里特别要向王向远教授表示感谢，他为本课题组提供了多篇文稿，其精辟的见解对我们团队启发良多。他的文稿字字珠玑，美不胜收，但因为均已纳入其已出版的大作中，所以我们没有收入本书。

现在收入本书的文本都是紧扣主题的篇章，上述学者所提供的文章中，还有一些与大旨虽有关联，但是未涉中日哀感文学比较或未切“物哀”本题研究的稿子，没有收集进来。另有一些论述日本“物哀”来龙去脉的稿子，因同类文本扎堆，我们在编辑过程中只能选择有代表性和有影响力的文章，即选用了著名学者专门提供的多年研究的成果。未选用的稿子，并非不好，应该说都有可赞可赏之处，本书之所以忍痛割爱，盖出于上述原因。对文章未入选的作者，我们深表敬意。这里要说明，无论是被选用的文本，还是未入选的篇章，我们都很看好，在项目推进的过程中，均已一视同仁地按篇章给予了同等级的报酬。在本书付梓之际，我作为先前项目主持人和散篇文本的收集者，雷晓敏教授作为本书主编，对所有参与课题研究和提供支持的学者，均表达深深的感谢。

在本书的每一章都注明了作者姓名和单位。在这里，我们再次将每位作者及其所著各章列举如下，以志谢忱：

前言（雷晓敏）
第一章　《诗经》中的哀情愁绪（陈可唯）

第二章 楚骚悲情与日本物哀（王焱）
第三章 魏晋南北朝诗人的“悲情”与日本歌人的“物哀”（何光顺）
第四章 中日古代哀感文学缘源（陈多友、王兰）
第五章 中日悲乐文化刍议（韦立新）
第六章 中国《源氏物语》研究概观（刘金举）
第七章 从比较诗学的视角看本居宣长的“物哀论”（刘金举）
第八章 日本汉诗中的王维诗风（马歌东）
第九章 日本近代“家”文学中的女性意识（刘燕）
第十章 樋口一叶文学在中国（刘燕）
第十一章 河上肇的陆游情结（孟庆枢）
第十二章 深泽七郎的“寻根”文学（刘燕）
第十三章 谷崎润一郎的阴翳美学（李志颖）
第十四章 太宰治《人间失格》解读（何明星、雷婧）
第十五章 川端康成《古都》论考（孟庆枢）
第十六章 王国维的“悲美”与川端康成的“物哀”（沈永英）
第十七章 大江健三郎《个人的体验》评析（雷晓敏）
第十八章 远藤周作文学的基督教内涵（翟文颖）
第十九章 村上春树《挪威的森林》品评（雷晓敏）
第二十章 中日哀感文学之启示（栾栋）
后语（栾栋）

写完上面这段话，一种惆怅油然而生。中日两国是一衣带水的邻邦，有过源远流长的友好关系。自从倭匪扰海寇边，特别是从日军发动侵华战争以来，两国的人民都遭受到很大的祸害，而中国人民所受灾难可谓惨绝人寰。文学何物？文学何为？让人类和平、安宁、幸福不正是美好文学的理想？我们选择“中日哀感文学比较研究”，不仅为了考察两国文学难解难分的审美关系，也是为了重温两个隔海邻邦以文会友的历史情结，以及如何世世代代和睦相处的思想文化纽带。华夏自古善臧，释教崇尚慈悲，日本钟爱大和，希望这本研究中日哀感文学的著作，能为中日两国人民、为世界人民带来美好的前景。

栾 栋

2018 年小满于广州白云山麓